GOLDMANN

Buch

Katherine Driscoll hat in Texas eine Schule für Hundetraining, aber ihr fehlt das nötige Kapital. Da meldet sich nach vielen Jahren ihr Vater Lester und verspricht Rettung. Doch als Katherine zusammen mit ihrem prämierten Jagdhund Ra wie verabredet in Austin eintrifft, ist ihr Vater, der als Tierpfleger in einem Zoo arbeitet, von einem Tiger getötet worden. Katherine hegt den Verdacht, daß er keinem Unfall zum Opfer gefallen ist, und läßt sich ebenfalls im Zoo anstellen. Unterstützt von Tierarzt Vic Jamail lernt Katherine in der Folge nicht nur die faszinierende Welt exotischer Tiere kennen, sie erlebt auch deren Gefahren und die skrupellosen Geschäfte, die mit ihr getrieben werden. Vor allem jedoch muß sie erkennen, daß die Ursachen für die Morde an ihrem Vater und an dem alten Anwalt Hammond in der eigenen Familiengeschichte zu suchen sind. Schon fast vergessene Narben brechen auf, bevor die Klärung einiger dunkler Kapitel einen neuen Anfang möglich macht.

Autorin

Mary Willis Walker lebt in Austin, Texas. Sie ist verheiratet, hat zwei Töchter im Teenageralter und einen goldbraunen Jagdhund. »Raubtierfütterung« ist ihr erster Roman, der mit dem Agatha-Award ausgezeichnet und für den Edgar-Allan-Poe-Award nominiert wurde.

MARY WILLIS WALKER

RAUBTIER-FÜTTERUNG

Kriminalroman

Aus dem Amerikanischen von Anke Burger

GOLDMANN VERLAG

Deutsche Erstausgabe

Die Originalausgabe erschien unter dem Titel »Zero at the Bone«
bei St. Martin's Press, New York

Umwelthinweis:
Alle bedruckten Materialien dieses Taschenbuches
sind chlorfrei und umweltschonend.
Das Papier enthält Recycling-Anteile.

Der Goldmann Verlag
ist ein Unternehmen der Verlagsgruppe Bertelsmann

Umschlaggestaltung: Design Team München
Umschlagmotiv: Bilderberg/Leeser, Hamburg
Satz: Uhl+Massopust, Aalen
Druck: Elsnerdruck, Berlin
Krimi: 5849
Lektorat: Ulrich Genzler
Redaktion: Susanne Wallbaum
Herstellung: Stefan Hansen
Made in Germany
ISBN 3-442-05849-X

10 9 8 7 6 5 4 3 2 1

Für meinen Vater,
der sein Leben lang
der schönen Kunst des Lesens
im Bett huldigte.

Several of Nature's People
I know and they know me
I feel for them a transport
Of cordiality.

But never met this Fellow
Attended or alone
Without a tighter Breathing
And Zero at the Bone.

EMILY DICKINSON

Prolog

Der Rächer wartete bis zum Einbruch der Dunkelheit, bevor er den Klumpen fauligen Fleischs aus dem Spülkasten holte, wo er ihn drei Tage vorher versteckt hatte. Als er den tropfenden Beutel hochhob, wehte ihn der Geruch verdorbenen Fleischs an. Ja, drei Tage in der Hitze waren genau das richtige, um bei einem Stück Rindfleisch den perfekten Fäulnisgrad zu erreichen. Glücklicherweise stank es hier so erbärmlich, daß niemandem der Geruch aufgefallen war.

Er knotete die Tüte links an seinen Gürtel, so daß sie ein Gegengewicht zu der bereits an der rechten Seite befestigten bildete, und ging gemächlich zur Toilettentür. Behutsam öffnete er die Tür und schaute in die sich ausbreitende Dunkelheit hinaus, über den Wasservogelteich, an dem riesigen backsteingelben Reptilienhaus vorbei hinüber zu Abschnitt II. Erstaunlich, wie still es hier abends war, wenn alle Besucher fort und die Tiere in ihren Innenkäfigen eingesperrt waren. Ihm gefiel es so am besten. Nur er, der Rächer, konnte sich ungehindert bewegen, endlich frei zu tun, was getan werden mußte.

Ein Schauer freudiger Erregung durchlief ihn von Kopf bis Fuß. Dieses erstemal würde so leicht sein. Zu leicht. Nach all den Jahren des Wartens würde die Tat selbst womöglich nicht ausreichen.

Egal. Es ging nicht um den Spaß. Es ging um Gerechtigkeit. Sein Leben lang hatte er sich darauf vorbereitet, und jetzt, endlich, war der richtige Zeitpunkt gekommen. Nichts konnte schiefgehen. Der Zeitpunkt war günstig – das Wort gefiel ihm: günstig. Im Vorgeschmack auf die kommenden Ereignisse, auf die Arbeit der Nacht und des Morgengrauens, lief ihm das Wasser im Mund zusammen.

Er trat nach draußen. Der Nachtwächter – dieser fette, bleiche, ewig grinsende Dummkopf – saß sicher in seinem Häuschen und trank Kaffee aus seiner Edelstahl-Thermoskanne. Keine Gefahr. Kein Problem.

Geräuschlos ging er den Weg entlang in seinen schwarzen Reeboks, schwarzen Stretchhosen und einem schwarzen Pulli. Unter seinem Hemd pendelte der Glücksbringer, der ihn noch nie im Stich gelassen hatte, auch in den ausweglosesten Situationen nicht, an einem Band hin und her. Er glitt über seine Brust, wobei sich die Schuppen ab und an in einem Haar verfingen; es fühlte sich an wie die Berührung einer Frauenhand mit spitzen Fingernägeln.

Als er sich der Raubtierabteilung näherte, sog er die Luft ein und versuchte, Brums Geruch von den übrigen Tierausdünstungen zu unterscheiden. Obwohl er noch gut hundert Meter entfernt war, stach ihm der scharfe Duft in die Nase. Brum. Diesmal mußte das große männliche Tier die Nacht draußen verbringen. Er war sicher bereit. Genau wie in dem des Rächers lag es in Brums Charakter, zum Töten bereit zu sein.

»Dein großer Augenblick ist so gut wie da, mein Alter«, flüsterte er, während er vom Gehen in einen leichten Dauerlauf fiel. Als er sich dem hohen Maschendrahtzaun näherte, mit dem der tausend Quadratmeter große Auslauf umgeben war, entdeckte er Brum; er lag auf der Seite, halb versteckt hinter einem künstlichen Felsen auf der Uferböschung des Nutzwasserbaches.

Der Tiger sprang auf und glitt auf riesigen, samtweichen Pfoten an den Zaun, als hätte er bereits gewartet. Die letzten Strahlen der untergehenden Sonne ließen jedes Haar seines dicken, orangefarbenen Pelzes wie elektrische Glühdrähte aufleuchten. Seine Nase schien mit dem Geruch an dem Beutel, der an des Rächers Hüfte baumelte, wie durch ein unsichtbares Band verbunden. Als dieser nur noch ein paar Meter vom Zaun entfernt war, blieb der Tiger stehen und fauchte durch seine gelblichen Fangzähne.

Der Rächer sprang über das Geländer, um näher an dcn hohen Zaun zu kommen. »Ich rieche gut, was, alter Brum? Wartest du schon auf mich? Das will ich auch hoffen.« Er preßte eine Handfläche gegen den Maschendraht und verspürte ein Prickeln in den

Lenden, als der Tiger langsam an der anderen Seite des Zauns entlangstrich und sein rauhes Fell an der Haut des Rächers rieb.

Wenn man den Tiger so im Dämmerlicht sah, vor einer Kulisse aus Gras, Bäumen und Felsen, war es nicht schwierig, sich den Zaun wegzudenken und sich Brum als wildes Tier vorzustellen. Ein einsamer Jäger im nächtlichen Wald. Die Sinne geschärft durch Hunger, getrieben von der Leere in seinem Innern, würde der Tiger die Witterung der Beute aufnehmen; sein Magen würde sich zusammenziehen beim Geruch von warmem Blut, das unter dünner Haut zirkulierte. Er würde zusammengekauert auf dem Sprung sein und lauschen, wobei seine kleinen, runden Ohren zuckten. Plötzlich mußte der Rächer laut lachen; ihm war eingefallen, was er gelesen hatte: daß indonesische Jäger ihre Nasenlöcher rasierten, in der Überzeugung, daß Tiger das Atemgeräusch in der Nase eines Menschen zu hören vermochten. Er glaubte das. Brum hörte jeden Atemzug, jedes Blinzeln, jedes Zittern. Und langsam, lautlos, die Augen auf die Beute geheftet, würde er sich heranpirschen.

Dann kam der schönste Teil, das, was der Rächer sich so oft vorgestellt hatte, in Nacht- und Tagträumen. Er sah es geradezu vor sich: Die Katze schnellte empor und senkte die Klauen tief in das Fleisch der rechten Flanke, wobei sie die schreiende Beute zu Boden warf. Und dann ... die Zähne des Tigers wußten genau, was sie zu tun hatten. Wie eine fallende Guillotine schlossen sich die vier gelben Reißzähne um den Hals und brachen das Genick. Gnädig und elegant. Vielleicht zu gnädig.

Während der Rächer in Gedanken versunken dastand, strich Brum unruhig an dem hohen Zaun entlang und starrte auf den Beutel. Als der Mann sich wieder in Bewegung setzte, glitt Brum neben ihm her, nur durch den dünnen Draht von ihm getrennt.

An der Tür, die hinter der künstlichen Felswand versteckt war, tastete der Rächer unter seinem Pullover nach der Kordel um seinen Hals. Seinem Glücksbringer. Er preßte den Daumen gegen einen der scharfen Giftzähne, bis ein Blutstropfen hervorquoll. Dann umfaßte er den Klapperschlangenkopf mit der ganzen Hand und drückte ihn ein paar Sekunden lang fest.

Während er den Schlüsselbund aus der Hosentasche zog und

die Tür öffnete, ging sein Atem schneller. Er trat in den Wärterraum, verschloß die Tür von innen und nickte hinüber zu Brums leerem Innenkäfig.

Seine Hand zitterte, als er die Tür zu dem schmalen, etwa schrankgroßen Durchgang, in dem es geschehen würde, aufschloß. Er trat ein und verschloß die Tür hinter sich. Vorsichtsmaßnahmen des Zoos. Befolgte er immer.

Er lächelte.

Dann setzte er sich in dem winzigen Raum auf den Boden, den Rücken gegen die Wand gelehnt, und betrachtete die Stahltür, die zum Auslauf hinausführte. Sie war etliche Zentimeter dick, verschlossen und verriegelt; in Augenhöhe war ein Fenster zur Überwachung eingelassen. Es bestand aus dickem, mit Draht verstärktem Glas und war fünfzig mal fünfundsiebzig Zentimeter groß – gerade groß genug –, er hatte sorgfältig Maß genommen.

Er seufzte vor Zufriedenheit und nahm die beiden Beutel von seinem Gürtel. Er löste die Knoten in der ersten Tüte und griff hinein, um das Stück Fleisch herauszuholen. Als er die schleimige Oberfläche ertastete, keuchte er; der Gestank kitzelte in seiner Nase. Er war unerträglich. Im selben Moment nieste er und schleuderte den widerlichen blutigen Klumpen gegen die Metalltür. Das Fleisch schlug mit einem Schmatzen auf und fiel zu Boden.

Der Rächer konnte ihn nicht hören, aber er wußte genau, daß Brum da war, direkt hinter der Tür, die Nase wahrscheinlich an den Spalt unter der Tür gedrückt. »Na, hungrig, mein Junge? Ihr Katzen mögt Fleisch doch gern bei Körpertemperatur, stimmt's? Warte nur ab, was ich Schönes für dich habe. Das, worauf du dein ganzes Leben gewartet hast.«

Aus der anderen Tüte holte er ein Paar weiche Gartenhandschuhe, ein Stück Trockenfleisch und einen brandneuen Seitenschneider.

Er biß in das Trockenfleisch und zog kräftig daran, um ein Stück abzureißen. Er konnte sich Zeit lassen. Er hatte die ganze Nacht vor sich und nur sehr wenig zu tun.

Es sollte so lange wie irgend möglich dauern.

1

Natürlich war es Higgins, der elende Mops, der mit seinem Jaulen sogar bis in ihre Träume vordrang.

Mit geschlossenen Augen spürte Katherine Driscoll, wie das erste Tageslicht durch das Ostfenster ihres Schlafzimmers drang. Wenn sie die Augen nicht öffnete, konnte sie vielleicht noch einmal in den herrlichen Zustand der Bewußtlosigkeit versinken, nur noch für ein paar Minuten.

Aber nein. Die anderen Gäste fielen jetzt ein – zuerst der uralte Basset mit seiner tiefen Baßstimme. Dann der deutsche Schäferhund von Jack Reiman mit seinem wolfsähnlichen Heulen, und dann stimmte auch der Rest, im Moment sechzehn, in den Mißklang ein. Und die Pfauen schrien zur Begleitung.

Sie verschränkte die Arme über den Augen und zog die Knie eng an den Körper. Immer, in all den elf Jahren, die sie schon in diesem Haus wohnte, hatte sie das Aufstehen morgens genossen. Sie liebte das rosafarbene Licht des frühen Morgens. Es machte ihr Spaß, die Tiere zu füttern und den Zeitplan für den Tag aufzustellen. Sie war gern ihre eigene Chefin.

Aber nicht heute. Himmel, wie sollte sie das alles schaffen? Die Probleme wuchsen ihr über den Kopf. Nach den ganzen Jahren, in denen sie sich allein um alles gekümmert hatte, wurde es ihr nun zuviel. Das Chaos drohte sie zu ersticken.

Sie rollte sich auf den Bauch und vergrub den Kopf im Kissen. Was hatte sie nur geträumt? Wenn sie die Augen geschlossen hielt und an nichts dachte, konnte sie vielleicht noch ein Ende des Traums erwischen, dieses Ende konnte sie dann festhalten und den Rest des Traums wieder hervorholen. Wenn man sie nur noch ein paar Minuten in Ruhe ließ.

Wenn sie erst wach war, würde sie sich mit der langen Liste von Sorgen befassen müssen.

Als sie die Andeutung von Schmerzen in Higgins' unablässigem Kläffen hörte, gestattete sie einer der weniger großen Sorgen, in ihr Bewußtsein vorzudringen – Higgins. Seine Besitzerinnen, zwei ältliche Schwestern, die ihre nächsten Nachbarinnen und besten Kundinnen waren, kamen von ihrem alljährlichen Europaurlaub zurück. Heute. Sie hatten Higgins eine Postkarte aus Rom geschickt und versprochen, ihn auf dem Weg vom Flughafen abzuholen. Im PS hatten sie Katherine daran erinnert, darauf zu achten, daß er ausreichend Bewegung hatte.

O Gott.

Sie konnte sich die Rückkehr der beiden lebhaft vorstellen. Die übergewichtigen Schwestern würden in ihrem gelben Cadillac vorfahren, Vorfreude auf den Gesichtern, die Frage auf den Lippen, ob ihr kleiner Wauwau Higgins bei seiner Tante Katie einen schönen Urlaub verlebt hatte. Statt dessen würden sie ihr geliebtes Haustier allerdings voller Entsetzen anstarren und wissen wollen, was mit ihm geschehen sei. Und sie würde diese idiotische Sache mit der Mülltüte und der Bierflasche erklären müssen. Sie würden entsetzt sein. Und konnte sie es ihnen verübeln? Wo sie doch den doppelten Tagessatz für Higgins bezahlten, damit er ganz besondere, persönliche Fürsorge bekam?

Katherine stöhnte.

Jetzt, da sie einen der Dämonen zugelassen hatte, kamen die anderen gleichfalls mit dem Morgenlicht unter ihre Augenlider gekrochen und fingen an, in ihrem Kopf umherzuschwirren. Ihr ganzer Körper verkrampfte sich in dem Wunsch, dagegen anzukämpfen.

Aber dann ließ ein bestimmtes Geräusch ihre Muskeln erschlaffen und die Dämonen fliehen: das Klicken von Ras Klauen auf den bloßen Eichendielen. Mit geschlossenen Augen hörte sie den Hund näherkommen – seinen schweren Atem, das Klimpern seiner Marken; dann kitzelte sein feuchter, beißender Atem ihr Gesicht, und seine kalte Nase legte sich in ihren Nacken. Sie atmete seine warmen, erdigen Ausdünstungen ein und streckte die Finger aus, um sie in seinem dichten Fell zu vergraben.

Schließlich hob sie den Kopf und öffnete die Augen. Sie nahm seinen Kopf in beide Hände, küßte den Golden Retriever auf die lange Schnauze, schwang ihre Beine aus dem Bett und blieb auf der Bettkante sitzen. Er legte den Kopf auf ihre Knie und schaute mit seinen weit auseinanderstehenden Mandelaugen zu ihr empor. Sie seufzte beglückt über das Gewicht seines großen Kopfes.

»Zweifacher Champion des strahlenden Sonnenaufgangs Amun-Ra – Sohn von Champions, Erzeuger von Champions –, mußt du mal nach draußen, mein Schatz?« sagte sie.

Als Antwort hob der Hund den Kopf und tänzelte auf der Stelle; seit er ein Welpe war, war das sein Signal, daß er nach draußen wollte. Katherine stand auf und lief barfuß in die Küche, während der Hund neben ihr hertrabte.

Sie löffelte etwas Kaffee in einen Filter und stellte die Kaffeemaschine an. Während sie damit beschäftigt war, ließ sie den Blick aus dem Fenster über den Hof zum Zwinger gleiten – fünfundzwanzig rechteckige Hundekäfige unter einem langen schindelgedeckten Dach. Ihre Gäste strichen in den Käfigen hin und her und warteten auf Futter. Higgins, der immer noch kläffte, warf seinen rundlichen Körper gegen die Kette. Katherine konnte nur hoffen, daß die Naht nicht aufging.

Sie schlüpfte in ein Paar alte Mokassins, öffnete Ra die Tür und folgte ihm nach draußen in den klaren Oktobermorgen. Die Sonne wärmte schon; es würde ein heißer Herbsttag werden, genau richtig, um mit dem neuen schwarzen Labrador an den Teich zu gehen, wo sie Apportieren aus dem Wasser üben würden.

Sie betrachtete die Wiese hinter ihrem Haus; in hohem Gras leuchteten bunte Wildenten und Sonnenblumen. Selbst in diesem Augenblick noch genoß sie die Abgeschiedenheit, ihre Privatsphäre und daß sie von dem Punkt, an dem sie stand, nicht ein einziges anderes Haus sehen konnte. Sie liebte es, morgens im Nachthemd nach draußen zu gehen, in zerfetzten Shorts unbehelligt zu arbeiten, niemandem Rechenschaft ablegen zu müssen. Das war alle Opfer wert.

Die acht Hektar, die das Haus umgaben, von der Landstraße im Westen bis zum Bach in Osten, gehörten ihr, ihr allein. Es war das, was sie sich immer gewünscht hatte. Ein Stück Texas.

Ein Zuhause, selbstgeschaffen, sie hatte hart dafür gearbeitet. Dazu ein Unternehmen, das ihr finanzielle Unabhängigkeit ermöglichte. Bis zum vergangenen Jahr.

Als die Hunde sie kommen sahen, fingen sie an, wie wild in ihren engen Käfigen umherzuspringen. Sie rief ihnen zu: »Ist ja gut, ihr Viecher. Beruhigt euch. Das Frühstück ist unterwegs.«

Sie betrat den Schuppen am Ende des Zwingers und stellte siebzehn Plastiknäpfe parat. Aus einer enormen Mülltüte mit Trockenfutter füllte sie sechzehn der Näpfe mit unterschiedlichen Mengen Futter. Zuerst stellte sie Ra, der um ihre Füße strich, während sie mit den Vorbereitungen beschäftigt war, eine Schüssel hin. Dann brachte sie immer zwei Futternäpfe zu den Käfigen, deren Türen sie mit dem Ellbogen öffnete, und schob sie hinein, während sie jeden Hund mit Namen begrüßte.

Higgins war als letzter dran, da er eine besondere Diät bekam, deren Zusammenstellung etwas Zeit erforderte. Für ihn mischte sie zwei Tassen Spezialhundefutter »für den älteren Hund«, eine Vierteltasse Haferflocken, eine Schilddrüsenpille, zwei zerkleinerte Tabletten gegen seine Arthritis und ein wenig Knoblauchpulver für sein Fell – genau wie Hester und Judith es ihr gesagt hatten. Sie schaute weg, als sie seine Tür öffnete, damit sie die rasierte graue Haut, die gezackte Wunde in seiner rundlichen Flanke und die fünfzehn Stiche, die der Tierarzt benötigt hatte, um sie zu schließen, nicht sehen mußte. Sie streichelte seine seidigen schwarzen Ohren, ohne ihn ein einziges Mal anzusehen. Sobald Joe da war, würde sie ihn bitten, die antibiotische Salbe auf die Wunde aufzutragen.

Während die Hunde fraßen, zog sie den Gartenschlauch von Käfig zu Käfig und füllte die Wasserbehälter. Die vertraute Routine gab ihr Kraft. Mittlerweile strichen die Katzen, alle vier, miauend um ihre Füße. Sie faßte in eine kleinere Mülltüte mit getrocknetem Katzenfutter und füllte eine kleine Menge in jeden der vier Näpfe. »Mehr kriegt ihr nicht, Kinder. Gemeckert wird nicht. Den Rest müßt ihr euch schon selbst besorgen. Fangt endlich diese dämlichen Schlangen, wie sich das gehört. Und ihr da oben auch«, rief sie dem Pfauenpaar auf dem Dach zu.

Nachdem dieses beruhigende Morgenritual vollzogen war,

gingen sie und Ra zurück zum Haus. Als sie Joes alten Lieferwagen in der Einfahrt hörte, zog sich ihr Magen plötzlich schmerzhaft zusammen. Wie sollte sie ihn nur bezahlen? Sie war bereits eine Woche im Rückstand, und er hatte ohnehin keinen Penny zuviel. Es war nicht richtig, ihn warten zu lassen. Sie hatte Verantwortung ihm gegenüber.

Die Sorgen waren mit voller Wucht wieder da.

»Ich kann's nicht länger vor mir herschieben, was, Ra?« sagte sie.

Gut, sie würde sich hinsetzen und die Zahlen ein letztes Mal durchsehen. Vielleicht kam ihr ja eine Idee, fiel ihr eine Lösung ein. Vielleicht beschloß die Bank, ihr die Schulden zu erlassen. Vielleicht starb ihr reicher Onkel und vererbte ihr etwas Geld. Vielleicht heilte Higgins' Wunde noch vor dem Mittagessen. Vielleicht nahm ihr Leben wieder seinen normalen Gang, so wie vor diesem ganzen Chaos.

Katherine goß sich einen Kaffee ein und ließ sich in den Stuhl am Schreibtisch fallen, wo sie ihren Papierkram erledigte. Minutenlang saß sie regungslos da und starrte auf den Schuhkarton voller unbezahlter Rechnungen, zuoberst der Einschreibebrief von der Bank, den sie letzte Woche erhalten hatte. Unbeachtet dampfte vor ihr der Kaffee.

Schließlich nahm sie einen Schluck, um sich zu stärken, öffnete die unterste Schreibtischschublade rechts und holte den anderen Brief hervor – den, der am Freitag gekommen war und der sie das ganze Wochenende über derart aufgewühlt hatte, wie sie es in ihrem Erwachsenendasein noch nie erlebt hatte. Nachdem sie ihn mehrere Male fassungslos gelesen hatte, hatte sie ihn in die Schublade geworfen und diese so heftig zugeknallt, daß der Knauf abgefallen war. Achtundvierzig Stunden lang hatte sie der Brief abwechselnd angezogen und abgestoßen. Sie hatte seiner Anziehungskraft widerstanden und jedesmal einen weiten Bogen um die Schublade gemacht, wenn sie an ihr vorbeigekommen war. Bis jetzt.

Allein das Gefühl des Papiers zwischen ihren Fingern entfachte eine wütende Hitzewelle in ihrer Brust. Zur Hölle mit ihm. Warum jetzt? Wie kommt er auf die Idee, daß ich jemals auf so etwas reagieren würde? Dieser Mann mußte wirklich verrückt sein.

Der Kaffee war vergessen; sie breitete den Brief auf dem Tisch aus und betrachtete die vier sorgfältigen Kniffe in dem gelben, linierten Papier. Ohne die Wörter zu lesen, analysierte sie die Handschrift. Sie war groß, kräftig, aggressiv geneigt und ausladend, mit schwarzem Kugelschreiber geschrieben – die Handschrift eines Mannes, der seine Frau und Tochter verjagen und sie dann einunddreißig Jahre lang ignorieren konnte. Die Wut brannte in ihr; die Flammen loderten aus ihrer Brust durch den Hals in die Wangen und versengten ihr von innen die Haut. Gott, die Verachtung, die sie für diesen Mann empfand, war nicht mit Worten zu beschreiben.

Nachdem sie zweimal tief durchgeatmet hatte, las Katherine den Brief noch einmal.

37 Wirtz Ave.
Austin, TX
512-243-9080 (privat)
512-338-6712 (Arbeit) 11. Oktober

Liebe Katie,
vermutlich wirst Du Dich wundern, nach so langer Zeit auf einmal von mir zu hören, aber ich habe erfahren, daß Du in finanziellen Schwierigkeiten bist, und ich möchte Dir einen Vorschlag machen, um Dir zu helfen.

Katie, bitte entschuldige, daß ich Deinen Geburtstag habe verstreichen lassen. Jedes Jahr am 2. Oktober denke ich an Dich und daran, was für ein süßes kleines Mädchen Du warst. Es fällt mir nicht leicht, das zu schreiben, wirklich nicht. Ich hoffe, daß Du mir nicht mehr übelnimmst, was damals, als wir so viele Schwierigkeiten miteinander hatten, zwischen Deiner Mutter und mir vorgefallen ist. Jetzt, wo Du selbst erwachsen bist, verstehst Du diese Dinge ja. Wahrscheinlich kannst Du Dich sowieso kaum noch an etwas erinnern, weil Du damals noch so klein warst, fast noch ein Baby.

Was Deine Probleme anbelangt, Katie: Ich möchte das nicht in einem Brief besprechen. Es ist vertraulich, aber ich möchte Dir immerhin mitteilen, daß die volle von Dir benötigte Summe sofort in bar zur Verfügung steht, so daß die Zwangsversteigerung Deines Besitzes nicht notwendig sein wird. Die Gegenleistung, die ich von Dir verlangen würde, wäre etwas, das nur Du tun könntest. Es wäre nicht schwierig für Dich, da bin ich mir sicher. Vielleicht würde es Dir sogar Spaß machen. Deswegen wäre es gut, wenn Du BALD, in den nächsten Tagen, nach Austin kommen könntest, damit wir darüber sprechen können. Es ist wirklich das beste für Dich, wenn Du kommst; deshalb hoffe ich, daß Du bereit bist, die Vergangenheit auf sich beruhen zu lassen. Es sind harte Zeiten für Texas und seine Wirtschaft, und da ist es wichtig, daß man einander in der Familie beisteht.

Ich habe gehört, daß Du die beste Hundetrainerin in Zentraltexas sein sollst. Das erfüllt mich mit Stolz und überrascht mich nicht im geringsten, weil unsere Familie schon immer gut mit Tieren umgehen konnte. Erinnerst Du Dich an Pascha? Was für ein guter Wachhund er war? Falls mir irgend etwas zustoßen sollte, dann denke an ihn.

Ich arbeite nach wie vor im Zoo, all die Jahre. Eigentlich habe ich es nie bereut. Seit acht Jahren bin ich der oberste Wärter bei den Großkatzen. Ich würde sie Dir gern einmal zeigen.

Es tat mir leid zu hören, daß Deine Mutter gestorben ist.

Du bist jetzt für mich die einzige noch lebende Angehörige, meine Eltern sind vor zwei Jahren gestorben (beide innerhalb von sechs Monaten); meine Schwester, Deine Tante Julia, lebt seit Dezember nicht mehr. Natürlich rechne ich die Familie Deiner Mutter nicht zu meiner, denn wir sind schon so lange geschieden.

Dein Vater,
Lester Renfro

PS. Bitte bewahr diese Quittung und den Schlüssel sorgfältig für mich auf und bring sie mit, wenn Du nach Austin kommst. Dann erkläre ich Dir alles.

PPS. Es braucht sonst niemand davon zu erfahren.

Katherine spürte, wie die Flammen ihr Gesicht umschlossen und in ihr Gehirn züngelten, ihr Kopf wurde heiß und dick. Wie ein Drachen, der entweder Feuer spucken oder vor angestauter Hitze explodieren muß, sprang sie vom Stuhl auf und fing an, durch die Küche zu kreisen, wobei sie in kleinen Stößen heiße Luft aus ihren Backen blies.

Es war fast wie der Wutanfall eines Kleinkindes. Ja, sie fühlte sich wie ein Baby, das vor Ärger zu ersticken droht. Warum nur? Es schien ihr so übertrieben – das waren keine Gefühle, die eine realistische, unabhängige Frau haben sollte. Über die Sache mit ihrem Vater war sie seit langem hinweg.

Ich könne mich wundern, nach all den Jahren von ihm zu hören, meint er. Aha. Es ist allerdings eine gewisse Überraschung, von einem Vater zu hören, der in den letzten einunddreißig Jahren noch nicht einmal meine Existenz bemerkt hat. »Die Vergangenheit auf sich beruhen lassen«, schreibt er. Aha. Klar. So einfach geht das. Familien halten in harten Zeiten zusammen. Ach ja. Gute Idee, Lester Renfro. Er hofft, daß ich ihm nicht mehr übelnehme, was geschehen ist? Tja, in einem Punkt hat er allerdings recht: Ich war tatsächlich zu klein, als daß ich mich daran erinnern könnte. Aber wie sehr wünschte ich, ich könnte mich erinnern!

Katherine hielt in ihren Runden inne und preßte die Hände gegen die heißen Wangen. Sie hatte keinerlei Erinnerung an ihre ersten fünf Lebensjahre. Es war, als hätte es die Zeit in Austin, als die Familie noch zusammen war, nie gegeben.

Sie wußte nur, was ihre Mutter ihr erzählt hatte, immer und immer und immer wieder, als ob das Erzählen die Wut hätte verscheuchen können: »Erwarte nichts von deinem Vater. Niemals. Er ist verrückt, ein gefährlicher Geisteskranker. Wir haben seinen Namen abgelegt, so daß wir ihn nie wieder zu hören brauchen oder etwas mit ihm zu tun haben müssen. Niemals wieder.«

Diesem Eid hatte Leanne tatsächlich bis zu ihrem Tod Folge geleistet.

Aber trotz der Geschichten, die sie wieder und wieder zu hören bekam, hatte Katherine sich jahrelang geweigert, ihren

Vater als geisteskranken Tyrannen zu sehen. Sie hatte ein komisches Gefühl dabei gehabt und sich nach ihm gesehnt.

Während ihrer ganzen Kindheit hatte sie gehofft und gewartet und sich ausgemalt, wie es sein würde, wenn er käme, um sie zu holen. Sie bewahrte ihren Glauben an den Vater, der kommen würde, um ihr zu helfen und sie zu retten. Eine ihrer Lieblingsvorstellungen war, daß er sie mit zur Arbeit in den Zoo nehmen würde. Sie würde ihm helfen, die Tiere zu füttern und sauberzumachen, und ihn auf seinen Runden begleiten. Er würde sehen, wie gut sie mit Tieren umgehen konnte, und sie auffordern, seine Hauptassistentin zu werden. Diese Phantasie hatte ihr in schwierigen Zeiten Kraft gegeben.

Lächerlich.

Wie hatte sie so dumm sein können! Mit vierzehn Jahren schließlich hatte sie akzeptiert, wie die Realität aussah. Ihre Mutter hatte recht. Ihr war klar, daß er nicht kommen würde, und es hatte ihr auch nichts mehr ausgemacht. Das war das Wichtigste, was sie daraus gelernt hatte und was sie nie vergaß: daß sie sich nur auf sich selbst verlassen konnte. Damit konnte sie leben. Sie liebte das Alleinsein. Und sie war verdammt gut damit zurechtgekommen.

Bis zu dieser Wirtschaftskrise. Und sie war mit Sicherheit nicht die einzige, die damit zu kämpfen hatte.

»So einem Menschen sollte man nicht erlauben, frei herumzulaufen«, sagte Katherine laut und weckte damit Ra, der zu ihren Füßen ein Schläfchen gehalten hatte. »Dieser verdammte Idiot glaubt wohl, daß ich jetzt angerannt komme. Niemals. Lieber sterben.«

Sie fing wieder an, mit schnellen, wütenden Schritten in der kleinen Küche auf und ab zu laufen. Als sie an den Tisch zurückkehrte, übersah sie die offene Schublade und rannte direkt dagegen, mit dem linken Schienbein genau gegen die scharfe Kante. Durch den Stoß fiel der weiße Knauf erneut ab und rollte unter den Herd. Zum Teufel mit Lester Renfro. Sollte er sich seine finanzielle Hilfe sonstwohin stecken.

Sie beugte sich vor und besah sich ihr schmerzendes Schienbein. Direkt auf dem Knochen wölbte sich eine rote Beule. Sie setzte sich, während sie mit den Tränen kämpfte, und dachte wieder über eine Frage nach, die schon das ganze Wochenende an ihr genagt hatte: Woher weiß er, daß ich in Schwierigkeiten stecke? Woher weiß er, daß ich Hundetrainerin bin? Woher kennt er meine Adresse?

Es war und blieb merkwürdig. Sie hatte mit niemandem in Austin Kontakt, genausowenig wie ihre Mutter während der letzten Jahre vor ihrem Tod. Woher wußte er es also?

Aus der noch immer offenstehenden Schublade holte sie den Umschlag hervor, in dem der Brief gekommen war. Aus diesem nahm sie den Schlüssel und den kleinen Zettel, die er mitgeschickt hatte. Sie legte den Schlüssel auf ihre flache Hand und betrachtete ihn zum ersten Mal. Es war ein kleiner Messingschlüssel mit rundem Kopf. Auf einer Seite war er blank; auf der anderen war in zierlichen Großbuchstaben das Wort ABUS eingraviert und darunter *Germany*.

Der Schmerz im Schienbein schien ihre Wut einen Moment lang zurückzudrängen. Sie schloß die Augen und hielt den Schlüssel fest in ihrer Hand. Das Metall fühlte sich warm an; es hatte ihre Körpertemperatur angenommen. Mein Vater hat diesen Schlüssel angefaßt. Er hat ihn in den Umschlag gesteckt und mir geschickt. Er bedeutet ihm etwas. Er wird mir Zugang verschaffen zu etwas, das ich haben soll. Etwas, von dem er annimmt, daß es mir helfen könnte.

Sie betrachtete die kleine Quittung. Am unteren Rand stand: »Lamar Boulevard Lagerräume, 1189 Lamar Blvd., Austin, Texas.« Außerdem stand dort: »23 $, erhalten am 11. Oktober 1989, Lagerraum 2259, für einen Monat.«

Das war alles so fürchterlich melodramatisch. Wenn er Geld hatte, das er ihr geben wollte, warum hatte er ihr dann nicht einfach einen Scheck geschickt? Warum mußte sie kommen und darum betteln? In einem Lagerraum würde sowieso niemand Geld aufbewahren, oder doch? Und was hatte er mit ihr vor? Etwas, das nur sie tun konnte. Lächerlich. Und überhaupt, wie sollte ein Zoowärter jemals in der Lage sein, genug Geld zusammenzubekommen, um ihr aus dieser verfahrenen Situation herauszuhelfen? Wußte er, daß sie mehr als 90 000 Dollar brauchte?

Sie öffnete die Hand und starrte wieder den Schlüssel an. Na ja, möglich war es schon. Vielleicht hatten ihm ja seine Verwandten etwas vermacht. Oder vielleicht war er sehr sparsam gewesen und hatte das Geld über die Jahre angespart. Es war schon möglich, daß er genug hatte.

Heftig schüttelte sie den Kopf. Gott, war sie dumm! Immer noch das leichtgläubige Kind, das nicht aufhörte, auf ihn zu warten. Warum verschwendete sie überhaupt ihre Aufmerksamkeit auf so etwas, wo sie sich doch um wichtige Dinge zu kümmern hatte? Sie warf den Schlüssel auf den Tisch. Er prallte ab und sprang auf den Steinfußboden.

Das plötzliche Geräusch ließ Ra aus seinem tiefen Schlaf auf die Füße springen, als wäre ein Schuß gefallen. Er wollte an die Arbeit gehen.

Gedankenverloren legte sie die Hand auf den vertrauten knochigen Nasenrücken in der Mitte seines seidigen Kopfes, während sie sich vorbeugte, um den Schlüssel aufzuheben. Sie steckte ihn in den Umschlag, den sie zurück in die Schublade legte. Ihr Magen zog sich zusammen, als ihr Blick auf die Kiste mit den unbezahlten Rechnungen fiel. »Oh, Ra, wer hätte gedacht, daß wir jemals in eine Lage kommen würden, wo wir vielleicht alles verlieren, was wir uns erkämpft haben? Das ist doch überhaupt nicht möglich.«

Der Hund sah zu ihr auf und fing an, auf der Stelle zu tänzeln.

»Gut.« Sie steckte die Nachricht von der Bank in Boerne ein. »Keine Angst. Heute ist der große Tag. Ich bin bereit, alles zu tun – betteln, leihen oder stehlen. Da ich mir schon etwas geliehen habe, ist es jetzt wohl Zeit zu betteln.«

Sie hob ihre Tasse und nahm einen Schluck Kaffee. Er war eiskalt. Sie schaute auf die Uhr. »Noch zwei Stunden bis zu meinem Termin bei der Bank, Ra. Gerade Zeit genug, um mit dem neuen Labrador das blinde Apportieren zu üben.«

Sie blickte zu ihm hinunter und bemühte sich zu lächeln, aber ihre Lippen zitterten. »Irgendwann werden wir zurückschauen und über all das lachen, stimmt's, Schatz?«

2

Als Katherines Wagoneer auf dem Parkplatz hinter dem einstökkigen roten Backsteinhaus, in dem sich die Bank von Boerne befand, zum Stehen kam, fühlte sich die weiße Bluse, die sie gerade erst angezogen hatte, feucht an. Sie stellte den Motor ab und sah auf die Uhr. Fünf Minuten zu früh. Ein einzelner, fetter Schweißtropfen rollte langsam an ihrer Schläfe herab.

Sie hatte sich schon oft widrigen Umständen gegenübergesehen. Oft. Aber diesmal war es anders. Sie verabscheute die Vorstellung, um Hilfe bitten zu müssen. Alles in ihr krümmte sich, wenn sie nur daran dachte. Und daß sie George Bob Rainey darum würde bitten müssen, machte alles noch schlimmer.

Sie zog den Brief und die öffentliche Ausschreibung zum Verkauf, die vor sechs Tagen als Einschreiben gekommen waren, aus ihrer Tasche. Sie stellte den Motor wieder an, um die Klimaanlage laufen lassen zu können, während sie beides noch einmal durchlas.

Es waren schlechte Nachrichten.

Die schlimmsten.

Sie befinde sich mit der Abzahlung ihrer Hypothek drei Monate im Rückstand. »In Zahlungsverzug«, stand da. *Zahlungsverzug* – ein unschönes, anklagendes Wort. Die Bank sei gezwungen, die Laufzeit des Kredits abzukürzen, so daß der Gesamtbetrag von 90 899 Dollar auf der Stelle fällig werde. Wenn sie nicht bis Dienstag, 7. November, bezahlt habe, müsse ihr Eigentum um 11 Uhr auf der Osttreppe des Amtsgerichts von Kendall County versteigert werden.

In nur zweiundzwanzig Tagen!

Der Anwalt der Bank werde einen Aushang am Schwarzen Brett des Gerichts machen, der die Zwangsversteigerung ihres Grundbesitzes und der Vermögenswerte aus dem Hundezwinger ankündige, und wenn sie ihren Verpflichtungen nicht nachkommen könne, würde alles zum freien Verkauf angeboten.

Dieser Satz – »Wenn Sie Ihren Verpflichtungen nicht nachkommen können« – traf sie hart. Es war immer ihr Stolz gewesen, daß sie ihren Verpflichtungen pünktlich nachgekommen war. Hatte sie nicht immer schon mehr Verpflichtungen gehabt als andere Leute? Oft hatte es den Anschein gehabt, als wäre ihre Mutter hilflos und überfordert – mehr Kind als Katherine. Hatte sie sich nicht allein um den Haushalt gekümmert, wenn ihre Mutter fort war? Und war sie nicht trotzdem gut in der Schule gewesen? Hatte sie es nicht geschafft, selbst ihr Collegestudium zu finanzieren? Hatte sie nicht ein gewinnbringendes Unternehmen aus den kleinen Anfängen – der Zucht und Abrichtung einiger Golden Retriever – aufgebaut?

Und als ihre Mutter vor zwei Jahren an Krebs erkrankte, hatte da nicht sie, Katherine, die Sache in die Hand genommen und die enormen Krankenhausrechnungen, für die das kleine Einkommen ihrer Mutter nicht ausreichte, bezahlt? Und das alles allein. Die einzige Hilfe, um die sie je gebeten hatte, war dieser Bankkredit gewesen, mit dem sie Haus und Land gekauft hatte. Sie war ihren Zahlungen elf Jahre lang jeden Monat pünktlich nachgekommen. Bis die Arztrechnungen und die Wirtschaftskrise ihr dazwischengekommen waren.

Ja, über Verpflichtungen konnte sie sich endlos auslassen.

Und tatsächlich, genauso sah sie sich: als eine unabhängige Frau, die ihren Verpflichtungen stets nachgekommen war. Gott, das hörte sich an wie ein Nachruf. Sie konnte es sich schon als Inschrift auf ihrem Grabstein vorstellen: »Katherine Anne Driscoll. Sie kam ihren Verpflichtungen nach.« Irgendwie gefiel ihr das als Fazit von sechsunddreißig Jahren nicht sonderlich. Freudlos.

Sie sah wieder auf die Uhr. Drei nach elf, sie eilte in die Bank. Sie war verschwitzt und fühlte sich unwohl in ihren hochhackigen Schuhen und dem engen Rock. Ich versuche auszusehen, als bräuchte ich kein Geld, dachte sie. Versuche, anständig auszusehen.

Schon beim Eintreten sah sie George Bob Rainey auf der anderen Seite der Schalterhalle und fühlte die gewohnte Schamröte, die seine Anwesenheit in ihr auslöste, in sich aufsteigen.

Strahlend kam er auf sie zu; sein Gesicht wirkte noch runder und konturloser als bei ihrem letzten Treffen vor zwei Monaten.

»Kate. Wie schön, Sie zu sehen! Schön, Sie zu sehen.« Er griff ihre Hand und schüttelte sie kräftig. Er schüttelt so, weil er sehen will, ob Geld herausfällt, dachte Katherine. Ich wünschte, es wäre so einfach.

»Kommen Sie mit in mein Allerheiligstes«, sagte er, indem er sie, die flache Hand auf ihrem Rücken, vor sich her schob; etwas, das Katherine nicht ausstehen konnte. Besonders jetzt, da ihr Rücken wahrscheinlich vor Nervosität schweißnaß war. Als ich meine Raten noch pünktlich bezahlt habe, hätte ich seine Hand abschütteln können. Jetzt nicht mehr.

Seine Bürotür war aus Mahagoni mit goldenen Buchstaben darauf: »George Bob Rainey, Vizepräsident«.

Er öffnete, schob sie hinein und deutete auf einen kleinen Stuhl mit gerader Lehne, der neben dem ausladenden Schreibtisch winzig aussah. Ein Bittstellerstühlchen. Na wunderbar. Sie ließ sich darauf nieder und zupfte den engen Rock zurecht, so daß er ihre Knie bedeckte.

»Ja, Kate, Sie sehen hervorragend aus, meine Liebe. Sehen Sie Johnny Rhenquist noch?«

»Äh, nein. In der letzten Zeit nicht.« Sie war fest entschlossen, ihm keinen Anlaß zu Tratsch über ihre aufgelöste Verlobung zu geben. »Wie geht es Major?«

George Bob Rainey wuchtete sich mit einem leisen Grunzen in den großen Chefsessel aus burgunderrotem Leder. »Ach, so wild wie eh und je. Der platzt noch vor Energie. Wir müssen ihm immer noch den Maulkorb anlegen, wenn Gäste zu uns kommen. Verdammt, letzten Monat hat er Charley Holbein ein Stück aus dem Bein gebissen. Verdammter Köter. Danach hätt' ich ihn fast zu Brei geschlagen. Ich hätte vor Jahren auf Sie hören und den Hund von Ihnen abrichten lassen sollen. Ich fürchte fast, daß es mittlerweile zu spät ist.«

Katherine dachte daran, daß es selbst vor fünf Jahren, als er den riesigen deutschen Schäferhund, damals noch ein Welpe von acht Monaten, zu einer ihrer Gruppentrainingsstunden in Gehorsam gebracht hatte, schon zu spät gewesen war. Der Hund war nervös und aggressiv den anderen Hunden gegenüber gewesen, und George Bob hatte sich geweigert, dieses Verhalten zu korrigieren. Daraufhin war sie gezwungen gewesen, ihn von dem Kurs auszuschließen. Sie war ebenfalls gezwungen gewesen, seine wiederholten unangenehmen Annäherungsversuche zurückzuweisen. Jedesmal, wenn sie ihn zurückgewiesen hatte, hatte er die Schultern gezuckt und gesagt, es sei wirklich schade, daß sie nicht so gut drauf sei wie ihre Mutter.

Das Problem war, daß sie hier auf dem Dorf lebte. Er kannte Leannes Ruf, und er hatte sie immer wieder daran erinnert. Sobald sie mit ihm zu tun hatte, fühlte sie Scham in sich aufsteigen und hatte das Bedürfnis, sich als geschlechtslose Geschäftsfrau zu präsentieren – als das genaue Gegenteil ihrer Mutter.

George Bob schaute in die aufgeklappte Akte, die vor ihm auf dem Schreibtisch lag. Von einem Moment zum nächsten wandelte sich sein Gesichtsausdruck von dem des verbindlichen Gastgebers zu dem des resoluten Bankkaufmanns. Dieser veränderte Mann sah mit leicht zusammengekniffenen Augen zu Katherine auf, die dünnen Lippen nach innen gestülpt. Er wollte jetzt zur Sache kommen.

Sie legte den Brief auf die mit Leder bespannte Tischplatte und schubste ihn über die enorme Breite des Tischs zu George Bob hinüber. »Den habe ich letzte Woche bekommen. Es war wirklich ein Schock.«

Er warf einen Blick darauf. »Tja, meine Liebe, ich weiß. Sieht ja wirklich schlimm aus.«

Katherine atmete tief durch und legte los, wie sie es eingeübt hatte. »Als ich vor zwei Monaten hier war, um mit Ihnen über die Sache zu sprechen, habe ich Ihnen gesagt, daß mein Geschäft nicht so gut läuft – wie es allen hier in der Gegend geht –, daß es aber dabei sei, sich zu erholen – langsam. Und daß eine Steigerung meiner Profite absehbar sei, wenn ich ein bißchen mehr Zeit hätte.«

Sie sah, wie sich sein Kiefer bewegte, er wollte sie unterbrechen. Schnell fuhr sie mit ihrer Rede fort. »Sie haben gesagt, Sie würden mir ein paar Monate Zeit geben, um die Sache zu regeln. Die Zeit hat noch nicht ausgereicht, und ich kann auch nicht alles auf einmal bezahlen, aber ich bin dabei ... eine Lösung zu finden. Ich habe neue Pläne. Ich kann eine zusätzliche Arbeit annehmen;

ich kann Joe entlassen, um die laufenden Kosten zu senken. Wenn Sie nur noch ein paar Monate Geduld mit mir haben, George Bob, werde ich alle Schulden bezahlen. Ich bin immer eine gute Kundin gewesen und habe elf Jahre lang pünktlich bezahlt.«

Nach dieser Rede war Katherine ziemlich atemlos, nicht weil sie normalerweise keine so langen Reden hielt – obwohl das zutraf –, sondern wegen ihrer tiefen Abneigung gegen das, was sie gesagt hatte. Es kam Betteln so verdammt nahe. Und sie hörte selbst, was für ein Schwindel es war. Die Wahrheit war einfach: Sie bat um Aufschub; es war ihr klar, daß sie die Schulden in ihrem Leben nicht würde abbezahlen können.

Er beugte sich vor und faltete die Hände vor sich auf dem Tisch. »Kate, es geht nicht mehr länger um eine Regelung für den Zahlungsverzug. Da der Kredit nun fällig geworden ist, stehen Sie mit den gesamten einundneunzigtausend Dollar in der Kreide.« Katherine registrierte, daß er die Zahl noch nicht einmal in den Unterlagen nachzuschauen brauchte. Er schoß mit scharfer Munition. »Ich will Sie nicht entmutigen. Ich weiß ja, was für eine tatkräftige junge Frau Sie sind, aber lassen Sie uns doch mal ernsthaft über die bestehenden Möglichkeiten nachdenken. Haben Sie versucht, Ihren Grundbesitz zu verkaufen?«

Sie schaute auf ihre Hände. Sie umklammerten die Knie so fest, daß die heraustretenden Knochen und Adern ein Relief bildeten. »Nicht ernsthaft. Aber eine Maklerin hat es sich angesehen und mir gesagt, daß ich froh sein könne, wenn ich hunderttausend für das ganze Ding bekomme, einschließlich der vier Hektar Land. Das ist weniger, als ich dafür bezahlt habe. Außerdem hat sie gesagt, daß es schwierig zu verkaufen sein wird in dieser schlechten Marktsituation.«

Langsam und traurig schüttelte er den Kopf. »Das ist wirklich die schlimmste Krise, die der Immobilienmarkt je gesehen hat. Wer hätte so etwas je für möglich gehalten?« George Bob hatte seine Stimme zu einem pietätvollen Tonfall gesenkt. Es handelte sich unverkennbar um seine Stimme für sehr unangenehme Mitteilungen. »Sehen Sie, Kate, wir wollen Ihnen ja helfen; aber wir haben unseren Aktionären und Sparern gegenüber die Verantwortung, darauf zu achten, daß diese Kredite zurückgezahlt werden. Wenn sie nicht zurückgezahlt werden, sind wir verpflichtet, aus den Sicherheiten soviel wie möglich herauszuholen. Leider liegen die Dinge genauso, wie es in der Benachrichtigung steht.« Er schob den Brief zurück zu Katherine. »Die Kreditabteilung hat beschlossen, daß wir die Hypothek für verfallen erklären müssen, wenn Sie bis zum siebten November nicht eine Möglichkeit finden, Ihre Schulden zu begleichen.«

»Aber das sind nur noch drei Wochen. Wie soll ich in drei Wochen eine Lösung finden?« Ihre Stimme war nahe daran, in einen weinerlichen Tonfall umzukippen. Sie biß die Zähne zusammen.

»Kate, jetzt hören Sie mal zu. Sie haben doch Verwandte in Austin, die einspringen könnten. Ich weiß von Ihrer Mama, daß Sie eine reiche Großmutter haben. Mein Gott, Sie sind eine *Driscoll.* Warum rufen Sie nicht dort an und bitten um einen Kredit, der Ihnen aus der Patsche hilft? Ich an Ihrer Stelle würde das tun.«

Ärgerlich schüttelte sie den Kopf.

Er fuhr fort: »Wenn ich zu entscheiden hätte, würde ich Ihnen so viel Zeit geben, wie Sie wollen, aber darauf habe ich leider keinen Einfluß.« Er deutete auf das Büro des Präsidenten neben seinem. »Wir übernehmen nicht gern Grundbesitz. Wir machen keine Geschäfte auf diesem Gebiet. Aber so, wie die Verhältnisse nun einmal sind, müssen wir unsere Ansprüche aus den Grundstückshypotheken befriedigen oder uns an die Sicherheiten halten.«

Er schaute zum erstenmal wirklich in die Akte. »Hier steht im Kreditvertrag, daß Ihre Sicherheiten aus den acht Hektar, dem Haus, dem Hundezwinger und den Vermögenswerten aus dem Zwinger bestehen.«

»Abgesehen von den Ausläufen und etwas Ausrüstung zur Hundeausbildung gibt es keine Vermögenswerte in dem Zwinger«, sagte sie voller Angst vor dem nächsten Schlag, der auf sie niedergehen würde.

»Wirklich? Hier steht, daß diese Rassehunde, die großen Jagdhunde, die Sie züchten und ausbilden, Teil des Vermögens sind, Teil der Sicherheiten, die der Bank überschrieben worden sind.«

Ihr Atem ging unregelmäßig. »Oh, die Hunde habe ich schon vor Monaten verkauft, um die Raten bezahlen zu können. Sie haben die Mai- und die Junirate mitfinanziert.«

»Tatsächlich? Das muß ein schwerer Schlag für Sie gewesen sein. Wie steht es mit dem Großen, der immer bei Ihnen im Auto sitzt und alle Wettkämpfe gewinnt?«

»Ra?« Ihre Stimme klang dünn, sogar in ihren eigenen Ohren. »Niemand kann ihn als Teil der Vermögenswerte aus dem Zwinger betrachten. Er ist mein... Haustier. Nebenbei hat er auch den einen oder anderen Wettkampf gewonnen.«

»Charley Holbein hat gesagt, dieser Hund sei als Zuchttier allein zwanzigtausend wert. Er sagt, das sei der beste Jagdhund, den er je gesehen habe. Schauen Sie, Kate, ich weiß doch, was für Gefühle man für diese Viecher entwickelt, aber hier geht es ums Geschäft.«

Katherine hatte bis zu diesem Moment nicht gewußt, wie man sich kurz vor einer Ohnmacht fühlt. Sie umklammerte die Tischkante, um die Panik zu überwinden.

Er sah ihr direkt in die Augen. »Was immer ich in dieser Sache für Sie tun könnte, Miss Kate, ich würde es tun, aber der Ausschuß hat entschieden. Man geht davon aus, daß der Wert des Grundstücks weiter sinken wird, und deshalb würde ein Aufschub nur Ihre Qual verlängern und den Verlust, den wir sicherlich dabei machen werden, vergrößern.«

George Bob stand auf. Das Gespräch war beendet. Es war alles aus.

Sie mußte doch irgend etwas sagen, etwas, das alles zum Stoppen brachte! Katherine öffnete den Mund, um zu protestieren, aber sie brachte keinen Laut über die Lippen, weil sie wußte, daß nur ein Jammern herauskommen würde. Und sie hatte sich beigebracht, nie, nie zu jammern.

Schließlich bekam sie einen neutralen Ton heraus. Sie blieb sitzen und sagte: »Das ist also endgültig? Ich habe bis zum Siebten des nächsten Monats Zeit?«

»Denke schon.« Er schaute in den aufgeschlagenen Kalender

auf seinem Tisch. »Heute in zweiundzwanzig Tagen.« Er sah sie an. »Wir kennen uns jetzt schon lange, und Sie waren stets eine gute Kundin, Kate. Es gefällt mir gar nicht, daß es so enden muß.«

»Mir auch nicht«, sagte Katherine mit einem Stimmchen, das verdächtig nach Weinen klang. Sie stand auf und ließ sich von ihm zur Tür begleiten. Bevor sie sein Büro verließ, unternahm sie einen letzten Anlauf.

»George Bob? Was den Hund anbelangt – Ra –, er ist wirklich mein Haustier. Er hat nur deshalb so viele Wettkämpfe gewonnen, weil er und ich uns so gut verstehen ... wir harmonieren so gut miteinander, wissen Sie. Er würde niemand anderem viel Gutes bringen. Es wäre doch unsinnig, einen Hund zu verpfänden, oder?« Sie versuchte über diese Vorstellung zu lachen, aber der Ton, den sie produzierte, hörte sich mehr wie ein Wimmern an.

Der Banker verzog keine Miene, aber er legte einen schweren Arm um ihre Schultern. »Ich weiß, wie schwer das für Sie ist, aber dieses Tier ist ein erheblicher Wertgegenstand. Ich werde mit dem Ausschuß darüber sprechen, aber ich kann echt keine Versprechungen machen.« George Bob ließ gern ab und an etwas Umgangssprache in seine Rede einfließen, um zu beweisen, daß er im Grunde seines Herzens ein guter alter Kumpel war, selbst als Banker.

Als Katherine zu ihrem Auto zurückkam, zitterte sie und war am ganzen Körper mit kaltem Schweiß bedeckt. Sie stieg hastig ein und hätte sich am liebsten ohnmächtig auf den Boden gelegt. Dann würde sie wenigstens diese Gefühle nicht wahrnehmen. Angst war es, Panik. Alles war außer Kontrolle geraten, stürzte auf sie ein, und sie war unfähig, die Lawine aufzuhalten.

Sie ließ die Stirn auf das heiße Lenkrad sinken und stellte sich ihr Haus vor – die beiden alten gelben Ohrensessel, die den offenen Kamin im Wohnzimmer flankierten; die Bücher, ordentlich in den Regalen aufgereiht; das kühle weiße Schlafzimmer mit dem riesigen Pekannußbaum, der Schatten auf die Fenster warf; die Küche aus Holz und Stein. Vor ihrem geistigen

Auge sah sie die Wiese hinter dem Zwinger im Morgenlicht. Ra sprang zwischen den Wildblumen umher, sein fiedriger Schwanz wurde von einer Brise hochgeweht.

Nicht nur ihr Haus und ihr Unternehmen würde sie verlieren, sondern wahrscheinlich auch Ra.

Als ein Wagen in die Parklücke neben ihr fuhr, richtete sie sich auf und wühlte in ihrer Handtasche nach dem Schlüssel. Sie fing an, Selbstgespräche zu führen. »Werde ich mich jetzt verkriechen und in Selbstmitleid baden? Mir von diesen Bankfritzen mein Leben kaputtmachen lassen? O nein. Das sieht mir nicht ähnlich. Ich habe schon harte Zeiten durchgemacht, und ich habe es immer geschafft. Ich werde das nicht hinnehmen.«

Sie ließ den Motor an und ließ ihn ein paarmal aufjaulen, um sich Mut zu machen. Sie würde kämpfen.

Katherine war so sprachlos, daß sie vergaß, den Hörer aufzulegen, bis das Besetztzeichen ertönte. Dann ließ sie den Kopf nach vorn fallen und preßte die Fingerspitzen in den Nacken. Ihr Anwalt hatte gerade die Kreditunterlagen durchgelesen. Es gab keinen Ausweg, hatte er ihr mitgeteilt, als die vollen 91 000 Dollar innerhalb der nächsten zweiundzwanzig Tage zu zahlen. Auf die Frage nach Ra hatte er geantwortet, der Hund sei zweifellos Teil der Vermögenswerte aus dem Zwinger. Es sei wirklich traurig, hatte er sie bemitleidet, aber nicht zu ändern.

Dann hatte er ihr dieselbe Frage gestellt wie George Bob: »Haben Sie keine Familienangehörigen, die einspringen könnten?«

Sie hatte einen Blick nach unten auf die Schublade mit dem Brief geworfen.

»Nein«, hatte sie ins Telefon geantwortet. »Niemanden.«

Während sie die verkrampften Muskeln in ihrem Nacken massierte, dachte sie darüber nach.

Keine Familie.

Ihre Mutter hatte ihr immer wieder eingebleut, daß sie keine Familienangehörigen hätten. Sobald Katherine mit dem Thema anfing, hatte Leanne ein ernsthaftes Gespräch mit ihr geführt und sie daran erinnert, daß sie allein auf der Welt waren. Katherines Vater war ein Geistesgestörter, den sie niemals wiedersehen würden. Und ihre Großmutter, Leannes Mutter, hatte sie, als sie nach Boerne gezogen waren, auf immer enterbt und davor gewarnt, ja wieder wegen etwas bei ihr angekrochen zu kommen. Leannes Vater war gestorben, als Leanne sechzehn war, und ihr einziger Bruder, Cooper, war nichts weiter als ein Duckmäuser, der sich dem Willen seiner Mutter beugte.

»Meine Mutter ist eine geizige, egoistische, hartherzige Frau«, hatte Leanne bei solchen Gelegenheiten gesagt. »Eine verdorbene, verwöhnte Frau, die ein Vermögen geerbt und geschworen hat, daß wir keinen Penny davon sehen werden. Wie auch immer, wir würden sowieso lieber Hungers sterben, bevor wir zu ihr gekrochen kämen.«

Dann hatte Leanne sie mit ihrem strahlenden Lächeln angesehen und munter gesagt: »Egal, wir zwei sind eine Familie, stimmt's? Uns geht es gut so, unabhängig von all den anderen.«

Sicher, dachte Katherine, unabhängig, bis der nächste Mann auf der Bildfläche erschien. Gott sei Dank war das alles vorbei, und sie mußte dieses Gefühl der Verlassenheit nicht mehr erleben, jetzt, da sie erwachsen war. Aber nun, mit all den Sorgen, die auf ihr lasteten, fühlte sie sich verdächtig wie das Kind, das sich das Abendessen selbst kochen mußte und nicht wußte, wann seine Mutter zurückkehren würde.

Katherine stand von ihrem Schreibtischstuhl auf und schaute aus dem Küchenfenster, um die Wolkenberge in ihrem weiten Himmel zu bewundern. Familie? Wer brauchte so etwas schon!

Sie hörte ein Auto vor dem Hundezwinger vorfahren, dann das Schlagen von Türen und die hohen, näselnden Stimmen: »Huuhuu, Kate, Joe! Higgins, wo bist du?«

Sie sah aus dem Fenster. Da waren sie, in ihre üblichen geblümten Reisekostüme und Gesundheitsschuhe gekleidet. Sie kannten Katherine seit ihrer Kindheit, aus der Zeit, bevor sie sich entschlossen hatte, sich Katherine statt Kate zu nennen. Sie waren alte Freundinnen, und normalerweise freute sie sich sehr, sie zu sehen; aber heute wußte sie nicht, ob sie in der Lage war, ihnen gegenüberzutreten. War es besser, wenn sie Higgins erst mal sahen? Oder sollte sie nach draußen stürzen und alles zu erklären versuchen, bevor sie den Schaden bemerkten? Aber es war zu spät. Sie steuerten schon auf den Zwinger zu.

Katherine rief ihren Hund. »Komm mit, Ra. Du warst an der Sache beteiligt. Jetzt müssen wir das auch zusammen ausbaden.«

3

Judith drückte den sich windenden Higgins an ihren ausladenden, pfirsichfarben geblümten Busen. Ein Fremder hätte denken können, sie wollte den kleinen Hund zerquetschen; seine leuchtendrosa Zunge hing aus dem plattgedrückten schwarzen Gesicht. Aber Katherine hatte ihn noch nie ohne heraushängende Zunge gesehen.

Während Katherine über den Rasen ging, lief Ra voraus, um die Frauen zu begrüßen. Wohlerzogen machte er neben ihren Füßen Platz und erwartete sein gewohntes Lob. Hester, mit zweihundert Pfund die leichtere und gesprächigere der beiden Schwestern, beugte sich vor und kraulte ihm kräftig die Ohren.

Normalerweise wäre Katherine hocherfreut gewesen, sie wiederzusehen, aber nicht heute. »Willkommen daheim«, sagte sie. »Wie ihr seht, gab es während eurer Abwesenheit einen Unfall. Aber Dr. Burris meint, daß es nicht so schlimm ist.« Bei diesen Worten sah sie ihnen ängstlich in die Augen. Seit zehn Jahren war Higgins bei ihr untergebracht, wenn die Schwestern verreisten. Da sie jedes Jahr vier Monate lang unterwegs waren und das Doppelte der normalen Gebühr zahlten, damit er besonders gut betreut wurde, stellte er eine wichtige, verläßliche Einkommensquelle dar.

Beide schauten sie durchdringend an und warteten. Katherine hatte sie noch nie so ernst gesehen, ein eisiges Schweigen auf den hängenden Gesichtern.

»Es ist am Dienstag passiert – ein verrückter Unfall«, sagte Katherine. »Er war draußen und tollte mit Ra herum. Auslauf, um sein Gewicht herunterzubekommen, wie wir es besprochen hatten. Zuerst jagte Ra Higgins, und dann rannte Higgins Ra hinterher.« Katherine war froh, als sie sah, daß sich die Mienen der beiden Schwestern bei der Vorstellung, wie ihr Liebling mit seinem Freund spielte, aufhellten.

»Eine Mülltüte, die Joe an den Straßenrand stellen sollte, lag herum. Ra sprang darüber hinweg, als Higgins ihn jagte, und Higgins versuchte ebenfalls zu springen. Aber ihr wißt ja, daß seine Beine kürzer sind; er schaffte es nicht und landete direkt auf der Mülltüte. In der Tüte war eine zerbrochene Flasche, an der er sich durch das Plastik hindurch schnitt.«

Bei dieser Beschreibung füllten sich Katherines Augen mit Tränen. Die Szene war schrecklich gewesen – blutig und von mitleiderregendem, schmerzerfülltem Jaulen übertönt. Davon erzählte sie lieber nichts. »Es war eine sehr lange Wunde, das seht ihr ja selbst, aber glücklicherweise nicht sehr tief. Ich weiß, daß ihr großes Vertrauen zu Dr. Burris habt, und er kennt Higgins gut, also sind wir mit ihm nach San Antonio gefahren, zu Dr. Burris nach Hause, weil es schon nach der Sprechzeit war. Er hat den Schnitt desinfiziert und mit fünfzehn Stichen genäht.«

Hester hatte Higgins inzwischen vom Arm ihrer Schwester genommen und hielt ihn so, daß sie den langen, gezackten Schnitt mit den schwarzen Stichen betrachten konnte. Ihre Stirn faltete sich über die Augenbrauen.

Katherine hielt inne, um Luft zu holen. Sie hatte immer noch keine Ahnung, wie sie sich verhalten würden – davonrauschen und das nächstemal zu einer anderen Hundepension gehen? Sie bei ihren zahlreichen Freunden schlechtmachen? Sie beim Tierschutzverein wegen Vernachlässigung anzeigen?

Es herrschte Schweigen, während die Schwestern die Verletzung vorsichtig mit den Fingerspitzen untersuchten. Schließlich ergriff Hester das Wort. »Wie hat sich der kleine Kerl denn in dieser Notlage verhalten?« fragte sie und drückte ihre faltige, gepuderte Wange sanft gegen die verletzte Seite des Hundes.

»Oh«, sagte Katherine, »er war sehr vernünftig. Nach dem ersten Schock war er ganz tapfer und lag still in Joes Schoß, so daß der ein Handtuch auf die Wunde drücken konnte, um die Blutung zu stillen. Keinerlei Anlaß zu Klagen.«

Beide Schwestern lächelten ihren Hund an.

»Es tut mir so schrecklich leid«, sagte Katherine und merkte, daß sie es wirklich bedauerte, als sie das sagte. »Higgins und Ra haben immer miteinander gespielt, wenn Higgins hier war und... tja, es war ein schlimmer Unfall. Übermorgen muß er wieder zu Dr. Burris, dann sollen die Fäden gezogen werden. Die Wunde scheint gut zu verheilen. Ach so, und zweimal täglich muß eine antibiotische Salbe aufgetragen werden.« Beide nickten. »Es wird eine Narbe geben, sagt er.«

Hester reichte den Hund zurück an ihre Schwester. Sie kam auf Katherine zu, breitete die Arme aus und drückte sie an sich. »Das muß ja schrecklich für dich gewesen sein, Kate. Wo du ihn doch so gerne magst. Und dann die Sorgen, was wir sagen würden, wenn wir ihn zu Gesicht bekommen. Er ist manchmal so tollpatschig, ein richtiger kleiner Dummkopf.«

Judith sagte: »Wir müssen aber die Tierarztrechnung bezahlen. Dr. Burris ist nicht gerade billig.«

»Oh, nein«, sagte Katherine. »Das geht auf meine Rechnung.«

»Na gut, wir müssen seine Sachen zusammensuchen und den kleinen Kerl nach Hause bringen«, sagte Judith. »Hattest du Gelegenheit, ihm ein wenig Manieren beizubringen, Kate?«

»Ja, vor dem Unfall schon. Setz ihn kurz ab, und ich werde es euch zeigen.«

Judith setzte Higgins vorsichtig auf den Boden. Dort stand er auf seinen kurzen, krummen Beinen, mit heraushängender Zunge, das Ringelschwänzchen dicht an den fetten Rumpf gedrückt. Katherine stellte sich direkt vor ihn. Mit ihrer barschen Hundetrainerstimme befahl sie: »Higgins, sitz.« Higgins senkte sein hinteres Ende augenblicklich die sieben Zentimeter gen Boden.

Sowohl Hester als auch Judith stießen ein überraschtes Quieken aus.

»Guter Junge«, sagte Katherine. »Higgins.« Sie wartete, bis sie Augenkontakt mit dem Hund hergestellt hatte. »Platz.« Higgins dachte eine Sekunde länger nach, als ihr recht war, und streckte seine kurzen Vorderbeine nach vorn, bis er lag.

»Oooh, guter Junge«, sagte Hester. »Kate, das ist ja unglaublich. Ich weiß nicht, wie du das machst. Ich wünschte, wir hätten ihn schon früher zu dir in die Ausbildung gegeben. Wir konnten uns einfach nie vorstellen, daß man ihn trainieren kann. Er war immer so ... dickköpfig in allen Dingen.«

Als Joe Higgins' gesamtes Spielzeug und sein Körbchen in dem Kofferraum des Cadillac verstaut und Judith einen Scheck ausgeschrieben und in Katherines Brusttasche gestopft hatte, klemmte Hester sich hinter das Steuerrad. Judith setzte sich neben sie und nahm Higgins auf den Schoß. »Ach, es ist so schön, wieder zu Hause zu sein«, sagte Hester durch das geöffnete Fenster. Sie schaute über die von Wildblumen durchsetzten Felder und seufzte: »Ich glaube, es gibt in ganz Europa nichts, was so schön ist wie dein Grundstück, Kate.«

Katherine wurde von einer Flut von Tränen überrascht, die wie eine Naturkraft in ihr hochstiegen wie aus einer unterirdischen Quelle.

»Ach, Kind, was hab' ich bloß gesagt?« heulte Hester.

Katherine konnte nicht sprechen. Sie hob die Hand – eine Bitte, ihr etwas Zeit zu lassen.

»Komm, setz dich einen Moment zu uns, damit wir uns unterhalten können«, sagte Judith und faßte hinter sich, um die Tür des Cadillac zu öffnen. Katherine stieg gehorsam ein.

»Ich werde uns ein bißchen frische Luft machen.« Hester ließ den Motor an, schloß die automatischen Fenster und drehte die Klimaanlage voll auf. Die Schwestern wandten ihre Köpfe in Richtung Rücksitz und warteten.

Einen langen Moment saß Katherine mit hängendem Kopf da. Sie war es nicht gewohnt, mit irgend jemandem über ihre Probleme zu sprechen. Es war, fand sie, immer besser, sie für sich zu behalten. Aber zum erstenmal in ihrem Leben drohte eine Welle von Gefühlen sie zu überrollen. Schließlich fand sie ihre Stimme wieder und begann zu sprechen. Als sie einmal angefangen hatte, konnte sie nicht mehr aufhören.

Sie begann mit ihrem morgendlichen Termin bei der Bank und der drohenden Zwangsversteigerung.

»Dieser George Bob Rainey sollte sich was schämen«, sagte Hester. »Natürlich könnte er dir mehr Zeit lassen. Wahrscheinlich hat er schon einen Käufer an der Hand.«

Katherine fuhr fort und erzählte ihnen, was ihr der Rechtsanwalt mitgeteilt hatte: daß Ra Teil der Vermögenswerte sei. Sie berichtete ihnen sogar von dem Brief ihres Vaters und wie sie darüber dachte. Sie waren hervorragende Zuhörerinnen. Sie lauschten aufmerksam, nickten, gaben an den schlimmsten Stellen kleine besänftigende Geräusche von sich und stellten nur gelegentlich Zwischenfragen, um das eine oder andere genauer erklärt zu bekommen.

Als Katherine geendet hatte, lag Higgins schlafend in Judiths Schoß und schnüffelte bei jedem Atemzug feucht.

»Also«, sagte Hester, »in drei Wochen wird dir die Bank dein Haus, dein Land und deinen Betrieb inklusive Ra wegnehmen, wenn du nicht einundneunzigtausend Dollar zusammenbekommst.«

Katherine nickte.

»Und dein Vater hat dir das Bargeld angeboten, das du zur Tilgung der Schulden brauchst; aber du haßt ihn, weil er dich in der Vergangenheit vernachlässigt hat, und deswegen weigerst du dich, das Geld anzunehmen. Hab' ich recht?«

Katherine sagte: »Aber er hat noch nicht einmal...«

Hester unterbrach sie: »Ich weiß, daß er das nicht getan hat, Kate. Unser Vater war das größte Arschloch aller Zeiten, stimmt's, Judith?«

Judith nickte so heftig, daß ihre sorgfältig geordnete Dauerwelle ins Wanken geriet.

»Und weißt du was? Ich freue mich ganz besonders über das Geld, das ich von ihm geerbt habe. Wenn wir nach Rom fahren und dort im Ritz wohnen, macht es mir Spaß, an diesen billigen, groben Hornochsen zu denken, der auf den Ölfeldern geschwitzt hat für das Geld, das wir ausgeben. Er schlug uns, einfach um nicht aus der Übung zu kommen, und erklärte des öfteren, daß sein Leben schöner wäre, wenn man alle Mädchen gleich nach der Geburt ersäufen würde. Sollen wir sein Geld ablehnen, weil er uns mißhandelt hat? Verdammt noch mal, nein. Das ist doch ein Grund, es anzunehmen und zu genießen. Kate, du steigst jetzt in dein Auto und fährst nach Austin. Laß den Idioten ruhig zahlen, wenn er sein Gewissen beruhigen will.

Erzähl ihm, daß er mit der Wiedergutmachung anfangen kann, indem er deinen Hund vor der Zwangsversteigerung rettet.«

Katherine hatte aufgehört zu weinen. Sie hatte das Gefühl, als hätte eine größere Verschiebung der Erdoberfläche stattgefunden und sie könnte auf einmal alles von einem anderen Standpunkt aus betrachten. Warum war sie selbst noch nicht auf diese Idee gekommen? Es war völlig logisch. Warum sollte sie an seinen Verfehlungen als Vater leiden?

Die Schwestern studierten ihren Gesichtsausdruck. Als sie anfingen zu kichern, merkte Katherine, daß sie ein Lächeln auf den Lippen hatte. »Okay«, sagte sie. »Ich werde hinfahren.«

»Das ist hervorragend«, sagte Hester und klatschte in die Hände.

»Rufst du uns anschließend an, Kate, und berichtest, wie es ausgegangen ist?« fragte Judith.

Kate öffnete die Tür und stieg aus dem Auto. »Natürlich. Achtet darauf, daß Higgins Sitz und Platz übt. Beim nächstenmal üben wir dann Liegenbleiben. Das könnte er gebrauchen.«

Als sie die Tür zuwarf, wachte Higgins mit einem Ruck auf.

Judith setzte ihn auf die Hinterbeine und winkte mit seiner Pfote in Katherines Richtung, während sie langsam aus der Einfahrt rollten. Katherine winkte zurück.

Ein wachsendes Hochgefühl schwellte ihre Brust. Sie versuchte es zu unterdrücken, immerhin handelte es sich nicht um ein gefühlsgeladenes Wiedersehen. Es war eine rein geschäftliche Angelegenheit. Ihr ging es um das Geld.

Sie rief Joe, der gerade die Käfige ausspritzte, zu: »Joe, könnten Sie heute nachmittag hier die Stellung halten? Ich muß nach Austin fahren.«

Joe ließ den Schlauch fallen und strich sich sein volles schwarzes Haar aus der Stirn. »In Ordnung, aber mit dem großen Dobermann gehe ich nicht raus, solange Sie weg sind. Ich steck' da nicht einmal meine Hand rein, um ihn zu füttern. Ich nicht.«

Sie konnte ihr Verlangen, sich auf den Weg zu machen, kaum unterdrücken. »Tanya kann heute drinnen bleiben. Ich bin ja heute abend wieder da.« Sie fing an, rückwärts zu gehen, während sie ihm Anweisungen gab. »Denken Sie daran, daß Jack Reiman Gunner um sechs Uhr abholt. Seine Rechnung liegt auf dem Schreibtisch. Vergessen Sie nicht, Gunner ein Flohbad zu geben und ihn schönzumachen.«

Joe nickte mit seiner üblichen leidgeprüften Miene. »Jaja, schon klar. Ich mach' ihn fertig. Wann bekomme ich mein Geld?«

Katherine zog den Scheck hervor, den Judith ihr in die Tasche gesteckt hatte. Auf die dreihundert Dollar Pensions- und Trainingsgebühren hatte Judith weitere zweihundert aufgeschlagen, eine Summe, die Dr. Burris' Rechnung mehr als beglich. Katherine seufzte erleichtert auf. »Morgen«, rief sie Joe zu. »Sobald ich diesen Scheck eingereicht habe. Okay?«

Sie blickte hinunter zu Ra, der zu ihren Füßen mit dem Schwanz wedelte. »Gut, Ra. Wir fahren nach Austin und überraschen meinen Vater. Aus dem Nebel der Vergangenheit werde ich in voller Lebensgröße vor seinen Augen auftauchen – wie Athene. Wir werden es diesem Arschloch schon zeigen. O ja, Ra. Die Kielmeyer-Schwestern haben recht. Es wird langsam Zeit.«

Es war ein Uhr, als Katherine die rosafarbene Granitkuppel des Kapitols von Austin am nördlichen Horizont auftauchen sah. Die Fahrt hatte nur eine Stunde gedauert. In zehn Minuten konnte sie am Zoologischen Garten Austin im Zilker Park sein. Sie würde ihren Vater sehen, mit ihm reden, ihn anfassen. Nach einunddreißig Jahren. Bei der Vorstellung wurde ihr mulmig. Sie brauchte noch ein wenig Zeit, um sich darauf einzustellen.

Sie beschloß, einen kurzen Umweg zu machen – den heimlichen Weg, den sie schon so oft gefahren war. Es würde nicht lange dauern.

Beim erstenmal, als sie sechzehn war, hatte sie die Adresse im Telefonbuch nachgeschlagen; ihre Hände hatten vor Aufregung gezittert, als sie den Namen fand: Driscoll, Anne Cooper, 1007 Woodlawn.

Auch heute schlug ihr Herz schneller, genau wie damals, beim erstenmal, als sie vom Mopac in die Windsor einbog, in die altehrwürdige Enfieldgegend kam und dann in den Woodlawn Boulevard abbog. Die Häuser wurden größer, älter, wohlhabender. Sie verringerte ihr Tempo, betrachtete jedes einzelne Haus und fühlte sich, wie immer, fremd in dem ausladenden Reichtum dieses alten Stadtteils. Als wäre sie eine Landstreicherin, die gleich von der Polizei angehalten würde, weil sie sich herumtrieb, wo sie nicht hingehörte.

Vor dem größten Haus in der Straße, einem steinernen Herrschaftshaus mit Schieferdach und Bleiglasfenstern, hielt sie an. Es war kein schönes Haus wie manch andere in der Straße, aber solide, massiv; zeitloser Ausdruck von Geld und Beständigkeit – Dingen, die sie nie kennengelernt hatte.

Dies war das Haus ihrer Großmutter. Laut neuestem Austiner Telefonbuch war es das immer noch.

Als Katherine vor zwanzig Jahren zum erstenmal an diesem Haus vorbeigefahren war, hatte sie am Tag zuvor ihren Führerschein gemacht. Sie hatte Leanne aus dem ramponierten alten Kombi hinauskomplimentiert und erklärt, sie wolle nur in San Antonio herumfahren. Statt dessen war sie direkt nach Austin gefahren, wo sie an einer Tankstelle anhielt, um ins Telefonbuch zu schauen und einen Stadtplan zu kaufen. Dann hatte sie den Weg hierher gesucht, zu dieser massiven Villa, davor gesessen und sie angeschaut, genau wie jetzt.

Die Idee, hierher zu fahren, war ihr gekommen, als sie im *San Antonio Light* gelesen hatte, daß Anne Cooper Driscoll für ihre Verdienste um die Steigerung der Lebensqualität in Texas, insbesondere um den Zoo, die Ehrendoktorwürde der University of Texas verliehen worden war. Das Bild in der Zeitung hatte eine perfekt frisierte, gutaussehende, lächelnde Frau von sechzig gezeigt, angetan mit Doktorhut und dem dazugehörigen Umhang. Das war zwanzig Jahre her. Anne Driscoll mußte mittlerweile über achtzig sein. Sie konnte sogar schon tot sein.

Katherine ließ den Kopf gegen die Lehne sinken und betrachtete die lackierte eichene Eingangstür. In diesem Haus, dieser Villa, war ihre Mutter aufgewachsen. Katherine konnte sich vorstellen, wie erbärmlich es für sie gewesen sein mußte, in dem kleinen, heruntergekommenen Haus zu leben, das sie in Boerne bewohnt hatten, als Verkäuferin bei Joske zu arbeiten und ihre

Tochter allein aufzuziehen. In diesem Haus hatte ihre Mutter im Überfluß gelebt – bis sie mit Lester Renfro durchgebrannt war.

Die Geschichte, wie Leanne sie erzählt und wieder erzählt hatte, handelte von der verwöhnten Tochter aus reichem Elternhaus, die mit achtzehn von einem gutaussehenden Zoowärter verführt wurde, den sie kennengelernt hatte, als sie ehrenamtlich im Zoo arbeitete. Sie hatte alles für ihn aufgegeben, sich gegen ihre Familie und ihre Klassenzugehörigkeit gewandt und ihn geheiratet. Dann hatte er sich als gewalttätiger und bösartiger Mann entpuppt. Sie hatte versucht, mit ihm auszukommen, war aber schließlich gezwungen, ihn mitten in der Nacht zu verlassen, die fünfjährige Katherine zu schnappen und aus Austin zu fliehen. Lester Renfro hatte sie nicht nur aus ihrer Heimatstadt verjagt, sondern er hatte auch den nicht wiedergutzumachenden Bruch zwischen Leanne und ihrer Mutter und ihrem Bruder verursacht, die sich von ihr losgesagt hatten.

Katherine war sich nicht sicher, ob die Geschichte stimmte oder nicht. Das konnte man bei ihrer Mutter nie wissen. Aber niemand hatte je so gründlich mit seiner Vergangenheit gebrochen wie Leanne Driscoll. Nachdem sie Austin verlassen hatte, war sie nie mehr zurückgekehrt, nicht einmal, um ihr Hab und Gut zusammenzupacken. Sie hatte weder ihren Ehemann noch ihre Mutter oder den einzigen Bruder jemals wiedergesehen. Sie hatte das Fenster zu ihrer Vergangenheit zugeknallt und den Vorhang vorgezogen.

Das Problem war, daß damit auch das Fenster zu Katherines Vergangenheit zugeknallt war.

Sie blickte in die Bleiglasfenster von Anne Driscolls Haus. Die schweren Vorhänge waren zugezogen. Das schweigende Haus verriet nichts, es behielt all seine Geheimnisse für sich. Geheimnisse. In dieser Familie gab es zu viele Geheimnisse.

Daß ihre Großmutter dagegen gewesen war, daß ihre Tochter so jung heiratete, dazu einen Mann ohne Geld, konnte Katherine verstehen. Aber so etwas kam in vielen Familien vor, und trotzdem brachen sie deswegen nicht für immer und ewig miteinander. Leanne hatte nie darüber sprechen wollen, aber irgend etwas mußte vorgefallen sein, etwas, das einen so endgültigen Bruch zwischen Mutter und Tochter verursacht hatte, daß sie einander niemals wiedersahen, nachdem Leanne und Katherine nach Boerne gezogen waren. Katherine dachte an ihre Großmutter, eine alte Frau, allein in diesem riesigen Haus. Was konnte so schrecklich sein, daß man Tochter und Enkelin niemals wiedersehen wollte? Sie konnte es sich nicht vorstellen.

Sie sah auf die Uhr. Es war schon nach halb zwei. Zeit, zur Sache zu kommen. Katherine fuhr auf dem Mopac südwärts. Sie überquerte die Brücke, die sich über den Town Lake spannte, und bog dann nach links in den Zilker Park ab, wo sich seit fast sechzig Jahren der Zoologische Garten von Austin befand.

Schon öfter war sie bei früheren Aufenthalten in Austin am Zoo vorbeigefahren, aber sie hatte ihn noch nie betreten. Es wäre nichts Außergewöhnliches gewesen. Wenn sie nach Houston oder Dallas fuhr, ging sie immer in den Zoo. Aber sie hatte einem Vater, der nie auf sie zugekommen war, kein Zeichen des Entgegenkommens geben wollen.

Zu ihrer Überraschung war der Parkplatz fast voll – an einem Montagnachmittag während der Schulzeit. Das Geschäft schien prächtig zu laufen.

Ra durfte zu einem kurzen Auslauf nach draußen, bevor sie ihn bei geöffneten Fenstern im Auto zurückließ.

Als sie das Eingangstor passierte, blieb sie wie angewurzelt stehen und starrte nach oben. Auf jedem der beiden Torpfosten befand sich ein riesiger Steinelefant, der einbeinig auf einem Steinball balancierte. Sie schnappte erstaunt nach Luft. Ich kenne diese Elefanten, ich habe sie geliebt. Er hat mich hoch über seinen Kopf gehoben, damit ich ihre Rüssel streicheln konnte. Wir sind über diese Holzbrücke gegangen und haben die Vögel am Bach beobachtet.

Sie bezahlte ihre sechs Dollar Erwachsenen-Nichtmitglied-Eintrittsgebühr und nahm einen Plan mit. Als sie den Bach auf der Holzbrücke überquerte, fühlte sie plötzlich Panik in sich aufsteigen. Was sollte sie zuerst tun? Sie könnte einfach losgehen und nach Lester Ausschau halten, aber sie würde ihn nicht einmal erkennen. Was war, wenn er sich nicht freute, sie so plötzlich hier auftauchen zu sehen? Vielleicht hätte ihr Zusammentreffen in einem privateren Rahmen stattfinden sollen – vielleicht bei ihm zu Hause? Vielleicht hätte sie vorher anrufen sollen?

Sie warf einen Blick auf ihre Khakishorts und die alten Nikes. Sie hätte sich wenigstens umziehen können. Er hatte sie seit ihrem fünften Lebensjahr nicht mehr gesehen. Was würde er von ihr denken? Ihre Mutter war so schön gewesen, von so gepflegtem Äußern. Würde er das auch von ihr erwarten? Enttäuscht sein, daß sie ein anderer Typ Frau war?

Sie ging langsam am großen Flamingoteich und dem Imbißstand vorbei und suchte nach einer Toilette. Hinter dem Imbißhäuschen fand sie eine. Als sie fünf Minuten später wieder herauskam, waren ihr Haar frisch gebürstet, das Gesicht gewaschen und etwas heller Lippenstift aufgetragen.

Um ihren Vorsatz wieder fest ins Auge fassen zu können, ließ sie sich noch ein wenig Zeit und blieb vor einem hölzernen Anschlagbrett stehen: WAS GIBT'S HEUTE NEUES IM ZOO. Daneben, in einem enormen Käfig mit der Aufschrift »Papageien aus aller Welt«, krächzten buntgefiederte Vögel und breiteten ihre Schwingen aus, während von der Käfigdecke ein Wasserschleier auf sie herabregnete. Sie ließ den Blick über die Liste der letzten Geburten, der öffentlichen Fütterungen und der »Lernen Sie die Wärter kennen«-Vorführungen gleiten. Eine große, handschriftliche Notiz kündigte die unmittelbar bevorstehende Ankunft eines weißen Nashornweibchens aus dem Frankfurter Zoo an, das zu Fortpflanzungszwecken ausgeliehen war, die Geburt eines Spinnenaffen und das Schlüpfen eines Geleges von neununddreißig Königskobras. Neununddreißig! Katherine schüttelte sich und wandte sich ab.

Sie ging zurück über die Brücke zum Verwaltungsgebäude. Sie würde im Büro nach ihm fragen. Die Leute dort könnten ihn anrufen, so daß er auf ihr Kommen vorbereitet war. Ihm eine kleine Vorwarnung geben.

Die Verwaltungsgebäude waren hinter einem Palisadenzaun gleich neben dem Eingang verborgen. Sie betrat einen Raum, der vor Lärm summte und von Menschen überlaufen war, daß sie sich kaum einen Weg nach drinnen bahnen konnte. Männer und

Frauen mit Kameras und Mikrofonen saßen auf den Sofas und lehnten an den Wänden. Alle hatten Notizblöcke und Aufnahmegeräte bei sich. Um den Empfangstisch standen einige uniformierte Männer herum. Dieser ganze Rummel, dachte Katherine, kann unmöglich der Geburt von ein paar Königskobras gelten. Vielleicht geht es um das Nashorn.

Seitlich arbeitete sie sich durch die Menge zu einem Tisch hindurch, an dem eine junge Frau mit einem langen blonden Gretchenzopf telefonierte, wobei sie die Hand gegen ihr anderes Ohr preßte, um den Lärm des Raums abzuschirmen. Sie brüllte ins Telefon: »Darüber kann ich Ihnen keine Auskunft geben« und knallte den Hörer auf die Gabel.

Katherine lehnte sich über den Schreibtisch und sagte: »Ich bin hier, um mich mit Lester Renfro zu treffen. Könnten Sie ihn anrufen und ihm sagen, daß ihn jemand sprechen möchte?«

Die Frau riß den Mund auf und klappte ihn mit einem Schnappen wieder zu. »Soll das vielleicht ein Witz sein?« fragte sie und funkelte Katherine an.

»Ein Witz? Nein«, sagte Katherine. »Warum?«

Sie bemerkte, daß der Mann in Uniform, der an dem Tisch neben ihr lehnte und sie interessiert beobachtete, ein Austiner Polizist war.

Die Frau langte über den Tisch nach einer zusammengefalteten Zeitung und hielt sie Katherine hin. »Hier«, sagte sie und tippte mit dem Finger auf ein Bild unten auf der Titelseite, »das ist die Nachmittagsausgabe der Zeitung. Gerade rausgekommen.«

Katherine sah das Bild eines massigen Tigerkopfes. Die Unterschrift lautete: »Brum, der sibirische Tiger, der heute morgen im Austiner Zoo seinen Wärter getötet hat.«

Katherine nahm die Zeitung und stützte sich mit einer Hand auf der Ecke des Schreibtischs ab. Der Artikel, der zu dem Foto gehörte, trug die Schlagzeile: »Tiger durchbricht Fenster, tötet Austiner Zoowärter.«

Sie mußte den Artikel zweimal lesen, bevor sie begriff.

Austin – *Ein 500 Pfund schwerer sibirischer Tiger durchbrach heute früh eine Glasscheibe, zog einen erfahrenen Austiner Zoowärter hinaus ins Freigehege und verletzte ihn tödlich.*

Lester Renfro, sechzig, sei offensichtlich durch einen Versorgungsvorraum gelaufen, als der Tiger das mit Maschendraht verstärkte Fenster, 5 cm dick und 50 mal 75 cm groß, durchbrochen und ihn nach draußen in das dem natürlichen Lebensraum nachempfundene Freigehege gezerrt habe, sagte der Direktor des Austiner Zoos, Sam McElroy.

»Wir können im Moment noch nicht sagen, was wirklich geschah«, erklärte McElroy. »Es gab keine Zeugen.«

Der Tiger, ein fünfjähriges Männchen mit Namen Brum, wurde nach dem Vorfall in einem Käfig isoliert, soll aber laut McElroy nicht getötet werden, da er einer bedrohten Tierart angehört.

Renfro, Zooangestellter seit siebenunddreißig Jahren, war seit 1978 oberster Wärter bei den Großkatzen. Davor hat er bei den Reptilien und Kleinsäugern gearbeitet. Er ist der zweite Angestellte, der in den sechsundfünfzig Jahren seit Bestehen des Zoos getötet wurde.

Ein Reporter, der neben Katherine stand, hatte den Artikel über ihre Schulter hinweg mitgelesen. »Ziemlich gräßlich«, sagte er. »Sie wollen noch nicht damit herausrücken, ob der Tiger ihn angenagt hat oder nicht. Deswegen sind eigentlich alle hier, wir wollen etwas über den Autopsiebericht erfahren. Der Direktor gibt in ein paar Minuten eine Pressekonferenz.«

Katherine lehnte sich gegen die Tischecke.

»Entschuldigung«, sagte der Polizist, »könnten Sie hier ein bißchen Platz für die Pressekonferenz freimachen? Wir wollen jetzt anfangen und müssen diesen Bereich räumen.«

Katherine hörte ihn nicht. Sie dachte über das Verpassen des richtigen Zeitpunktes nach und darüber, daß sie darin wahrscheinlich Weltmeisterin war. Einunddreißig Jahre. Und an dem Tag, an dem sie sich entschloß, ihren Vater wiederzusehen, wurde er von einem Tiger umgebracht.

Soll er doch zur Hölle fahren. Wütende Hitze begann wieder

in ihrer Brust zu lodern. Soll er in der Hölle schmoren. Typisch. Seine letzte Tat auf dieser Welt war, mich zu enttäuschen.

Mal wieder.

4

Mit den Ellbogen bahnte Katherine sich einen Weg durch das Gedränge in den hinteren Teil des Raums. Sie verspürte den dringenden Wunsch, allein zu sein und sich an etwas Festes anzulehnen. In einem Durchgang direkt hinter dem großen Büro fand sie die einzige freie Fläche zum Anlehnen – einen Türrahmen, der zur Herrentoilette führte. Sie lehnte sich mit der Schulter dagegen und versuchte den in ihr schwelenden Ärger zu besänftigen. Aber er war hartnäckig.

Verdammt. Es ist so frustrierend. Ich habe keine Gelegenheit mehr, ihm zu sagen, wie wütend ich bin, wie lange ich auf ihn gewartet habe. Sobald man anfängt, sich auf irgend jemanden in dieser Welt zu verlassen, verschwindet er, oder er stirbt. Wahrscheinlich sollte ich traurig sein. Ich sollte Mitleid mit ihm haben, weil er eines so gewaltsamen Todes gestorben ist. Habe ich aber nicht. Ganz und gar nicht.

Sie faßte in ihre Schultertasche und wühlte darin herum, bis sie das kalte Metall ihres Schlüsselbundes spürte. Sie ertastete den kleinen Messingschlüssel, den sie vor ihrer Abfahrt von zu Hause an ihrem Schlüsselring befestigt hatte. Wie sah es nun mit dem Geld aus? Was wartete in dem Lagerraum auf sie? Deswegen bin ich hergekommen. Gott, ich hoffe nur, daß er alles aufgeschrieben hat.

Die Tür der Herrentoilette öffnete sich plötzlich und rammte Katherines angewinkelten Ellbogen. Ein heftiger, stechender Schmerz durchzuckte ihren Arm. Sie stöhnte und zog den pochenden Arm eng an die Brust. Als hätten die Tränen schon gewartet, brachen sie hervor und rollten ihr die Wangen herunter.

Ein großer Mann mit wirrem, schwarzem Haar erschien in der Türöffnung. Seine Zoouniform war verkrumpelt und voller dunkler Flecken. Er schaute nach unten, um zu sehen, wogegen er gestoßen war. »Oh. Habe ich Sie gestoßen? Tut mir leid«, sagte er, während seine Hand eine schnelle Bewegung vorn über seine Hose machte. »Entschuldigung.«

Er zuckte zusammen, als er die Tränen auf ihrem Gesicht sah. Sein braunes, unrasiertes Gesicht wurde ernst. »War es so schlimm? Wohl der Ellbogen?« Er streckte eine riesige Hand aus, um sie an der Schulter zu berühren, ließ sie aber in seiner Hosentasche verschwinden, als Katherine zurückzuckte. »Ist denn alles in Ordnung?« fragte er.

Katherine nickte heftig, um ihn endlich loszuwerden.

»Tja, tut mir wirklich leid«, wiederholte er und trat einen Schritt zurück. »Aber das ist auch ein ungünstiger Platz zum Stehen.«

Er entfernte sich nur ein paar Schritte und gesellte sich zu zwei anderen Männern in dunkelgrünen Zoouniformen und der Sekretärin mit dem langen Zopf. Die vier steckten in angeregtem Flüstern die Köpfe zusammen. Als die Tür zum Büro des Direktors aufging und drei Männer erschienen, beendeten sie ihre Diskussion und drehten ihre Köpfe nach vorn. Der Mann in der Mitte hob die Hände und bat um Ruhe, die schnell eintrat. Die Journalisten richteten ihre Kameras auf den Mann. Blitzlichter zuckten.

»Meine Damen und Herren, vielen Dank.« Er war ein drahtiger, energiegeladener Mann von ungefähr fünfzig mit einem dicken Busch weißer Haare auf dem Kopf. Er trug ein ausgebleichtes Arbeitshemd, eine rote gestrickte Krawatte und Khakihosen. Neben ihm standen zwei grimmig aussehende Männer. Einer, klein und untersetzt wie ein Feuerhydrant, trug einen glänzenden dunklen Anzug. Der andere, der streng und germanisch aussah, hatte einen graublonden Armeeschnitt, der die Kopfhaut durchscheinen ließ, und trug einen steifgebügelten Zoo-Overall.

Katherine hielt ihren schmerzenden Arm, lehnte sich wieder an den Türrahmen und behielt die Gruppe vor sich im Auge. Es waren eindeutig Zooangestellte, also mußten sie ihren Vater gekannt haben. Sie fragte sich,was sie wohl von ihm gehalten haben mochten. Die Uniformen der Männer hatten alle ein Abzeichen des Zoos auf dem linken Ärmel und Namensschilder oberhalb der rechten Brusttasche, aber Katherine konnte die Schilder nicht genau erkennen. Die junge Frau trug ein khakifarbenes, kurzärmliges Hemd und Shorts in der gleichen Farbe, die ihre muskulösen gebräunten Beine vorteilhaft zur Geltung brachten.

Der kräftige Mann, der aus der Toilette gekommen war, beugte sich zu ihr herunter und sagte in einem gespielten Flüstern: »Heute sehe ich McElroy zum erstenmal bei einem öffentlichen Auftritt, ohne daß irgendwo ein Tier auf ihm herumkrabbelt.«

Die Gruppe kicherte verschwörerisch.

»Läster nicht, Vic«, sagte die Frau. »So was bringt das Geld herein. Ich bin mal gespannt, wie er es schaffen wird, das hier in einen Anlaß zum Spendenaufruf umzuwandeln.«

»Ach, er wird sich schon etwas einfallen lassen«, sagte ein großer, leichenhaft dünner Mann, der wesentlich älter war als die anderen und auf Wangen und Stirn tiefe Pockennarben hatte. »Wenn er es nicht schafft, unsere Probleme mit den Einnahmen zu lösen, kann er seine Stelle vergessen. Und McElroy genießt es viel zu sehr, im Rampenlicht zu stehen, als daß er den Job so leicht aufgeben würde. Irgendwie wird er das Ganze schon zu seinen Gunsten wenden.«

Als der Direktor anfing zu sprechen, hörten sie auf zu flüstern. Seine Stimme, eindeutig gewohnt, vor großen Gruppen zu sprechen, füllte den Raum. »Die meisten von Ihnen kennen mich. Ich bin Sam McElroy, Direktor des Austiner Zoos. Es ist heute meine Aufgabe, über sehr unerfreuliche Vorfälle zu sprechen. Ihnen allen ist bekannt, daß heute am frühen Morgen einer unserer langjährigen Mitarbeiter, Lester Renfro, bei einem tragischen und äußerst ungewöhnlichen Unfall ums Leben kam. Wir alle hier im Zoo trauern um ihn.«

Er senkte für einen Augenblick den Kopf, um seine Trauer zu bekunden, dann fuhr er fort: »Ich werde Ihnen alles mitteilen, was mir über den Unfall bekannt ist. Es ist nicht gerade viel, denn Mr. Renfro war zu dem Zeitpunkt allein und verständlicherweise sind die Autopsie und der Polizeibericht noch nicht abgeschlossen. Folgendes konnten wir bisher feststellen: Lester – Mr. Renfro – erschien heute bereits vor Arbeitsbeginn an seinem Arbeitsplatz. Das tat er oft. Arbeitsbeginn ist um sechs Uhr dreißig, aber einer der Nachtwächter sah ihn gegen sechs Uhr zehn kommen. Offensichtlich betrat er den Versorgungsbereich in Abschnitt II, um die Tiger zu füttern. Da die letzten zwei Tage für die Großkatzen Fastentage waren, wollte er die Tiere wahrscheinlich sofort füttern.«

Unruhe breitete sich im Raum aus. Etliche Hände schossen in die Höhe. »Mr. McElroy – eine Frage, bitte!« rief einer der Journalisten und wedelte mit seinem Notizbuch.

»Bitte, meine Damen und Herren. Lassen Sie mich meinen Bericht beenden, und dann werde ich versuchen, alle Fragen zu beantworten.« Das Stimmengewirr beruhigte sich, blieb aber im Hintergrund als Murmeln hörbar.

»Scheinbar blickte Mr. Renfro durch das Beobachtungsfenster in der Stahltür, die vom Versorgungskorridor zum Freigehege hinausführt; ein sibirischer Tiger hat das Fenster durchbrochen und ihn nach draußen gezogen. Der vorläufige gerichtsmedizinische Bericht, den Lieutenant Sharb mir gerade gezeigt hat«, er deutete auf den sehr kleinen Mann neben ihm, »besagt, daß Mr. Renfro an einem Genickbruch gestorben ist.« McElroy warf einen Blick auf den Notizzettel in seiner Hand. »Auf der linken Seite sind fast alle Rippen gebrochen. Im Gesicht sowie an Händen und Armen befinden sich mehrere Fleischwunden.«

Das Stimmengewirr schwoll erneut an. McElroy hob eine Hand, um für Ruhe zu sorgen. »Heute morgen um sieben Uhr dreißig machte unser oberster Wärter Hans Dieterlen«, er zeigte auf den verdrießlich aussehenden Mann, der breitbeinig mit hinter dem Rücken gekreuzten Armen auf seiner anderen Seite stand, »am Gebäude von Abschnitt II halt, um mit Mr. Renfro über einen Leoparden zu sprechen, dem sie heute nachmittag ein Beruhigungsmittel verabreichen wollten. Er betrat das Gebäude, wobei er seinen eigenen Schlüssel benutzte, und rief nach Mr. Renfro. Als er keine Antwort erhielt, sah er in den Korridor und erblickte Glas auf dem Boden – und einen Stiefel.« McElroy machte eine Pause; im Raum war es mucksmäuschenstill. Katherine merkte deutlich, daß der Direktor das Erzählen einer guten Geschichte genoß.

»Er betrat den Korridor und sah, daß Glasscherben aus dem Fenster hingen; an einer von ihnen hatte sich Mr. Renfros Kappe verfangen. Genau in diesem Moment erschien das Gesicht des Tigers in der Öffnung. Natürlich verließ Mr. Dieterlen den Korridor und sicherte die Tür. Er forderte sofort mit einem Funkruf Hilfe an, denn er befürchtete das Schlimmste. In Übereinstimmung mit Abschnitt drei unserer Notfallvorschriften rief er das Abschußkommando herbei. Von den fünf Mitgliedern des Abschußkommandos waren zu diesem Zeitpunkt nur zwei auf dem Gelände. Danny Gillespie hielt sich gerade im Büro auf, als Mr. Dieterlens Notruf eintraf, so daß er sich ein Gewehr greifen und innerhalb von vier Minuten am Schauplatz sein konnte. Das ist eine hervorragende Zeit. Victor Jamail, der Chef des Kommandos, war fünf Minuten später mit einem Zwölf-Inch-Gewehr dort. Als sie Mr. Renfro mit dem Gesicht nach unten im Freigehege liegen sahen, den Tiger etwa fünf Meter entfernt, begriffen sie, daß es zu spät war. Deswegen schossen sie nicht auf den Tiger. Statt dessen benutzten die beiden, zusammen mit Mr. Dieterlen, einen Feuerlöscher aus dem Gebäude, um das Tier in seinen Käfig zu scheuchen. Sie stellten den Tod von Mr. Renfro fest und riefen den Notarztwagen und die Polizei. Damit wissen Sie nun ungefähr genausoviel über den Unfall wie wir.«

Die Journalisten fingen an, ihm Fragen zuzurufen.

Der Direktor streckte ihnen seine Handfläche entgegen, um die Unruhe zu stoppen. »Lassen Sie mich ein Letztes sagen, bevor wir mit den Fragen anfangen. Mr. Renfro betreute die Tiger allein, obwohl wir alle wissen, daß es wesentlich sicherer ist, mit gefährlichen Tieren zu zweit zu arbeiten, so wie wir es früher getan haben. Aber die jüngsten Kürzungen im Budget der Stadtverwaltung haben uns gezwungen, die Zahl unserer Mitarbeiter zu verringern und auf diese Weise Einsparungen vorzunehmen. Ich kann Ihnen gar nicht sagen, wie sehr wir alle dies bedauern.«

Die Gruppe der Zooangestellten vor Katherine begann wieder

zu flüstern. Die junge Frau streckte den Arm aus und klopfte dem großen Mann auf die Schulter, als wolle sie ihn wegen irgend etwas trösten. Dann lächelte sie die Männer an. »Seht ihr«, wisperte sie, »er ist genial. Er hat den Spendenaufruf untergebracht. Und er hat es dir erspart, mit diesen Aasgeiern zu reden, Vic.« Der dritte Mann in der Gruppe schüttelte nur schweigend den Kopf. Er war sehr kräftig gebaut, die kurzen Ärmel seines Overalls waren hochgerollt, und auf seinen beiden Armen waren Tätowierungen zu sehen, die sich von den muskulösen Oberarmen bis hinunter zu den breiten Handgelenken zogen.

Inzwischen reckten sich alle Hände im Raum in die Luft, von überallher ertönten Stimmen.

»Mr. McElroy!«

»Sam.«

»Lieutenant Sharb, eine Frage!«

»Bitte ... hier drüben.«

McElroy hob wieder eine Hand. »Okay. Lassen Sie uns geordnet vorgehen. Mr. Samuels vom *American Statesman*, fangen Sie an!«

Der bärtige Journalist überschrie den Lärm. »Wir wollen nicht makaber sein, Mr. McElroy, und es gibt keine schonende Art, diese Frage zu stellen, aber unsere Leser werden wissen wollen, ob der Tiger einen Teil von Mr. Renfro verspeist hat.« Ungefähr zwanzig Sekunden lang war es still im Raum. Katherine spürte, wie sich ihr Magen langsam umdrehte. *Blut von meinem Blut und Fleisch von meinem Fleisch*.

Endlich fand der Direktor seine Sprache wieder: »Mr. Samuels. Sie wissen, daß der Autopsiebericht noch nicht fertig ist. Ich habe gesagt, daß mehrere Fleischwunden am Körper von Mr. Renfro festgestellt worden sind. Es ist schwer zu sagen, ob diese Verletzungen bei dem ursprünglichen Angriff oder, äh, später, verursacht wurden. Nächste Frage, Miss ...«

Samuels drängte sich durch die Menge nach vorn und überschrie die Stimme des Direktors. »Warten Sie. Ich bin noch nicht fertig. Lieutenant Sharb, ich frage Sie. Werden Körperteile vermißt? Es gehen Gerüchte um, daß der Tiger einen beträchtlichen Teil von ihm gefressen hat. Ist das wahr?«

Der Direktor schaute herunter auf den kleinen Polizisten, der seufzte und nach vorn trat. »Mr. Samuels«, sagte er mit leiser, krächzender Stimme, »wie es scheint, besteht die Möglichkeit, daß der Tiger Fleisch zu sich genommen hat. Ja.«

Fleisch von meinem Fleisch.

Der Geräuschpegel im Raum stieg, und mit ihm spürte Katherine die Hitze steigen. Sie zog ein zerknülltes Tempotaschentuch hervor und wischte sich über die feuchten Schläfen. Samuels sprang jetzt auf und ab und schrie: »Welche Körperteile? Hat man den Kot des Tigers untersucht?«

McElroy mußte den Lärm überschreien. »Gut, Miss James von den *Dallas Morning News*. Sie sind dran. Sprechen Sie.«

Eine schrille Frauenstimme erhob sich über den allgemeinen Lärm. »Dieses Tier hat Menschenfleisch gefressen. Befürchten Sie nicht, daß dieser Tiger zum Menschenfresser geworden ist? Müßte er nicht getötet werden?«

Die Zooangestellten vor Katherine sahen einander an und rollten die Augen gen Himmel. Der tätowierte Mann kniff die Augen zusammen, streckte die Arme nach vorn und spannte seine Hände an, so daß sie wie Tigerkrallen aussahen. Dann tat er so, als würde er sich an die Frau heranschleichen, die die Frage gestellt hatte. Die bei ihm standen, mußten ein Lachen unterdrücken.

Sam McElroy sah die Frau an, als sei sie eine Heidin, die es zu bekehren gelte. »Miss James, Tiger sind Raubtiere mit einem einzigen Sinn im Leben. Sie sind zum Jagen und Töten geboren. Dafür wurden sie erschaffen. Er hat sich einfach wie ein Tiger verhalten. Nein. Wir haben nicht vor, ihn zu töten.«

»Aber stimmt es nicht, daß ein Tiger unwiderruflich zum Menschenfresser wird, wenn er einmal Menschenfleisch gekostet hat? Ist es nicht doch zu gefährlich, ihn zu behalten?« schrie die Frau zurück.

Der Direktor sprach mit abgehackten Worten. »Tiger sind sehr gefährlich. Dieser Tiger wurde hier im Zoo von Austin geboren, und wir haben immer gewußt, daß er besonders aggressiv und gefährlich ist. Er ist ein echter Tiger. Wenn wir nach Schuld suchen wollen, Miss James, dann müssen wir nach dem

Konstrukteur fragen, der gemeint hat, daß das Glas in der Öffnung dick genug sei, um einem entschlossenen, fünfhundert Pfund schweren Tiger standzuhalten. Wir sollten nach den Mitgliedern des Stadtverordnetenrats fragen, die dafür gestimmt haben, daß unser Haushalt dieses Jahr um ein Viertel gekürzt wird, so daß unsere Wärter allein arbeiten müssen. Darum sollten wir uns kümmern, statt einen Tiger für etwas verantwortlich zu machen, das schlicht seine Natur ist.«

Katherine wußte, daß er recht hatte. Sie wollte auch nicht, daß der Tiger getötet würde. Aber sie fragte sich, ob sie ihn sehen wollte. Es erinnerte sie an ein Erlebnis, an das sie seit Jahren nicht mehr gedacht hatte. Als sie in der High-School war, hatte sie einen Aushilfsposten bei einem Hundetrainer gehabt, der hauptsächlich Wachhunde ausbildete. Er besaß zwei wunderschöne junge Dobermänner, die er selbst trainierte. Eines Tages war eine Horde Jungs über den Zaun geklettert und hatte die Hunde gequält; die Tiere hatten einen der Jungen angegriffen und beinahe tödlich verletzt. Noch bevor der Unfallwagen mit dem verletzten Jungen abgefahren war, hatte der Trainer den Hunden Sitz befohlen und sie beide in den Kopf geschossen. Dabei waren ihm die Tränen über das Gesicht gelaufen. Weinend hatte Katherine ihn nach dem Grund gefragt. Weil er sie nicht mehr mit Freude ansehen könne, hatte er gesagt. Sie fragte sich, ob sie jemals Freude am Anblick dieses Tigers haben würde.

Sie konzentrierte sich wieder auf das Geschehen. Ein Journalist fragte, ob der Zoo Angst vor einem Prozeß habe und ob die Sicherheitsvorkehrungen ausreichend gewesen seien.

»Nein«, donnerte der Direktor. »Unsere Sicherheitsvorschriften sind tadellos, so gut wie oder besser als in jedem anderen Zoo der Welt. In Zoos geschehen mehr Unfälle, als allgemein bekannt ist. Die Arbeit ist gefährlich. Aber im Austiner Zoo gab es in den sechsundfünfzig Jahren seines Bestehens nur einen weiteren tödlichen Unfall, und das war vor mehr als drei Jahrzehnten, lange vor meiner Zeit. Wir haben noch nie Probleme mit Sicherheitsfragen gehabt.«

Vorn schrie eine Frau los: »Warum haben Sie dem Tiger nichts zu fressen gegeben, Mr. McElroy? Das hört sich grausam an.

Wenn der Tiger nicht solchen Hunger gehabt hätte, wäre das Ganze vielleicht nie passiert.«

Die kleine Gruppe von Zooleuten hatte alle bisherigen Fragen mit geflüsterten Kommentaren bedacht. Jetzt zischte der dünne ältere Mann mit Fistelstimme: »Armes, vernachlässigtes Schmusekätzchen. Gott, diese Möchtegern-Tierfreunde gehen mir auf den Nerv. Vielleicht will sie ja in den Käfig kriechen und den armen Brum trösten. Warum sind die Leute nur so dumm?«

»Zwei Fastentage pro Woche sind in allen Zoos gängige Praxis«, sagte der Direktor geduldig. »Damit soll das Freßverhalten der Tiere in der Wildnis imitiert werden, damit unsere Großkatzen in der Gefangenschaft nicht übergewichtig werden. Es ist in keinster Weise grausam.« Er zeigte auf einen Mann in der ersten Reihe. »Ja. Nächste Frage.«

»Diese Frage geht an Mr. Dieterlen, weil er dabei war, als das Abschußkommando eintraf. Mr. Dieterlen, ich verstehe und befürworte, daß der Tiger jetzt nicht mehr getötet wird, aber warum haben Mr. Gillespie und«, er warf einen Blick in sein Notizbuch, »Mr. Jamail den Tiger nicht erschossen, als sie am Tatort eintrafen? Mr. Renfro hätte noch am Leben sein können, als sie ankamen.«

Hans Dieterlen trat einen Schritt nach vorn und musterte den Fragesteller durchdringend. Als er zu sprechen begann, war Katherine überrascht von dem starken deutschen Akzent. »Mr. Gillespie, der als erster eintraf, ist ein hervorragender Schütze. Wenn es einen Grund zum Schießen gegeben hätte, hätte er geschossen.« Er brach ab und trat zurück, offensichtlich kein Freund von vielen Worten.

»Aber Mr. Dieterlen«, fragte der Journalist, »wofür haben Sie ein Abschußkommando, wenn Sie in einer Notsituation wie dieser nicht schießen?«

Hans Dieterlen trat erneut nach vorn. »Alle Zoos verfügen über Abschußkommandos, um reagieren zu können, falls ein gefährliches Tier ausbricht und eine Gefährdung der Öffentlichkeit eintritt. Sowie irgendeine Gefährdung der Öffentlichkeit besteht, haben sie den Auftrag, ohne Zögern zu schießen. Aber in diesem Fall gab es keine Gefahr für die Öffentlichkeit, und der

Schaden war bereits angerichtet. Es war eindeutig, daß Mr. Renfro unmöglich noch am Leben sein konnte. Das hätten Sie auch gesehen, wenn Sie dabeigewesen wären.« Er trat zurück und beugte sich hinüber zum Direktor, um ihm etwas ins Ohr zu flüstern.

»Meine Damen und Herren«, sagte der Direktor, »wir müssen das Ganze auf nur noch zwei Fragen begrenzen, bitte. Schießen Sie los, Mr. Cannon. Sie sind dran.«

»Wie sieht es mit den Reaktionen aus der Öffentlichkeit aus, die Sie hier im Zoo erhalten, Mr. McElroy? Wie ist Ihrer Ansicht nach die allgemeine Meinung zu der Frage, ob man den Tiger am Leben lassen sollte oder nicht?«

»Ich habe keine Ahnung, Mr. Cannon. Entscheidungen wie diese machen wir nicht abhängig von der öffentlichen Meinung. Sibirische Tiger sind eine bedrohte Tierart. Es verstößt gegen Bundesgesetze, sie zu töten. Wir dürften es nicht, selbst wenn wir es wollten. Natürlich erhalten wir eine Menge von Anrufen. Die übliche Mischung: Einige sind vernünftig, einige verschroben und manche rundheraus besorgniserregend. Natürlich verlangen manche, daß das Tier getötet werden soll. Ich muß leider sagen, daß wir ein paar Morddrohungen gegen den Tiger erhalten haben. Deswegen haben wir eine Vorsichtsmaßnahme getroffen, wir haben alle Großkatzen für die nächste Zeit aus den Freigehegen entfernt. Letzte Frage. Sie dort hinten.«

Eine tiefe Männerstimme sagte: »Wir haben jetzt viel über den Tiger gesprochen. Aber was ist mit Lester Renfro? Was für ein Mensch war er? Plant der Zoo eine Trauerfeier für ihn? Hatte er Familie?«

Katherine merkte, wie sich ihr Körper zusammenkrampfte.

Das Zoogrüppchen begann wieder zu tuscheln. »Lester Renfro«, seufzte der schwere Mann, der die Tür gegen ihren Ellbogen gestoßen hatte. »Die einzige Familie, die ihn vermissen wird, ist die Familie der *Felidae*.« Die anderen nickten traurig. Katherine studierte ihre Gesichter. Tat es ihnen leid, daß er tot war, oder waren sie nur unwillig wegen der Störung ihres Arbeitsablaufes? Sie konnte sich nicht entscheiden, ob sie ihnen oder dem Direktor zuhören sollte.

»Eine gute Frage«, antwortete der Direktor. »Mr. Renfro war ein vorbildlicher Mitarbeiter. Er ging in seiner Arbeit auf, sie war sein Leben. Er besuchte die Abendschule und bereitete sich auf einen Abschluß in Biologie an der University of Texas vor. Deswegen glaube ich, daß die Einrichtung eines Stipendiums für Wärter, die eine höhere Ausbildung anstreben, das richtige Andenken an ihn wäre. Er hätte viele besser bezahlte Stellen haben können, aber er wollte Zoowärter bleiben. Siebenunddreißig Jahre war er im Zoo von Austin. Bevor er der oberste Wärter von Abschnitt II, Großkatzen, wurde, arbeitete er bei den Reptilien und den Kleinsäugern.« Scheinbar in Erinnerungen versunken blickte der Direktor einen Moment lang in die Ferne. Dann sagte er mit echter Überzeugung: »Es bedeutete ihm wirklich viel. Er war ein Fürsprecher seiner Tiere. Äh, Familie? Tja, er war geschieden, ohne nähere Angehörige hier, glaube ich. Wir waren seine Familie. Die Tiere waren seine Familie. Er starb bei dem, was er am liebsten tat.«

»Und das ist die Wahrheit. Amen«, flüsterte der dünne Mann mit der zerfurchten Haut, mehr zu sich selbst als zum Rest der Gruppe.

Die Pressekonferenz war vorüber. Die drei Männer drehten sich um und verschwanden im Büro des Direktors.

Katherine entfernte sich von der Toilettentür, als Männer begannen, sich in dieser Richtung zu bewegen. Sie stopfte ihr Hemd hinten in die Hose und atmete tief durch.

Tiere waren seine Familie, was? Tja, er hat sehr wohl Familienangehörige. Sie sind hier und beabsichtigen zu erben, was immer er für sie gedacht haben mag – und alles, was ich sonst kriegen kann. Ich bin hier, weil ich finanzielle Hilfe brauche, und ich bin entschlossen, sie zu bekommen.

Sogar über seine Leiche.

5

Während sich der Raum leerte, versuchte Katherine, etwas vorauszuplanen. Sie nahm an, daß sie irgendeinen Beerdigungsrummel über sich ergehen lassen müßte, bevor sie an das Geld gelangen konnte. Das konnte verdammt lange dauern, und sie hatte nur zweiundzwanzig Tage bis zur Zwangsversteigerung. War es möglich, eine Erbschaft innerhalb von drei Wochen abzuwickeln? Wahrscheinlich nicht. Sie hatte gehört, daß so etwas langwierig war.

Und, o Gott, was war, wenn er nichts aufgeschrieben hatte? Was war, wenn er nicht schriftlich festgelegt hatte, was er ihr vermachen wollte? Sie hatte natürlich den Brief, aber würde der als rechtskräftiges Beweismittel gelten? Und was war mit dem Schlüssel und der Quittung für den Lagerraum? Sollte sie warten oder allein hingehen und es sich ansehen?

»Ganz ruhig. Eins nach dem anderen, Katherine«, flüsterte sie sich selbst zu, während sie sich dem Platz der Sekretärin näherte. Jetzt mußte sie sich erst einmal vorstellen und sehen, wie die Sache weiterging. Sie schob sich das Haar hinter die Ohren und räusperte sich. Auf einem Namensschildchen auf dem Tisch stand: »Kim Kelly, Assistentin des Direktors«.

Kim Kelly war in ein Gespräch mit dem Mann vertieft, der sie am Ellbogen gestoßen hatte. Er saß auf der Ecke des Schreibtischs und sagte gerade: »Aber nun habe ich extra meinen ganzen Tagesablauf so geplant, daß ich das durchziehen kann. Sie wird die Beruhigungsspritze brauchen. Ich dachte, er wollte es so.«

»Das würde ich auch denken, Vic, aber er hat gesagt...« Sie brach mitten im Satz ab, als Katherine sich zum zweitenmal räusperte.

»Ich muß mit Mr. McElroy sprechen, bitte«, sagte Katherine.

»Sie haben einen Termin?« fragte Kim.

»Nein.«

»Er hat gerade eine Besprechung. Ich glaube auch nicht, daß er heute überhaupt noch Zeit haben wird. Möchten Sie eine Nachricht für ihn hinterlassen?«

»Ich muß ihn unbedingt jetzt sprechen. Ich bin Katherine Driscoll, die Tochter von Lester Renfro. Würden Sie ihm das bitte sagen?«

Kims runde braune Augen wurden noch runder, und sie sprang von ihrem Stuhl hoch. »Ja, Miss Driscoll, natürlich tue ich das.« Ohne anzuklopfen, betrat sie das Büro des Direktors und schloß die Tür hinter sich.

Der große Mann blieb auf dem Tisch sitzen und sah Katherine unverwandt an. Die mehrere Tage alten Bartstoppeln ließen sein Gesicht dunkel aussehen, und sein Overall war von steif wirkenden Flecken übersät, die stark nach Blut aussahen. Sie las das Namensschild links auf seiner Brust: »Vic Jamail, Obertierarzt«. Er sieht eher wie einer der Handwerker aus, dachte Katherine.

»Miss Driscoll«, sagte er, »es tut mir wirklich leid mit Ihrem Vater. Und Ihrem Ellbogen.«

Katherine nickte und schaute weg.

»Sie müssen ja denken, daß wir ein gefühlloser Haufen sind, weil wir einfach so mit unserer Routine weitermachen, aber wir haben Schwierigkeiten, mit so einem Unfall...«

»Nein, ich finde Sie gar nicht gefühllos. Ich mache ja auch mit meinem Leben weiter, Mr....«

»Jamail, Vic Jamail.«

Die Sekretärin trat aus dem Büro und unterbrach ihn. »Kommen Sie doch bitte gleich herein, Miss Driscoll. Es tut mir alles so leid. Ich wußte ja nicht, wer Sie sind, entschuldigen Sie bitte.« Sie trat beiseite, so daß Katherine in das Büro gehen konnte.

Als sie einen Moment stehenblieb, um ihre Shorts hinten zu glätten, warf Katherine einen Blick zurück auf den großen Mann, der immer noch auf der Tischkante saß und sie beobachtete. Im Grunde lächelte er nicht, aber ein Knoten in den Muskeln um seine Mundwinkel und das Glänzen seiner schwarzen Augen gaben ihr das bestimmte Gefühl, daß er innerlich lachte. Das ärgerte sie über alle Maßen, als sie das Büro des Direktors betrat.

Die drei Männer sprangen aus identischen grünen Clubledersesseln auf die Füße. In der Ecke hinter ihnen stellte ein großer weißer Vogel seinen apricotfarbenen Kamm auf und krächzte: »Hallo. Hallo.«

Niemand beachtete ihn. Sam McElroy kam mit ausgestreckter rechter Hand auf sie zu. »Miss Driscoll?«

Katherine nickte und versuchte, eine der Situation angemessene Miene aufzusetzen.

»Es tut mir so leid.« Er nahm ihre Hand, als wolle er sie schütteln, bedeckte sie dann fest mit seiner anderen Hand und drückte sie vorsichtig in einer langen, wortlosen Beileidsbekundung. Sein drahtiger, angespannter Körper neigte sich ihr entgegen, und seine gebräunte Stirn legte sich in sorgenvolle Falten. »Als ich gesagt habe, daß Lester keine nahen Angehörigen hat, hatte ich keine Ahnung, daß Sie hier sind. Ich habe gemeint, daß er keine Familie in Austin hat. Sie hätten sich bei mir melden sollen. Dieser ... Zirkus da draußen war sicher wenig erfreulich für Sie. Vergeben Sie uns.«

Er hielt ihre Hand weiterhin fest. Seine feuchten hellen Augen und die Art, wie er seine Schultern einzog und den Kopf auf die Seite legte, vermittelten Sympathie. Katherine war überzeugt. Sie fühlte plötzlich, wie sich ihre Kehle zusammenschnürte. Echtes Mitgefühl von ihm war das letzte, was sie erwartet hatte. Sie kam sich vor wie eine Schwindlerin.

»Ich habe meinen Vater nicht mehr gesehen, seit ich fünf war, Mr. McElroy. Insofern hatten Sie recht, als Sie sagten, daß er keine engen Angehörigen hat.«

Er drehte sich zu den beiden anderen Männern um. »Miss Driscoll, das hier ist Lieutenant Sharb von der Austiner Polizei, und dies ist Hans Dieterlen, unser oberster Wärter.«

Der Polizist trat vor und schüttelte ihr die Hand. Der Arm, den er ihr entgegenstreckte, war so kurz und dick, daß er deformiert erschien, aber als sie die restliche Erscheinung betrachtete, merkte sie, daß der Arm perfekt zu den Proportionen des Mannes paßte. Sie verspürte den höchst unpassenden Wunsch, ihn nackt zu sehen.

Sie kniff die Lippen zusammen und schüttelte die rundliche Hand.

Bevor er etwas sagte, zog er ein zusammengeknülltes Taschentuch hervor und schneuzte sich. Als er schließlich mit ihr sprach, blickte er stirnrunzelnd in das Taschentuch. »Wir haben versucht, Sie ausfindig zu machen, Miss Driscoll, aber wir haben Ihre Adresse erst vor etwa einer Stunde von Mr. Hammond bekommen, dem Anwalt Ihres Vaters.« Seine Stimme war so rauh und krächzend, daß Katherine annahm, er müsse Schmerzen beim Sprechen haben. »Sie müssen schon hierher unterwegs gewesen sein. Es gefällt uns nicht, wenn die Leute von den Dingen erfahren, bevor wir sie ihnen mitteilen.«

Ein langes Schweigen entstand. Katherine merkte, daß man auf eine Antwort von ihr wartete, aber sie wußte nicht, auf welche.

»Wie haben Sie davon erfahren, Miss Driscoll?« fragte Sharb schließlich.

»Ach so. Gerade eben. Als ich das Büro betrat und nach... meinem Vater fragte, zeigte die Sekretärin mir die Zeitung.«

»Was führt Sie heute hierher, Miss Driscoll?« krächzte der Polizist. »Nachdem Sie Ihren Vater so viele Jahre nicht gesehen haben?«

Auf diese Frage war sie nicht vorbereitet. Sie hatte das Gefühl, als wäre sie in eine Prüfung gestolpert, ohne vorher auch nur in ihre Aufzeichnungen geschaut zu haben. Lester hatte um Verschwiegenheit gebeten, aber er war tot. »Na ja, er hat mir geschrieben und mich gebeten zu kommen. Also bin ich gekommen.«

Ohne jede Vorwarnung nieste Sharb zweimal wie ein Maschinengewehr und versprühte einen feinen Regen. Unwillkürlich wich Katherine einen Schritt zurück, um außerhalb seiner Reichweite zu gelangen.

Sharb zog das Taschentuch wieder hervor und putzte seine gerötete Nase, während er dem Vogel einen düsteren Blick zuwarf. »Hat er Sie heute erwartet?«

»Nein. Es sollte eine Überraschung sein.«

Der Direktor streckte ihnen die Arme entgegen. »Bitte setzen Sie sich doch. Miss Driscoll, Sie können sicher ein bißchen Erholung gebrauchen. Soll Kim Ihnen vielleicht etwas Tee oder ein kaltes Getränk bringen?«

»Nein, danke.« Katherine ließ sich in dem am nächsten stehenden Sessel nieder. Er war wundervoll bequem und tief, zum

Versinken, das rauhe grüne Leder war abgenutzt und ganz weich. Sie legte die Handflächen auf die Lehnen, um es zu spüren.

McElroy und Sharb setzten sich in die sie flankierenden Sessel, Hans Dieterlen blieb stehen. Er machte eine steife Verbeugung in ihre Richtung. »Miss Driscoll, mein Beileid zu Ihrem Verlust. Ihr Vater war ein guter Mitarbeiter. Er wird unmöglich zu ersetzen sein.«

»Ich danke Ihnen.«

Er wandte sich an den Direktor. »Ich muß jetzt gehen, Sam. Ich habe gerade noch Zeit, um in Dallas die Papiere fertigzumachen, bevor die Maschine aus Frankfurt eintrifft.«

»Ach, ja. Unsere Femme fatale auf Besuch. Gehen Sie nur, Hans. Danke für Ihre Hilfe.«

Der Oberwärter machte eine kleine Verbeugung und ging.

»Wir erwarten heute die Ankunft eines seltenen weißen Nashorns«, erklärte Sam, »zur Zucht ausgeliehen.«

Sharb preßte immer noch sein Taschentuch an die Nase. »Miss Driscoll«, sagte er, »warum bat Ihr Vater Sie, ihn zu besuchen? War er in irgendeiner Weise in Schwierigkeiten?«

Sie zögerte. »Nein. Nicht soweit ich weiß. Er wollte einfach mit mir sprechen, vermute ich. Mich kennenlernen.«

»Gibt es sonst noch Angehörige, oder sind Sie die einzige?« fragte er.

»Ich bin die einzige. Mein Vater schreibt, daß seine Schwester Julia Renfro letztes Jahr gestorben ist, also vermute ich, daß ich die einzige lebende Verwandte bin.«

Sharb nickte. »Vermuten Sie«, sagte er atemlos und fing an zu husten.

Katherine fühlte Widerwillen gegen den kleinen Mann in ihrer Kehle aufsteigen.

Sam McElroy sah ihn an, als hätte er sein Leiden erst in diesem Moment bemerkt. »Lieutenant, wäre Ihnen geholfen, wenn wir King Tut« – er machte eine Handbewegung hinüber zu dem Vogel – »für eine Weile nach draußen bringen? Es ist schrecklich, Sie so leiden zu sehen.«

Sharb schüttelte mit kurzen, nervösen Zuckungen den Kopf.

»Nein, nein. Es würde nichts bringen. Der Staub ist überall. Ich gehe sowieso gleich.« Er stand auf und wandte sich an Katherine. »Wenn Sie später zu uns in die Stadt kommen könnten, Miss Driscoll – nur ein paar Formalitäten, Sie sind die nächste Angehörige. Und einige weitere Fragen.« Er griff in seine Jackentasche und zog eine Karte hervor, die er ihr gab. »Um fünf? Dann werde ich auch wieder im Büro sein.«

»In Ordnung«, sagte sie.

»Zeigen Sie einfach am Eingang die Karte«, sagte er. Als er sah, daß Sam aufstehen wollte, streckte er die Hand aus, um ihn zu bremsen. »Es war ein anstrengender Tag. Bleiben Sie sitzen, Mr. McElroy, wir sehen uns morgen wieder.« Seit er aufgestanden war, schlug der Vogel mit den Flügeln und kreischte: »Wiedersehn, wiedersehn!«

»Ruhe, Tut!« bellte der Direktor in Richtung Vogel. Das hatte ein heiseres Anschwellen der Lautstärke zur Folge, so daß Katherine sich am liebsten die Ohren zugehalten hätte.

Der Polizist schaute noch einmal zurück und schüttelte fassungslos den Kopf.

Sam McElroy beugte sich in seinem Sessel nach vorn und schaute Katherine direkt in die Augen. »Miss Driscoll, wenn wir *irgend etwas* für Sie tun können, lassen Sie es uns bitte wissen. Tun Sie das?«

»Natürlich, danke schön. Wie, denken Sie, soll ich jetzt vorgehen?«

»Tja, Sie müssen Kontakt mit Travis Hammond aufnehmen. Er war der Anwalt Ihres Vaters, er wird also genau wissen, wie zu verfahren ist. Ich vermute, daß Ihr Onkel, Cooper Driscoll, Ihnen bei den nächsten Schritten helfen wird. Sie sollten also auch mit ihm so bald wie möglich sprechen. Und wir werden alles in unseren Kräften Stehende tun. Sie müssen wissen, daß ich Ihrer Familie in vielerlei Hinsicht verpflichtet bin. Ich spreche nicht nur von Ihrem Vater. Da Sie außerhalb leben, weiß ich nicht, inwieweit Sie über die Unterstützung, die die Familie Ihrer Mutter dem Zoo gewährt, informiert sind, aber der Name Driscoll ist praktisch identisch mit dem Zoo. Cooper Driscoll ist unser gegenwärtiger Vorstandsvorsitzender; Ihre Großmutter war eine der Gründerinnen und ist weiterhin eine unserer großzügigsten Gönnerinnen. Wir schulden Ihrer Familie sehr viel. Und nun so etwas.« Er wedelte mit der Hand, als hätte der Unfall die Luft im Raum verseucht.

Katherine war verblüfft, sich plötzlich als Mitglied einer einflußreichen Familie wiederzufinden, der diese Art von Vorzugsbehandlung regelmäßig zuteil wird. Für sie war das ungewohnt, unverdient, aber es hatte etwas Tröstliches. Sie fühlte sich schuldig dabei, aber sie genoß es. Und sie fragte sich, wie weit sie mit ihren Ansprüchen gehen konnte.

»Mr. McElroy, ich würde gern den Ort sehen, an dem es geschehen ist«, sagte sie. »Und den Tiger würde ich auch gern sehen.«

Der Direktor sah einige Sekunden lang auf den efeubewachsenen Palisadenzaun vor seinem Fenster, dann zurück zu Katherine. »Gut. Gehen wir gleich.«

»Danke schön. Danach werde ich wohl zum Anwalt fahren, bevor ich Lieutenant Sharb einen Besuch abstatte.«

McElroy sprang mühelos aus dem Sessel, während Katherine Probleme hatte, auf die Füße zu kommen. Sich erhebende Menschen schienen den Vogel zu stimulieren. Er begann zu kreischen und mit den Flügeln zu schlagen, wobei er blaß pfirsichfarbene Federn und grauen Flaum in der Luft verteilte. »Was für ein Vogel ist das?« fragte Katherine.

McElroy war dabei, ein Funkgerät an seinem Gürtel zu befestigen, während er zur Tür ging. »Ein molukkischer Kakadu. Eine schreckliche Nervensäge, aber ich mag ihn. Kim, ich werde in der nächsten halben Stunde drüben bei den Katzen sein. Rufen Sie bitte Travis Hammond an und teilen Sie ihm mit, daß Miss Driscoll in Austin ist und in ungefähr fünfundvierzig Minuten bei ihm sein wird.«

Als sie die Fußgängerbrücke über den Barton Creek überquerten, bewunderte Katherine die freifliegenden einheimischen Vögel an seinem Ufer. O ja. Sie erinnerte sich daran. Sie war früher schon hier gewesen, und es hatte ihr sehr gefallen.

Der Direktor lief und redete im selben Schnellfeuerrhythmus. Katherine mußte kräftig ausschreiten und genau zuhören, um mitzukommen. »Heute morgen haben wir verspätet geöffnet«, sagte er. »Zum erstenmal in den fünfzehn Jahren, seit ich hier bin. Wir haben außer an Weihnachten jeden Tag im Jahr geöffnet, und immer pünktlich. Aber es war so ein Schock, hierherzukommen und diese ... schrecklichen Neuigkeiten zu hören. Wir haben alle Raubkatzen nach drinnen gebracht. Ich befürchte, daß wir sie der Öffentlichkeit lange nicht werden zeigen können. Die Anrufe waren haarsträubend. Und ab morgen werden dann die Briefe eintreffen.«

Er sah Katherine genau an. »Ich weiß nicht, wie Sie in dieser Hinsicht einzuordnen sind, Miss Driscoll, aber Ihr Vater hätte die Nase gerümpft über die Vorstellung, ein Tier in einer solchen Situation zu töten. Er wußte, daß die Arbeit gefährlich ist. Wärter werden verletzt und sogar getötet, egal, wie vorsichtig sie sind. Jeder, der im Zoo arbeitet, weiß das. Es kommt einfach manchmal vor.«

Als sie an einem Gelände vorbeikamen, auf dem Bagger Schutt wegräumten – offenbar hatte hier ein Gebäude gestanden –, winkte er den Arbeitern zu und sagte: »Hier soll unser neues Haus für die Kleinsäuger hin. Es wird mit einer der raffiniertesten Nachtabteilungen der Welt ausgestattet sein.« Er sah Katherine an. »Ein Teil des Geldes stammt aus der Driscoll-Stiftung.«

Er wedelte mit der Hand zu einer Reihe von Volieren zu ihrer Rechten und deutete auf einen großen, dünnen blauen Vogel im letzten Käfig. »Das ist unser kleiner Goliathreiher, der erste, der je in Gefangenschaft geboren wurde.« Während er sprach, behielt er einen Schritt bei, der eher ein Laufschritt als ein Gehen war.

Katherine wurde klar, daß ihm die Förderung des Zoos so sehr am Herzen lag, daß er sogar mitten in einem Atombombenabwurf weitermachen würde. Sie fand diese Art von Enthusiasmus unwiderstehlich.

Er hob einen Plastikbecher vom Boden auf, ohne seinen Schritt zu verlangsamen. »Ihr Vater war durch und durch ein Profi auf seinem Gebiet, der letzte, bei dem man einen Unfall erwartet hätte.« Er machte halt, um den Becher in einen Mülleimer zu werfen.

Sie nutzte den kostbaren Augenblick des Schweigens und sagte: »Bitte nennen Sie mich doch Katherine.«

»Oh, gut. Wir nennen uns hier alle beim Vornamen. Ich bin Sam. Sie sollen wissen, Katherine – es fällt mir schwer, es zu sagen –, daß es uns fürchterlich leid tut, daß dieser Unfall geschehen ist, aber Sie werden sich selbst davon überzeugen können, daß die Sicherheitsvorschriften des Zoos einwandfrei sind.«

Katherine wurde klar, daß er Angst hatte, sie würde ihn verklagen.

»Da sind wir.« Er legte seine Hand auf ihre Schulter.

Sie näherten sich einem großen, mit Gras bewachsenen Gehege, das von einer Art Felsenklippe begrenzt wurde, die allerdings eindeutig künstlich war. Nach vorn war das Gehege von einem vier Meter siebzig hohen Zaun umgeben, oben mit einem dreißig Zentimeter breiten, nach innen geneigten Überhang. Zwischen diesem Zaun und einem niedrigen Eisengeländer, das die Besucher auf Abstand halten sollte, verlief ein Grasstreifen.

»Dies ist das Freigehege, das unsere zwei Tiger sich teilen. Brum war letzte Nacht an der Reihe, draußen zu bleiben, Imelda – der andere Tiger – war drin. Man kann zwei ausgewachsene Tiger nicht zusammensperren, wenn sie nicht gerade Paarungszeit haben, und selbst dann ist es nicht ungefährlich, so wie Tiger nun einmal sind.«

Katherine betrachtete das Gehege. Sehr hübsch und natürlich wirkend mit dem Gras und den Bambussträuchern, riesigen Felsbrocken und einem dünnen Rinnsal, das einen Bach nachbildete. Dann bemerkte sie die Tür, und ihr wurde schlagartig klar, was hier geschehen war. Es war eine unauffällige graue Tür in den Klippen mit einem kleinen Fenster, das mit Holzlatten vernagelt war. Das Gras direkt vor der Tür hatte einen dunklen Fleck.

Sie fragte sich, wie lange es dauern mochte, von einem Tiger umgebracht zu werden.

Sie umrundeten den Zaun bis zu einer Tür hinten in den Klippen. Der Direktor klopfte an die fensterlose Stahltür. »Wir haben hier rund um die Uhr einen unserer Mitarbeiter stationiert – eine Zeitlang, nur für den Fall.« Er sah Katherine an. »Ist es nicht zu schlimm für Sie? Wir können auch ein anderes Mal wiederkommen.«

»Nein, kein Problem«, widersprach Katherine und fragte sich, warum ihre Stimme so dünn und weit weg klang.

Sam klopfte noch einmal. Als Antwort ertönte das Klicken eines großen Schlosses, das geöffnet wurde. Dann wurde die Tür aufgestoßen.

Ein schmächtiger Mann im Zoo-Overall trat unterwürfig zur Seite, um sie einzulassen. Sein Namensschild identifizierte ihn als »Danny, Katzenwärter«.

Katherine trat durch die Tür, und sofort begann ihre Nase zu zucken, so überwältigend war der Raubkatzengestank – Urin und Markierung. Gar nicht zu vergleichen mit dem Geruch von Hunden, dachte sie. Bei weitem aggressiver und dominanter. Sie unterdrückte einen Niesreiz.

Der Direktor zog die Tür hinter ihnen zu, und der Wärter verschloß sie hastig. »Danke, Danny. Dies ist Katherine Driscoll, die Tochter von Lester. Ich will ihr zeigen, wo es geschehen ist. Katherine, das ist Danny Gillespie. Er arbeitet seit einigen Monaten bei den Großkatzen und half Ihrem Vater bei der Arbeit.«

Danny warf ihr einen schnellen Blick zu, rutschte mit den Füßen in seinen kniehohen Gummistiefeln herum und zeigte schüchtern die Andeutung eines Lächelns, wobei er seine Zähne bedeckt hielt.

»Sie waren bei dem Abschußkommando dabei«, sagte sie.

Er senkte den Blick, fuhr sich mit der Hand durch sein herunterhängendes blondes Haar und versuchte, eine kahle Stelle oben auf seinem Kopf damit zu bedecken. »Es war einfach zu spät, um noch irgend etwas für ihn zu tun, Miss Driscoll. Ich kam direkt hierher, in kürzester Zeit, weil ich im Büro war, als der Notruf ankam, aber es war einfach zu spät.« Er schaute zu ihr auf. Seine blaßblauen, wimpernlosen Augen wurden von dicken Brillengläsern vergrößert, so daß sie verzerrt aussahen. Sie wußte nicht, ob seine Lider immer geschwollen waren, oder ob er geweint hatte.

»Warum waren Sie sich so sicher, daß es zu spät war?« fragte sie.

Die Frage erschreckte sie beide. Katherine hatte nicht vorhergesehen, daß sie sie stellen würde, und Danny blinzelte ein paarmal, als er sie hörte.

Nach einem langen Schweigen sagte er: »Na ja, er war ganz ... also, es war eindeutig, so wie er ... Sie wissen schon, wenn Tiger ...« Er brach ab und sah den Direktor verzweifelt an.

Sam trat vor und legte Danny eine Hand auf die Schulter. »Danny, ich weiß, wie schwierig es ist, aber etliche Journalisten haben bei der Pressekonferenz ebenfalls danach gefragt.«

Danny seufzte. »Oh.« Er sah Katherine an. »Miss Driscoll, ich wünschte, ich wäre rechtzeitig hier gewesen, aber so wie er dalag, das Genick eindeutig gebrochen, und all das Blut ... ach, es war überall. Ich habe Mr. Renfro so bewundert. Er konnte so toll mit den Katzen umgehen, und er hat mir so viel beigebracht. Ich bin erst seit vier Monaten bei den Katzen, aber ich hatte das Gefühl, hier ein Zuhause gefunden zu haben.« Er schüttelte entschuldigend den Kopf. »Es tut mir leid.«

Katherine schaute weg. Sie standen in einem weißgekachelten Raum mit einem Abfluß in der Mitte. Am hinteren Ende befand sich ein Käfig. Darin lag ein riesiger Tiger mit buschigem Fell auf der Seite und sah sie aus leuchtend gelben Augen an.

»Tja, das ist er«, sagte der Direktor. »Das ist Brum. Fünf Jahre alt. Hier im Zoo von Austin geboren. Aggressiv wie nur irgendwas, vom ersten Tag an. Wie hat er sich benommen?« fragte er den Wärter.

»Ziemlich ruhig, Sir. Wir haben sie beide gefüttert, als die Polizei endlich gegangen war. Und er hat recht gut gefressen. Ich habe gerade erst den Käfig ausgespritzt.«

Katherine näherte sich dem Käfig langsam und starrte die Katze an, die unverwandt zurückstarrte. Sie hatte noch nie einen Tiger aus solcher Nähe betrachtet. Das Gestrüpp schwarzer Streifen, das sein orange-weißes Gesicht einrahmte, sah aus wie Tintenflecke, auf beiden Seiten identisch. Wenn ein Psychiater sie auffordern würde, die Tintenflecke zu beschreiben, würde sie sagen, sie erinnerten sie an die Wurzeln einer riesigen Pflanze. Vielleicht einer menschenfressenden Pflanze. Die zahlreichen, stachligen, weißen Barthaare standen aggressiv von der rosa Nase ab. Ein schönes Gesicht. Unbestreitbar.

Sam trat leise zu ihr und umfaßte ihren Ellbogen. »Wollen Sie den Rest auch noch sehen?«

Katherine löste ihren Blick von dem Tiger und nickte.

Danny hatte die nächste Tür aufgeschlossen und trat beiseite, um sie durchzulassen. Sam ging voraus in den winzigen, schrankähnlichen Raum und lehnte sich mit dem Rücken an die Wand, so daß sie mehr Platz hatte. In der Sekunde, in der sie eintrat, spürte sie das Entsetzen. Das war ein grauer Sarkophag aus Beton mit einer nackten Glühbirne, die von der Decke baumelte. Sie zuckte zusammen, als sie das zugenagelte Fenster sah. Es war unmöglich, sich nicht vorzustellen, was an diesem Morgen hier geschehen war: das plötzliche Splittern von berstendem Glas, der riesige, gestreifte Kopf, der sich durch das Fenster drückte, die blitzschnellen Klauen, die in das weiche Fleisch schlugen. Gott.

Als Danny auch noch eintrat, wurde es unerträglich eng. Sie bahnte sich den Weg nach draußen. Bis sie diese Stelle gesehen hatte, war Lesters Tod nur ein Unfall gewesen, weit weg. Jetzt sah sie alles vor sich. Und es war furchtbar.

Schwer atmend stand sie vor der Tür, während die beiden Männer leise miteinander sprachen. »Die Polizei hat das ganze Glas zusammengekehrt«, sagte Danny, »und es mitgenommen. Sehr gründlich. Mehr als drei Stunden waren sie da.«

Er senkte die Stimme und sprach andächtig, als befänden sie sich in einer kleinen Kapelle am Straßenrand. »Aber ich verstehe das nicht. Er hat immer gesagt, daß die Schlösser fünfundneunzig Prozent der Sicherheit bei der Arbeit ausmachen. Normalerweise wäre er nicht einmal bis hierher gekommen, solange Brum noch draußen war. Er hat uns beigebracht, den Tiger immer erst in den Käfig zu sperren, ehe man irgend etwas unternahm. Immer. Eine seiner Regeln.«

Der Direktor sagte: »Es ist schwer einzusehen. Er war der gewissenhafteste Mann.«

Während die Männer redeten, betrachtete Katherine den Tiger. Er war jetzt auf den Füßen und strich im Käfig auf und ab, wobei seine schmalen Hüften wellenförmige Bewegungen beschrieben und seine enormen orangen Hoden hin und her pendelten. Der ganze Käfig war angefüllt mit seiner Farbe und Energie. Plötzlich richtete er sich auf und stützte sich mit den Vorderpfoten gegen das Gitter, wobei er mit dem Kopf die Decke des Käfigs streifte. Er baute sich über Katherine auf und funkelte zu ihr herunter. Sie stolperte ein paar Schritte zurück, um aus seinem Einflußbereich zu gelangen.

Beschämt bemerkte sie, daß Sam McElroy aus dem Vorraum getreten war und ihr zusah. Sie sagte: »Sam, ich muß jetzt gehen. Mein Hund ist seit über einer Stunde im Auto. Ich muß nach ihm sehen und dann zum Rechtsanwalt fahren.«

Sie traten ins Freie, und Danny schloß die Tür hinter ihnen ab. Sam begleitete sie zum Auto und beschrieb ihr ganz genau den Weg zum Büro von Travis Hammond.

»Und, Katherine«, sagte er, »ich möchte noch einmal wiederholen, daß ich zu Ihrer Verfügung stehe, wann immer Sie Hilfe brauchen. Sagen Sie mir nur Bescheid, und ich werde mich darum kümmern. Versprochen?«

Sie ließ den Motor an und dachte an Erbschaften und Testamente. Sie mußte unbedingt wissen, ob sie das, was ihr Vater für sie hatte, rechtzeitig genug bekommen würde, um die Versteigerung zu verhindern. Würde es ausreichen? Einundneunzigtausend Dollar? Sie atmete tief durch. Tja, sie würde es bald wissen.

Als sie vom Zooparkplatz fuhr, schaute sie im Rückspiegel Ra an, dessen Ohren in der Brise des geöffneten Fensters flatterten. *Es mußte reichen.*

6

Katherine hatte mit Erstaunen gehört, daß Travis Hammond der Anwalt ihres Vaters gewesen war. Er war der einzige Mensch aus ihrem früheren Leben in Austin, mit dem Leanne Driscoll Kontakt gehalten hatte. Er war ein enger Freund der Familie und der Anwalt von drei Generationen Driscolls gewesen. Wenn man den gewaltsamen Bruch zwischen ihren Eltern bedachte, war es unverständlich, daß ihr Vater sich ausgerechnet für Hammond als Anwalt entschieden hatte.

Das Büro von Hammond und Crowley befand sich in einem winzigen, niedrigen Gebäude an der Guadaloupe Street. Links neben der Tür war eine edelstahlglänzende Denkmalschutzplakette mit dem Profil von Texas befestigt.

Die Einrichtung gefiel Katherine sofort. Der Raum war sparsam möbliert und kühl, mit rauh verputzten weißen Wänden und breiten, rohen Kiefernholzdielen, auf denen einige Navajoläufer lagen. An den Wänden hingen drei Schwarzweißfotografien – Originale von Ansel Adams, vermutete sie.

Eine sehr junge Empfangsdame in Bluejeans und einem verwaschenen Holzfällerheld war damit beschäftigt, mit zwei Fingern auf der Tastatur eines MacIntosh-Computers zu tippen. Als Katherine sich vorstellte, stand sie auf und setzte zu einem Lächeln an, unterdrückte es aber sofort wieder und sagte: »Ja. Miss Driscoll. Herzliches Beileid. Setzen Sie sich doch bitte einen Moment.« Sie eilte aus dem Raum und knallte weiter hinten eine Tür. Bevor Katherine Platz nehmen konnte, war die junge Frau schon mit dem humpelnden alten Anwalt an ihrer Seite zurück.

Er war sehr dünn und elegant in einen anthrazitgrauen Anzug gekleidet. Über dem schneeweißen Hemdkragen und der gelben Paisleykrawatte sah sein braunes, wettergegerbtes Gesicht wie eine Maske aus der antiken Tragödie aus. Seine Mundwinkel waren nach unten gezogen, und seine Haut bestand aus unzähligen braunen Falten; er sah aus wie ein geschälter Apfel, den man in der Sonne hatte trocknen lassen. Als er sie begrüßte, ließ ein Tick in seinem rechten Auge alle Muskeln in dieser Gesichtshälfte zucken.

Doch sein zuvorkommender texanischer Charme war unverkennbar. »Katherine Driscoll.« Er zog den Namen in die Länge, während er ihre Rechte in beide Hände nahm. »Danke, daß Sie hergekommen sind. Ich kann Ihnen nicht sagen, wie sehr mich die Nachricht vom Unfall Ihres Vaters getroffen hat. Ich hätte Sie ja sofort angerufen, aber ich war in Lubbock und erfuhr erst mittags davon, als ich nach Austin zurückkehrte. Sam McElroy teilte mir mit, daß Sie es durch Zufall erfahren haben. Das tut mir so schrecklich, schrecklich leid. Vergeben Sie mir.«

Katherine registrierte, daß er in der Tat tief betroffen aussah. Sie fragte sich, ob das bedeutete, daß er Lester nahegestanden hatte.

»Oh«, sagte er und drehte sich zu seiner jungen Schreibkraft um, »dies ist meine Enkelin, Susan Hammond, die mir hier im Büro hilft, solange sie noch darüber nachdenkt, ob sie aufs College gehen soll oder nicht. Nimm bitte meine Anrufe entgegen, Susie Q, damit ich mit Miss Driscoll sprechen kann.«

»Okay, Opa«, sagte sie, schon wieder bei ihrer langsamen Tipparbeit.

Travis Hammond nahm vorsichtig Katherines Arm und führte sie in sein Büro, um sie besorgt, als wäre sie die Gebrechliche mit einem schlimmen Knie und Schüttelfrost. Er führte sie zu einem altmodischen beigen Sofa und drehte sich um, um die Tür zu schließen. Das Büro war wie der Eingangsbereich kühl und schlicht, aber das gläserne Auge eines riesigen Hirschkopfes, der an der gegenüberliegenden Wand hing, erschreckte Katherine. Er wirkte in dieser zivilisierten Atmosphäre sehr unpassend.

Der Anwalt drehte sich um und ertappte sie dabei, wie sie dorthin starrte. »Sind Sie Jägerin, Miss Driscoll? Eines meiner großen Laster.«

»Na ja, ich bilde Retriever aus«, sagte Katherine, »und als Teil der Ausbildung nehme ich sie mit zur Entenjagd – meist Enten und Wachteln, aber, nein, eigentlich bin ich keine Jägerin.«

»Das ist ein Zwölfender«, sagte er stolz, während sich sein Gesicht einen Moment entspannte und der Mund seinen tragischen Zug verlor. »Hab' ich in der letzten Saison geschossen, als ich mit Ihrem Onkel Coop unterwegs war; der alte Knabe hält sich für einen tollen Jäger, und dabei kam er noch nicht einmal zum Schuß. Beste Trophäe, die ich in dreiundsechzig Jahren Rotwildjagd erbeutet habe.« Er ließ sich in einem eleganten Ohrensessel nieder, schlug ein dünnes Knie über das andere und strich mit zitternder Hand die perfekte Bügelfalte in seiner Hose glatt.

»Miss Driscoll . . .« Er unterbrach sich und schaute sie an, als ob er mitten in seinen Gedanken von einer Erinnerung heimgesucht würde, die den normalen Wortfluß aufhielt. Das Auge fing wieder an, wild zu zucken.

Dann schüttelte er leise den Kopf, als wolle er eine Idee

vertreiben, die sich dort nicht einnisten sollte. Katherine wollte, daß er es aussprach – woran ihr Gesicht ihn erinnert hatte. Aber er wechselte wieder in seinen einschmeichelnden, höflichen Tonfall.

»Katherine«, sagte er, »es muß schwer für Sie sein, beide Eltern innerhalb einer so kurzen Zeit zu verlieren, in weniger als zwei Jahren.«

So hatte Katherine es noch nicht betrachtet. »Eigentlich hatte ich nie einen Vater«, sagte sie, »also habe ich auch nicht das Gefühl, etwas verloren zu haben.«

Er zuckte zusammen, als hätte sie ihn geschlagen. Dann sah er ihr wieder ins Gesicht und sagte: »Ich hätte Sie überall erkannt. Ich kann sowohl Ihre Mutter als auch Ihre Großmutter in Ihnen sehen. Haben Sie schon Kontakt zu den Driscolls aufgenommen?«

»Nein. Habe ich nicht. Ich weiß nicht, ob sie überhaupt von mir hören wollen«, sagte Katherine und beobachtete sein Gesicht, neugierig auf die Reaktion.

Er machte eine Pause und strich mit einer unsteten Hand durch sein buschiges, silbriges Haar. »Ach, ich finde, es ist Zeit, die Vergangenheit auf sich beruhen zu lassen. Ich glaube, daß Coop und Lucy, und besonders Sophie, Sie gern sehen würden. Bei Ihrer Großmutter bin ich mir nicht so sicher. Ich habe gehört, daß es ihr sehr schlecht geht. Normalerweise besuche ich sie einmal die Woche, um ein bißchen übers Geschäft zu plaudern, aber letzte Woche teilte Coop mir mit, daß sie mich nicht empfangen könne. Im März hat sie einen kleineren Schlaganfall erlitten, wissen Sie, und seitdem ist sie bettlägerig. Coop sagt, daß ihr Zustand sich plötzlich verschlechtert hat, ein neuer Anfall, glaube ich, und sie will nicht, daß irgend jemand sie so sieht. Solch eine stolze Frau.«

»Wohnt sie immer noch in dem Haus in der Woodlawn?« fragte Katherine.

»Ja. Sie hat dort allein gelebt, nur eine Haushaltshilfe kam täglich vorbei, aber Coop sagt, er habe eingreifen und auf einer Krankenschwester im Haus bestehen müssen, so sehr hatte ihr Zustand sich verschlechtert.« Er schmunzelte einmal kurz. »Es muß ihr wirklich schlecht gehen, wenn sie Coop seinen Willen läßt. Anne Driscoll ist keine Frau, bei der man auf etwas besteht.«

Katherine wurde von einer Welle tiefer Enttäuschung überrascht, die über sie hinwegrollte. Zu spät. Die traurigsten Worte der Sprache, und sie schienen die Geschichte ihres Lebens zu erzählen. Sie kam sechs Stunden zu spät für ihren Vater und vielleicht eine Woche zu spät für ihre Großmutter.

Als sie aufschaute, merkte sie, daß der Anwalt mit ihr gesprochen hatte. »... und unnötiger Unfall«, sagte er gerade. »Schrecklich schmerzhaft für Sie, meine Liebe, aber auch verheerende Presse für den Zoo. Ich bin im Vorstand, müssen Sie wissen. Bin ich seit neununddreißig Jahren. Alles, was dem Zoo schaden könnte, mißfällt mir sehr. Wissen Sie, eigentlich war Brum einer meiner persönlichen Lieblinge. Natürlich kann es auch nicht die Schuld Ihres Vaters gewesen sein, eines solch verläßlichen, gewissenhaften Menschen.«

»War er das?«

Travis Hammond lehnte sich zurück und seufzte. »Ach, meine Liebe. Stimmt ja. Sie kannten ihn ja gar nicht. Sie hatten ihn ... wie lange nicht gesehen?«

»Einunddreißig Jahre«, antwortete Katherine und spürte das volle Gewicht jedes einzelnen dieser Jahre.

Er schloß die Augen. »Richtig. Seit 1958. Was für eine lange Zeit. Ich habe Ihren Vater kennengelernt, als er Ihre Mutter geheiratet hat. Was hat das für einen Aufruhr gegeben! Das waren stürmische Zeiten damals.«

Er öffnete die Augen und sah sie einige Sekunden lang direkt an. »Vielleicht erinnern Sie sich ja an einige der schlimmen Dinge, die geschahen, bevor Sie und Ihre Mutter Austin verließen.« Er starrte Katherine so lange und unverwandt an, daß sie das Gefühl bekam, er hätte ihr eine Frage gestellt.

Sie schüttelte den Kopf. »Nein. Ich erinnere mich an nichts aus jener Zeit, außer vielleicht ... heute im Zoo hatte ich den Eindruck, schon dort gewesen zu sein.«

Der alte Anwalt schwieg und sah hinauf zu dem Hirschkopf an der Wand. Er schien in Gedanken versunken.

Sie sagte: »Ich war erstaunt, als ich erfuhr, daß Sie der Anwalt meines Vaters sind. Wegen Ihrer engen Verbindung zu den Driscolls, wissen Sie.«

Er war wieder da. »Ja. Aber ich denke, daß Ihr Vater keine Feindschaft gegenüber den Driscolls empfand. Ich glaube sogar, daß er Anne mehrmals besucht hat. Ich vermute, sie haben das Kriegsbeil begraben. Aber was sein Testament anbelangt, haben wir uns besser kennengelernt, als ich den Vorsitz des Komitees innehatte, das für den Neubau des Gebäudes in Abschnitt II zuständig war, des Hauses für die Großkatzen. In dieser Sache haben wir sehr gut zusammengearbeitet, so daß es für ihn natürlich war, sich an mich zu wenden. Es war eine Freude, mit ihm zusammenzuarbeiten, er war der zuverlässigste, kompetenteste Wärter. Er blieb seiner Arbeit kaum einmal einen Tag fern und verbrachte nicht selten die ganze Nacht bei einem kranken Tier. Unbezahlt. Nur weil er sie liebte. Er war so ein entschlossener Mann.« An dieser Stelle ballte der alte Mann seine langen, zitternden Finger zu Fäusten, um seine Worte zu unterstreichen. »Wenn er sagte, daß er etwas tun würde, dann tat er es, selbst wenn es langwierig und kompliziert war. Jahrein, jahraus, ein Mann, auf den man sich verlassen konnte.«

Katherine wollte davon nichts hören. Sie wußte, daß es sich kraß anhören würde, aber ihre Ungeduld machte sie unerschrokken. »Mr. Hammond«, sagte sie, »ich habe meinen Vater nicht gekannt, und ich hege keine Gefühle für ihn, weder in der einen noch in der anderen Richtung. Er kam nicht ein einziges Mal, um mich zu besuchen oder ...«

Der alte Mann überraschte sie mit seiner leidenschaftlichen Reaktion. Er schüttelte heftig den Kopf, ergriff ihre beiden Hände und drückte sie zwischen seinen dünnen trockenen Fingern. Er sprach, als bäte er für sich selbst. »Oh, Katherine, versuchen Sie doch, nicht so hart zu urteilen. Manchmal machen wir Fehler, wenn wir jung sind. Fehler, die wir bitterlich bereuen, die wir aber trotzdem niemals ...« Er unterbrach sich plötzlich. »Tja, wir wünschen uns, daß wir sie ändern könnten, aber wir können es nicht«, schloß er lahm und ließ ihre Hände los.

»Na ja«, meinte sie mit einem Achselzucken, »letzte Woche schrieb mein Vater mir zum erstenmal. Er schrieb, daß er etwas für mich habe, das mir aus meinen finanziellen Schwierigkeiten helfen werde. Können Sie mir sagen, wieviel? Ich muß es wissen, denn am siebten November wird mein gesamter Besitz versteigert, wenn ich nicht einundneunzigtausend Dollar zusammenbekomme.«

Der Rechtsanwalt rutschte nach vorn und riß erstaunt die Augen auf. Der Tick in seinem rechten Auge wurde heftiger. »Er hat Ihnen geschrieben, daß er einundneunzigtausend Dollar für Sie hätte?«

»Er erwähnte keine Summe, nur daß es ausreichen würde, um meine Schulden zu tilgen.«

Er schüttelte den Kopf, wuchtete sich mit einem Seufzen aus dem Sessel und ging hinüber zu der einfachen Platte auf Böcken, die ihm als Schreibtisch diente. Von einem Aktenstapel nahm er die oberste Mappe und brachte sie zu Katherine. Er zog ein Dokument heraus und legte es auf das niedrige Tischchen vor ihr.

Katherine hielt den Atem an.

»Dies ist das Testament Ihres Vaters. Ich habe es gerade noch einmal durchgelesen. Sehr einfach. Sie sind Alleinerbin.«

Er hatte es aufgeschrieben! Katherine hielt den Atem an, um nicht grinsen zu müssen. Es würde doch noch alles gutgehen.

»Aber ich habe gerade mit der Bank gesprochen, meine Liebe. Ich befürchte, daß da nichts ist, was sie erben könnten.«

Katherine stieß den Atem, den sie angehalten hatte, mit einem langen Seufzer aus. Ihr Magen fühlte sich leer an. Sie hatte den ganzen Tag noch nichts gegessen.

»Sind Sie sicher?« fragte sie.

»Ja. Leider. Ich werde alles mit Ihnen im Detail durchgehen, aber die Bank hat seine Konten eingefroren. Es ist ziemlich klar, daß da nicht einmal genug ist, um seine Gläubiger auszuzahlen. Also ist es im Grunde sogar weniger als nichts.« Er runzelte die Brauen so stark, daß sich eine tiefe Spalte auf seiner Stirn bildete. »Was genau hat er in dem Brief geschrieben?«

»Er schreibt, daß er das nötige Geld habe, um meinen Kredit

zurückzubezahlen, so daß die Bank mein Haus nicht versteigern kann. Er erwähnte etwas, das ich im Gegenzug für ihn tun könne.«

»Was war das?« fragte der Anwalt.

»Das hat er nicht geschrieben. Er wollte es mir mitteilen, wenn ich zu ihm käme.«

Sie schwiegen beide eine Minute. Dann stellte Katherine eine Frage, die sie beschäftigte, seit sie den Brief von ihrem Vater erhalten hatte. »Mr. Hammond, haben Sie meinem Vater gesagt, wohin er mir schreiben kann, oder sonst etwas über mich? Ich frage mich, woher er diese Informationen hatte.«

»Oh, es kann sein, daß ich ihm gegenüber erwähnte, daß Sie in Boerne sind. Ich hatte auch Kontakt zu Ihrer Mutter, wissen Sie. Es kann nicht schwierig für ihn gewesen sein, Ihre Adresse ausfindig zu machen, denke ich.«

Travis Hammond ließ sich neben ihr auf dem Sofa nieder und öffnete die Mappe auf dem Tisch. »Ich will Ihnen alles erklären. Ich spiele nicht gern den Überbringer schlechter Nachrichten, aber lassen Sie uns beginnen.«

Katherine seufzte und lehnte sich zurück, um zuzuhören. Sie gewöhnte sich langsam daran, schlechte Neuigkeiten zu hören.

Als sie im vierten Stock des Polizeihauptquartiers von Austin aus dem Fahrstuhl trat, dachte Katherine darüber nach, daß der Tag schon mehr unangenehme Überraschungen gebracht hatte, als sie verkraften konnte. Und es war erst fünf Uhr. Es war noch Zeit für mehr.

Sie erspähte Lieutenant Sharb in einem Glaskasten am Ende des Flurs. Da sitzt ein Mann, dachte sie, dem es nicht das geringste ausmacht, unendliche Mengen von schlechten Nachrichten zu überbringen. Er arbeitete an einem Computerterminal, so vertieft, daß er sie nicht kommen hörte. Sie stand mehrere Sekunden lang im Türrahmen, bevor er aufblickte.

»Einen Moment. Lassen Sie mich das nur schnell speichern«, sagte er zur Begrüßung. Nachdem er einige Tasten gedrückt und ein paarmal gegrunzt hatte, stand er auf, wodurch er sich aber nur wenige Zentimeter über seine Sitzhöhe erhob.

»Hier. Setzen Sie sich«, sagte er und entfernte einen Stapel Aktenordner von einem Plastikstuhl.

Er setzte sich wieder an seinen Schreibtisch und faltete die Hände vor sich. Die Ränder seiner kleinen, schwarzen Augen waren rot und geschwollen. »Miss Driscoll, ich muß ganz genau wissen, warum Sie Ihren Vater heute besuchen wollten.«

Sie hatte Zeit gehabt, sich diese Antwort gut zu überlegen. »Weil er mir einen Brief geschrieben hatte, in dem er mich bat zu kommen. Ich erhielt ihn am Freitag.«

»Aber warum gerade jetzt, frage ich mich. Er hatte es ja vorher offensichtlich nicht besonders eilig, Sie zu sehen.«

Katherine knirschte mit den Zähnen. Sie kam nicht drum herum, es zu erzählen. »Er schrieb, daß er mir finanzielle Hilfe gewähren wollte. Ich habe Probleme mit einem Kredit bei der Bank von Boerne, wo ich wohne, und er bot mir Hilfe an.«

»Haben Sie den Brief dabei?«

»Nein«, log sie und versuchte, ihre Tasche nicht fester zu umklammern, während sie das sagte. Sie hatte der Versuchung widerstanden, Travis Hammond von dem Schlüssel zu erzählen, und sie sah keinen Anlaß, es diesem kleinen Mann zu verraten. Es ging ihn nichts an. Nicht bevor sie die Chance hatte nachzuschauen, was dort war.

Er sagte: »Sie waren gerade bei Mr. Travis Hammond, drüben in seinem Büro?«

»Ja.«

Er wartete darauf, daß sie fortfuhr, aber sie schwieg. Wenn er etwas wissen wollte, sollte er danach fragen.

Schließlich sagte er: »Und, erben Sie?«

Sie war einen Augenblick lang verwirrt. »Nein. Ja. Aber es gibt nichts zu erben.«

Er nickte wissend und öffnete einen Stenoblock, der vor ihm lag. »Wirklich schade. Ich frage mich, wie er Ihnen mit dem großen Kredit helfen wollte, wenn er pleite war.«

»Woher wissen Sie, daß es ein großer Kredit ist?«

»Ach, von Ihrer Bank. Es hängt ja aus. Jetzt ist es öffentlich ausgeschrieben, aber wir können solche Informationen sowieso von den Banken anfordern.«

Katherine blieb vor Empörung die Luft weg. Er hatte sie ausgeforscht, ihr nachspioniert. Es war unglaublich. Der Mann war unerträglich.

Er nahm einen Kugelschreiber in die Hand und spielte nervös an ihm herum. »Ein merkwürdiger Zufall, daß Sie am Arbeitsplatz Ihres Vaters eintreffen, wenige Stunden nach seinem Tod – nachdem Sie ihn einunddreißig Jahre lang nicht gesehen haben. Finden Sie nicht auch?«

»Doch«, mußte sie gegen ihren Willen zustimmen. »Ja, allerdings.«

»Hat McElroy Ihnen den Ort des Geschehens gezeigt?«

»Ja.«

Er holte ein winziges Plastikfläschchen aus seiner Brusttasche, lehnte den Kopf zurück und träufelte sich einige Tropfen in beide Augen. Dann hob er den Kopf und sah sie aus tränenden Augen an. »Ich möchte Sie etwas fragen. Glauben Sie wirklich, daß ein Tiger durch dieses poplige kleine Fensterchen gelangt, einen kräftigen Mann – einhundertfünfundachtzig Pfund erfahrenen Wärter – hindurchzerrt und ihn dann umbringt? Glauben Sie das, Miss Driscoll?«

Katherine war sprachlos. Sie spürte ihre Körpertemperatur steigen. »Falls mir etwas zustoßen sollte«, stand in seinem Brief. »Komm bald.« Er hatte eine Vorahnung gehabt!

Der Polizist wartete auf eine Antwort.

»Es ist schwer zu glauben.«

»Allerdings.«

»Aber Sie haben der Presse gesagt, daß der Tiger ihn getötet hat und vielleicht...«

»Sicher. Auf den ersten Blick sah es für den Gerichtsmediziner so aus, als wäre er wirklich von einem Tiger angefallen worden. Aber es gab einige... Hinweise – ich habe sie am Tatort gefunden –, daß der Tiger ein wenig Unterstützung von einer anderen Spezies hatte. Vielleicht *Homo sapiens*.«

Katherine versuchte, ihre Phantasie im Zaum zu halten. »Was für Hinweise, Lieutenant Sharb?«

»Na ja, das kann ich Ihnen jetzt noch nicht im einzelnen sagen, aber...« – er drückte seine entzündete Nase mit einem pummeligen Zeigefinger zur Seite – »...ich habe einen Riecher für solche Sachen, und das hier stinkt zum Himmel wie das Raubtierhaus im Zoo.« Als wäre allein die Erwähnung von Raubkatzen genug, um ihn aufzuregen, gab er eine Serie von heftigen Stakkatoniesern von sich, mit denen er den Tisch und die Tastatur einsprühte, bevor er sein zerknülltes Taschentuch finden und an die Nase drücken konnte.

»Ich weiß nicht, ob ich Sie richtig verstehe«, sagte Katherine. »Sagen Sie, daß es kein Unfall war? Daß ihn jemand dem Tiger zum Fraß vorgeworfen hat? Wollen Sie das sagen?«

Sharb zuckte die Achseln. »Vielleicht Mord. Kann man noch nicht sagen.«

Katherine kochte vor Wut. »Warum können Sie mir das nicht sagen?« bohrte sie. »Er war mein Vater. Ich bin Steuerzahlerin. Ich verlange zu wissen, was Sie herausgefunden haben.«

Er streckte die Hände gen Himmel. »Vorschriften, Miss Driscoll. Sobald wir etwas Genaues wissen und mein Chef die Informationen freigibt, werden Sie als erste davon erfahren. Also... wer könnte etwas gegen ihn gehabt haben? Haben Sie eine Idee?«

Mit zusammengebissenen Zähnen sagte sie: »Lieutenant, ich habe ihn nicht gekannt. Ich würde ihn nicht einmal wiedererkennen. Ich weiß nicht, was für Freunde er hatte – oder was für Feinde.«

Er nickte. »Tja, wir sehen uns immer zuerst in der Familie um. Der Wahrscheinlichkeit wegen. Aber Sie sind die einzige Angehörige, und Sie haben wir schon ausgeschlossen.«

»Warum?«

»Weil Ihr Angestellter José sagt, daß er Sie heute morgen um sieben in Boerne gesehen hat. Wäre mit der Zeit nicht hingekommen.«

»Sie haben mit Joe gesprochen?«

»Nein, ich habe mit der Polizei in San Antonio gesprochen; die haben ihn verhört.«

Er griff hinter sich und hob ein Kistchen auf den Tisch. Er zog einen Schlüsselbund und eine schwarze Männerbrieftasche, verpackt in Plastiktüten, heraus. »Das sind die Wertgegenstände, die wir bei Ihrem Vater gefunden haben. Wir brauchen sie nicht mehr.« Er schob Katherine ein Papier und einen Stift zu. »Sie können hier unterzeichnen. Die Kleider müssen wir als Beweisstücke behalten.«

Katherine schaute zu ihm hoch statt auf das Papier. »Sie sind nicht von hier, stimmt's, Lieutenant Sharb?«

»Nee. Ich bin vor ein paar Jahren von New Jersey hierher gezogen. Wegen meiner Allergien.« Er zuckte die Achseln. »War wohl nichts, von der Hölle ins Fegefeuer.«

Er deutete auf einen der Schlüssel. »Das ist der Schlüssel für seine Haustür. Aber passen Sie auf. Er hat einen gräßlich bösartigen Köter. Wir mußten ihn ruhigstellen, um hereinzukommen, aber inzwischen ist er wahrscheinlich wieder in Hochform. Gott, die Viecher in diesem Fall bringen mich noch um.« Er sah mit gespielter Bestürzung zu ihr auf. »Oh, tut mir leid. So war das nicht gemeint.«

»Sie waren schon in seinem Haus?«

»Sicher. Ich habe nach einem Abschiedsbrief gesucht. Natürlich nichts. War eine dumme Idee. Wer hat jemals gehört, daß jemand sich umbringt, indem er sich einem Tiger zum Fraß vorwirft? Nee.«

Katherine unterschrieb und ließ die Schlüssel und die Brieftasche in ihre Tasche fallen.

Sharb erhob sich. »Danke, daß Sie vorbeigeschaut haben, Miss Driscoll. Wie lange planen Sie, in der Stadt zu bleiben?«

»Ich weiß es nicht. Wie sieht es mit einer Beerdigung aus? Was ist mit der Leiche?«

»Oh, die werden wir noch eine Weile behalten müssen. Wir benachrichtigen Sie. Wo werden Sie wohnen?«

»Keine Ahnung. Vielleicht fahre ich heute abend wieder nach Hause. Ich muß zurück an meine Arbeit.«

»Lassen Sie José das tun, Miss Driscoll. Bitte bleiben Sie in der Nähe, damit ich Sie erreichen kann. Sie wollen sicher von der Autopsie hören, und wir müssen noch einmal miteinander sprechen. Wo kann ich Sie also finden?«

Sie spürte das Gewicht der Schlüssel in ihrer Tasche. »Gut, ich übernachte heute im Haus von Lester Renfro.«

Er war schon wieder mit der Tastatur beschäftigt. Ohne aufzuschauen sagte er zu ihrem sich entfernenden Rücken: »Denken Sie daran, ich habe Sie vor dem Hund gewarnt.«

7

Er muß umgezogen sein, nachdem wir ihn verlassen haben, dachte Katherine. Dies ist nicht das Haus, in dem ich die ersten fünf Jahre meines Lebens gewohnt habe. Ich weiß nicht, woher ich das weiß, aber ich bin mir sicher.

Der Bungalow, Wirtz Avenue 37, war gerade erst frisch gestrichen worden – ein schlammiges Braun mit einem beigen Zierstreifen. Katherine fragte sich, ob er das wohl selbst gemacht hatte. Sie betrachtete das Haus, während sie die Heckklappe ihres Jeeps öffnete und Ra ein Zeichen gab, daß er herausspringen sollte. Nachdem er drei Stunden eingesperrt gewesen war, explodierte er in der Luft, landete voller Energie und setzte sich sofort in Bewegung, als rase er bei einem Wettkampf zum Apportieren los. »Lauf«, sagte sie.

Sie schaute ihm zu, wie er zum Ende des Bürgersteigs sprintete, und rief ihn dann mit einer schnellen Handbewegung zurück. Während Ra den Vorgarten beschnüffelte, lehnte sie sich an das Gartentor und überlegte: War Sharb völlig durchgedreht? Oder war es möglich, die Tötung eines Menschen durch einen Tiger zu inszenieren? Sie sah den Mann vor sich, wie er ganz allein im Dämmerlicht der frühen Morgenstunden kam, um die Raubkatzen zu füttern, für die er acht Jahre lang gesorgt hatte; sah, wie er den winzigen Betonraum betrat und zum Fenster emporschaute. Es war möglich. Aber das Bild, das vor ihrem inneren Auge entstand, war so scheußlich, daß sie es schnell unterdrückte.

Sie beschloß, statt dessen an das Ende ihres langen Gesprächs mit Travis Hammond zu denken, an das, was er die »Quintessenz« genannt hatte. Auch kein erfreuliches Thema.

Ihr Vater schuldete der First Western Bank 60 000 Dollar aus einer zweiten Hypothek, die er vor einigen Jahren auf sein Haus aufgenommen hatte, diesen Bungalow hier. Auf dem derzeit ungünstigen Immobilienmarkt würde das Haus weniger als 50 000 Dollar bringen. Da auf Lesters Konto nur 200 Dollar waren, hatte der Anwalt geschätzt, daß der Besitz am Ende immer noch mit mindestens 10 000 Dollar verschuldet sein würde. Hier war keine finanzielle Hilfe für sie zu erwarten.

Keine Lebensversicherung.

Kein Banksafe.

Verdammter Kerl. Ihr erst die Hoffnung auf Rettung unter die Nase halten und dann einen Rückzieher machen.

Als der Rechtsanwalt schließlich seinen ernüchternden Vortrag beendet hatte, war Katherine versucht gewesen, ihm von dem Schlüssel und der Quittung, die Lester geschickt hatte, zu erzählen. Aber ihre lebenslange Gewohnheit, nur sich selbst zu vertrauen, hatte sie die Worte herunterschlucken lassen. Sie würde erst mal nachschauen, was dort war, falls etwas dort war. Wenn sie Hilfe bräuchte, könnte sie dann immer noch darum bitten.

Sie steckte die Hand in ihre Tasche und befühlte den kleinen Schlüssel. Ja, er war massiv – ein echter Schlüssel. Sie schloß die Augen und ließ hinter ihren Lidern eine Szene entstehen: Sie findet den Lagerraum. Sie steckt den Schlüssel ins Schloß – paßt perfekt. Sie öffnet die Tür und entdeckt einen ganzen Raum voller Tausenddollarscheine, Stapel neben Stapel – ihr Erbe. Sie stopft sie in mehrere Einkaufstüten, lädt sie ins Auto und fährt direkt zur Bank von Boerne. Sie stürmt in George Bob Raineys Büro und wirft einundneunzig von den Scheinen auf seinen Schreibtisch und dreht sich wieder um, ohne ein Wort zu sagen.

Sie öffnete die Augen und verscheuchte das Bild mit einem Kopfschütteln. Eine schöne Vorstellung, leider aus dem Märchenbuch. Das hier war die Wirklichkeit. Falls irgendwo Geld versteckt war, müßte es dazu herhalten, Lesters Schulden zu begleichen. Verpflichtungen.

Sie riß die Schlüssel aus ihrer Handtasche. Verdammt. Es mußte schön sein, wenigstens einmal seinen Träumen nachhängen zu können, ohne daß Verpflichtungen dazwischenkamen.

Katherine atmete einige Male tief durch, um sich für Lester Renfros Haus zu wappnen. Es war leichter, wenn sie an ihn als Lester Renfro und nicht als ihren Vater dachte. Und es war zutreffender. Er war für sie nichts anderes als ein Fremder. Der Mann war mehr als drei Jahrzehnte lang nicht ihr Vater gewesen. Wahrscheinlich sollte sie um ihn trauern, aber mal ernsthaft: Was gab es zu betrauern?

Ras lebhaftes Beschnüffeln des Vorgartens und der Holzstufen, die zur Veranda führten, erinnerte Katherine an den Hund, schon bevor das Bellen aus dem Haus dröhnte. Dem Klang nach ein großer Hund. Natürlich hatte er einen großen Hund. Wie Pascha, der deutsche Schäferhund, ihr Hund aus Kinderzeiten. Lester hatte ihr geschrieben, sie solle an Pascha denken.

Merkwürdig, jahrelang hatte sie nicht an ihn gedacht, aber jetzt sah sie ihn deutlich vor sich – seine großen, spitzen Ohren und sein weiches, schwarz-beiges Fell. Ihr erster Hund. *Vielleicht... O Gott, nein. Katherine, du drehst gerade durch. Hunde leben nicht einunddreißig Jahre. Und außerdem* – schlagartig kam ihr diese Erinnerung zurück – *Pascha ist tot! Er starb in der Nacht, in der wir Austin verließen. Ich sah ihn tot auf dem Schlafzimmerboden liegen. Merkwürdig, daran habe ich mich noch nie erinnert. Ich fragte sie wieder und wieder danach – was ist mit Pascha passiert? Aber Mutter hat nie geantwortet. Es war ein Geheimnis. Eines ihrer vielen Geheimnisse.*

Sie ließ die Gartentür zuknallen und näherte sich dem Haus. Während sie die Treppe hochstieg, wurde das Bellen lauter.

»Hör dir das gut an, Ra«, sagte sie. »So klingt ein echter Wachhund. Da könntest du noch das eine oder andere lernen.« Ras Ohren waren steil aufgestellt, sein Schwanz vor Angst eingezogen. »Stell dich nicht an, du Hasenfuß. Wie man mit Wachhunden umgeht, wissen wir doch nun wirklich.«

Als sie den Schlüssel ins Schloß steckte, kläffte der Hund drinnen wie verrückt und kratzte mit den Klauen an der Tür. Sie drehte den Schlüssel um, bis das Schloß klickte. Dann nahm sie die Stimmlage an, die sie sich in zwanzig Jahren Training mit widerspenstigen Hunden hart erarbeitet hatte – die drohende Stimme absoluter Autorität –, und sprach zwei tiefe, heisere Worte durch die geschlossene Tür: »Platz, Sir.« Das Plumpsen eines schweren Körpers auf den Boden belohnte sie.

»Guter Junge. Bleib.« Vorsichtig stieß sie die Tür auf.

Es war ein altes Labradorweibchen, das um die Schnauze grau wurde und ein rotes Lederhalsband trug. Sie hechelte voller Angst und Verwirrung, weil sie ihre Aufgabe nicht erfüllte.

Katherine drehte sich zu Ra um und drückte ihn mit der flachen Hand nach unten. Er machte Platz auf der Veranda. Sie streckte ihm die Handfläche entgegen, um ihm zu zeigen, daß er sitzen bleiben sollte, und trat über die Schwelle.

Das Haus war dunkel und kühl, alle Jalousien waren geschlossen.

Ganz langsam, ohne dem Hund direkt in die bernsteinfarbenen Augen zu schauen, kam sie näher, während sie ihn mit einem unablässigen Strom von Koseworten beruhigte: »Du schönes altes Mädchen, gutes Mädchen, machst deine Arbeit. Gut, gut, wir werden uns verstehen. Hungrig, meine Alte? Ja, das war ein schlimmer Tag. Ich wette, die Begegnung mit Lieutenant Sharb heute hat dir gar nicht gefallen.« Sie kniete sich hin und bot eine Hand zum Beschnüffeln an. Der Hund streckte eine leuchtendrote Zunge aus und leckte ihr stürmisch die Hand.

Katherine hob die metallene Marke, die an seinem Halsband hing, und las sie. »Belle«, sagte sie, »was für ein schöner Name. Ich wette, daß du dich nach einem Happen gleich besser fühlst, stimmt's, Belle?« Katherine stand auf, ging in die Richtung, in der sie die Küche vermutete, und gestattete dem Hund, aufzustehen und ihr zu folgen.

Sie gingen durch einen Raum, der eigentlich als Eßzimmer gedacht war, aber in dem Licht, das durch die offene Tür hereinfiel, sah Katherine, daß er als Fotolabor genutzt worden war. Ein Tisch an der Wand war mit Kameras, Objektiven, Filmen und Stapeln von Fotopapier bedeckt.

Die gesamten Wände des Zimmers, von der Scheuerleiste bis zur Decke, hingen voller Fotos. Alle schwarzweiß, bis auf eine Fläche an der Längsseite gegenüber dem Fenster, wo eine Farbexplosion ihren Blick anzog. Sie blieb stehen und hielt den Atem an, als sie meinte, das Motiv dieser Farbfotografien zu erkennen. Aber der schwarze Hund bettelte, winselte und schaute sich nach Katherine um, während er sich durch die Schwingtür in die Küche drückte.

»Gut, ich komme ja schon.« Katherine folgte ihm in die blitzsaubere weiße Küche. Der Hund lag vor einem niedrigen Schrank, starrte die Schranktür an und winselte. »Ich muß noch nicht einmal danach suchen, was, Belle?« Katherine holte eine Tüte Alpo-Trockenfutter heraus und schüttete eine Portion in eine leere Schale auf dem Boden.

Langsam ging Katherine zurück zu der Schwingtür, drückte sie auf und untersuchte die Fotos, mit denen das Zimmer tapeziert war. Sie streckte die Hand aus und berührte einen Lichtschalter neben der Tür, was das Zimmer in Neonlicht tauchte. Von allen vier Wänden sprangen ihr Tiere entgegen. Tiere im Zoo. Tiere in freier Wildbahn. Giraffen und Nilpferde, Okapis, Orang-Utans, Gorillas, Koalas, fremdartige Reptilien, exotische Vögel, Hyänen, vor allem aber Katzen – Raubkatzen. Tiger, Schneeleoparden, Löwen, Servale, Panther, Luchse und andere, die sie nicht kannte.

Sie war gleichermaßen gespannt und ängstlich, die Farbbilder anzuschauen, die ihr vorher kurz ins Auge gefallen waren. Ihr Blick glitt langsam die Wände entlang, bis er auf den Fotos haften blieb. Sie konnte von dort, wo sie stand, sehen, daß sie alle eine Person zeigten – immer wieder denselben Menschen. Sie ging ganz langsam näher, den Mund offen vor Staunen.

Da hingen an die fünfzig Fotos von ihr, manche zeigten sie mit Ra, manche mit anderen Hunden, die sie für Wettkämpfe ausgebildet hatte. Auf einigen war Ra allein zu sehen. Aber die meisten waren von ihr.

Und sie waren wunderschön. Die besten Bilder, die sie je von sich gesehen hatte oder die sie sich hätte vorstellen können.

Von frühester Kindheit an hatte Katherine es gehaßt, Fotos von sich zu sehen. Sie kamen ihr unnatürlich vor, als versuchte sie, jemand anders zu sein, das Gesicht eingefroren, der Körper steif und ungelenk. Es war das visuelle Gegenstück zu dem Erlebnis, die eigene Stimme zum erstenmal aus einem Kassettenrecorder zu hören.

Aber diese Bilder ... sie konnte den Blick nicht davon wenden. Sie zeigten sie, wie sie sich gern sah, wenn sie sich am besten fühlte. In Aktion. Bei dem, was sie am besten konnte. In den

Kleidern, die ihr am besten standen. Auf ihrem wachen Gesicht glänzte die Sonne.

Im ersten Augenblick war sie so vollständig von ihren Bildern fasziniert, daß die Fragen sich nicht aufdrängen konnten. Die Bilder waren durchweg bei Wettkämpfen im ganzen Land aufgenommen worden. Die Serie, die ihr am besten gefiel, mußte letztes Jahr im Oktober in Vermont entstanden sein, bei dem Treffen, bei dem Ra Champion geworden war.

Das größte Bild auf vierundzwanzig mal dreißig Zentimeter vergrößert, zeigte sie in einem roten Skipullover unter dem weißen Hundeführerblouson. Sie stand in einem Gelände voll glühender Herbstfarben, den linken Unterarm ausgestreckt, um Ra die Richtung zum Stock zu weisen. Ihr Gesicht war konzentriert und leuchtete im Nachmittagslicht, die Wangen gerötet von der Kälte. Wie eine Welle brachte das Foto die Erinnerung an diesen Tag zurück, diesen wunderbaren Tag, an dem alles geklappt hatte, an dem Ra auf jede Bewegung ihrer Hand reagiert hatte, als würde sie ihn mit der Nase auf den Stock stoßen.

Ein anderes Foto war eine Nahaufnahme von ihr im Profil, so nahe, daß sie den winzigen Goldstecker in ihrem Ohr und die fast unsichtbare Narbe auf der Oberlippe erkennen konnte.

Plötzlich knickten Katherines Beine unter ihr weg, als könnten sie ihr Gewicht keine Sekunde länger tragen. Langsam sank sie im Schneidersitz auf den Boden, ohne den Blick von den Bildern zu lassen. Jetzt stürmten die Fragen auf sie ein.

Hatte er diese Bilder gemacht?

Warum hatte sie nicht einmal gemerkt, daß sie aufgenommen wurden?

Warum so viele?

Während sie den Blick durch den Raum schweifen ließ, wußte sie bestimmt – sie war sich nicht sicher, warum, vielleicht aufgrund der übereinstimmenden Aufnahmerichtung oder des Gesamteindrucks –, daß alle diese Bilder die Handschrift desselben Mannes trugen. Lester mußte sie alle gemacht haben. Sie war sich sicher. Das bedeutete, daß er oft dagewesen war, so nahe bei ihr, daß er so intime Fotos von ihr aufnehmen konnte. Aber warum? Und wenn er dagewesen war, warum hatte er dann nicht mit ihr gesprochen? Sie mußte ihn bei den Wettkämpfen oft gesehen haben und direkt an ihm vorbeigegangen sein, ohne ihn erkannt zu haben.

Eine Welle heißen Schmerzes erfaßte ihren Nacken und ihre Schultern. Nur ein Geliebter – oder ein liebender Vater – machte solche Bilder. Oh, Gott. Oh, Gott. Sie beugte sich vor; ihre nackten Beine waren naß von Tränen, bevor sie überhaupt merkte, daß sie weinte.

Eine kalte Nase stieß gegen ihren Arm. Ohne aufzublicken, streckte sie den Arm aus und streichelte das seidige, kurze Haar des Hundes von ihrem Vater. Sie lehnte den Kopf gegen die Breitseite des alten Labrador und weinte, als wäre sie fünf. »Zum Glück kann mich außer dir niemand so sehen, altes Mädchen«, murmelte sie dem Hund zu.

Von der offenen Tür her näherten sich Schritte, und eine Frauenstimme rief: »Das ist nun wirklich mal ein braver Hund da draußen …« Die Stimme brach ab, als Katherine ruckartig den Kopf dem Geräusch entgegenhob. Sie fühlte den Schock, bei einer verbotenen Handlung ertappt zu werden.

Eine große Frau mit einer riesigen Sonnenbrille stand in der Tür, enge Jeans dehnten sich über ausladenden Hüften, in der Hand hielt sie eine unangezündete Zigarette. »Oh, ich komme wohl zu einem ungünstigen Zeitpunkt«, sagte sie. »Ich könnte später wiederkommen.« Sie beugte sich herunter zu Katherine. »Ich kann aber auch dableiben, und wir können darüber reden.«

Katherines Brust hob und senkte sich in dem Bemühen, etwas zu antworten, aber es kam kein Laut heraus.

»Ich weiß«, sagte die Frau. »Ich habe die letzten sechs Monate nichts anderes getan als zu weinen; und es ist schwierig, gleichzeitig zu weinen und zu reden, aber man kann es lernen. Gut. Ich rede, bis du wieder zu Atem kommst.«

Sie hob den Riemen einer enormen Strohtasche von ihrer Schulter und ließ sie auf den Boden plumpsen. »Ich bin Sophie Driscoll, deine Cousine. Ich habe gerade mit Travis gesprochen, dem alten Schatz, und er sagte, daß du wahrscheinlich hier zu finden sein würdest, die Polizei würde dir den Schlüssel geben. Also bin ich vorbeigekommen, um dir familiären Beistand zu gewähren.« Sie sah auf Katherines gesenkten Kopf. »Bißchen zu spät, was?«

Katherine versuchte, ihre Wangen mit dem Handrücken zu trocknen. Mit ihrem gesenkten Kopf deutete sie auf die Fotowand. »Ich wußte nicht, daß er die gemacht hat. Ich wußte nicht, daß er dort war. Er hat sich noch nicht einmal vorgestellt.«

Sophie schob die große Sonnenbrille auf ihren Kopf und beugte sich vor, um die Bilder zu betrachten. »Das ist ja unglaublich«, sagte sie.

Katherine hob den Kopf und ließ es zu, daß ihr Gesicht in seiner ganzen fleckigen und verquollenen Verletzlichkeit zu sehen war. »Wirklich, ich hatte keine Ahnung.«

Sophie zog ein silbernes Feuerzeug aus ihrer Jeanstasche und zündete die Zigarette an. »Meine Güte, diese Familie. Lester ist beinahe genauso merkwürdig wie die Driscoll-Seite. Ich bin sehr gespannt, ob jemand wie du, die du außerhalb des Einflusses aufgewachsen bist«, sie stieß den Rauch aus und wedelte ihn mit der Hand fort von Katherine, »genauso komisch ist wie wir anderen. Ich habe mich schon öfter gefragt, ob das angeboren oder anerzogen ist.«

Sophie lächelte herunter auf Katherine, die immer noch auf dem Boden saß, den alten Labrador streichelte und einen Schluckauf hatte. »Aber du hast eine gewisse Familienähnlichkeit. Du siehst aus wie Großmutter. Dein Glück. Kann ich dir etwas zu trinken holen? Zigarette? Ein Stuhl?« Sie schnipste mit den Fingern. »Tempotaschentücher?«

Katherine blickte hoch in das breite, von fransigem rotblonden Haar umrandete Gesicht, nickte und lachte. Sophie drehte sich um und marschierte in die Küche, wobei sie der Schwingtür einen derartigen Stoß versetzte, daß sie in ihren Angeln heftig hin und her schwang, bis Sophie mit einer Rolle Haushaltspapier zurückkam. Diese warf sie Katherine zu, die ein Stück abriß und ihr feuchtes Gesicht damit abtupfte.

»Sophie Driscoll? Die Tochter von Cooper Driscoll?«

Sophie zuckte die Schultern, als wolle sie sich entschuldigen. »Ja. Du bist wirklich nicht mehr auf dem laufenden, was?«

Plötzlich wollte Katherine auf dem laufenden sein. Und diese Frau konnte ihr dabei helfen. »Hast du meinen Vater gekannt? Ich hätte gedacht, daß eure Seite der Familie nicht einmal mit ihm sprach.«

»Stimmt, meine Eltern nicht.« Ihre Stimme nahm einen bitteren, harschen Ton an. »Gott bewahre, sich mit einem hart arbeitenden Zooangestellten abzugeben... Ich bin wirklich gespannt, wie sie ihre Überheblichkeit aufrechterhalten werden, jetzt, da sie arm sind.«

Katherine kam auf die Knie. »Arm?«

»Klar. Jeder weiß, daß mein Dad praktisch bankrott ist.«

»Aber ich dachte...«

»Oh, ja, wir waren mal reich, und Großmutter ist es immer noch. Sie ist zu klug, um sich solchen Ärger aufzuhalsen wie mein Vater. Aber sie wird uns nicht helfen.«

»Aber du hast meinen Vater *wirklich* gekannt?« wiederholte Katherine.

»Ein wenig. Erst seit ich den Halbtagsjob im Zoo habe.«

»Oh. Erzähl mir alles über... die Familie. Ich weiß nicht einmal genau, wie viele ihr seid.«

»Wir. Nicht viele. Die Nachkommen von Anne Driscoll sind eine aussterbende Spezies. Falls du nicht vorhast, noch Kinder zu produzieren, werden du und ich vermutlich die letzte Generation sein. Es gibt mich und meinen Vater und natürlich meine Mutter.« Sie seufzte. »Ich glaube, ein Familientreffen wäre angebracht. Warum kommst du nicht morgen abend rüber und lernst sie kennen?«

»Na ja, ich bin mir nicht sicher, was ich...«

Sophie unterbrach sie. »Ach, Quatsch. Sag einfach ja und komm. Gott, ist diese Familie halsstarrig. Wahrscheinlich wirst du jetzt erst mal zwanzig Jahre brauchen, um deinen Groll zu vergessen und zum Essen zu erscheinen.«

Katherine stand mit einer schnellen Bewegung auf. »Ich habe keinen Groll.«

»Tja, da wärst du dann wohl die einzige.« Sophie hob ihre Tasche auf und schulterte sie. »Ich habe jede Menge Groll in mir, und ich würde dir gern davon berichten, aber ich muß in zehn

Minuten bei meiner AA-Gruppe sein. Ich würde ja absagen, aber dann meinen wieder alle, daß ich mich drücken will. Und ich kann es wirklich gebrauchen. Heben wir also das Erzählen bis morgen auf. In Ordnung?«

Katherine nickte.

»Gegen sechs. Gott, du weißt wahrscheinlich noch nicht einmal, wo wir wohnen.«

»Nein, weiß ich nicht.«

»Claire Avenue 312. Wir stehen im Telefonbuch, falls du es vergißt oder anrufen möchtest.« Während sie sich zur Tür drehte, schaute sie noch einmal über die Schulter zurück. »Tut mir leid wegen Lester und so. Ich hab' ihn wirklich gemocht. Bis morgen dann.«

Katherine schaute von der Tür zu, wie Sophie sich in einen silbernen BMW zwängte. Das war etwas ganz Neues. Eine Cousine. Verwandtschaft. War es richtig, zum Essen zu ihnen zu gehen? Sophies Eltern wollten sie vielleicht gar nicht sehen, wahrscheinlich sogar. Na ja, sie würde hingehen, gleichgültig, ob es richtig war oder nicht.

Ein leichter Anfall von Schuldgefühlen rumorte in ihrem Magen. Ihrer Mutter hätte das nicht gefallen. Sie hatte Katherine das Versprechen abgenommen, niemals Kontakt zu dieser Familie aufzunehmen. Aber Leanne war tot. Und diese Familienfehden mußten doch irgendwann einmal ein Ende haben, oder?

Sie bedeutete Ra, ins kühle Haus zu kommen, und schloß die Tür. Der Labrador erhob sich vom Teppich im Flur, und die beiden Hunde beschnüffelten einander eine Minute lang. Dann ließen sich beide dicht nebeneinander auf dem kühlen Steinfußboden im Eingangsbereich nieder.

Katherine ging zurück in das Arbeitszimmer und betrachtete die Bilder, die ihr Vater von ihr gemacht hatte. Sie zeigten eine Frau, die so vor Leben und Energie strotzte, daß sie beinahe schön war; das erstemal, daß Katherine so etwas von sich dachte. So hatte ihr Vater sie gesehen, und so hatte er sie aus der Ferne geliebt. Irgend etwas hatte ihn davon abgehalten, Kontakt zu ihr aufzunehmen, aber dieses Etwas war nicht mangelnde Liebe. Ihre Augen brannten vor Anstrengung, die Tränen zurückzuhalten. Er hatte sie geliebt. All die Jahre, in denen sie sich nach seiner Rückkehr gesehnt hatte, hatte er sie geliebt. Was war es, das ihn ferngehalten hatte?

Langsam, wie in Trance, ging sie zur Tür, schloß sie und setzte sich wieder vor die Bilder. Sie gab den Widerstand auf, die Tränen flossen erneut und brannten auf ihren Wangen. Er hatte sie geliebt, und er hatte etwas unternehmen wollen, um ihr zu helfen. Eigentlich war dieses Wissen schon ausreichend. Irgendwie erschien ihr der Verlust des Hauses, des Zwingers und selbst Ras nicht mehr als solch eine vernichtende Aussicht. Ihr Vater hatte sie geliebt und ihr helfen wollen.

Als sie sich wieder beruhigt hatte, war es fast dunkel draußen. Sie stand auf und lief durch das Haus, um die Lampen anzuknipsen. Sie spürte eine absolute Gewißheit. Ihr Vater hatte ihr Geld versprochen; es mußte irgendwo sein.

Und es gab etwas, das sie für ihn hatte tun sollen. Sie würde herausfinden, was das war, und sie würde es tun.

8

Katherines erster Impuls war es, sofort ins Auto zu springen und die Lamar Boulevard Lagerräume zu suchen, um herauszufinden, was dort auf sie wartete. Aber sie mußte sich als erstes um ihren Betrieb kümmern. Wenn sie heute nacht hier schlief, mußte sie Joe anrufen und ihn überreden, zu bleiben und auf den Hundezwinger achtzugeben.

Bevor sie anrief, wanderte Katherine durch das Häuschen und saugte die wohlige Atmosphäre der kleinen, ordentlichen Räume in sich auf. Nirgendwo war etwas Häßliches. Es war sparsam möbliert, aber was er hatte, war hübsch und praktisch. Es war ein Haus, das ganz auf die Interessen seines Bewohners zugeschnitten war. Der Arbeitsraum stand für seinen Zweck bereit. Das kleine zweite Schlafzimmer war in eine Bibliothek verwandelt worden, mit einer Vielzahl von Büchern über Tiere und Fotografie sowie einigen Romanen. In dem Raum standen außer den Bücherregalen nur ein Sessel und eine Leselampe daneben. Später würde sie sich die Bücher genauer anschauen und etwas Zeit in dem gemütlichen Sessel verbringen.

In seinem Schlafzimmer setzte sie sich auf den Wiener Stuhl vor dem offenen Rollpult und bereitete sich auf den Anruf zu Hause vor. Mit den Augen untersuchte sie den Inhalt der Fächer in der Rückwand des Schreibtischs. Im ersten Fach steckten eine grüne Plastikmappe für Kontoauszüge, ein Bündel alter Schecks und einige lose Kontoauszüge. Sie zog die grüne Mappe heraus und schlug sie auf – wohl wissend, daß das ein sehr persönlicher Gegenstand war.

Sie stellte sich vor, jemand würde ihre Kontoauszüge durchsehen – das sinkende Einkommen der letzten zwei Jahre, die enormen Arztrechnungen von Leanne, der jetzige Kontostand nahe Null. Es würde eine Menge über ihr Leben offenbaren. Ein Lächeln schlich sich auf ihre Lippen. Vielleicht könnte sie ihren Vater durch seine Kontoauszüge kennenlernen.

Sie schlug die Mappe auf und blätterte die Liste der ausgestellten Schecks bis zu den jüngsten Eintragungen durch; sie waren in derselben großen, geschwungenen Handschrift geschrieben wie der Brief, den sie bekommen hatte. Am 2. Oktober hatte er etwas eingezahlt und einige Haushaltsrechnungen beglichen, das waren die letzten Eintragungen.

Sie blätterte zurück zum September, seinem letzten vollständigen Lebensmonat, und überprüfte die Eingänge. Offenbar war er zweimal im Monat bezahlt worden – 1119,50 Dollar am Ersten und genausoviel am Fünfzehnten. Sie folgte der Ausgabenspalte mit dem Finger. Seine Rechnungen hatte er ebenfalls am Ersten und am Fünfzehnten bezahlt. Seine fixen monatlichen Kosten – Abzahlung der Hypothek 646,55 Dollar plus Gas, Strom und Telefon – summierten sich auf 730 Dollar. Seine einzigen Extra-Ausgaben schienen aus einem Scheck über vierzig Dollar an den Total-Kamera-Markt zu bestehen.

Wie kam es also, daß ein Mann mit solch sparsamer Lebensweise eine zweite Hypothek auf sein Haus aufnehmen mußte und verschuldet starb? Hatte er heimliche Laster gehabt?

Sie zog einen Bleistift aus der Schreibtischschublade und ging mit dem Radiergummi langsam die Ausgabenspalten durch, vom

2. Oktober rückwärts zum September, August, Juli, und dann weiter das restliche Jahr hindurch.

Als sie fertig war, beugte sie sich vor und begann, um bestimmte Eintragungen einen Bleistiftkringel zu machen.

Verdammt. Abgesehen von diesem und dem letzten Monat hatte er am Zehnten eines jeden Monats seit dem Beginn der Eintragungen vor fünfzehn Monaten einen Scheck über 1300 Dollar an Travis Hammond ausgeschrieben. Dreizehnhundert Dollar jeden Monat! Kein Wunder, daß er Schulden hatte. Nach Abzug seiner Fixkosten blieben ihm dabei weniger als zweihundert Dollar im Monat zum Leben.

Wofür war dieser Betrag gedacht? Warum hatte der Anwalt ihn nicht erwähnt? Das konnte unmöglich für den Rechtsbeistand sein. Sie überschlug die Summe. In den letzten fünfzehn Monaten hatte ihr Vater 16 900 Dollar gezahlt. Das war nie im Leben die Gebühr für das Aufsetzen des einfachen Testaments, das Hammond ihr gezeigt hatte.

Sie tastete in dem Fach nach weiteren alten Kontoauszügen, konnte jedoch keine finden. Sie zog die Schublade auf und durchwühlte die Papiere darin. Keine Bankunterlagen. Sie grübelte, wo er seine alten Papiere aufbewahrt haben mochte.

Katherine lehnte sich im Stuhl zurück und preßte die Finger in ihren Nacken. Warum hatte ihr Vater einem Rechtsanwalt den Löwenanteil seines letzten Jahresgehalts gezahlt? Wofür?

Sie würde es herausbekommen.

Sie hob den Hörer ab, fragte die Auskunft nach der Nummer von Travis Hammond und wählte sie. Es war die Büronummer. Eine weibliche Tonbandstimme sagte, daß das Büro von Hammond und Crowley geschlossen sei und morgen früh um neun wieder öffne. Sie könne nach dem Piep eine Nachricht hinterlassen. Katherine nannte ihren Namen und die Telefonnummer ihres Vaters und sagte, daß Travis Hammond sie unverzüglich zurückrufen solle. Dann stand sie auf und schaute hinunter auf die Kontoauszüge.

Irgend etwas stimmt hier nicht. Warte. Vielleicht ist das Geld für ihn angelegt worden. Das ist möglich. Und falls er regelmäßig investiert hat, dann wäre da wirklich genug Bargeld, um mich zu unterstützen. Aber das hätte Mr. Hammond mir gesagt. Es sei denn... sie sah das sorgenvolle Gesicht des Anwalts vor sich. Nein. Unmöglich.

Sie setzte sich wieder an den Tisch und zog die erledigten Schecks hervor, die ordentlich in einem Fach gestapelt lagen. Sie blätterte zurück bis August und holte Scheck Nummer 5897 hervor. Er trug das Datum 10. August und war an Travis Hammond ausgestellt – über den Betrag von 1300 Dollar. Er trug den Stempel »Bezahlt«. Sie drehte ihn um. In der makellosen Handschrift von jemandem, der in einer Ära aufgewachsen war, in der noch Schönschrift unterrichtet wurde, stand dort: »Zu zahlen an Kontonummer 340-980-43, Belton National Bank, 15. August 1988«.

Warum im letzten Monat kein Scheck? Und in diesem auch nicht? Der zehnte Oktober war fast eineWoche her. Um sicherzugehen, daß er nicht einen Scheck ausgeschrieben hatte, ohne ihn in der Liste zu vermerken, ging sie alle erledigten Schecks vom September durch. Nichts an Travis Hammond.

Ich muß auf der Stelle mit ihm sprechen. Das treibt mich zum Wahnsinn. Ich versuche es bei ihm zu Hause. Sie rief die Auskunft an, aber die Nummer war nicht aufgeführt. Verdammt. Sie würde bis zum Morgen warten müssen.

Sie schaute auf die Uhr – zwanzig Uhr fünfundfünfzig. O Gott, Joe! Sie hatte ihn immer noch nicht angerufen. Er hatte sie zur Abendessenszeit zurückerwartet. Sie nahm den Hörer ab und wählte. Joe ging beim ersten Läuten dran.

»Joe. Hier ist Katherine. Entschuldigen Sie, daß ich nicht früher angerufen habe, aber hier geht alles drunter und drüber.«

»Ich habe von der Polizei erfahren, daß Ihr Vater gestorben ist. Mein Beileid. Ich hoffe, es war in Ordnung, daß ich alle Fragen beantwortet habe.«

»Ja. Natürlich war das in Ordnung. Läuft alles gut?«

»Jawoll. Jack Reiman war hier, und die Starks haben Candace einen Tag früher abgeholt, so daß ich ihr kein Abschiedsbad mehr geben konnte, aber die werden auch noch lernen, vorher anzurufen.«

»Ja. Joe, ich werde heute nacht hierbleiben. Ich muß morgen

früh einiges erledigen. Könnten Sie sich bitte um alles kümmern? Holen Sie doch Rosie und Carlitos zu sich!«

»Okay. Aber ...«

»Ihr Scheck. Ich weiß. Ich komme morgen nach Hause und bezahle Sie. Versprochen. Ja?«

»Na gut.« Er hörte sich an wie ein Landarbeiter, der Jahrhunderte der Unterdrückung auf dem Buckel hat.

»Könnten Sie die Kielmeyers anrufen und ihnen berichten, was geschehen ist, daß mein Vater tot ist? Ich habe versprochen, sie anzurufen. Sagen Sie ihnen, daß ich mich in den nächsten Tagen melde, ja?«

»Ja, gut.«

Sie legte auf und griff sich das Telefonbuch aus der untersten Schublade. Sie suchte nach Lamar Boulevard Lagerräumen und wählte die Nummer. Nach dem fünften Klingeln antwortete eine kaugummikauende Stimme und teilte ihr mit, es sei jeden Abend bis zehn geöffnet.

Katherine sah auf die Uhr. Es war genau neun. Noch eine Stunde. Sie fand die Stelle auf ihrem Stadtplan, lud Ra hinten ins Auto, fuhr los und überschritt jede Geschwindigkeitsbegrenzung.

Die Lamar Boulevard Lagerräume befanden sich an dem häßlichsten Stück Straße, das sie in ganz Austin gesehen hatte. Der Eingang, zwischen einer Pizzabude und einem Billigmöbellager eingeklemmt, war an einer enormen Werbetafel zu erkennen, auf der stand: SIE SCHLIESSEN AB. SIE BEHALTEN DEN SCHLÜSSEL. ÜBER 1800 RÄUME. An dem Tor, das in den hohen Maschendrahtzaun eingelassen war, verkündete ein Schild: WARNUNG VOR DEM HUNDE.

Es war ein riesiges Gelände, viele Hektar groß. Einheit 2259 zu finden konnte einige Zeit dauern. Als sie am Büro vorbeifuhr, einem vergammelten Wohnwagen auf Schlackeblöcken, dachte sie sich, daß es besser wäre, nicht anzuhalten und zu fragen. Warum? fragte sie sich im selben Moment. Ich bin einfach eine Tochter, die sich die Hinterlassenschaft ihres toten Vaters ansehen will. Ich tue nichts Verbotenes.

Zu beiden Seiten der Straße erstreckten sich endlose Reihen

von gleich langen, niedrigen, barackenähnlichen Flachdachgebäuden, die aus Betonfertigteilen errichtet und mit einem rauhen Putz verkleidet waren. Manche hatten rostige Tore, die groß genug waren, um mit einem Laster hindurchzufahren, aber die meisten hatten graugestrichene Metalltüren in normaler Größe mit Schloß und Riegel. Genau, wie sie es sich ausgemalt hatte.

Das Gelände war völlig verlassen und sehr dunkel. Der Mond schien nicht; das einzige Licht kam von den 40-Watt-Birnen, die alle hundert Meter an einem Mast hingen. Sie war froh, daß sie Ra bei sich hatte.

Nachdem sie die gesamte Länge der Anlage abgefahren war, ohne die richtige Nummer zu finden, kam sie am rückwärtigen Zaun an, vier Meter siebzig hoch, ganz oben Stacheldraht. Das Gelände hinter dem Zaun war eine Müllhalde, ausgeschlachtete Autos und altersschwache Boote mit durchgefaultem Rumpf – ein Technikfriedhof.

Sie folgte dem Zaun, bis sie zu einer Straße kam, die die Anlage auf der anderen Seite durchquerte. Bisher hatte sie die Gebäude 1 bis 19 passiert und noch kein Zeichen von Leben entdeckt. Es war eine Stadt der Toten, eine Geisterstadt.

Sie erspähte Gebäude Nummer 22 und bog in den dunklen Weg zwischen 22 und 23 ein. Ungefähr in der Mitte fand sie es – 2259 war mit Schablonenbuchstaben auf die Tür gemalt. Sie parkte das Auto, schaltete den Motor ab und suchte an ihrem Schlüsselbund, bis sie den kleinen Schlüssel fand. Sie hielt ihn ein paar Sekunden lang zwischen Daumen und Zeigefinger und wärmte das Metall. Er sollte Glück bringen.

Bevor sie ausstieg, schaute sie in beide Richtungen die langen Reihen verschlossener grauer Türen entlang. Sie hatte keine Menschenseele gesehen oder gehört. »Uns gefällt es hier gar nicht, was, Ra?«

Sie stieg aus und öffnete dem Hund die Heckklappe. »Fuß. Du bleibst schön bei mir.« Sie gingen auf die Tür zu. Das Schloß war neu, glänzendes Messing. Eingraviert waren die Worte: ABUS, *Germany*.

»Oh, Ra. Das ist es. Meine Güte.« Er wedelte wie wild mit dem Schwanz, als er die Aufregung in ihrer Stimme hörte.

Bevor sie den Schlüssel in das Schloß steckte, schaute sie noch einmal die langen Reihen entlang. Der Schlüssel paßte. Ein leichtes Drehen ließ das Schloß aufschnappen. Bei dem Klicken fühlte sie eine Veränderung in sich vorgehen. Es war, als ginge sie in diesem Moment eine geheime Verschwörung mit ihrem Vater ein. Sie fühlte sich ihm ganz nahe.

Sie entfernte das Schloß, zog den Riegel auf und hängte das offene Schloß zurück an den Haken.

Mit der rechten Hand zog sie die schwere Tür auf, während sie mit der Linken Ra am Halsband hielt. Als sie spürte, wie sein Fell sich aufrichtete und ein plötzliches Zucken durch seinen Körper ging, wich sie von der Öffnung zurück und stolperte mit der Hüfte gegen das Auto. Ra blieb stehen, knurrte und lehnte sich vor in die Dunkelheit.

Katherines ganzer Körper bebte mit ihrem rasenden Herzschlag.

Nein. Ich kann unmöglich gesehen haben, was ich glaube, gesehen zu haben.

In dem schwachen Licht der Glühbirne am Ende des Wegs meinte sie ein glitzerndes Tierauge und dickes schwarz-beiges Fell erkannt zu haben.

Es hatte wie ein riesiger Hund ausgesehen.

Unmöglich.

Ra stand jetzt entspannt da und wartete auf sie. Als ihr Puls sich etwas verlangsamt hatte, ging sie zwei Schrittchen nach vorn und spähte nach drinnen. »Was ist das, Ra?«

Diesmal wußte sie, daß es nicht echt war. Echt, aber nicht lebendig. »Gott, hat mich das erschreckt. Dich auch, was? Wir sind ein schönes Paar, lassen uns von einem ausgestopften Hund verjagen.«

Sie stand am Eingang und betrachtete ihn. Es war ein hübscher deutscher Schäferhund, auf einer hölzernen Plattform befestigt, in Habachtstellung mit aufgerichteten Ohren. Die Glasaugen waren erstaunlich naturgetreu. Aber warum machte jemand so etwas? Widerlich. War das Pascha?

Er hatte etwas in dem Brief geschrieben. »Denk an Pascha. Was für ein guter Wachhund er war.« Ja, ein Wachhund. Ich erinnere mich. Pascha war ein guter Wachhund. Bei ihm habe ich mich sicher gefühlt. Vor irgend etwas in dem Haus hatte ich schreckliche Angst, aber bei ihm war ich sicher. Aber wovor? Ich kann mich nicht erinnern.

Katherine schaute wieder auf den ausgestopften Hund. Er erinnerte sie an ägyptische Pharaonengräber – irdische Schätze, die von gottähnlichen Hunden bewacht wurden.

Katherine näherte sich zentimeterweise. »Mal sehen, welche Schätze du bewachst, falls du Pascha bist.« Sie trat über die Schwelle in einen Raum von der Größe eines Schrankes. Auf dem Boden standen drei große Kartons und ein billiger metallener Aktenschrank mit zwei Schubladen. Katherine merkte, wie bei dem Anblick jede Spannung aus ihrem Körper wich. Sie wußte nicht genau, was sie erwartet hatte, aber das hier ganz sicher nicht.

Sie sprach laut mit sich selbst. »Was hast du denn geglaubt, was Leute in diesen Lagerräumen aufbewahren, Katherine? Hast du wirklich Geldstapel erwartet?«

Sie ging zu dem Aktenschrank und öffnete beide Schubladen. Darin lagen lauter braune Aktenordner, aber das Licht war viel zu schwach, als daß sie die Aufschriften hätte lesen können. Sie schaute hinauf zur Decke. Verdammt. Kein Licht.

»Tja, Ra, wofür haben wir Scheinwerfer?« Sie ging nach draußen zum Auto und musterte noch einmal die lange Reihe geschlossener, verriegelter Türen. Niemand. Sie ließ den Motor an und schaltete die Scheinwerfer ein. Sie erleuchteten den Raum nicht, also legte sie den Rückwärtsgang ein und parkte das Auto so, daß die Lichtkegel so direkt wie möglich in das Innere fielen.

Ra seufzte, er lag in der offenen Tür, während Katherine sich an den Ordnern zu schaffen machte. Sie fing mit der oberen Schublade an, zog jede einzelne Akte heraus und begutachtete den Inhalt im Lichtkegel. Die gesamte Schublade war voller Zeitschriften- und Zeitungsartikel über Zoos, Tiere und Fotografie. Ein eifriger Sammler – wie sie.

Die zweite Schublade enthielt alte Rechnungen und Bankvorgänge bis zurück in das Jahr 1960. Der Mann hatte alles wohl geordnet aufgehoben – genau wie sie. Sie durchwühlte alles und fand die Kontoauszüge vom Juli 1988 bis zurück in das Jahr 1960. Sie hielt die einzelnen Mappen ins Scheinwerferlicht, blätterte sie durch und machte am Zehnten jedes Monats eine Pause. Da waren sie, neun Jahre lang Zahlungen von 1300 Dollar, bis zurück zum Juni 1979.

Im Mai '79 waren es nur 1000 Dollar gewesen. Sie sah in der Aktivaspalte nach und bemerkte, daß damals auch das Gehalt geringer war. Sie ging die Jahre rückwärts durch und stellte fest, daß die Summen um so geringer wurden, je weiter die Zahlungen zurücklagen – in direktem Verhältnis zu seinem Einkommen. 1960, als er 7500 Dollar im Jahr verdiente, hatte er nur 300 Dollar gezahlt.

In den letzten neunundzwanzig Jahren hatte ihr Vater fast die Hälfte seines Einkommens an Travis Hammond abgetreten. Warum? Und wann hatte er damit angefangen? Die Unterlagen hörten 1960 auf. Was war davor? Als sie ein Baby war und sie alle noch zusammenlebten, hatte er da auch gezahlt? Sie stopfte die Unterlagen in ihre Handtasche, wischte sich das schweißnasse Gesicht mit einem Zipfel ihres Hemdes ab und wandte sich den Kartons zu.

Sie leerte sie methodisch. In einem lagen lauter Umschläge mit Negativen und Abzügen – alle von Tieren. Die anderen beiden waren mit alten Zeitschriften gefüllt – *Modern Photography, Zoo Management, Audubon, Smithsonian, National Geographic* – und Taschenbüchern über alle möglichen Fachgebiete. Nachdem sie alles Stück für Stück durchgegangen war, packte sie es hastig wieder ein.

Als sie fertig war, drehte sie sich zu Ra um, der immer noch im Eingang lag. »Es muß hier sein, Ra. Was immer es sein mag. Erstens hat er mir den Schlüssel und die Quittung zum Aufheben geschickt. Außerdem wäre in seinem Haus jede Menge Platz für diesen Krempel. Er hätte diesen Lagerraum nicht gebraucht, aber er hat hier etwas für mich versteckt, und er hat seinen alten Wachhund zum Aufpassen hier abgestellt.

Sie stand auf und wuchtete die oberste Schublade aus dem Schrank. Schweiß tropfte von ihren Schläfen. Sie hob die zweite Schublade heraus und kippte den gesamten Schrank in den Lichtkegel, so daß sie das Innere untersuchen konnte. Nichts. Sie hob die Schubladen hoch und befühlte die Unterseite. Nichts. Sie lehnte den Schrank gegen die Wand, so daß sie darunter gucken konnte. Außer ein paar Spinnen und Käfern nichts. Sie inspizierte auch die Rückseite des Schranks, bevor sie ihn schließlich wieder an die Wand rückte.

»Oh, Scheiße. Ra, wo ist es?« Der Hund gab keine Antwort. Er schlief in der Tür. Sie stieg über ihn hinweg, um aus dem stickigen Verschlag herauszukommen und etwas Luft zu schnappen. Sie sah auf die Uhr. Zehn Uhr. Ende der Öffnungszeit. Noch ein Blick.

Sie stieg noch einmal über den schlafenden Hund in den dunklen Verschlag und ließ den Blick über die Decke und die Wände aus Rigipsplatten und den Zementfußboden gleiten. Schließlich verharrte sie bei dem ausgestopften Hund in der äußersten Ecke, wo das Scheinwerferlicht nicht hinreichte. Sie hatte ihn nicht anfassen wollen, weil er so staubig aussah. Sie hatte ihn auch nicht ansehen wollen. Sie wußte nicht genau, warum.

Jetzt betrachtete sie seine Silhouette. Wie stopft man tote Tiere aus? fragte sie sich. Wie bei den alten Ägyptern werden wahrscheinlich zuerst alle Innereien entfernt. Dann ist der Körper leer und muß mit etwas gestopft werden. Deswegen heißt es auch ausgestopft! Ausgestopft womit?

Sie ging auf den Hund zu und legte eine Hand auf seine Kruppe. Das trockene, staubige Fell und die pergamentene Haut fühlten sich nicht im entferntesten wie der warme, muskulöse Rumpf eines lebendigen Hundes an. Sie kniete sich hin und fuhr mit den Händen über Rücken, Hals und Kopf; die Brust herunter, zwischen den Vorderbeinen und den Bauch entlang. Plötzlich hielt sie inne und tastete einige Zentimeter zurück. Da war etwas, das sich wie ein Wulst unter dem Fell anfühlte. Sie ertastete es mit zwei Fingern. Da verlief ein Schlitz am Bauch, von vorn, zwischen den Vorderbeinen, bis nach hinten zu den Lenden.

Vielleicht wurden Hunde so ausgestopft? Nein. Eigentlich mußte die Füllung so herausfallen. Ganz vorsichtig steckte sie die Spitze ihres Zeigefingers durch die Öffnung. Sie zog ihn sofort zurück, als sie an die Spinnen unter dem Aktenschränkchen dachte, erinnerte sich jedoch daran, daß sie sich nicht vor Spinnen fürchtete, und steckte ihn wieder hinein, diesmal ein bißchen tiefer. Sie fühlte nichts als Leere.

Langsam bewegte sie den Finger entlang der Öffnung und tastete in alle Richtungen, bis sie etwas berührte. Es fühlte sich an wie die Ecke eines dicken Pappkartons. Sie versuchte, mehr davon zu ertasten, aber ihr Finger hatte es weggestoßen. Um es zu finden, mußte sie ihre ganze Hand hineinbekommen. Sie steckte vier Finger bis zu den Knöcheln hinein und zog die eine Seite der Haut vorsichtig weg. Der Schlitz weitete sich problemlos, so daß sie ihre ganze Hand hineinstecken konnte. Sie fand es sofort – den Rand eines dicken Umschlags oder eines Aktendeckels. Sie konnte seine Kante fühlen, aber sie bekam ihn nicht zu fassen.

Der Schweiß rann inzwischen zu beiden Seiten ihres Gesichtes herunter. Sie zog die Hand aus dem Schlitz und wischte sich das Gesicht mit dem Ärmel trocken. Dann setzte sie sich, um besser in den Hund hineinfassen zu können, wobei sie sich mit der Wange an das muffige, tote Fell lehnte. Während ihre linke Hand die Öffnung erweiterte und aufhielt, schlüpfte sie mit der gesamten Rechten bis über das Handgelenk hinein. Die rohledernen Kanten zerkratzen ihr die Haut, aber sie schob die Hand immer weiter hinein, bis sie den Gegenstand zu fassen bekam. Es fühlte sich wie ein großer Umschlag an.

Aber Umschlag und Hand waren zu sperrig, um sie zurück durch den Schlitz zu bekommen. Mit der Linken zog und zerrte sie an der Öffnung und erweiterte den Schlitz ein wenig, aber immer noch bekam sie ihre Rechte nicht frei. Die Knöchel waren schon ganz wund und zerkratzt.

Sie weigerte sich, den Umschlag loszulassen. Ihr Rücken war schweißgetränkt, und sie keuchte vor Anstrengung.

Plötzlich flackerte das Scheinwerferlicht, und ein monströser Schatten erschien auf der Wand des Verschlags.

Sie wandte blitzschnell den Kopf und versuchte, auf die Füße zu springen, aber ihre Hand, die im Innern des Hundes feststeckte, riß sie schmerzhaft zurück.

»Wir schließen jetzt das Tor ab«, sagte eine barsche Stimme. »Wissen Sie denn nicht, daß wir um zehn zumachen? Hey, können Sie überhaupt was erkennen da drin?« Er leuchtete sie mit der Taschenlampe an.

Katherine verrenkte sich, um ihn sehen zu können – ein untersetzter schwarzer Mann mit einer Taschenlampe. »Ich wollte gerade eben den Wachhund rauslassen, Mädel. Glück gehabt, daß ich noch mal nachgeguckt habe. Er ist nicht so einer wie dieser hier.« Er deutete mit der Taschenlampe auf Ra, der erst von dem Licht auf seinem Gesicht erwachte.

»Hey, kann man Ihnen irgendwie helfen?« Er leuchtete den ausgestopften Hund an. »Jesus Maria, was ist das denn? Ein ausgestopfter Hund? Kann ich Ihnen irgendwie helfen?«

Katherine hatte sich völlig verrenkt, um ihn sehen zu können, ihr Arm war nach hinten verdreht. »Nein. Es geht schon. Bin fast fertig hier mit meinen... Akten.« Sie versuchte zu lächeln. »Tut mir leid mit der Verspätung. Ich bin in einer Minute draußen, okay?«

Er langte nach unten und streichelte Ras Kopf. »Gut, aber beeilen Sie sich. Ich muß abschließen. Also beeilen Sie sich.«

»Ja, klar.« Katherine hatte den Umschlag inzwischen losgelassen und ihre Hand, die sich anfühlte wie rohes Hackfleisch, freibekommen.

»Die Leute können einfach nicht lesen«, grummelte der Wachmann und ging fort.

Katherine stand auf. »Verdammt noch mal, Ra, du sollst mir doch sagen, wenn jemand kommt. Böser Hund, bei der Arbeit schlafen. Und, was sollen wir jetzt tun?« Sie sah auf den ausgestopften Hund.

»Mal sehen, ob ich das Ding hochheben kann.« Sie beugte sich vor, schlang die Arme um die Hundebeine und hob an. »Gar nicht so schlimm«, keuchte sie und stolperte nach draußen. Sie trug ihn zum offenen Heck ihres Autos und wuchtete ihn hinein. Dann gab sie Ra ein Zeichen hineinzuspringen. Er zögerte. »Rein«, befahl sie. Der Hund sprang in das Auto und legte sich soweit wie möglich entfernt von dem ausgestopften Hund hin.

»Kann ich verstehen«, sagte Katherine und warf die Heckklappe zu.

Sie holte ihre Handtasche aus dem Verschlag, schloß die Tür und hängte das Schloß wieder davor.

Eine Welle von Panik durchströmte sie. O Gott, die Schlüssel! Wie verrückt wühlte sie in ihrer Tasche. Gott sei Dank, da waren sie. Sie sprang ins Auto, verriegelte die Türen und ließ den Motor aufheulen.

Der große Wachmann stand am Tor, um sie hinauszulassen.

Katherines Herz schlug wild vor Aufregung. »Oh, Ra, er hat mir etwas hinterlassen. Ich kann es kaum erwarten herauszufinden, was wir hier haben.«

9

Als vollzöge sie ein Ritual Schwarzer Magie, bei dem die Toten zum Sprechen gebracht werden, bewegte Katherine langsam ihre Hand über den einundzwanzig Fotografien und sechs weißen Blättern hin und her. Sie mußten etwas bedeuten.

Sie saß im Schneidersitz auf dem Boden des Arbeitszimmers im Haus ihres Vaters, schloß die Augen und ließ den Kopf langsam kreisen in dem Versuch, die Verspannung in ihrem Nacken zu lösen. Der ausgestopfte Hund, ein zweitesmal ausgenommen, lag, aus dem Weg geschoben, auf der Seite unter dem langen Tisch. Die beiden lebendigen Hunde schliefen dicht daneben.

Es war natürlich kein Geld gewesen. Aber das hatte sie eigentlich auch nicht erwartet.

Es war eine Botschaft von ihrem Vater an sie. Er hatte »Katherine Driscoll« auf den braunen Umschlag geschrieben. Er hatte ihn versteckt und ihr Schlüssel und Quittung geschickt, so daß sie ihn ganz sicher finden würde, falls ihm etwas zustoßen sollte. Es war eine geheime Kommunikation zwischen ihnen beiden, die einzige, die sie je haben würden. Katherine war erfüllt von dem Verlangen, die Nachricht zu verstehen und seinen Plan zu erfüllen – wenn sie bloß wüßte, was es war.

Nachdem sie den großen Umschlag aus der Bauchhöhle des

Hundes hervorgeholt hatte, hatte sie ihn ausgeleert und den Inhalt um sich herum verteilt: einundzwanzig Schwarzweißfotografien und sechs Seiten Dokumente – offensichtlich Kopien von Unterlagen des Austiner Zoos über Tierkäufe.

Die Fotos zeigten, wie Tiere aus riesigen Lastern entladen wurden, manche in Kisten, manche mit zusammengebundenen Füßen. Katherine drehte die Bilder um. Auf der Rückseite eines jeden Fotos standen ein Datum und ein Ortsname, in der Handschrift ihres Vaters. Alle waren innerhalb der letzten drei Monate aufgenommen und trugen einen der vier Namen: Cloud Nine, Bandera; Circle Z, Fredericksburg; PLS, Lampasas oder RTY Ranch, Kerrville.

Katherine suchte nach den neuesten Bildern, den vieren, die mit 2/10/89 beschriftet waren, nicht älter als zwei Wochen. Auf allen stand »RTY Ranch, Kerrville« unter dem Datum.

Katherine hob eines hoch und betrachtete es. Vier Männer entluden eine riesige Kiste aus einem großen Lastwagen. Wie die anderen zwanzig war es technisch bei weitem nicht so gut wie die Tierfotografie ihres Vaters. Es sah aus, als wäre es hastig gemacht worden, vielleicht aus größerer Entfernung und bei ungünstigen Lichtverhältnissen.

Sie hob ein anderes Foto hoch. Eine gestreifte Antilope, so groß wie eine Kuh, mit langen gedrehten Hörnern und enormen Ohren, stand neben einer Kiste. Katherine wußte nicht, wie das Tier hieß, aber sie war sicher, daß es nicht in Texas beheimatet war.

Auf einem anderen Bild wurde ein großes, ziegenähnliches Tier mit dicken Hörnern, die gedreht nach hinten wuchsen, auf eine Koppel entlassen. Es hatte lange, fließende Haarzotteln, die von seinem Kinn über den Hals und die Brust bis hinab auf die Vorderbeine hingen. Wiederum war ihr die Art unbekannt, aber sie wußte, daß das Tier aus dem Ausland stammte.

Das letzte Bild vom 2. Oktober zeigte drei weitere große antilopenartige Tiere auf einer Koppel.

Auf anderen Fotos erkannte sie einen enormen Kaffernbüffel, vier Weißschwanzgnus und ein Straußenpaar. Es gab noch etliche weitere Arten gehörnter Antilopen, deren Namen sie nicht kannte, von denen sie aber wußte, daß sie keine einheimischen Gabelantilopen, Weißwedelhirsche oder Großohrhirsche waren.

Sie hätte schwören können, daß dies afrikanische Tiere waren, die auf texanischen Ranches ausgeladen wurden.

Das war nichts Außergewöhnliches. Katherine kannte Rancher in der Gegend von Boerne, die exotische Tiere auf ihrem eingezäunten Gelände hielten und Unsummen dafür verlangten, daß Jäger sie abschießen durften. Es war ein rechtmäßiges Geschäft. Und ein sehr einträgliches.

Sie sah sich die Tiere noch einmal an und wünschte, sie wüßte mehr über die afrikanische Tierwelt.

Da fiel ihr die Bibliothek ihres Vaters ein. Sie sprang auf und rannte in das winzige zweite Schlafzimmer. Seine Sammlung zu Tieren war nach geographischen Regionen geordnet. Aus der afrikanischen Abteilung zog sie ein Buch mit dem Titel *Führer der größeren Säugetiere Afrikas.* Während sie zum Arbeitszimmer zurückging, blätterte sie im Inhaltsverzeichnis. Wenn die Tiere auf den Fotos aus Afrika stammten, würden sie hier zu finden sein.

Sie streckte sich auf dem Bauch aus und legte das Buch vor sich hin, die Bilder der gestreiften Antilope und des bärtigen Tieres direkt daneben. Sie blätterte das gesamte Buch durch und hielt bei jeder Abbildung inne.

In dem Kapitel über Waldantilopen fand sie die große gestreifte Antilope. Es war ein Bongo. Sein Lebensraum war Zentral- und Westafrika, es war heute sehr selten. Im letzten Kapitel, dem über ziegenähnliche Arten, fand sie das Bild, das genau zu dem bärtigen Tier paßte. Es war ein Aoudad oder Mähnenschaf, ein wildes Schaf aus der Sahelzone Afrikas.

Es war befriedigend zu wissen, wie sie hießen.

Aber was nun?

Katherine klappte das Buch zu und zog den Brief ihres Vaters aus dem Reißverschlußfach ihrer Handtasche, wo sie ihn verstaut hatte. Sie las noch einmal den Abschnitt durch, in dem stand: »Die Gegenleistung, die ich von dir verlangen würde, wäre etwas, das nur du tun könntest. Es wäre nicht schwierig für dich, da bin ich mir sicher. Vielleicht würde es dir sogar Spaß machen.« Was erwartete er von ihr im Gegenzug für das Geld? Hatte es etwas mit diesen Dokumenten und Fotos zu tun, die er an sie adressiert hinterlassen hatte?

Er hatte ihr alles erklären wollen, aber jetzt war es zu spät; sie war ganz auf sich gestellt.

Sie griff sich eines der Dokumente und untersuchte es genauer. Die fettgedruckte Überschrift lautete: »Zoologischer Garten Austin, Neuerwerbungen«. Darunter gab es neun Spalten mit den Überschriften *Ld. Nr., ISIS Nr., Klassif., Geb.dat., Geschl., Herkft., Bezahlg., Erwerb.dat.«*und *»Quar.«*. Die Eintragungen unter diesen Überschriften waren in winzig kleiner, gestochen scharfer Buchhalterschrift gemacht.

Sie fragte sich, was die Blätter mit den Fotos zu tun hatten. Vielleicht hatte der Zoo Exemplare dieser Gattungen erworben? Sie streckte den Arm nach den anderen fünf Blättern aus und sah noch einmal im Buch die genaue wissenschaftliche Bezeichnung des Bongos nach. Es war ein *Boocerus euryceros*. Sie ging mit dem Finger die zweite Spalte auf dem ersten Blatt durch, dann auf dem zweiten. Auf dem dritten fand sie es: *Lfd. Nr.* M-139744, *ISIS Nr.* 11-2504, *Klassif.* Boocerus euryceros, *Geb.dat.* 3/6/85, *Geschl.* M, *Herkft.* MFWTH, *Bezahlg.* ACDS, *Erwerb.dat.* 2/10/89, *Quar.* 21.

Der Zoo hat am 2. Oktober ein Bongo gekauft, am selben Tag, an dem mein Vater fotografiert hat, wie ein solches Tier an der RTY Ranch in Kerrville ausgeladen wurde.

Und?

Wenn ich nur ein bißchen mehr über den Zoo wüßte, dachte sie, könnte ich es mir vielleicht zusammenreimen.

Sie schaute wieder auf das Blatt Papier und wollte nach dem Mähnenschaf, *Ammotragus lervia*, suchen. Aber die winzigen Zahlen und Buchstaben verschwammen vor ihren Augen und lösten sich auf. Sie schloß die Augen und fühlte das trockene Brennen der Lider. Sie fuhr sich mit der Hand über das Gesicht. Die Haut fühlte sich fettig und schlaff an. Gott, war sie müde. Dies war der längste Tag ihres Lebens gewesen. Sie schaute auf die Uhr – zehn Minuten nach Mitternacht.

Sie brauchte ein paar Stunden Schlaf, dann konnte sie sich mit frischen Kräften in die Papiere vertiefen. Jetzt war ihr das alles zu verwirrend.

Langsam erhob sie sich vom Boden, einen schmerzenden Knochen nach dem anderen. Sie hätte nicht auf dem Bauch liegen sollen, davon tat das Kreuz so weh. Sie stand auf, drückte den Rücken durch und stöhnte. Sie wollte die Papiere und Fotos auf dem Boden liegen lassen, überlegte es sich aber anders und verstaute sie wieder in dem Umschlag. Er hatte sich große Mühe gegeben, sie zu verstecken; sie würde das gleiche tun.

Beide Hunde rappelten sich auf und trotteten hinter ihr her zum Schlafzimmer, wohin sie den Umschlag mitnahm.

Sie hob die Matratze am Kopfende an und stopfte den Umschlag zwischen den Sprungfederrahmen und die Matratze. Dann ließ sie sich auf den weißen Chenilleüberwurf fallen. Das letzte, was sie hörte, war, wie die Hundekörper auf den Boden vor dem Bett plumpsten; das letzte, was sie spürte, war, wie das gewellte Muster des Überwurfs sich in ihre Backe drückte.

Der Rächer ließ sich Zeit, den Augenblick zu genießen. Die Morgenluft war frisch und belebend. Ja, belebend. Wenn er das Wort nur aussprach, fühlte er sich schon erfrischt und gestärkt. Zwei Tage, zwei am Boden. Er war voller Kraft und vollbrachte das, wofür er ausersehen war.

Er sah sich nach dem alten, hölzernen Unterstand auf den wackligen drei Beinen um, er hatte eine starke Schlagseite nach Süden. In dieser Welt fühlte er sich zu Hause: Landluft und die Jagd. So eine Ranch hätte er gern selbst gehabt – klein, ein paar Hektar Land und gute Jagdmöglichkeiten. Wenn er seine Arbeit getan hatte, würde er sich endlich auf sein Leben konzentrieren können.

Er blickte hinunter auf das Geweih des Hirschs – zehn scharfe Enden. Perfekt. »Übung macht den Meister, Söhnchen«, hatte seine Mutter immer gesagt. Sie hatte ja so recht gehabt. Dieser hier ist für dich, Mama.

Die riesigen dunklen Augen des Hirschs waren weit geöffnet und begannen langsam, sich mit einer weißen Schicht zu überzie-

hen. Das Maul stand offen, ein paar Blutstropfen sickerten auf den Boden. Aber das war das einzige Blut. Dieser Teil der Angelegenheit war sehr sauber. Der nächste Teil würde blutig werden; er würde diese Kleidungsstücke loswerden müssen, wie er die anderen auch losgeworden war.

Er beugte sich vor, umfaßte das Geweih am Ansatz und versuchte, den Hirsch hinter sich herzuziehen. Erstaunlich, wie schwer diese Viecher, die lebendig so schwerelos aussahen, im Tod wurden; als wären sie einer anderen Schwerkraft unterworfen. Er schleifte ihn zentimeterweise durch den Dreck, bis der Bock am Rand der Baumreihe lag, wo er vom Unterstand aus zu sehen war. Köder. Er würde die wahre Beute anlocken.

Schwer atmend von der Anstrengung beugte er sich vor und liebkoste jeden der fünf spitzen Sprosse des linken Geweihs. Es würde der Kampfsproß sein, fünfundzwanzig Zentimeter lang und scharf wie ein Dolch, der es tun würde. Er wünschte, er könnte dabeisein und die Gesichter der Polizisten oder Wildhüter, oder wer immer diesen entdecken würde, sehen können.

Nach diesem würde die Arbeit zur Hälfte getan sein. Wenn er nicht noch eine auf die Liste setzte. Er hatte vergessen, daß da noch eine Person war. Jetzt mußte er sie vielleicht hinzufügen, wenn sie sich einmischte. Tja, das war Schicksal. Sie forderte es ja geradezu heraus, wenn sie sich ihm derart in den Weg stellte und ihn an ihre Rolle in der Sache erinnerte.

Er schaute auf das saubere Loch in der Brust des Hirsches, in dem der Pfeil steckte. Folgte dem Schaft mit dem Auge bis zu den roten Plastikfahnen, die wie eine Feder zurechtgeschnitten waren, und versuchte sich zu entscheiden, ob er ihn herausziehen und wegwerfen oder steckenlassen sollte. Er fühlte panische Übelkeit in seiner Kehle aufstiegen. Es war kindisch und nachlässig, daß er diese wichtige Frage nicht vorher bedacht hatte. Einer der Gründe, warum gestern alles so gut geklappt hatte, war, daß er alles vorausgeplant hatte, genau wie seine Mutter es ihm beigebracht hatte. »Denk immer an die Konsequenzen, Söhnchen; denk immer an das Schlimmste, das passieren könnte, und bereite dich darauf vor.«

Er griff unter sein Hemd, nach dem Talisman, hielt ihn fest und drückte ihn langsam, bis die Giftzähne seine Haut durchbohrten. Gut. Jetzt fühlte er sich besser. Alles war in Ordnung. Er erledigte die Sache tadellos. Der erste hatte perfekt geklappt, und bei diesem hier würde es genauso gehen. Er hatte Recht und Gesetz auf seiner Seite.

Er könnte über den Pfeil nachdenken, während er wartete. Zeit war genug. Er lief zurück zu den Bäumen und hob seinen Bogen und den Köcher mit den Pfeilen auf. »Ein guter Arbeiter räumt sein Werkzeug weg«, hörte er seine Mutter sagen. Er saß am Rande der Lichtung, den Rücken an eine Eiche gelehnt. Der Pfeil konnte unmöglich zurückverfolgt werden bis zu ihm. Er war vor zehn Jahren in Waco gekauft worden. Es war ausgeschlossen, daß er zurückkommen und ihn verfolgen würde. Es war also im Grunde gleichgültig. Es war einfach eine Frage der – wie hieß das Wort, das er neulich nachgeschlagen hatte? Ästhetik. Genau. Die Frage mit dem Pfeil war einfach ein ästhetisches Problem. Sah es mit oder ohne besser aus?

Jetzt blieb ihm nur noch Warten, mal wieder. Es machte ihm nichts aus. Er konnte gut warten. Er hatte lange auf diesen Moment gewartet.

Die Hunde weckten sie um acht. Mit einem Ruck fuhr sie aus dem Schlaf.

Mein Gott, der Umschlag.

Sie beugte sich zur Seite und tastete unter der Matratze danach. Wenn Lieutenant Sharb recht hatte und ihr Vater ermordet worden war, dann könnten die Informationen in dem Umschlag der Grund dafür sein. Und jetzt hatte sie ihn. Es konnte gefährlich sein, ihn zu besitzen, eigentlich ein Fall für die Polizei.

Warum habe ich gestern abend noch nicht daran gedacht?

Ich war so schrecklich müde.

Sie spürte ein angstvolles Flattern unter dem Brustbein.

Vielleicht sollte ich das hier sofort Sharb übergeben und mich aus der Sache raushalten.

Sie schwenkte die Beine aus dem Bett und zog den Umschlag unter der Matratze hervor. Sie starrte auf ihren Namen in den großen, geschwungenen, schwarzen Buchstaben.

Aber mein Vater ist auch nicht damit zur Polizei gegangen. Warum nicht, wenn meine Intuition richtig ist und sich Beweise für illegale Vorgänge darin finden? Er muß einen Grund gehabt haben, es für sich zu behalten.

Sie fuhr sich mit der Hand durch das zerzauste Haar. Nein, das ist eine Sache zwischen mir und meinem Vater. Noch gibt es keinen Grund, jemand anderen darüber zu informieren. Außerdem laufen die Dinge erfahrungsgemäß am besten, wenn ich mich auf mich selbst verlasse.

Ra begann auf der Stelle zu tänzeln, und Belle kläffte fordernd von der Tür her. Katherine stand auf und streckte sich. »Du bist eine Tyrannin, Miss Belle, weißt du das? Na, kommt schon.« Sie ging ihnen voran in die Küche, füllte zwei Näpfe mit Belles Futter und stellte sie vor die Hintertür in den winzigen, eingezäunten Garten.

Dann wählte sie Travis Hammonds Nummer, aber da war immer noch der Anrufbeantworter eingeschaltet. Sie sprach noch einmal auf das Band, daß sie dringend mit ihm reden müsse. Sie wußte keine andere Möglichkeit, den Hintergrund der Zahlungen über dreizehnhundert Dollar herauszufinden, sie mußte ihn direkt fragen. Wenn sie versuchte, eine logische Erklärung dafür zu finden, daß ihr Vater fast dreißig Jahre lang einem Rechtsanwalt beinahe sein halbes Einkommen gezahlt hatte, fiel ihr absolut nichts ein. Es war unerklärlich.

Sie fand Kaffee und kochte sich eine Tasse in der alten elektrischen Espressomaschine.

Als sie mit einer dampfenden Tasse in der Hand am Küchentisch saß, entstand ein wahrer Sog sentimentaler Gefühle in ihrer Brust; Herz, Lungen und ihr leerer Magen zogen sich so schmerzhaft zusammen, daß sie die Tasse absetzen und ihre Arme um die Brust schlingen mußte. Es war ein heftiges Verlangen nach dem, was nie gewesen war, was sie sich immer nur ausgemalt hatte. Mehr als alles andere wünschte sie sich, daß ihr Vater jetzt bei ihr wäre, um mit ihr Kaffee zu trinken. Über die Bilder zu sprechen, die er heimlich von ihr gemacht hatte. Sie über den Inhalt des Umschlags aufzuklären und ihr zu sagen, was sie damit tun solle. Was konnte sie tun, was sonst niemand konnte? Hatte er eine Vorahnung seines Todes gehabt? Hatte er sich bedroht gefühlt? War das der Grund, weshalb er sie gebeten hatte, schnell zu kommen? Weswegen er den Schlüssel und die Quittung geschickt hatte?

Sie beugte sich vor und griff sich den Umschlag von der Arbeitsfläche. Sie breitete die Fotos und Dokumente auf dem Tisch aus, eins nach dem anderen, als teile sie Karten aus, und studierte sie.

Sie konzentrierte sich auf die Dokumente und die Überschriften der Spalten – im Morgenlicht nicht weiter schwierig zu erkennen: Lfd. Nr., Klassif., Geb.dat., Geschl. und Herkft. waren offensichtlich; ISIS Nr. – sie hatte keine Ahnung. Bezahlg. mußte die Quelle sein, aus der das Geld zur Erwerbung des jeweiligen Tieres kam. In dieser Spalte kamen zwei Gruppen von Anfangsbuchstaben vor – AZSPF oder ACDS. Sicherlich konnte ihr jeder, der etwas mit dem Zoo zu tun hatte, erklären, was sie bedeuteten, aber sie mußte vorsichtig sein. Sie würden wissen wollen, warum sie danach fragte. Von den letzten beiden Spalten bedeutete Erwerb.dat. sicherlich Datum der Neuerwerbung, und Quar. stand wahrscheinlich für die Anzahl von Tagen, die das Tier in Quarantäne gehalten wurde.

Sie drehte alle Fotos um und verglich die Daten mit den Zooaufzeichnungen. Alle Daten stimmten überein; an jedem Tag, an dem ein Foto gemacht worden war, hatte der Zoo Tiere gekauft. Und bei all diesen Tieren standen die Buchstaben ACDS in der Spalte Bezahlung.

Als das Telefon klingelte, schnappte sie sich hastig das Gerät in der Küche, überzeugt, daß Travis Hammond endlich zurückrief. Statt dessen sagte eine weibliche Stimme: »Hi, Cousinchen, hier ist Sophie. Wollte nur noch einmal das Abendessen heute bestätigen. Mutter und Daddy freuen sich drauf, dich kennenzulernen. Kommst du allein zurecht?«

»Ich bin nicht allein. Die Hunde sind ja hier.«

»Ja, sicher, die Hunde. Tja, kann ich dir in der Zwischenzeit irgendwie behilflich sein?«

»Nein«, sagte Katherine. »Oder, doch. Hast du Travis Hammonds Privatnummer? Ich versuche ständig, ihn anzurufen.«

»Klar. Ich werde hier in Daddys Buch nachschauen.« Ein Moment Schweigen. »Ja, hier ist sie – 538-9897. Ich glaube, er hat keine regelmäßigen Bürozeiten mehr, also wirst du vielleicht bei ihm zu Hause mehr Glück haben. Bis um sechs dann, ja?«

»Ja. Und, Sophie, wo könnte ich gut ein paar Kleider kaufen? Ich habe nichts bei mir und könnte mir heute ein paar Sachen kaufen, statt nach Hause zu fahren.«

Sophie schwieg einen Moment, als ginge es um eine schwerwiegende Entscheidung. »Ich glaube, dir würde Scarbrough's gefallen. Drüben im Highland Mall.«

Nachdem auch unter Travis Hammonds Privatnummer niemand ans Telefon gegangen war, rief Katherine im Zoo an und vereinbarte einen Termin bei Sam McElroy. Er würde bis um fünf unterwegs sein, teilte Kim Kelly ihr mit, aber dann könne sie ihn sprechen.

Katherine legte den Hörer auf und stöhnte. Um einen Gefallen zu bitten haßte sie mehr als alles in der Welt. Aber er hatte sie gefragt – mehrmals –, was er für sie tun könne. Darauf würde sie nun zurückkommen.

Also hatte sie bis dahin frei. Sie könnte nach Hause fahren, nach dem Zwinger schauen und frische Kleider holen, aber zum erstenmal, seit sie das Haus vor elf Jahren gekauft hatte, wollte sie es nicht sehen. Irgendwie war es, wenn sie nicht dort war, einfacher, sich an den Gedanken zu gewöhnen, daß sie es verlieren würde.

Sie hatte Lust, ausnahmsweise mal etwas Unverantwortliches zu tun. Jawohl, sie würde sich neue Kleider kaufen für den Abend bei den Driscolls. Aber vorher waren noch einige Verpflichtungen zu erfüllen.

Sie fuhr in die Innenstadt und suchte das größte Bankhochhaus, eines mit goldspiegelnden Scheiben und einer Tiefgarage. Sie betrat die marmorne Schalterhalle und eröffnete einen Safe. Nachdem sie Kopien von den Fotos und Dokumenten gemacht hatte, schloß sie die Originale ein. Als sie die Bank wieder verließ, hätte sie nicht genau zu sagen vermocht, warum sie sich diese Mühe gemacht hatte, aber sie hatte ein gutes Gefühl dabei.

Sie fand die Post, schrieb einen Scheck für Joe aus und schickte ihn per Eilzustellung ab.

Dann ging sie einkaufen. Sie verbrachte den Nachmittag abwechselnd mit dem Anprobieren von Kleidern und Anrufen bei Travis Hammond – sowohl in seinem Büro als auch bei ihm zu Hause. Er ging nie ran, und sie wurde immer wütender. Die Frage nach den dreizehnhundert Dollar monatlich aus dem Gehalt eines Zoowärters nagte an ihr.

Um Viertel vor fünf ging sie durch das Elefantentor und betrat den Verwaltungstrakt des Zoos. Kim Kelly, gekleidet in einen langen Khakirock, ein weißes Hemd und hohe Stiefel, saß an ihrem Platz und sortierte Karteikarten in einen Metallkasten ein.

»Sam ist noch nicht zurück, aber ich bin mir sicher, daß er jeden Moment kommt«, sagte sie, stand auf und öffnete die Tür zum Büro des Direktors. »Warum machen Sie sich's nicht so lange gemütlich, Miss Driscoll?«

Sobald die Tür ins Schloß fiel, sprang Katherine auf und begann das Büro zu untersuchen. Der schwere Schreibtisch war unter den Papierstapeln und Aktenordnern unsichtbar. Eine Wand war mit Regalen bedeckt, die von Büchern und Zeitschriften über Tiere und Zooverwaltung überquollen. An einer anderen hingen unzählige gerahmte Fotografien. Sie trat näher, um die Bilder zu betrachten. Sie zeigten Sam McElroy mit etlichen Berühmtheiten – einem US-Senator, mehreren texanischen Gouverneuren, Robert Redford, William Holden, einer Präsidentengattin und einigen Starlets, deren Namen sie nicht wußte. Es war eine Position im Rampenlicht, und Sams strahlendem Lächeln auf den Bildern nach zu urteilen, genoß er sie.

Das größte Bild zeigte Sam und eine schlanke, weißhaarige Dame in Zoo-Uniform. Beide hielten ein Gorillababy mit weißen Windeln im Arm. Von dem Zeitungsbild her, das sie vor Jahren gesehen hatte, erkannte Katherine die Frau als Anne Driscoll. Ihre Großmutter schaute das kleine Tier zärtlich an. Katherines Verlangen, sie kennenzulernen, wuchs.

Vielleicht sollte sie Anne besuchen? Sie würde sich heute abend beim Dinner erkundigen, ob das gut wäre.

Eine dritte Wand war Fotografien von Zoomitarbeitern bei der Arbeit gewidmet. Zu jedem Foto gab es eine Unterschrift. Sie überflog die Schildchen auf der Suche nach dem Namen Lester Renfro. Als sie ihn gefunden hatte, schaute sie auf zum Bild eines Mannes, der neben einer Löwin saß, den Arm um ihre Schulter gelegt. Sie studierte die hohe, sonnengebräunte Stirn ihres Vaters, die dunklen Augen, den ernsten, breiten Mund. Sie fühlte den Impuls, das Foto von der Wand zu nehmen und in ihre Tasche zu stecken.

Als sie die anderen Bilder ansah, war sie über die Anzahl bekannter Gesichter erstaunt. Sie erkannte die drei Männer, die gestern bei der Pressekonferenz vor ihr gestanden hatten. Sie hielten eine Schlange hoch, die sieben Meter lang zu sein schien. Den Kopf hielt der verknitterte, unrasierte Vic, der Obertierarzt. In der Mitte stand der ausgemergelte Mann mit den Hautproblemen – ALONZO STOKES, REPTILIENKUSTOS, stand auf dem Schildchen. Das Schwanzende wurde von dem muskulösen Mann mit den Tätowierungen hochgehalten – WAYNE ZAPALAC, REPTILIENWÄRTER.

Als die Tür aufging, zuckte sie zusammen und fuhr herum. Der Direktor stürmte herein. Sein dichtes weißes Haar war zerzaust, als wäre er gerannt. Er trug ein kariertes Flanellhemd und dieselbe rote Strickkrawatte wie gestern.

»Entschuldigen Sie die Verspätung, Katherine. Ich war eine ganze Zeit unterwegs. Den Drittkläßlern von St. Andrew's Raubvögel vorführen.« Er ließ sich in einen Sessel fallen und zog eine tote Maus aus seiner Hemdtasche. Er lächelte entschuldigend, als er sie vorsichtig auf den Couchtisch legte. Ein sehr charmanter Mann, entschied Katherine.

»Gut. Setzen Sie sich und sagen Sie mir, was ich für Sie tun kann«, sagte er und sah Katherine direkt in die Augen.

Katherine setzte sich in denselben grünen Sessel, in dem sie gestern gesessen hatte. Er fühlte sich noch genauso gut an.

Ein tiefer Widerwille gegen ihr Vorhaben schnürte ihr die Kehle zu. Er strich sich die Haare glatt und wartete darauf, daß sie sprach. Sie atmete tief durch und preßte die Worte aus sich heraus: »Sam, ich brauche Arbeit. Sofort. Ab morgen.«

Sein Gesichtsausdruck veränderte sich, wie sie fand, von hilfsbereit zu entnervt. Aber vielleicht bildete sie sich das nur ein.

»Arbeit?« fragte er und zog seine buschigen Augenbrauen hoch.

»Ja. Arbeit, hier. Ich brauche dringend Geld.« Das war nach ihrem Einkaufsbummel die schlichte Wahrheit. Ihr Kontostand war nach dem Anmieten des Safes, dem Kleiderkauf und dem Scheck an Joe auf 2,89 Dollar gesunken. »Ich habe langjährige Erfahrung mit Tieren. Ich weiß nicht, ob Ihnen bekannt ist, daß ich ausgebildete Hundetrainerin bin.«

»Ja. Aber das hat mit Zooarbeit nicht viel zu tun. Verzeihen Sie mir die Frage, aber hat Ihr Vater Ihnen nichts hinterlassen?«

»Nein. Er war verschuldet.«

»Verschuldet? Aber er schien so sparsam zu leben.«

»Ja. Es ist verwirrend.«

Ein drückendes Schweigen lag im Raum, und Katherine kämpfte gegen den Impuls zu sagen: Ist schon recht. Ich werde etwas anderes finden. Keine Sorge. Sie biß sich auf die Zunge und wartete ab.

»Tja«, sagte er schließlich, »ich glaube nicht, daß das gut für Sie wäre – die Assoziationen, die ständige Erinnerung. Vielleicht könnte ich Ihnen behilflich sein, etwas anderes hier in der Nähe zu finden, wenn Sie wollen, bei einem Hundetrainer oder in einer Hundepension.«

Katherine schluckte. Betteln war schwierig. »Sie haben mich gefragt, wie Sie mir helfen können, und genau das ist es, was ich brauche. Ich habe gemerkt, daß mich die Arbeit im Zoo wirklich interessiert – liegt wahrscheinlich im Blut. Sie wissen ja, nicht nur mein Vater, sondern auch meine Großmutter und mein Onkel haben damit zu tun, und sogar meine Cousine Sophie arbeitet jetzt hier«, erinnerte sie ihn. »Ich muß in der Stadt bleiben, um die Formalitäten zu regeln, aber ich werde auch von etwas leben müssen.« Sie lachte kurz auf. »Ich habe eine Hundepension geleitet, weiß also genau, wie man bei Tieren saubermacht. Ich mache alles, was Sie für mich zu tun haben.« Oh, ich weiß allerdings, wie man die Mistgabel schwingt, dachte sie.

Schweigend stand er auf und ging hinüber zu seinem Tisch. Er durchwühlte einen der Stapel. »Ich will alles in meiner Macht Stehende für Sie tun, Katherine, aber ich stelle ungern jemanden ein, der uns eine Woche nach der Einarbeitungszeit wieder verläßt. Ich halte das wirklich nicht für eine gute Idee.«

»Ich will hierbleiben«, sagte Katherine, selbst erstaunt über die Lüge. »Mein Besitz wird gerade zwangsversteigert, und ich habe kein Zuhause mehr. Also gedenke ich hierzubleiben.« Sie krümmte sich innerlich beim Klang dieser Worte. Jetzt ging sie aufs Ganze.

»Es gibt mehrere gute Hundetrainer hier in Austin«, sagte er. »Ich wette, daß wir etwas Passendes für Sie finden werden. Wahrscheinlich sogar besser bezahlt, viel besser, bei Ihrer Erfahrung.«

Sie schaute ihn aus Augen an, die sie so weit wie möglich aufgerissen hatte. »Aber ich möchte nun mal im Zoo sein. Aus Sentimentalität.«

»Na gut«, sagte er, zog ein Bündel Papiere hervor und sah sie durch, »das einzige, was wir im Moment haben, ist bei den Reptilien, und die meisten Leute wollen dort nicht arbeiten. Es ist sowieso nur ein Aushilfsjob bei Mindestlohn, ohne Vergünstigungen. Und Alonzo Stokes ist ein wahrer Sklaventreiber. Glauben Sie mir, diesen Job wollen Sie nicht haben.« Er sah ihr direkt in die Augen.

Katherine hielt seinem Blick stand und sagte mit der überzeugtesten Stimme, die sie hatte: »Doch, ich will ihn haben. Hört sich gut an, Reptilien. Kann ich schaffen.« Sie versuchte, dankbar zu lächeln. »Kann ich morgen anfangen?«

Er schaute verblüfft drein. »Katherine, ich habe ein schlechtes Gewissen Ihnen gegenüber. Wenn es wirklich nur eine Geldfrage ist, um die nächsten paar Tage zu überbrücken, könnten wir sicher irgendeine Art von Kredit ermöglichen. Ihr Onkel würde sicherlich . . .«

Katherine unterbrach ihn, bevor er weitersprechen konnte. »Nein, danke. Was ich brauche, ist Arbeit, und ich kann sofort loslegen.«

Er zuckte die Achseln und lächelte schwach. »Gut. Morgen früh können Sie sich in der Buchhaltung eine vorläufige Uniform holen. Aber als erstes müssen Sie noch ein Einstellungsgespräch mit Hans Dieterlen, unserem obersten Tierpfleger, führen, nur der Höflichkeit halber. Er möchte über alle Neueinstellungen informiert sein. Ich sehe mal nach, ob er da ist.«

Er setzte sich an seinen Schreibtisch und hob den Hörer ab. »Kim, bitte versuchen Sie Hans zu erwischen, bevor er geht. Ich möchte, daß er kurz in meinem Büro vorbeischaut, wenn es ihm möglich ist.« Er legte auf. »Sonst noch etwas?«

Katherine hätte ihn gern über Neuerwerbungen ausgefragt, und wie mit ihnen verfahren wurde, aber ihre natürliche Vorsicht stoppte sie. Wenn im Zoo unlautere Dinge vor sich gingen, könnte es gut sein, daß dieser Mann darin verwickelt war. Also fragte sie: »Können Sie mir etwas zu lesen geben, ein paar Informationen darüber, wie der Zoo funktioniert, Sam? Damit ich mich schnell ein bißchen schlauer machen kann?«

Er lächelte und fing an, in einem der Stapel auf seinem Schreibtisch zu wühlen. »Für den Anfang wäre unser Jahresbericht für die Mitglieder gut geeignet.« Er zog eine Broschüre mit dem Bild eines Orang-Utans auf dem Hochglanz-Titelblatt heraus. In dem Moment klingelte das Telefon. Er nahm den Hörer auf und lauschte. »Gut. Danke, Kim. Hinterlassen Sie ihm eine Nachricht, daß er morgen früh um sieben in meinem Büro mit Miss Driscoll sprechen soll. Würden Sie das für mich tun?« Er legte auf und sagte zu Katherine: »Hans ist gerade beschäftigt, aber er wird sich morgen mit Ihnen treffen. Dann können Sie die Einzelheiten besprechen.«

Während er sich über den Tisch lehnte, um ihr die Broschüre zu geben, sagte er: »Das wird Ihnen einen guten Überblick über die Arbeit des Zoos verschaffen.«

Gerade als sie das Heft entgegennehmen wollte, drehte er es um und zeigte ihr das Bild eines lächelnden Mannes auf der Rückseite. »Aber Ihre beste Informationsquelle ist er. Ihr Onkel hat mit allen Bereichen des Zoos zu tun, und natürlich weiß niemand mehr über den Zoo als Ihre Großmutter, aber sie ist wohl leider ...« Er brach ab und zuckte die Achseln.

»Was?« fragte Katherine. »Was ist mit ihr?«

»Na ja, ich habe sie seit einiger Zeit nicht gesehen. Man hat mir gesagt, daß sie sehr krank sein soll, also ist Ihr Onkel jetzt wirklich die beste Quelle.«

»Ja. Ich bin heute abend bei ihm zum Essen eingeladen. Ich werde ihn fragen.« Katherine stand auf und sprach die ersten wahren Worte des gesamten Gesprächs: »Ich weiß Ihre Hilfe wirklich zu schätzen, Sam. Danke.«

»Gern geschehen. Aber sonst kann ich nichts für Sie tun. Sie werden Alonzo Stokes zufriedenstellen müssen.« Er lachte und schüttelte den Kopf. »Das ist nicht so einfach.«

Katherine betrachtete das Bild hinten auf dem Umschlag, während sie das Büro verließ. Die Bildunterschrift begann: »Cooper James Driscoll, Direktor der Anne-Cooper-Driscoll-Stiftung und Präsident der Zoologischen Gesellschaft Austin, Verwaltungsvorstand des Zoologischen Gartens Austin«.

In ihrem Gehirn rührte sich etwas. Sie las den Rest der Textzeile: »Die ACDS ist eine Stiftung des Zoos, die 1950 von Anne Cooper Driscoll zum Zwecke der Kapitalaufstockung im Zoo und zum Ankauf neuer Tiere für die Sammlung gegründet wurde.«

ACDS! Sie sah die Initialen vor sich, die in der Rubrik Bezahlung wieder und wieder aufgetaucht waren.

Aha. Eine Stiftung, gegründet von meiner Großmutter, geleitet von meinem Onkel, kauft an dem Tag ein Bongo für den Zoo, an dem genau so ein Tier auf einer privaten Ranch in Kerrville ausgeladen wird. Und mein Vater findet, das sei es wert, fotografiert und für mich versteckt zu werden.

Langsam interessiert mich die Sache wirklich.

10

Katherine saß zusammengesunken hinter dem Lenkrad und betrachtete das beeindruckende, im Kolonialstil erbaute weiße Haus. Ein Stück von der Straße entfernt und von efeuumrankten Eichen umgeben, schien es seit Ewigkeiten dort zu stehen. Seine perfekte Schönheit gab ihr das Gefühl, eine Außenseiterin zu sein, die sich in einen geschlossenen, mystischen Zirkel wahrer

Driscolls hineindrängen wollte. Ein Vorstellungsgespräch stand ihr bevor, es würde darüber entscheiden, ob sie in die Familie aufgenommen würde oder draußen bleiben mußte.

Blödsinn, Katherine. Völlig egal.

Sie riß am Griff und warf die Autotür auf. Du hast sechsunddreißig Jahre lang sehr gut gelebt, ohne Mitglied dieser Familie zu sein, und du bist heute nur hier, weil man dich eingeladen hat. Reg dich bloß nicht so auf.

Sie ließ sich aus dem Jeep gleiten.

Als sie den gepflasterten Gartenweg entlang ging, wurde sie von dem sinnlichen Fließen der Seide auf Hüfte und Beinen getröstet. Sie bereute es nicht, ihr letztes Geld für die teure Hose und diese Bluse ausgegeben zu haben. Sie gaben ihr das Gefühl, groß, kühl und unabhängig zu sein, und das konnte sie im Moment gut gebrauchen.

Wenn sie jemand beim Abendessen fragen würde: »Wie trauerst du um deinen Vater?«, würde sie zugeben müssen, daß sie den ersten Tag ihrer Trauerzeit mit Einkäufen verbracht hatte. Sie lächelte, als sie daran dachte. Es hatte ihr geholfen. Sie fühlte sich besser.

Sie stand vor der dunkelgrünen Tür, schob die Haare nach hinten, atmete zur Entspannung einmal tief durch und drückte auf den Klingelknopf aus Messing.

Sophie riß die Tür auf und schenkte den neuen Kleidern ein bewunderndes Lächeln. »Du siehst viel besser aus als gestern«, sagte sie. »Komm doch rein. Mutter und Daddy sind schon ganz aufgeregt.«

Aufgeregt ist wahrscheinlich das richtige Wort, dachte Katherine.

Sophie ging ihr voraus. Sie war barfuß und trug ein weites mexikanisches Kleid, smaragdgrün mit weißer Stickerei; die krausen Haare wurden von einem passenden Band zusammengehalten. Sie durchquerten ein vollgestopftes Wohnzimmer mit weißem Teppichboden, der so dick war, daß ihre Füße Abdrücke hinterließen, und gingen an einem formellen Eßzimmer mit einem Mahagonitisch, an dem bestimmt zwanzig Personen Platz hätten, vorbei in den hinteren Teil des Hauses.

Katherine sah sofort, daß die vorderen Räume selten genutzte Vorzeigeräume waren, der Vorbau des eigentlichen Hauses, in dem die Familie lebte.

Sophie führte sie in einen enormen, holzgetäfelten Raum, der sich über die gesamte Länge des Hauses erstreckte. Die zehn Meter hohe, kathedralenartige Decke mit den dunklen Balken und die bleigefaßten Spitzfenster ließen die dickgepolsterten Möbel zwergenhaft aussehen. Ein riesiger gemauerter Kamin, der mit dem Kopf eines Kaffernbüffels gekrönt war, beherrschte ein Ende des Raumes. Dieses Zimmer, im Baustil vom Rest des Hauses völlig verschieden, war eindeutig nachträglich angebaut worden. Es sollte ein altenglisches Jagddomizil nachahmen – eine angemessene Umgebung, um des Meisters Sammlung zu präsentieren.

Katherine schaute nach oben und betrachtete die Kollektion von Tierköpfen, die die dunklen Wände bevölkerten – Jagdtrophäen aus der ganzen Welt. Der einheimische Weißwedelhirsch starrte mit gläsernen Augen auf sie herunter, wurde aber von exotischerem Wild überschattet. Da waren ein Elch mit Schaufeln von der Größe eines Baumes, ein Grizzlybär, mehrere phantastisch gehörnte Antilopen und sogar ein Löwe, dessen Nase in einem ewigen Fauchen gerümpft war.

Sie versuchte ihren Ekel angesichts dieser Totengalerie zu unterdrücken. Wer war sie denn, daß sie sich über das Töten von Tieren aufregte? Ihr gesamtes Erwachsenenleben hindurch hatte sie Retriever zur Jagd ausgebildet und dabei unzählige Vögel geschossen. Sie war selbst Jägerin.

Trotzdem fühlte sie Wellen der Verachtung für den Menschen, der diese Tiere gejagt und ihre glasäugigen Leichen hier aufgehängt hatte.

Sophie bemerkte ihre Reaktion und sagte: »Daddy ist ein unverbesserlicher Jäger.« Sie zuckte die Achseln. »Männer. Da kann man nichts machen.«

Eine Stimme erhob sich vom anderen Ende des Raums. »Brauchst dich nicht für mich zu entschuldigen, kleines Mädchen.«

Ein großer, kraftvoller Mann in den späten Fünfzigern war

eingetreten und kam mit jovialem Lächeln auf Katherine zu. Als ob ich eine lange vermißte Verwandte wäre, dachte sie, während sie es schaffte, das Lächeln zu erwidern. Sie streckte eine Hand aus, die er ignorierte; statt dessen umschloß er sie in einer kräftigen Umarmung. Es schien ewig zu dauern. Sie fühlte sich erdrückt, verloren, erstickt von seinem massigen Körper und den chemischen Ausdünstungen seines Deodorants und Rasierwassers und, darunter, dem rauchigen Whiskygeruch.

»Da bist du also«, sagte er, als er sie losließ und einen Schritt zurücktrat, um sie anzusehen, »aus meiner Nichte, der kleinen Katie, ist eine gutaussehende Frau geworden. Als ich dich das letztemal gesehen habe, warst du so groß. Wird höchste Zeit, daß wir uns kennenlernen.«

Katherine kämpfte gegen das Gefühl an, einer anderen Spezies anzugehören als dieser Mann. Sie sah das gebräunte Gesicht mit den tiefliegenden, dunkelblauen Augen und den absolut regelmäßigen weißen Zähnen und das mit Pomade zurückgekämmte dunkle Haar. Dieser Mann war ihr Onkel, ihr Blutsverwandter, der Bruder ihrer Mutter. Aber es war wie die Begegnung mit einem Fremden. Ohne sich dessen bewußt zu sein, hatte sie auf ein unmittelbares Gefühl von Verwandtschaft gehofft, etwas in ihrem Blut, das sie zueinander hinziehen würde.

Sie wollte etwas sagen, aber ihr fiel nichts ein, was diesem Anlaß angemessen gewesen wäre, also lächelte und nickte sie nur.

Sie wurde von einer zierlichen blonden Frau Anfang Fünfzig erlöst, die alles in ihrer Macht Stehende tat, um wie der Cheerleader der University of Texas auszusehen – der sie ohne Zweifel vor dreißig Jahren gewesen war. Sie fing in der Sekunde zu sprechen an, in der sie den Raum betrat. »Ich freue mich so, daß du uns besuchen gekommen bist, Katherine. Es ist so schön, dich endlich kennenzulernen – obwohl, wie ich zu Coop sagte, als wir von diesen ganzen schrecklichen Geschichten gestern hörten, die Umstände so tragisch für deinen Vater und so unglücklich für den Zoo sind.« Ihre violett angelaufenen Lippen und schmalen, blaugeäderten Hände bewegten sich mit unaufhörlichem nervösen Flattern. »So zu sterben, bei seiner Erfahrung. Wirklich schlimm für dich. Was muß das für ein Schock gewesen sein. Sam hat erzählt, daß du durch Zufall gestern dort warst und es so erfahren hast; und ich habe gedacht: Wie das Leben so spielt...«

So sprudelte es immer weiter aus ihr heraus, ohne Pause, ohne jede Überlegung, ein unaufhörlicher Mitteilungsstrom, unzensiert, unbeschnitten. Normalerweise war Geschwätzigkeit Katherine verhaßt, aber in diesem Moment empfand sie sie als eine willkommene Entlastung, sie brauchte nichts weiter zu tun, als zu nicken.

Schließlich unterbrach Cooper Driscoll seine Frau. »Lucy, könntest du uns etwas zu trinken besorgen? Wir setzen uns solange hier hin und lernen uns ein bißchen kennen.« Gehorsam, aber ohne eine Sprechpause einzulegen, nahm Lucy die Getränkewünsche entgegen. Cooper wollte einen Scotch mit Eis. Sophie bat um Perrier mit Limone.

Katherine zögerte, als sie an der Reihe war. »Auf mich brauchst du keine Rücksicht zu nehmen«, sagte Sophie mit einem breiten Verschwörergrinsen in Richtung ihres Vaters, »ich bin es gewöhnt, mit Trinkern zusammenzusein. Es wird meinen eisernen Willen nicht umwerfen.« Katherine nahm sie beim Wort und bat um ein Glas Wein. Das würde ihr helfen, etwas lockerer zu werden und das Abendessen durchzustehen.

Cooper Driscoll ging hinüber zu einem Sessel, der eindeutig seiner war, ein ausladendes Stück, passend zu dem grünen Stoff der anderen Möbelstücke bezogen. Während er sich niederließ, senkte er den Blick und sagte: »Mein Beileid wegen deines Vaters. Sag es uns, wenn wir etwas für dich tun können.« Er stieß die Luft aus, offenbar erleichtert, das hinter sich gebracht zu haben. »Ich habe mich nicht bei dir gemeldet, als deine Mutter gestorben ist, und mich deswegen sehr schlecht gefühlt. Wir haben von Travis Hammond davon erfahren. Er hat mich über die Jahre hinweg über Leanne und dich auf dem laufenden gehalten.«

Er seufzte und sagte mit einer Stimme, die sich eher wie sein wirkliches Ich unter der ganzen Fröhlichkeit anhörte: »Ich habe so oft an Leanne gedacht. Als wir klein waren, hat sie immer für Aufregung gesorgt, Spannung in unser Leben gebracht. Zu schade, daß sie sich von uns abgewandt hat, als sie Austin verließ. Ich habe sie vermißt.« Er schüttelte seinen großen Kopf. »Jetzt ist es zu spät, zu spät.«

Katherine hatte Verständnis für seine Gefühle. Aber sie konnte seine Version nicht unwidersprochen durchgehen lassen.

»Sie meinte, daß ihr sie im Stich gelassen hättet«, sagte sie. »Du und deine Mutter.«

Er sah auf, als wäre er plötzlich aus seinen Träumen hochgeschreckt. »Oh, nein. Natürlich war Mutter sehr böse über die Art, wie sie damals ihr Leben zugrunde richtete. Sie war besorgt, daß es ein schlechtes Licht auf die Familie werfen könnte. So hat sie vielleicht eine Zeitlang gedacht, aber die ganzen Jahre über war es Leanne, die den Kontakt mit uns verweigerte.«

Katherine schaute auf ihre Füße, und als wäre sie ein Vogel, der aus großer Höhe auf die Erde herunterblickt, sah sie das Muster gestörter Beziehungen in ihrer Familie. Dieser Mann hatte seine tote Schwester vermißt und war nie die eine Stunde gefahren, um sie zu besuchen. Leanne, bis in den Tod hinein verbittert, weil ihre Familie sie enterbt hatte, hatte nie versucht, den Bruch zu kitten. Anne Driscoll, eine sterbende alte Frau, hatte nichts unternommen, um alte Wunden zu heilen. Und sie, Katherine, war vielleicht die Schlimmste von allen – die vorgegeben hatte, kein Interesse an einem Vater zu haben, der sie liebte. Es war alles so lächerlich, und sie hatte keine Lust mehr, ihre Rolle zu spielen.

Sie schaute auf. Cooper hatte zu seinem beherzten Tonfall zurückgefunden. »Also, Katherine – wirst du jetzt so genannt, oder bist du immer noch Katie wie damals, als du ein kleines Mädchen warst?«

»Am liebsten Katherine.«

»Und du nennst mich Coop wie alle anderen. Onkel Coop hört sich nicht richtig an, stimmt's, wo wir uns doch während deiner Kindheit gar nicht gekannt haben?«

Sie nickte.

»Also, das muß alles schwer für dich sein. Ich habe gehört, daß du gestern in den Zoo kamst, um Lester zu treffen, ohne zu wissen … was geschehen war. Hattest du überhaupt noch eine Gelegenheit, mit ihm zu sprechen?« Seine tiefliegenden Augen waren vollständig von Falten umgeben, die so dunkel waren, daß sie versengt aussahen.

»Nein, hatte ich nicht«, sagte sie und fühlte das Gewicht all dieser Jahre des Schweigens. »Ich hatte einen Brief von ihm bekommen, in dem er mich einlud; aber als ich herkam, war er tot.«

»Einen Brief? Mit Neuigkeiten über die Familie und so?« fragte er.

Ständig hatte Katherine das Gefühl, in eine Falle zu laufen. Wenn sie nur wüßte, ob sie diesem Mann trauen konnte. Dann könnte sie um Hilfe beim Entschlüsseln der Fotos und Dokumente bitten. Aber es war sicherer, niemandem zu trauen.

»Er bat mich einfach nur zu kommen, er wollte mit mir reden«, sagte sie.

»Sam sagte mir, daß du Lester nie wieder gesehen hast, nachdem ihr weggezogen wart, Leanne und du.«

»Sam McElroy?«

»Jawohl. Er rief gestern abend an, erzählte, daß du bei ihm warst und wohl etwas Hilfe gebrauchen könntest.«

»Oh, wie aufmerksam von ihm«, sagte sie überrascht.

»Er sagte, daß du Lester die ganzen Jahre nicht gesehen hast«, wiederholte er.

»Nein«, gab sie zu, »habe ich nicht.«

Er lächelte und zeigte jeden einzelnen seiner blendendweißen Zähne. »Also, ich möchte alles über dich erfahren. Ich weiß, daß du einen Abschluß am Trinity gemacht hast, und ich weiß, daß du Hundetrainerin mit einem erfolgreichen Unternehmen in Boerne bist, aber das war dann auch schon so ziemlich alles.«

»Was Daddy sagen will, ist, daß du erfolgreicher bist als ich«, warf Sophie ein. »Ich habe das Studium nach einem Semester geschmissen und mußte immer von der Familie finanziert werden.«

Cooper entgegnete in verletztem Tonfall, daß er nichts dieser Art gemeint habe.

Lucy erschien mit einem silbernen Tablett mit vier Gläsern

darauf. Sie setzte es auf dem massiven Eichencouchtisch vor ihrem Mann ab und verteilte die Getränke, zu jedem eine kleine, handgestickte Serviette. Katherine freute sich auf ihr großes kristallenes Weinglas, randvoll mit Chablis. Außerdem hatte Lucy einen Teller mit Champignons, gefüllt mit Käse und Spinat, mitgebracht. Katherine ließ einen in ihren Mund gleiten. Er war himmlisch und verhieß Gutes für das Abendessen, das hoffentlich bald kam. Sie war schrecklich hungrig.

Als Lucy nach dem Essen schauen ging, erzählte Katherine den beiden anderen, daß ihre Informationen über den Erfolg ihres Geschäfts nicht mehr aktuell seien. Sie erzählte, wie sie mit der Arbeit schon während der Schulzeit begonnen hatte, als sie für einen Hundeausbilder arbeitete und ihr Taschengeld mit der Zucht und dem Training von Golden Retrievern verdiente. Als sie ihr Weinglas geleert hatte, berichtete sie ihnen von ihren finanziellen Schwierigkeiten und der Möglichkeit, daß sie in weniger als drei Wochen alles verlieren würde. Sie erzählte ihnen von Ra und gab zu, daß sie zu ihrem Vater gekommen war, weil er ihr finanzielle Hilfe versprochen hatte.

»Verdammt noch mal, ich weiß genau, wie man sich in so einer Lage fühlt«, sagte Coop, beugte sich vor und tätschelte ihr Knie. »Diese Wirtschaftslage setzt auch uns mächtig zu. Ich würde dir gern helfen, wenn ich selber noch die Butter aufs Brot hätte. Darf ich dich fragen, ob Lester genug hinterlassen hat, um deine Probleme wirklich abzuwenden?«

»Nein. Travis Hammond hat mir mitgeteilt, daß er verschuldet starb. Ich bin mir also völlig im unklaren, wie er sich das gedacht hat.«

»Keine Lebensversicherung oder irgendwas?« fragte Coop.

»Nein.«

»Verdammt merkwürdig«, murmelte er. »Was hast du jetzt vor?«

»Ich werde ab morgen im Zoo arbeiten«, sagte Katherine. »Ich habe es gerade mit Sam McElroy abgesprochen.«

»Ach, das ist ja toll!« quiekte Sophie. »Ich bin morgens dort, im Planungsbüro. Wir können zusammen zu Mittag essen. Wo wirst du arbeiten?«

»Nur Hilfsdienste, vermute ich. Im Reptilienhaus.«

Sophie rollte die Augen und sagte: »Oje. Armes Kind. Stokes ist ein fürchterlicher Sklaventreiber. Ich habe gehört, daß er einen Anfall kriegt, wenn auch nur ein Fingerabdruck auf einem der Glaskästen ist.«

Cooper beugte sich in seinem Sessel nach vorn. »Deswegen ist es auch eine Weltklasse-Reptilienabteilung, kleines Dummerchen. Unser Zoo ist zweitklassig – bis auf den Bereich, der Alonzo Stokes unterstellt ist. Die Leute kommen aus der ganzen Welt, um seine Sammlung zu sehen. Wir sind der einzige Zoo der Welt, der erfolgreich in der Vermehrung von Buschmeistern ist. Wenn du das Zoogewerbe lernen willst, gibt es dafür keinen besseren Platz als bei Alonzo Stokes, Katherine.«

Da ihr unwohl dabei war, so lange das Gesprächsthema zu sein, ließ Katherine sich dazu hinreißen, ihn nach seiner Sammlung zu fragen. Er hob an zu etwas, das sich wie eine fertige Präsentation anhörte – Geschichten, die er in genau der gleichen Weise schon unzählige Male erzählt haben mußte. Jede Trophäe seiner Sammlung hatte ihre eigene Geschichte. Er hatte überall gejagt – Kenia, Botswana, Indien, Nepal, am Polarkreis –, aber Katherine kam es vor, als hätte er in all diesen Ländern nichts gelernt, außer, was man dort schießen konnte.

Er hörte erst auf zu sprechen, als Lucy ihnen ungefragt eine neue Runde Getränke brachte.

Sophie, die mit geschlossenen Augen am Boden auf einem Zebrafell gesessen hatte, den Kopf an das Sofa gelehnt, nutzte die Gesprächspause. »Wie läuft es bei dir?« fragte sie und schaute zu Katherine auf. »Ist es sehr unerfreulich, die Angelegenheiten deines Vaters zu regeln?«

»Na ja, das weiß ich noch nicht. Die Polizei behält die Leiche erst einmal ein, ich weiß also nicht, wie es mit dem Begräbnis wird. Ich habe heute versucht, Mr. Hammond anzurufen, um ... einige Dinge zu klären, aber ...«

Coop unterbrach sie. »Du hast ihn nicht erreicht. Ich habe es auch versucht. Ist aber logisch. Gestern hat die Jagdsaison für Rotwild angefangen, nur Bogenschießen. Der alte Junge muß draußen auf seiner Ranch sein – er besteht darauf, dort kein

Telefon zu haben, damit er seinen Klienten entkommen kann. Wie ich.«

In dem folgenden Schweigen nahm Coop eine Zigarre aus einem Kistchen auf dem Couchtisch. Er zeigte sie Katherine. »Stört es dich?« fragte er, wobei er sie schon zwischen die Lippen steckte. Katherine schüttelte den Kopf. Es störte sie, aber das hier war sein Haus. Und sie versuchte sich gerade darüber klarzuwerden, wie sie das nächste Thema angehen sollte.

Während er ein Feuerzeug anknipste und es an die Zigarre hielt, sagte sie: »Ich möchte meine Großmutter besuchen, solange ich hier bin, und ich wüßte gern, wann es ihr wohl passen würde.«

Coop machte schnelle, feuchte Sauggeräusche, als er an seiner Zigarre zog. »Das ist nicht der richtige Augenblick, Katherine. Sie fühlt sich gar nicht gut, und ich weiß nicht, wie sie auf dich reagieren würde. In diesem Zustand kann sie keinerlei ... Aufregung vertragen.«

»Aber Dad, vielleicht freut sie ...«, begann Sophie.

»Du hast doch gar keine Ahnung davon, Sophie«, unterbrach er sie scharf. »Du hast sie in der letzten Woche nicht gesehen. Ihr Zustand hat sich verschlechtert.«

Unter Sophies heller Haut stieg eine Welle dunkelroten Bluts hoch. Sie senkte den Kopf, um ihre Scham zu verbergen.

Katherine war voller Mitgefühl – derart vor den Kopf gestoßen zu werden! Und so einfach wollte sie auch nicht aufgeben. »Was fehlt ihr denn?« fragte sie und war sich ihres harten Tons bewußt.

Cooper paffte an seiner Zigarre. »Na ja, abgesehen von ihren einundachtzig Jahren, hat sie eine Serie von Schlaganfällen gehabt. Davon hat sie Lähmungen auf der linken Seite zurückbehalten. Sie hat diese Woche mehrmals das Bewußtsein erlangt und wieder verloren; meist ist sie nicht ansprechbar.«

Als Lucys Stimme über eine knisternde Sprechanlage meldete, daß jemand für Coop am Telefon war, erhob er sich aus seinem Sessel. »Ich gehe im Arbeitszimmer dran«, sagte er.

Sobald er fort war, rutschte Sophie näher an Katherines Füße heran. »Meistens übernimmt er das Gespräch«, sagte sie leise,

»aber später können wir uns ungestört unterhalten. Er macht nach dem Essen schlapp.« Sie deutete auf das leere Glas auf dem Tisch und rollte die Augen.

»Ich habe nicht immer zu Hause gewohnt«, fuhr sie fort. »Das ist nur vorübergehend. Ich habe gerade eine üble Scheidung hinter mir. Solange ich mit dem Idioten verheiratet war, zehn Jahre, habe ich in Dallas gelebt. Warst du schon mal verheiratet? Oder hast mit jemandem zusammengelebt?«

»Nein«, sagte Katherine. »Einmal war ich nahe dran, aber er duldete keine Hunde im Schlafzimmer.«

Beide lachten.

»Na ja, ich habe mir jetzt Enthaltsamkeit geschworen«, sagte Sophie. »Enthaltsamkeit und Armut – das macht das Leben einfacher.«

Katherine fragte sich, ob das Essen je aufgetragen würde. Sie schaute verstohlen auf die Uhr. Es war halb neun, und sie war es gewohnt, um sechs zu essen.

Endlich war es soweit. Lucy erschien in der Tür und klingelte mit einem Silberglöckchen. Katherine und Sophie folgten ihr in einen kleinen Frühstücksbereich neben der Küche, wo sie einen eleganten Tisch gedeckt hatte. Spiegelnde Sets und viel Silberbesteck reflektierten das Licht von fünf hohen gläsernen Öllampen in der Mitte des Tisches.

Coop kam herein und sah verstört aus. »Tut mir leid, meine Damen. Geschäftliches«, sagte er.

Sie setzten sich an den Tisch, während Lucy eine Platte mit Rinderlende in Rosmarin, umgeben von kleinen Röstkartoffeln und grünen Bohnen, hereintrug. Katherine war heißhungrig.

»Ich hoffe, du magst es halb durch«, sagte Lucy und stellte einen Korb Zimtbrötchen und eine offene Flasche Beaujolais auf den Tisch.

»Ja. Oh, ja. Es sieht köstlich aus«, sagte Katherine. Da klingelte es an der Tür.

»Ich geh schon«, sagte Sophie und schnappte sich eine Kartoffel, die sie ganz in den Mund warf, während sie aufstand.

Lucy fing an, mit einem Bratenmesser üppige Scheiben von dem Fleisch zu schneiden. Noch ehe sie es verteilen konnte, kam

Sophie atemlos und mit rotem Kopf zurück. »Katherine, ein Lieutenant Sharb von der Austiner Polizei ist hier. Er sagt, er muß dich sofort in einer dringenden Angelegenheit sprechen.«

Während sie sich vom Tisch erhob, schaute Katherine sehnsüchtig auf die Bratenstücke, wobei ihr vor Hunger das Wasser im Mund zusammenlief. Dieses ungegessene Mahl würde sie als das begehrenswerteste in Erinnerung behalten, das sie je gesehen hatte.

11

Katherines Magen knurrte, während sie darauf wartete, daß der Polizist zur Sache kam. Sharb saß auf der Kante eines tiefen Sessels, unrasiert oder vor einer derart langen Zeit rasiert, daß es nicht mehr wichtig war. Ein derber Daumen zerfledderte unaufhörlich den Rand des Notizbuches, das auf seinen Knien lag, während der andere Daumen den Knopf seines Kugelschreibers bearbeitete – rein und raus, rein und raus.

Sie saßen in einem dunkelgetäfelten Raum bei geschlossener Tür. Sophie hatte ihn die Bibliothek genannt, als sie die beiden hineingeführt hatte, aber Katherine suchte immer noch nach den Büchern. Abgesehen von einem Stapel alter *National Geographic* gab es noch nicht einmal etwas, das einem Buch auch nur ähnelte.

Lange nachdem Sophies Schritte verklungen waren, schwieg Sharb immer noch, die nervösen Daumen waren das einzige Lebenszeichen. Wenn das eine übliche Methode der Polizei ist, Leute zum Sprechen zu bringen, ist sie verdammt effektiv, dachte Katherine. Das Schweigen war so ungemütlich, daß sie sich auf die Zunge beißen mußte, um nicht loszureden. Wußte er aus irgendeinem Grund von ihrem Ausflug zu den Lagerräumen gestern abend? Hatte er von dem Umschlag erfahren, den ihr Vater ihr hinterlassen hatte? Es war eindeutig, daß etwas Neues geschehen war.

Schließlich, als wäre er zu einem Entschluß gekommen, drückte er den Kugelschreiberknopf ein letztesmal heftig hinein und begann: »Miss Driscoll, ich muß wissen, warum Sie Travis

Hammond heute fünfzehnmal angerufen und auf seinem Anrufbeantworter die dringende Bitte um Rückruf hinterlassen haben.«

Katherine war sprachlos. Irgend etwas war geschehen, etwas Schlimmes. »Was ist passiert?« sprudelte es aus ihr heraus.

»Lassen Sie mich die Fragen stellen. Über welche dringende Angelegenheit wollten Sie mit ihm sprechen? Und erzählen Sie mir nicht, daß es um Routinefragen in der Erbschaftssache Ihres Vaters ging. Ich habe mir Ihre Nachrichten auf dem Band angehört. Sie klangen ärgerlich und aufgebracht.« Er saß jetzt völlig still, die Hände entspannt, die geballte Kraft seiner Aufmerksamkeit auf Katherine gerichtet.

Sie mußte die Frage beantworten. Sie hätte es gern vermieden, weil in ihrem Hinterkopf die Angst spukte, daß es ein schlechtes Licht auf ihren Vater werfen könnte. Aber der grimmige Ausdruck auf Sharbs schwarzstoppeligem Kinn ließ ihr keine Wahl. Er war das Gesetz, wie unattraktiv es auch sein mochte.

»Anhand der Kontoauszüge meines Vaters«, sagte sie langsam, »habe ich festgestellt, daß mein Vater neunundzwanzig Jahre lang, soweit die Aufzeichnungen zurückreichen, jeden Monat fast die Hälfte seines Einkommens an Travis Hammond gezahlt hat. In den letzten fünf Jahren belief sich das auf dreizehnhundert Dollar im Monat. Ich wollte wissen, wofür das war.«

Sharb entfuhr ein Geräusch, halb Zischen, halb Pfeifen.

»Die eingelösten Schecks waren von der Bank von Belton abgestempelt, einem dortigen Konto gutgeschrieben, überwiesen durch Travis Hammond«, fügte sie hinzu. »Ich habe ihn angerufen, um ihn zu fragen, was es mit diesen Zahlungen auf sich hat.«

Sharb legte seinen Stift in das Notizbuch und strich sich mit der Hand über das Kinn, was ein kratzendes Geräusch erzeugte. »Das werden wir uns ansehen, sobald die Banken morgen aufmachen. Haben Sie irgendwelche Theorien darüber, die Sie mir mitteilen möchten?«

Katherine schüttelte den Kopf. »Was ist passiert, Lieutenant?« In der Befürchtung, daß es unerfreulich sein würde, zog sie den

Kopf ein, um nicht unvorbereitet getroffen zu werden. Sie merkte, daß ihr Hunger verschwunden war.

Sharb stützte noch immer das Kinn in die Hand, so daß sein Mund beim Sprechen halb verdeckt war. »Mr. Travis Hammond wurde vor vier Stunden auf seiner Ranch in Kingsland von Rotwildjägern gefunden – rechtmäßigen; die Bogenjagdsaison hat begonnen, und sie haben eine Lizenz. Er war vom Geweih eines toten Hirschs aufgespießt. Sowohl er als auch der Hirsch waren bereits seit Stunden tot, wahrscheinlich seit dem frühen Morgen. Die Jäger haben einen Schock erlitten und müssen ärztlich behandelt werden. Ich war gerade dort, und ich muß sagen, ich kann es ihnen nicht verübeln.« Er schüttelte den Kopf. »Scheußlicher Anblick.«

Er rieb den geröteten unteren Lidrand seines einen Auges heftig, während er Katherine ansah. »Was halten Sie davon? Das nächste Tier hat zugeschlagen. Vielleicht ist das ja der Anfang eines allgemeinen Aufstandes, hä, die Tiere erheben sich und übernehmen die Kontrolle über die Welt. Was meinen Sie?«

Katherine fror. Während sie dauernd bei ihm angerufen hatte, wütend und fordernd, hatte der alte Mann tot dort gelegen. Sie verschränkte die Arme vor der Brust und sah hinter ihren Augenlidern den gebrechlichen alten Anwalt, der sie leidenschaftlich bat, nicht so hart über die Fehler zu urteilen, die Leute in ihrer Jugend begangen hatten. »Er ist bestimmt nicht von einem Hirsch getötet worden«, dachte sie und war erstaunt, als Sharb antwortete, weil sie nicht gemerkt hatte, daß sie laut gedacht hatte.

»Genausowenig wie Ihr Vater von einem Tiger umgebracht worden ist. Ich will alles über Ihr gestriges Gespräch mit Hammond wissen, Wort für Wort. Und wenn er gesagt hat, daß es nach Regen aussehe, dann möchte ich das auch wissen.«

Katherine wiederholte alles, was ihr von der Unterredung noch im Gedächtnis war. Dann fügte sie hinzu: »Er schien sehr nervös, besorgt, ängstlich, aber ich weiß ja nicht, wie er sonst ist.«

»Na ja, man sollte meinen, daß er nach so einem Brief nervös ist.«

»Brief?«

»Genau so ein Brief, wie Ihr Vater einen in der Hosentasche hatte, als er ermordet wurde.«

Katherine rutschte mit rasendem Herzschlag auf dem Stuhl nach vorn. »Was für ein Brief?«

»Ein Drohbrief. Darin stand«, er schloß die Augen und zitierte auswendig: »›Lester, bring Dein Haus in Ordnung. Die Gerechtigkeit ist nahe. Auge um Auge, Zahn um Zahn. Der Rächer.‹«

»Und Mr. Hammond hatte auch so einen Brief?«

Er nickte. »Kam vor einer Woche mit der Post. Seine Sekretärin, die kleine Enkelin, hat ihn beim Briefeöffnen gesehen. Sie hat ausgesagt, daß er letzte Woche tatsächlich sehr nervös war. Vielleicht hat er den Brief vernichtet, wir konnten ihn jedenfalls nicht finden.«

Er versuchte sich zurückzulehnen, merkte aber, daß der Sessel so tief war, daß er dann nicht mehr mit den Füßen auf den Boden kam; also blieb er ungemütlich auf der Kante sitzen. »Und, Miss Driscoll, wenn Sie solch einen Brief bekämen, würden Sie damit nicht zur Polizei gehen?«

Katherine gab keine Antwort. Sie dachte an die Bitte ihres Vaters, sie möge bald kommen, und fragte sich, ob der Drohbrief mit seiner Eile im Zusammenhang stand.

Sharb bohrte weiter. »Falls Sie nicht irgendwas auf dem Kerbholz hätten, was? Meinen Sie das?«

»War ein Datum auf dem Brief?« fragte sie.

Er schüttelte den Kopf.

»Ich frage mich gerade, ob der Drohbrief etwas damit zu tun hatte, daß mein Vater mir schrieb, ich solle nach Austin kommen. Er betonte, wie dringend es sei.« Wiederum war sie erstaunt, daß sie laut gedacht hatte. Irgendwie brachte Sharb sie zum Sprechen. Welche Technik er auch anwendete – sie schien zu funktionieren.

Sharb lächelte sie zum erstenmal an, wobei er kleine, eng zusammenstehende Zähne zeigte. »Das habe ich mich auch gefragt. Und wissen Sie, was ich mich außerdem frage? Ich wüßte gar zu gern, ob Ihre Ankunft hier etwas mit diesen Ereignissen zu tun hat. Immerhin kommen Sie, um Lester Renfro zu sprechen, und er ist gerade umgebracht worden. Sie treffen sich mit Travis Hammond, Sie rufen ihn an, und er wird umgebracht. Ist das alles nur Zufall? Bringen Sie Unglück – sind Sie irgendwie der Auslöser dafür?«

Katherine hatte sofort ein Bild von sich vor Augen, wie sie gestern wutentbrannt und voller Bitterkeit in die Stadt gekommen war, so mit ihren eigenen Angelegenheiten beschäftigt, daß sie nicht über ihre Nasenspitze hinaussehen konnte. Obwohl sie sich mit aller Kraft dagegen wehrte, füllten sich ihre Augen mit Tränen und flossen über. »Das frage ich mich allmählich auch«, sagte sie.

»Hey«, sagte er. »Tun Sie das nicht. So habe ich es doch nicht gemeint – tun Sie das bitte nicht.« Er sprang auf die Füße und schaute auf sie hinunter. Dann zog er sein Taschentuch aus der Brusttasche, schaute es an und steckte es ganz schnell wieder ein.

Katherine wußte nicht, wie ihr geschah. Sie weinte sonst nie, hatte seit Jahren nicht geweint, und nun löste sie sich beim geringsten Anlaß in Tränen auf. Vor Fremden. Mit dem Handrücken wischte sie sich über das Gesicht.

Er streckte ihr die Handflächen entgegen. »Gut, in Ordnung. Seien Sie nicht so empfindlich! Es war nicht so gemeint, wie es sich angehört hat. Ich habe gemeint, daß ich wissen möchte, warum das alles gerade jetzt geschieht, ob Ihr Kommen damit in irgendeinem Zusammenhang stehen könnte. Aber bitte tun Sie das nie wieder.«

Katherine sah mit feuchten Augen zu ihm auf. Die Wirkung, die ihre Tränen auf ihn hatten, war erstaunlich. Er hatte den Eindruck gemacht, als wäre er nicht aus der Ruhe zu bringen, aber da sie sein Mitgefühl nun einmal erregt hatte, könnte sie auch versuchen, etwas für sich herauszuschlagen. Sie senkte den Blick und schniefte. »Bitte erzählen Sie mir die anderen Fakten über ... den Mord an meinem Vater. Sie sind doch sicher, daß es Mord war.«

»Oh, ja. Ja, das war es.« Er streckte einen kurzen Zeigefinger in die Höhe. »Nummer eins ist der Drohbrief. Jemand – dieser Rächer – hat ihm gedroht.« Er streckte seinen Mittelfinger hoch.

»Nummer zwei ist der Maschendraht. Sie wissen, daß das Glas in dem Fensterchen mit Draht verstärkt war. Das Glas hätte von einem Tiger durchbrochen werden können, aber bei dem Draht sieht das anders aus. Er war feinsäuberlich durchgeschnitten. Mein Mann im Labor sagte mir, daß selbst ein Tiger mit übernatürlichen Kräften das nicht schaffen würde. Dazu braucht es einen sehr scharfen Seitenschneider.«

Er hielt jetzt drei Finger hoch und schüttelte sie zum Nachdruck. »Nummer drei sind die Spuren von verrottetem Fleisch innen an der Tür und auf der Schwelle. Darauf bin ich wirklich stolz, weil die meisten meiner Kollegen nicht so gründlich wären und die Rückseite der Tür untersuchen würden. Jetzt erzählen mir McElroy und Dieterlen, daß die Tiger immer in ihren Käfigen gefüttert werden. Das Futter kommt aus der Küche, und sie karren es durch den Haupteingang hinein. Es kommt überhaupt nicht durch diesen kleinen Raum. Dort ist nie Fleisch – also waren es keine Überreste von Zoofutter. Und viertens ...« Er sah sie scheu an, als zögere er, ihr zu erzählen, was viertens war, fuhr dann aber fort. »Viertens haben wir auf der Haut und der Kleidung Ihres Vaters, sogar in seinen Haaren und Augenbrauen, Spuren verfaulten Fleischs gefunden, dieselben wie an der Tür – wahrscheinlich Rind.«

Katherine hatte noch nie in ihrem Leben so aufmerksam zugehört. Sie merkte, daß sie sich sogar vorgebeugt und ihm ein Ohr zugedreht hatte.

Er beendete seine Aufzählung, hielt aber weiterhin die vier Finger in die Luft. Katherine hörte sich selbst schwer atmen, während die Fakten in ihrem Kopf herumzuwirbeln begannen.

»Und«, sagte er, »können Sie sich das zusammenreimen? Nehmen Sie einmal an, daß es Mord war, nur um mir eine Freude zu machen, und erzählen Sie mir, wie man das hinkriegen kann. Sie sind doch Tierausbilderin. Müssen doch was von Tieren verstehen, nehme ich an. Stellen Sie sich die Szenerie vor.«

Sie nickte langsam und sprach wie in Trance. »Der Mörder entscheidet sich für einen Tag, an dem die Raubkatzen gefastet haben und sehr hungrig sind«, begann sie.

»Gut, gut!« Er lächelte sie an. »Weiter.«

»Er oder sie kommt ungesehen früher oder bleibt über Nacht dort. Das wäre für einen Angestellten vermutlich nicht schwierig. Er bringt ein Stück verdorbenes Fleisch mit, um den Tiger gierig zu machen. Er ... reibt es an die Tür, damit der Tiger in der Nähe bleibt. Er hat einen Seitenschneider dabei.« Sie machte eine Pause und stellte sich das Tigerhaus und den winzigen Betonraum vor.

»Warten Sie. Als mein Vater um Viertel nach sechs kommt, er ... oh, er schlägt ihm etwas über den Kopf oder würgt ihn oder bricht ihm, wenn er sehr stark ist, das Genick. Dann, o Gott, reibt er ihn über und über mit dem Fleisch ein und stößt ihn hinaus in das Gehege. Er zerschlägt die Scheibe, womit weiß ich nicht, mit etwas Schwerem, aber der Draht will nicht nachgeben. Das hat er jedoch geahnt, er hat einen Seitenschneider.«

Sharb sah sie an und nickte mit glänzenden Augen. »Genau so sehe ich das.« Dann hob er das Notizbuch ein paar Zentimeter an und schlug es kräftig auf sein Knie. »Aber warum macht sich jemand all diese Mühe? Warum legt er ihn nicht einfach um?«

»Na ja, bei meinem Vater hat er es ja fast geschafft, es so aussehen zu lassen, als ob der Tiger es getan hätte.«

»Ja. Aber die Sache mit dem Hirsch – wer glaubt denn, daß ein Mann von einem Hirsch aufgespießt wird? Hören Sie auf. Warum all die Mühe, es so aussehen zu lassen? Stellen Sie sich's doch vor: Dieser Wahnsinnige müßte da rausgehen, den Hirsch schießen – er wurde mit einem Pfeil geschossen –, dann den Anwalt erschießen – sieht so aus, als wäre der auch von einem Pfeil getroffen worden, direkt in die Brust –, dann den Hirsch zum Anwalt schaffen oder den Anwalt zum Hirsch, danach den Anwalt auf das Geweih wuchten und einen der Sprosse oder wie die Dinger heißen – ich bin kein Jäger –, in die Pfeilwunde spießen. Sieht so aus, als hätte er es genauso gemacht. Unglaublich.«

Katherine hatte sich alles schweigend angehört. Dann sagte sie: »Sie scheinen sicher zu sein, daß derselbe Killer für beides verantwortlich ist.«

Er streckte die Handflächen gen Himmel und rollte die Augen. »Verdammt noch mal, allerdings. Sie nicht? Travis Hammonds Enkelin kann den Drohbrief nicht mehr im Wortlaut wiedergeben. Aber als wir ihr den aus Lester Renfros Tasche gezeigt haben, bestätigte sie, daß die Handschrift, das Papier und die Ausdrucksweise praktisch identisch mit dem waren, was für Hammond in der Post war. Ganz sicher: Ein und derselbe Mann hat diese Morde begangen. Und wissen Sie was, Miss Driscoll? Er ist wirklich ein bösartiger Schweinehund. Ich weiß das. Ich habe eine todsichere Methode, um das herauszufinden. Wissen Sie, wie? Die Haare auf meine Fingern sträuben sich. Hier. Sehen Sie.« Er streckte Katherine seine Patschhand hin. Die dicken schwarzen Haare auf seinen Fingern standen ab.

»Wenn ich in so eine Sache gerate, fängt es an zu prickeln.« Er schaute zum erstenmal in sein Notizbuch, blätterte eine Seite um und las einen Augenblick, wobei sich seine Lippen leicht bewegten. »Ich möchte Sie noch etwas anderes fragen. Welche Verbindung bestand zwischen Ihrem Vater und Travis Hammond? Ich weiß, daß Hammond das Testament Ihres Vaters aufgesetzt und seine Erbschaft verwaltet hat, aber was wissen Sie sonst noch über das Verhältnis zwischen den beiden?«

»Nichts, was ich Ihnen nicht schon mitgeteilt hätte. Mr. Hammond war der Anwalt der Driscolls. Er erzählte mir gestern, daß er meinen Vater bei dessen Hochzeit kennenlernte, daß er ihn aber nicht näher gekannt habe, bis sie vor ein paar Jahren in einem Komitee zur Planung des neuen Katzengeheges in Abschnitt II zusammenarbeiteten.«

»Aber wenn er seit neunundzwanzig Jahren Geld von ihm bekommen hat, war das gelogen. Da muß mehr gewesen sein«, sagte Sharb.

Katherine nickte. »Das ist wahr.«

»Da werden wir ganz schnell dahinterkommen. Darauf können Sie sich verlassen.«

»Oh«, sagte Katherine, »wahrscheinlich hat das nichts damit zu tun, aber meine Mutter hatte immer sehr freundschaftliche Gefühle für Travis Hammond; im Grunde war er der einzige Mensch in Austin, über den sie so dachte. Sie stand mit ihm in Kontakt, bis sie vor ein paar Jahren erkrankte.«

Sharb nickte.

»Eigentlich glaube ich, daß mein Onkel, Cooper Driscoll, mehr über das Verhältnis zwischen Mr. Hammond und meinem Vater wissen müßte.«

»Ja. Ich beabsichtige, ihn danach zu fragen, wenn ich mit Ihnen fertig bin. Von ihm waren auch zwei Anrufe auf Hammonds Anrufbeantworter. Hohes Tier im Zoo, der Cooper Driscoll, was, ein hohes Tier in der ganzen Stadt? Obwohl ich gehört habe, daß er größere finanzielle Verluste hatte.«

»Habe ich auch gehört. Ich bin ihm heute abend das erstemal begegnet. Na ja, das erstemal, seit ich fünf war.«

»Ach, so ist das? Wie kommt das?«

»Es gab da einen – na ja, ich weiß nicht, wie man das nennt – einen Bruch, vermute ich, in unserer Familie, als meine Mutter und ich weggezogen sind; nicht nur einen Bruch mit meinem Vater, sondern auch mit ihrer Verwandtschaft. Und danach haben wir einfach keinen von ihnen wiedergesehen.«

»Ja, aber warum nicht?«

»Ach, wie so etwas läuft. Ich bin mir sicher, daß Sie oft mit solchen Dingen zu tun haben. Meine Eltern ließen sich scheiden. Meine Mutter fühlte sich unverstanden und von ihrer Familie verstoßen.« Katherine wand sich in ihrem Sessel. Darüber sprach sie nicht gern. Außerdem tat es nichts zur Sache.

»Ja«, hakte Sharb nach, »ich habe allerdings schon einige schöne Exemplare von – wie sagten Sie? – Brüchen gesehen. Aber normalerweise versöhnen die Leute sich früher oder später mit ihren Familien, ihren Eltern und Geschwistern. Nicht so bei Ihnen. Was ist also passiert?«

Katherine fühlte sich plötzlich unter Druck gesetzt, ihr wurde heiß. Stickig war es mit der geschlossenen Tür. »Na ja, ich weiß es nicht genau. Es gab einen Streit.« Sie schloß die Augen halb und erinnerte sich: *Schwitzend wachte ich mitten in der Nacht auf. Überall Geschrei und Unruhe. Ich zitterte vor Angst vor etwas.* »Meine Mutter und ich verließen meinen Vater«, sagte sie. *Meine Mutter, hysterisch heulend, schnappte mich am Arm, zerrte mich aus dem Haus und ins Auto.* »Es war ziemlich gräßlich, ist es jetzt noch, wenn ich daran denke. Alle waren wütend aufeinander.« *Ich rannte zurück, um mich zu verab-*

schieden. Der Hund, den ich liebte und der mich auch geliebt hatte, hingestreckt auf dem Schlafzimmerboden, Augen und Maul weit offen. »Ich weiß nicht genau, um was es ging. Ich war erst fünf, und ich kann mich einfach nicht erinnern.«

Katherine schaute auf. »Es hat keine Bedeutung mehr.« Das war mehr, als sie jemals zu irgend jemandem über diese Zeit gesagt hatte.

Als das Telefon auf dem Tisch neben Sharbs Sessel zu schrillen begann, starrten sie es beide an, bis es aufhörte. Dann kam Sophie den Flur entlanggestampft und klopfte an die Tür. »Telefon für Sie, Lieutenant Sharb«, rief sie atemlos durch die Tür.

»Ich geh' ran«, sagte er und nahm den Hörer ab. »Hier Sharb.« Er lauschte und sagte: »Gut. Noch eine halbe Stunde hier. Ich muß noch mit Mr. Driscoll sprechen, dann muß ich bei Miss Driscoll einige alte Schecks abholen, die wir uns morgen ansehen werden, bei einer Bank in Belton. Dann bin ich da. Alles paletti?«

Er legte auf und sah Katherine an. »Travis Hammond wurde ganz sicher mit einem Pfeil getötet. Er war früh zum Jagen rausgegangen, die Jagdsaison nutzen, wie seine Frau sagt. Begeisterter Jäger. Das wird morgen überall in der Zeitung stehen, Miss Driscoll. Genau wie die neuen Fakten über den Tod Ihres Vaters. Machen Sie sich auf den Medienrummel gefaßt. Was haben Sie vor?«

»Ich werde einige Zeit in Austin bleiben, um alles zu regeln. Und morgen fange ich an, im Zoo zu arbeiten«, sagte sie.

Sein Mund blieb einen Augenblick offen stehen. »Warum?«

»Ich brauche Geld. Sie kennen meine finanziellen Schwierigkeiten in Boerne, und das einzige, was mein Vater mir hinterlassen hat, sind ein paar Fertiggerichte im Tiefkühlfach, also habe ich Sam McElroy um einen Job gebeten.«

Eine Minute lang bearbeitete er wieder wie wild seinen Kugelschreiber. Dann sagte er: »Ich wünschte, das würden Sie nicht tun.«

»Warum?«

Er streckte ihr seinen Arm entgegen und drehte ihn, so daß sie auf seinen Handrücken schauen konnte. Die Haare zwischen seinen Knöcheln waren immer noch gesträubt, und ohne es zu wollen, fühlte sie ein Prickeln auf ihren eigenen unbehaarten Fingern.

»Ich kann es nicht erklären«, sagte er. »Ich wünschte einfach, Sie würden es nicht tun.«

12

Warum mußten es ausgerechnet Schlangen sein?

Katherine ließ das Schloß einschappen und beugte sich vor, um ihr Fußgelenk zu kratzen. Alles andere konnte sie zumindest tolerieren. Alles auf der Welt außer diesen sich windenden, abartigen, stinkenden Nattern.

Nach dreizehn Arbeitstagen hier hatte sie sich immer noch nicht an ihre Nähe gewöhnt. Sie war ständig gereizt, und ihre Haut juckte, als würde sie einen Ausschlag bekommen.

Beinahe zwei Wochen ohne den geringsten Erfolg in irgendeiner Hinsicht. Das einzige, was sie erreicht hatte, war der Verlust von zehn Pfunden, die sie nicht hatte abnehmen wollen. Jeden Morgen war sie vor Sonnenaufgang im Haus ihres Vaters erwacht und hatte gezählt: die Tage bis zur Enteignung. Jetzt waren es nur noch sieben.

Sie steckte ihren Schlüssel in das Schloß des nächsten Schaukastens, ließ es aufschnappen und hob es von seinem Haken, so daß sie die Tür aufklappen und hineinspähen konnte. Zwei lange Buschmeister lagen so vollständig ineinander verknotet da, daß man nicht wußte, welcher Kopf zu welcher Schlange gehörte. Ihre schwarzen Schuppen glitzerten im Licht. Sie lagen unter einem Seidenfarn nahe der Frontscheibe des Terrariums. Gut. Je weiter weg, desto besser.

Sie schloß das Türchen vorsichtig, um die Tiere nicht aufzuscheuchen; vielleicht schliefen sie ja, aber wer wußte das schon bei Viechern, deren Augen mit glasigem Starren ewig geöffnet waren. Mit ihrem riesigen Stulpenhandschuh griff sie in die Leinentasche und zog eine bebende weiße Maus hervor. Mit der rechten Hand drückte sie den scherenförmigen Griff des langen Fütterstabs zusammen, um die Zange zu öffnen, stopfte mit angehaltenem Atem die Maus dazwischen und ließ die Zange langsam über dem sich windenden kleinen Körper zuschnappen.

Die meisten Schlangen fraßen tote Mäuse, durch »Halsverrenkung« frisch getötet, wie es der widerwärtige Alonzo Stokes grinsend nannte. Aber nicht die kostbaren Buschmeister. Von Alonzo Stokes' eigenen Händen ausgebrütet und aufgezogen, waren sie so sensibel – jedenfalls behauptete er das –, daß sie nur lebendige Mäuse fressen konnten, die ihnen direkt in ihren gräßlichen Schlund gestopft wurden. Himmel.

Sie machte die Tür wieder auf und streckte den Fütterstab mit seinem zitternden Angebot der größeren Schlange entgegen, die ihren flachen Kopf hob, als sie die Maus kommen sah, und mit ihrer schwarzen, gespaltenen Zunge in Richtung des warmen Bluts züngelte. Katherine drückte die Maus direkt gegen den bedrohlichen Schlitz von einem Maul, der sich als Antwort auf den Druck leicht öffnete. Das Maul erschien bei weitem nicht groß genug, um eine ausgewachsene Maus in sich aufzunehmen, aber sie hatte das Unmögliche schon geschehen sehen. Also drückte sie weiter und schaute zu, wie der gelenklose Kiefer weiter und weiter aufging, bis er schließlich einen größeren Durchmesser hatte als der Körper der Schlange. Unerbittlich weitete sich der Kiefer um die Maus. Plötzlich hörte die Maus auf zu zappeln und wurde ganz schlaff. Wahrscheinlich Schock oder das Gift hatte seinen Weg in das winzige Zentralnervensystem gefunden.

Sie fühlte, wie sich eine Welle von Ekel in ihrem Nacken sammelte und dann den ganzen Körper überlief. Gleichzeitig verspürte sie das mittlerweile gewohnte Bedürfnis, sich am ganzen Körper zu kratzen. Es war fast instinktiv, eine Angst und Abscheu, gegen die sie ohnmächtig war. Sie hatte gedacht, daß es mit der Gewöhnung an diese Kreaturen nachlassen würde, aber es war in den fast zwei Wochen im Reptilienhaus kein bißchen besser geworden. Oh, Gott, man gebe mir einen bissigen Dobermann!

Als die Maus fest in dem klaffenden Schlund steckte, drückte sie den Griff des Stabs zusammen, um die Zange zu öffnen und die Maus freizugeben, so wie sie es gelernt hatte.

Sie wartete, bis sie sicher war, daß die Schlange die Maus fest im Maul hatte und ihre nach hinten gebogenen Fänge einsetzte, um die Maus in Richtung Speiseröhre zu befördern; dann zog sie den Stab weg. Als sie nach einer zweiten Maus griff, merkte sie, daß sie während der ganzen Zeit die Luft angehalten hatte und nach Luft schnappen mußte, als wäre sie unter Wasser gewesen. Keuchend schloß sie die Tür und lehnte sich gegen den hervorstehenden weißen Fiberglaskasten, der die Rückseite des Terrariums bildete. Ein Schild auf der Tür informierte über das richtige Gegengift im Falle eines Bisses, und ein leuchtend orangefarbener Aufkleber verkündete: VORSICHT! Als könnte sie vergessen, daß sie es hier mit hochgiftigen Schlangen zu tun hatte, die absolut dazu in der Lage waren, nicht nur einer Maus, sondern auch einem ausgewachsenen Menschen einen tödlichen Biß zu verpassen.

Um sich sicherer zu fühlen, warf sie einen Blick auf den großen roten Alarmknopf, der im Falle eines Schlangenbisses gedrückt werden mußte. Sie zuckte überrascht zusammen, als sie Alonzo Stokes entdeckte, der am Kühlschrank lehnte und sie beobachtete. Er zeigte mit seinem nikotinfleckigen Daumen nach oben und grinste unangenehm. In dem kalten Neonlicht sahen die Pockennarben auf seinen Wangen aus wie Mondkrater. Sie lächelte nicht zurück. Mein Gott, der Mann mußte vor fünfzig Jahren einen Weltklassefall von Akne gehabt haben.

Heute fütterte sie zum erstenmal allein, nachdem er sie letzte Woche intensiv betreut hatte; unweigerlich war er da und beobachtete sie, um zu überprüfen, ob seinen Lieblingen auch perfekte Behandlung widerfuhr. Katherine hatte geglaubt, Perfektionisten zu kennen, aber dieser Mann war pingeliger und anspruchsvoller als alles, was ihr bisher begegnet war. Er führte die Aufsicht über alles, was im Reptilienhaus vor sich ging, obwohl er Abteilungsdirektor war und die meisten seiner Kollegen sich nicht mit der täglichen Tierpflege befaßten. Aber Alonzo Stokes bildete alle Wärter persönlich aus, überwachte die Dienstagsfütterungen, kontrollierte die Gehegereinigung und kletterte sogar selbst hinein und schrubbte Steine, um zu demonstrieren, wie er es gern hätte.

Er hatte ihr erklärt, warum die Buschmeister diese spezielle Fütterungsmethode verdienten. Sie fraßen oft schlecht und waren in der Gefangenschaft schwer zu halten. Er sagte, daß der Tag, an dem das erste Gelege von zwölf Eiern in seinem Büro schlüpfte, einer der schönsten Tage seines Lebens gewesen sei.

Wie aufregend. Fickende Schlangen. Widerlich. Genau das, was die Sinne eines Alonzo Stokes zu erregen vermochte. Sie hatten sogar ihr eigenes Hinterzimmer zur Paarung, mehr Platz und größere Ruhe. Ein Schlangenpuff.

Sie atmete tief durch und faßte in den Beutel nach einer zweiten Maus, um sie an den kleineren Buschmeister zu verfüttern. Sie öffnete die Klappe und wiederholte den Vorgang, erleichtert, daß die Schlange ihren Schlund willig öffnete und die Maus schluckte, während die andere mit der langsamen und schrecklichen Verdauung einer ganzen, lebenden Maus vollauf beschäftigt war. Das war das einzig Gute am Füttern dieser Kreaturen: Man konnte sicher sein, daß ein mit einer Maus gestopftes Maul einen nicht angreifen würde. Sobald sie den Fütterstab herausgezogen hatte, schloß sie die Tür, legte das Schloß wieder vor und ließ es zuschnappen – ein wunderbares Geräusch.

Sie drehte sich um, neugierig, ob der Kustos sie immer noch beobachtete. Tat er. Ohne Frage, um sicherzugehen, daß sie auf den Karten der Schlangen eintrug, was sie gerade getan hatte – eine von vielen grundlegenden Regeln. Sie zog den Handschuh aus und hielt ihn zwischen den Zähnen, während sie einen Stift aus der Tasche zog und etwas auf die beiden großen Karteikarten oben auf dem Schaukasten schrieb. Unter der letzten Eintragung notierte sie das Datum und »1 A«, was bedeutete, daß sie erfolgreich eine ausgewachsene Maus in jeden der Buschmeister gestopft hatte. Die nähere Bezeichnung der Mäuse auf diesen Karten verursachte ihr Übelkeit: »F« stand für »flaumig« – eine neugeborene Maus; »N« stand für »nackt« – ein Baby; »J« stand für »jugendlich« und »A« für »ausgewachsen«. Irgendwie war sie sich sicher, daß Alonzo Stokes diese Einteilung ausgeheckt hatte. Ihm machte so etwas Spaß.

Sie zog den Handschuh wieder an und sah, daß Alonzos Mund zu etwas verzogen war, das bei anderen Menschen ein Lächeln gewesen wäre; aber nachdem sie seinen Eigenarten seit zwei Wochen ausgesetzt war, wußte sie, daß es Ausdruck von Verachtung war. Es sei nicht empfehlenswert, bei der Arbeit mit Schlangen Handschuhe zu tragen, hatte er ihr mitgeteilt. Keiner der anderen vier Reptilienpfleger trug welche.

»Sie machen einen nur nachlässig und beeinträchtigen die Geschicklichkeit«, hatte Alonzo erklärt. »Und außerdem bieten sie nicht viel Schutz. Die Fänge der meisten Schlangen sind lang genug, um einfach hindurchzubeißen, wenn sie die Chance geboten bekommen. Und was ist mit Ihrem restlichen Körper? Wollen Sie vielleicht eine Rüstung tragen?« Trotzdem mußte sie einen Handschuh tragen. Er bot eine Schutzschicht, wenn auch eine zu dünne, zwischen den Reptilien und ihr. Er bewahrte ihre Haut davor, sich vor Ekel von ihrem Körper zu schälen.

Als sie Alonzo sich umdrehen und zu seinem Büro im hinteren Teil des Gebäudes gehen sah, atmete sie auf und fuhr mit ihrer Arbeit fort.

Die Gabunottern waren die nächsten Schützlinge in ihrem neuen Aufgabengebiet. Sie schloß die Tür auf und öffnete sie, um nach ihnen Ausschau zu halten. Eine war in ihrem Versteck; sie sah das rauhe Schwanzende herausgucken. Aber wo war die andere, die dickere, das Weibchen? Panisch suchten ihre Augen den Schaukasten ab. Manchmal war es sogar schwierig, diese großen Schlangen zu finden, weil die Kästen mit Steinen und Pflanzen gefüllt waren, um den natürlichen Lebensraum der Tiere nachzuahmen. Ah! Sie zuckte zurück, als sie die Dicke direkt unterhalb der Tür entdeckte.

Sie wußte, daß es unwahrscheinlich war, daß eine Schlange entwischen konnte, wenn die Tür kurz geöffnet wurde; der Terrarienboden lag dreißig Zentimeter tiefer als die Klappe. Trotzdem brach sie in Panik aus, als sie den breiten, flachen Kopf der Viper sich auf die Öffnung zubewegen sah. Sie knallte die Tür zu und lehnte sich dagegen. O Gott. Würde diese Furcht jemals nachlassen? Sie war am Ende ihrer Kräfte. Hunderte von Malen am Tag fiel ihr Blick auf eine Schlange, und ihr Körper krampfte sich unwillkürlich zusammen, als müsse sie um ihr Leben rennen. Jedesmal hielt sie die Stellung, biß die Zähne zusammen und machte weiter. Aber was passierte mit all dem Adrenalin, das ausgeschüttet wurde? Es schien sich gallebitter in ihrem Magen zusammenzuballen und das Essen praktisch unmöglich zu machen.

Sie holte ihre Liste aus der Brusttasche und schaute noch einmal nach; die Gabunottern bekamen je eine lebende Maus, nicht gestopft. Wenigstens etwas. So hatten die Mäuse immerhin noch eine kleine Chance.

Sie griff in ihre Tasche und holte zwei zappelnde Mäuse heraus. Die erste plumpste widerstandslos in das Terrarium, aber die zweite, ein hübsches, geschecktes Tier mit nervösem Gesichtchen, hatte ihre langen Schneidezähne in die leere Handschuhspitze über ihrem Zeigefinger gegraben. Sie steckte den Finger mit der daran baumelnden Maus durch die Tür und versuchte, sie abzuschütteln, aber als die Maus losließ, wurde sie rückwärts geschleudert und fiel direkt unterhalb des Kastens auf den Boden, wo sie sofort losrannte.

Katherine kniete sich rasch hin, um sie einzufangen, aber die Maus hatte sich an der Scheuerleiste unter den Käfigen davongemacht, bevor sie sie greifen konnte.

Verdammt noch mal. Und weg war sie. Aber jetzt konnte sie sowieso nichts daran ändern.

Als sie wieder aufstehen wollte, war sie auch noch geschickt genug, sich den Kopf an der scharfen Ecke der Klappe zu stoßen. Aua. Scheiße! Offen gelassen. Sie schnellte mit der behandschuhten Hand nach oben und knallte sie zu. Das hat mir gerade noch gefehlt bei meinem ersten Fütterungsalleingang – eine Massenflucht. Sie blieb zusammengekauert vor dem Kasten hocken und spürte, daß sich ihre Augen mit Tränen füllten, wie sie es in den letzten Tagen ständig taten. Ihr Haß auf das Reptilienhaus war unaussprechlich. Dies waren die dreizehn schlimmsten Tage ihres Lebens gewesen. Sie wollte nur noch nach Hause, aber in einer Woche würde kein Zuhause mehr dasein, und sie war der Lösung ihrer Probleme nicht näher als an dem Tag, an dem sie angefangen hatte, hier zu arbeiten.

Eine tiefe Stimme über ihrem Kopf sagte: »Wie geht's, Katherine? Brauchst du Hilfe?«

Sie sah auf und freute sich über den Anblick von Wayne Zapalac, einem ihrer Kollegen bei den Reptilien. Er hatte sich von ihrem ersten Arbeitstag an die größte Mühe gegeben, freundlich und hilfsbereit zu ihr zu sein – so freundlich, daß sie ihre anfänglichen Vorurteile gegen sein Äußeres langsam zu überwinden begann.

»Ich habe gerade eine lebende Maus verloren«, sagte sie. »Sie muß hier ganz in der Nähe sein.«

Mit einer schnellen Kniebeuge hockte er sich hin und suchte den Boden ab. Er bedeutete Katherine, still zu sein, und kroch zentimeterweise über den Boden zu dem Brutkasten mit den frischgeschlüpften Baumboas. Seine Arbeitsstiefel machten nicht das kleinste Geräusch. Mit einem graziösen Satz stürzte er nach vorn, griff blitzschnell unter den Brutkasten und zog seine Faust mit der gefleckten Maus darin wieder hervor.

»Wow«, sagte Katherine, stark beeindruckt von seinem Fang. Sie öffnete die Tür einen Spalt. »Sie gehört hier hinein«, sagte sie.

Wayne ließ die Maus hineinfallen und öffnete die Tür beim Aufstehen ganz. Er stützte sich mit seinen dicken, behaarten Unterarmen auf den Schaukasten und schaute hinein, wo er eine der Vipern sich regen und züngeln sah. Von den Handgelenken bis zu den enormen Bizepsen waren seine Arme mit primitiven Tätowierungen bedeckt. Sie wußte nicht genau, was sie darstellten, weil es ihr bisher peinlich gewesen war, sie direkt anzusehen. Aber jetzt konnte sie hingucken, ohne daß er es bemerkte. Da waren eine Schriftrolle mit den Worten: »Semper fidelis« und eine um einen Ast gewundene Schlange. Darunter stand: »Tritt nicht auf mich«.

Er sah sie an. »Das Füttern ist beim erstenmal ein bißchen hart, was?« fragte er.

»Ja«, gab sie zu. »Ich mag die Mäuse. Manchmal habe ich das Gefühl, daß ich eine höhere Lebensform – Säugetiere mit intelligenten Augen – verfüttere, um eine niedere zu ernähren.«

Er schmunzelte mit einem leisen, aus dem Bauch kommenden Glucksen. Sein Nacken war so breit, daß sein Kopf direkt auf den abfallenden Schultern zu sitzen schien. »Ich weiß. Reptilien waren für mich auch nicht die erste Wahl. Ich hatte mir in den

Kopf gesetzt, bei den Raubkatzen zu arbeiten, als ich herkam. Es war sogar dein Vater, der entschied, daß ich dafür nicht der Richtige sei. Er meinte, daß meine Gegenwart die Katzen nervös mache – irgendwas mit meiner Energie. Damals war ich enttäuscht, aber vielleicht hat er mir sogar einen Gefallen erwiesen. Ich habe inzwischen einige der Schlangen wirklich ins Herz geschlossen.«

Die Frage brach aus ihr hervor. »Warum?«

»Warum ich sie mag?« wiederholte er leicht erstaunt. »Na ja«, er blickte wieder in den Kasten, in dem beide Vipern sich auf die gescheckte Maus zubewegten, die in der Ecke zitterte, »die hier, weil sie so schön sind. Ist dir das noch nicht aufgefallen?« Er winkte sie mit der Hand zu sich. Alle seine Bewegungen waren anmutig und sanft, trotz der Größe seines massigen, muskulösen Körpers.

Sie trat einen Schritt vor, so daß sie ebenfalls hineinschauen konnte. Er schüttelte verwundert den Kopf. »Das Muster sieht doch aus wie bei einem Perserteppich, findest du nicht? Wie ein sehr alter, verblichener Perserteppich. Das Grün und das Violett sind so sanft und pastellig wie auf einem Aquarell, die Farbe ist stark verdünnt und so wäßrig, daß das Papier durchscheint.« Katherine betrachtete das große Weibchen und stellte fest, daß er recht hatte. Dann schaute sie Wayne an, erstaunt über die Sensibilität, die in diesem plumpen Körper steckte. Er hatte nur noch Augen für die Vipern. So konnte sie ihn in Ruhe betrachten. Im Profil hatten seine breite Nase und sein kräftiger Kiefer affenartige Züge. In seinem linken Ohr blitzte ein winziger Diamantstecker. Sie schätzte sein Alter auf Mitte Dreißig, vielleicht älter.

»Und der Kopf«, fuhr Wayne fort, »breit und flach wie ein Blatt, und diese schwarzen Dreiecke, die auf das silberne Auge zeigen. So etwas könnte man nie erfinden.« Er blickte herüber zu ihr, um ihre Reaktion zu sehen.

Katherine lächelte und sah wieder die Schlangen an. Wie schön wäre es, wenn sie es so sehen könnte. Aber ob sie ihre Sichtweise derart ändern konnte?

Wayne sagte: »Ich bin erstaunt, daß Stokes dich das so bald

machen läßt. Ich meine, er läßt dich seine Lieblinge betreuen, wo du erst so kurz hier bist. Er muß große Pläne mit dir haben.«

»Will mich wahrscheinlich in Rekordzeit loswerden«, sagte sie mit einem Lächeln.

»Nein, nein, du hältst schon wesentlich länger durch als eine Reihe von Leuten, die genauso schnell wieder verschwanden wie sie gekommen waren. Ein Typ hat's nur zwei Stunden gemacht, ist rausgerannt und hat die Tür zugeknallt, als Alonzo ihm auftrug, das Geschlecht einer Mamba zu bestimmen, die gerade wild gefangen worden war. Du hättest ihn rennen sehen sollen.«

Sie lachte. Es war schön, entspannt genug zum Lachen zu sein, wenn auch nur für einen Moment.

Sie warf einen letzten Blick durch die geöffnete Tür. Die männliche Viper hatte die gefleckte Maus in die Ecke gedrängt und begann, ihren Schlund um sie zu dehnen. Katherine schloß die Tür und sicherte das Schloß.

Sie zeigte auf den Buschmeisterkasten hinter sich. »Wie steht es mit denen? Kannst du für die auch Begeisterung aufbringen?«

»Die Buschmeister?« fragte Wayne. »Aber klar. Sie sind phantastisch.« Er schloß mit seinem Schlüssel auf und machte die Tür ganz auf, so daß sie beide hineinschauen konnten. Die Mäuse waren in den Schlangen verschwunden und nur noch als Ausbeulungen hinter ihren Köpfen sichtbar. »Sie sind nicht so raffiniert gemustert wie die Gabuns, aber die Struktur ihrer hochstehenden, perlenartigen Schuppen ist hübsch, und ihre Größe ist umwerfend. Sie sind die größten Grubenottern, die längsten Giftschlangen unserer Hemisphäre. Dieses Weibchen ist nur etwas über zwei Meter, aber manche werden bis zu vier Metern lang. Wußtest du«, fragte er, »daß die kleinen Öffnungen, die die Grubenottern seitlich am Kopf haben, zum Empfangen von infraroten Wärmestrahlen dienen? Sie können eine Maus finden und in absoluter Dunkelheit ganz genau treffen. Ich glaube, das war die Spezies, die in den Unfall verwickelt war, bei dem damals der Mann gestorben ist. Stokes war zu der Zeit schon hier. Das mag ein Grund sein, warum er mit der Sicherheit und den Notfallmaßnahmen so pingelig ist.«

»Er ist mit allem pingelig«, sagte Katherine.

»Stimmt, aber was die Sicherheit anbelangt, da übertrifft er sich selbst. Mußtest du nicht die Bibel auswendig lernen und dich darüber ausfragen lassen?«

»Das Handbuch für Notfallmaßnahmen? Ja. Alle zwanzig Seiten. Er gab es mir am ersten Tag und prüfte mich am zweiten. Die Schritte kann ich auswendig: erstens, die Schlange sichern; zweitens, den Alarmknopf drücken; drittens, mit 911 den Krankenwagen vom Brackenridge-Krankenhaus rufen; viertens, an der Schaukastentür das richtige Gegengift nachlesen; fünftens, besagtes Gegengift aus dem Kühlschrank holen; sechstens, stillliegen, bis der Krankenwagen eintrifft. Das ist es, glaube ich.«

»Leider«, sagte Wayne, »ist es bei den hochgiftigen Kerlen so, daß man unternehmen kann, was man will – wenn sie richtig zubeißen, dann stirbt man. Der Oberwärter in einem Zoo im Osten starb vor ein paar Wochen am Biß einer Sägeschuppenotter. Vierzig Jahre Erfahrung und die besten Vorsichtsmaßnahmen im ganzen Land, und nach zwanzig Minuten war er tot. Das Gift wirkt einfach zu schnell, wenn es tief genug eindringt.«

Katherine fühlte, wie ihr Magen sich zusammenzog. »Das ist ja sehr beruhigend«, sagte sie.

Er sah sie lächelnd an. »'tschuldigung. Muß wohl der kleine Junge in mir sein. Vielleicht will ich immer noch hübschen Mädchen mit einer Schlange Angst einjagen und sie zum Schreien bringen.«

Katherine hatte die Minuten bis zur Mittagspause gezählt. Um Punkt eins warf sie den Handschuh in ihren Schrank im Frauenumkleideraum, wusch sich zweimal die Hände und rieb sie mit einer parfümierten Handcreme ein. Auf dem Weg nach draußen winkte sie durch die Glasscheibe des Versorgungstrakts Iris Renaldo zu, der einzigen weiteren Frau im Reptilienhaus. Iris sah, daß sie wegging, und grüßte bestätigend zurück, bevor sie sich wieder ihrer Arbeit, dem Einsammeln von Fruchtfliegen zum Füttern der Pfeilgiftfrösche, zuwandte. Draußen saugte Katherine die frische Oktoberluft in ihre Lungen und versuchte den Reptiliengeruch, der sogar abends noch in ihrer Nase zu kleben schien, loszuwerden. Alonzo behauptete, daß Reptilien nicht röchen und unangenehmer Geruch nur dann entstünde, wenn die Wärter nicht gründlich genug saubermachten. Sie kratzte sich herzhaft den Kopf und lief hinüber zum Gebäude von Abschnitt II. Sie würde etwas zu spät zu ihrem Treffen mit Sophie kommen, aber sie hatte sich angewöhnt, in jeder Mittagspause kurz bei Brum vorbeizuschauen. Sie wußte nicht genau, warum sie das tat, aber es schien die einzige Möglichkeit zu sein, ihre düstere Stimmung ein wenig aufzuhellen.

Ihre allgemeine Erschöpfung war verheerend. Sie fiel grundsätzlich ohne jedes Abendessen ins Bett und schlief wie unter Medikamenteneinfluß, bis der Wecker am nächsten Morgen um sechs klingelte. Die sporadischen Versuche, etwas über die Fotos ihres Vaters herauszubekommen, hatten zu keinem Ergebnis geführt. Sie war noch genausoweit davon entfernt zu verstehen, was sie damit tun sollte, wie an dem Abend, als sie sie entdeckt hatte. Und Sharb ging es mit der Aufklärung der Morde genauso.

Sie schlurfte mit hängendem Kopf den Weg entlang. Um Himmels willen. Da bin ich nun mittendrin, in einer hervorragenden Position, um etwas herauszufinden, und ich bin so erschöpft, daß ich kaum die Kraft aufbringe, Fragen zu stellen.

Sie passierte das staubige Gehege des weißen Nashorns Teddy. Sie schaute kurz hoch und sah, daß er seinen massigen, gehörnten Kopf über den Holzzaun streckte, der ihn von dem eingeflogenen Weibchen trennte – Ursula hieß sie, die große Hoffnung auf Paarungsaktivitäten. Alle Wärter schlossen Wetten ab, ob Teddy einen hochkriegen würde, wenn es soweit war. Er schien jedenfalls interessiert, so wie er nach ihr schielte. Katherine blieb einen Moment stehen, um sich die beiden prähistorischen Viecher anzuschauen; sie wirkten monumental, schwer wie Panzer, die herabhängenden Falten dicker, trockener Haut waren überkrustet mit Schlamm und Staub. Aber sie beäugten einander mit unverkennbarem Interesse. Wie rätselhaft ist doch das sexuelle Begehren, dachte sie, nicht zum erstenmal.

Fast ein Jahr war es jetzt her, daß sie John Rhenquist verlassen hatte, und in dieser ganzen Zeit hatte sie noch nicht einmal einen Funken von Interesse für irgendeinen Mann verspürt. Ihre Fähigkeit dazu war wahrscheinlich verkümmert. Sie trocknete aus, genau wie Teddys dicke Haut.

Als sie an der mittlerweile altbekannten grauen Metalltür ankam, klopfte sie kräftig. »Komme schon, komme schon«, rief die nervöse Stimme durch die Tür. Danny öffnete die vielen Schlösser.

»Wie geht's?« fragte sie und lächelte in sein angespanntes Gesicht.

»Muß ja wohl.« Er strich sich mit den Fingern die hängenden blonden Haare nach hinten über die kahle Stelle. »Aber es ist so dumm, daß ich hier die ganze Zeit herumsitze, wo ich weiß, was für einen Personalmangel wir haben. Ich finde wirklich, daß Sam übertreibt. Niemand hat versucht, den Katzen etwas zu tun. Sie einfach eine Weile drinnen zu behalten reicht doch. Vielleicht würde er ja auf Sie hören, Katherine, wenn Sie ihm das sagen würden.«

Katherine ging hinüber zu Brums Käfig, verärgert über den weinerlichen Tonfall, der sich oft in Dannys Stimme einschlich. Er erinnerte sie zu sehr an ihre eigene Anfälligkeit für Selbstmitleid in der letzten Zeit. »Wieso sollte es etwas bringen, wenn ich das sage? Ich habe weniger zu melden als Sie, Danny. Warum sagen Sie es Sam nicht selbst?«

Er beeilte sich, um mit ihr Schritt zu halten. »Na ja, habe ich ja, irgendwie. Aber er will nicht auf mich hören. Sie sind ... Sie wissen schon, Sie haben Beziehungen.« Er senkte den Blick. Hinter den dicken Gläsern waren seine Augen riesig, die wimpernlosen Lider dick und fleischig.

»Ich bin Zooangestellte wie jeder andere«, sagte Katherine. »Glauben Sie mir, ich habe hier keinerlei Einfluß auf irgend jemanden.«

Mit kleinen, hektischen Bewegungen hob Danny einen Schlauch auf, der ihr im Weg lag, und wickelte ihn hastig auf. Dann hängte er ihn an einen Haken an der Wand und rückte ihn zurecht, so daß er einen perfekten Kreis bildete. »Ich habe jede Kachel, jeden Abfluß und jedes Gitter hier drin geschrubbt. Es gibt nichts mehr zu tun. Ich muß wieder arbeiten. Ich glaube nicht, daß ich es noch lange aushalte, hier drin gefangen zu sein. Würden Sie Alonzo wenigstens fragen, ob er mich zu den Reptilien anfordern könnte? Ich weiß, daß ihr da drüben zuwenig Leute seid, und ich würde wirklich gern mehr Erfahrung mit den Kriechtieren bekommen.«

Er hatte recht; sie waren zuwenig Personal, was ihre schmerzenden Muskeln bewiesen, aber Katherine ignorierte ihn und wandte ihre Aufmerksamkeit Brum zu, der in einer Ecke seines Käfigs auf der Seite lag.

Danny war hartnäckig. »Der Typ mit den Tätowierungen und dem Ohrring – Wayne Zapalac. Er sieht doch aus wie jemand, dem es gefallen würde, hier herumzuhängen. Vielleicht will er mit mir tauschen. Sie könnten ihn fragen.«

Katherine schaute in Dannys ernstes Gesicht. »Nachbars Garten ist immer verlockend...«, sagte sie. »Er hat mir gerade erzählt, daß er immer bei den Raubkatzen arbeiten wollte. Aber ich glaube, er fühlt sich wohl, wo er jetzt ist. Und er sieht mir auch kein bißchen faul aus.«

Sie wandte sich wieder Brum zu und betrachtete ihn genau, wie sie es jeden Tag tat. Seine Schönheit war unwiderstehlich. »Hallo, Brumble«, sagte sie und versuchte seine Aufmerksamkeit zu erregen, indem sie sich in sein Blickfeld stellte. Aber er starrte unbeweglich ins Leere.

»Er ist deprimiert«, sagte Danny. »Er muß nach draußen, er braucht frische Luft und Bewegung. Es ist grausam, ihn so einzusperren, das ist er nicht gewöhnt. So waren die Zoos früher, und die schlechten sind immer noch so. In winzige Käfige eingesperrte Tiere, die vor Bewegungsmangel verrückt werden.« Danny beugte sich vor und band einen Turnschuh neu, wobei er nervös an dem Schnürsenkel riß; er schien selbst kurz davor, aus Bewegungsmangel durchzudrehen.

Brum blieb so regungslos, daß er ein ausgestopfter Tiger hätte sein können.

Katherine sah hoch und bemerkte etwas, das sie noch nicht gesehen hatte. Es war eine Metallplakette über dem Käfig. Darauf stand:

In Frieden kann so wohl nichts einen Mann
Als Sanftmut und bescheidne Stille kleiden;
Doch, bläst des Krieges Wetter euch ins Ohr,
Dann ahmt den Tiger nach in seinem Tun;
Spannt Eure Sehnen, ruft das Blut herbei,
Entstellt die liebliche Natur mit Wut.

William Shakespeare

Sie las es zweimal durch und sagte: »Das ist mir noch nie aufgefallen. Es gefällt mir.« Sie sah Danny an. »Dieser Rat paßt für uns drei.« Sie wandte sich zu Brum und sagte: »Ahme den Tiger nach in seinem Tun, Brum. Spann die Sehnen, ruf das Blut herbei.«

»Katherine«, platzte Danny heraus, »dieser Lieutenant Sharb war schon wieder hier, um mich auszufragen. Ich wüßte wirklich gern, ob sie etwas Neues herausgefunden haben.«

»Nicht daß ich wüßte.«

»Sie haben immer wieder gefragt, ob Lester sich in den letzten Wochen anders verhalten hätte, und ich wußte nicht, was ich ihnen sagen sollte.«

Katherine wurde neugierig. »Hat er sich denn anders verhalten?« fragte sie.

»Ja, klar. Das habe ich auch der Polizei gesagt. Ich wollte ja nicht, weil man nicht schlecht von den Toten sprechen soll; ich wollte ihnen auch nicht den Eindruck vermitteln, daß er irgend etwas Falsches tat, aber er war in den letzten zwei Monaten ein anderer Mensch, fast immer aufgeregt und nervös. Ich war mir sicher, daß etwas mit ihm nicht stimmte.«

»Das haben Sie mir nicht erzählt. Inwiefern hat er sich denn anders verhalten, Danny?«

»Ach, er hat mir hier die Aufsicht übertragen, während er seinen eigenen Geschäften nachging. Oft. Er verließ sogar an mehreren Nachmittagen für längere Zeit den Zoo. Das sah ihm überhaupt nicht ähnlich, mir nicht zu sagen, wo er zu erreichen war, und während der Arbeitszeit wegzugehen; sah ihm nicht ähnlich. Er nahm sich sogar einige Tage frei, nachdem er jahrelang nicht einmal seinen Urlaub genommen hatte. Verstehen Sie mich nicht falsch, mir machte das nichts aus; ich bin gern allein mit den Katzen, aber es sah ihm einfach nicht ähnlich. Ich habe sogar vermutet, daß er vielleicht...« Danny sah unter dicken Augenlidern zu Katherine empor. »Deswegen habe ich Ihnen nichts gesagt; ich habe mir gedacht, daß er vielleicht eine Freundin hatte, die er besuchte oder so etwas.«

Oder er zog mit seiner Kamera los und dokumentierte ankommende Tierlieferungen, dachte Katherine. »Vielleicht war es so«, sagte sie. »Das wäre nichts so Außergewöhnliches.«

»Nein. Ich war wirklich schockiert, als ich in der Zeitung las, daß die Polizei einen Mord vermutet. Aber auch wenn es kaum zu glauben ist, daß jemand ihn umbringen wollte, kann ich mir das eher vorzustellen, als zu glauben, daß er sich unvorsichtig verhalten hätte. Zum Beispiel in den Vorraum zu gehen, ohne daß Brum in seinem Käfig war. Das wäre einfach nie vorgekommen. Er war sehr vorsichtig.«

»Meinen Sie, so kleinlich wie Alonzo Stokes?«

Danny runzelte die Stirn: »Alonzo ist wohl ziemlich kleinlich, aber ich kenne ihn nicht so gut. Als ich anfing, hier zu arbeiten, wurde ich einmal für zwei Wochen zu den Reptilien versetzt, daher weiß ich, daß er seine Mannschaft fest im Griff hat.«

»Ja, allerdings. Tja, ich komme zu spät zum Essen, bin mit Sophie verabredet. Bis morgen, Danny.« Sie lächelte und boxte ihn leicht in den Arm. »Hey. Spann die Sehnen, ruf das Blut herbei, ja?«

Er versuchte zu lächeln, entblößte jedoch nicht seine Zähne.

Bevor sie in die frische Luft hinaus konnte, mußte er das übliche Ritual mit all den Schlössern vollziehen.

Sobald Katherine durch die Tür der kleinen Cafeteria trat, winkte Sophie ihr von einem Tisch am hinteren Ende des Raums zu. Katherine lächelte und winkte zurück. Sie nahm sich ein Tablett und ging eilig durch die Essensausgabe, wo sie sich ein Roastbeefsandwich, eine Tüte Kartoffelchips, einen Schokoladenkuchen und eine Cola Light nahm. Wenn sie den Tiger nachahmen wollte, würde sie ein paar Proteine brauchen.

Sophie saß mit einem Blaubeerplunderteilchen und einer Tasse Kaffee da. Sie begutachtete Katherines volles Tablett.

»Ein Glück«, sagte sie. »Ich dachte schon, du würdest nie etwas essen. Wie geht es dir?«

Irgend etwas an Sophie gab Katherine das Gefühl, ehrlich sein zu dürfen. »Also, ich habe Blasen an den Füßen, in einer Woche wird mir mein Haus weggenommen, und ich möchte schreien, sobald ich eine Schlange sehe, was ungefähr hunderttausendmal am Tag vorkommt; ansonsten geht's mir prächtig. Und dir?«

»Ach, wieder ein Tag, ohne zu trinken. Habe alle Einladungen für die Koala-Ausstellung rausgeschickt. Habe mit Vic Jamail einen Kaffee getrunken, ein kurzes, romantisches Stelldichein in der Snackbar der afrikanischen Savanne. Leider wollte er über nichts anderes sprechen als über dich.«

»Mich?« Katherine fühlte sich vom Hals her erröten.

»Ja-wohl. Will wissen, warum du nicht verheiratet bist, warum du in Austin bleiben willst, ob du dich bei den Reptilien wohl fühlst, was für ein Mensch du bist. Den Mann hat's schwer erwischt, würde ich sagen. Außerdem, Katherine, kann er eine Menge aus sich machen. Du solltest ihn im Anzug sehen.«

Katherine lachte. »Wenn ihn das alles so interessiert, warum fragt er mich dann nicht selbst? Wir sind doch nicht mehr in der sechsten Klasse.«

»Sind wir wohl. Du glaubst doch nicht ernsthaft, daß sich diese Dinge ändern, oder? Er hat mit mir geredet, weil er wußte, daß ich dir davon erzählen würde. Jetzt ist es an dir, eine Andeutung fallenzulassen, ob du Interesse hast; ich würde es ihm weitersagen, und er könnte sich mit mehr Zuversicht an dich ranmachen.«

Katherine schüttelte den Kopf.

»Also, bist du interessiert oder nicht?«

»Bin ich nicht.«

»Mein Güte, denk doch mal nach, Katherine – ein Mann von vierzig, der noch nie verheiratet war. Keine Kinder, gutbezahlte Stellung und eigenes Auto; und ich vermute, daß er irgendeine verborgene Anziehungskraft besitzt. Wer weiß, welche Leidenschaft unter dem schweigsamen Äußeren lauert? Wie kannst du auf die Erforschung dieses Geheimnisses verzichten?«

»Ich habe einfach keine Lust. Sag ihm, daß ich trauere.«

Sophie drehte die Handflächen nach oben. »Na gut. Jeder, wie er will.«

Es herrschte Schweigen, während Katherine in ihr Sandwich biß.

»Wie steht es mit deinen Nachforschungen?« fragte Sophie.

Katherine hörte auf zu kauen. »Wie meinst du das?«

»Ach, du weißt schon. Vor mir kannst du nichts verheimlichen, du sprichst mit Cousine Sophie. Du versuchst herauszufinden, was mit deinem Vater passiert ist. Und das kann ich dir nicht im mindesten übelnehmen. Ich mag den meinen nicht besonders, aber wenn ihm so etwas zustieße, würde ich das auch genauer wissen wollen.« Ihre runden blauen Augen suchten die von Katherine. »Also, was hast du herausgefunden? Erzähl schon.«

Katherine lächelte. »Nichts. Nicht das popeligste kleine bißchen. Als Detektivin bin ich der totale Reinfall.« Sie holte tief Luft. »Etwas hätte ich allerdings gern gewußt, Sophie, über die Neuerwerbungen von Tieren im letzten halben Jahr. Die Unterlagen würde ich gern sehen. Bekommst du die bei deiner Büroarbeit je zu Gesicht?«

»Nein, die Unterlagen, die ich zu sehen bekomme, betreffen die Geldgeber, die großen und die kleinen, jede Menge Informationen, damit wir sie noch besser anzapfen können. Wir sind in unserem Hunger nach Geld unersättlich, wie du feststellen wirst. Die Spenden an den Zoo und die Besucherzahlen sind mit der Wirtschaft nach unten gegangen. Aber die Aufzeichnungen über Tierkäufe – ich glaube, die bewahrt Vic auf.«

»Wie steht es mit den Aufzeichnungen über die Driscoll-Stiftung, Sophie? Bewahrt er die auch auf?«

»Nein, die hat Daddy, weil er jetzt die Stiftung leitet. Aber vielleicht hat Vic Kopien davon.«

»Glaubst du, dein Vater würde mir die Sachen zeigen, wenn ich ihn darum bitten würde? Damit ich mehr über die Familienstiftung erfahre?«

»Nein. Er würde wahrscheinlich antworten, daß du dir nicht deinen hübschen Kopf über seine Angelegenheiten zerbrechen sollst.«

»Und wenn du ihn für mich fragen würdest?«

»Dann würde er sagen: ›Kümmer dich um deinen eigenen Dreck, Sophie.‹«

»Ich denke, ich werde ihn trotzdem fragen«, sagte Katherine und fragte sich, ob sie den Mut dazu aufbringen würde.

»Wenn du dich für die Stiftung interessierst, kann ich dir sagen, was ich weiß. Eins habe ich bei meiner Arbeit im Planungsbüro gelernt: daß der Zoo sich ohne die Driscoll-Stiftung nicht erweitern könnte. Wir bekommen ein paar Geschenke und Leihgaben von anderen Zoos und manchmal eine kleine Schenkung von einem Förderer, aber das Geld aus der Stiftung ist das Herzblut des Zoos. Du weißt, daß Großmutter die Stiftung eingerichtet und ewig lange geführt hat. Daddy macht das jetzt seit drei oder vier Jahren, glaube ich.« Sie lehnte sich zu Katherine herüber und senkte die Stimme. »Jetzt paß auf. Die Satzung der Stiftung besagt, daß diese von einem Mitglied der Familie Driscoll geführt werden muß. Wenn Daddy also mal nicht mehr ist, wärest du das – oder ich.«

Katherine sah erstaunt auf.

»Aber ich werde es nicht sein«, sagte Sophie achselzuckend, »weil Großmutter meint, ich sei versoffen, und weil Daddy meine Fähigkeiten noch nie sehr hoch eingeschätzt hat; auch wenn du von der Seite der schwarzen Schafe in der Familie kommst, bleibst nur du übrig. Außerdem« – sie lachte das erste gekünstelte Lachen, das Katherine von ihr gehört hatte – »bist du älter als ich.«

Katherine nahm einen weiteren großen Bissen von ihrem Sandwich und dazu einen Chip. Darauf ließ sie einen Schluck Cola Light folgen. »Wie ist sie?«

»Wer?«

»Anne Driscoll.«

Sophie stöhnte. »Einem Menschen wie Großmutter bist du noch nie begegnet. Sie ist hartnäckig und dickköpfig und voller Vorurteile, aber sie kann auch witzig sein. Sie ist eine Frau, wie man sie vielleicht selbst gern wäre, aber keine, die man sich als Mutter oder Großmutter aussuchen würde. Mein Leben lang hieß es ›Das darfst du nicht‹ und ›Dies darfst du nicht‹ – weil es Großmutter nicht gefallen würde. Und wenn ihr etwas nicht gefällt, dann vererbt sie uns ihr Geld nicht.« Sophies helle Haut begann rosa anzulaufen. Sie streckte den Kopf noch näher zu Katherine. »Dem Zoo hier schenkt sie diese Unsummen von Geld, aber uns will sie nicht... na ja, ich weiß ja, daß Daddy beim Investieren blöde Fehler gemacht hat und so, aber wenn sie wollte, könnte sie ihm helfen.« Sie schaute Katherine direkt an. »Sie könnte dir helfen, wenn sie wollte, aber auch das wird sie nicht tun.« Sophie hielt inne und senkte den Blick. »Dir ist manches erspart geblieben da draußen.«

Katherine nickte. »Ich will sie trotzdem sehen, Sophie. Ich muß sie sehen. Dein Vater war zwar dagegen, aber ich will sie sehen.« Sie setzte sich aufrecht hin. Spanne die Sehnen. »Und das werde ich auch.«

Sophie zuckte die Achseln. »Ich weiß nicht, Katherine. Ich habe sie selbst seit ein paar Wochen nicht gesehen. Daddy meint, daß sie es nicht leiden kann, wenn Leute sie so schwach und hilflos sehen. Einundachtzig und immer noch eitel.«

»Ich will sie trotzdem sehen. Meinst du, es wäre gut, ihr zu schreiben oder sie anzurufen?«

»Nein«, sagte Sophie, »aber du kannst es versuchen.« Sie schaute plötzlich über Katherines Schulter hinweg aus dem Fenster. »Schau jetzt nicht hin, aber der kürzeste Lieutenant der Welt versucht da draußen deine Aufmerksamkeit zu erregen. Ich dachte, bei der Polizei hätten sie irgendwelche Vorschriften, was die Mindestgröße angeht.«

Katherine drehte sich um und sah Sharb hinter der Scheibe stehen und ihr Zeichen machen. »Oh. Er hatte gesagt, daß er heute nachmittag vorbeikommen wollte. Ich schau' besser mal nach, was er will.«

Während sie sich erhob, warf sie den letzten Kartoffelchip in den Mund und steckte den kleinen Schokoladenkuchen, immer noch in seiner Plastikfolie, in ihre Tasche. »Falls meine Zuckerwerte heute nachmittag sinken.«

Sie wußte nicht genau, wie sie das folgende formulieren sollte. Sie räusperte sich. »Sophie«, sagte sie, »vielleicht würde ich Vic doch ganz gern kennenlernen. Wenn er fragt, sag ihm, er soll es mir selber sagen. Er weiß, wo ich zu finden bin.«

Sophie riß die Augen auf. »Plötzlicher Stimmungswandel, was? Gut. Sag ich ihm.«

13

Katherine blieb am Eingang zum Reptilienhaus stehen und starrte erstaunt auf Lieutenant Sharb hinunter. »Eine Witwe im Rollstuhl?« Ihre Stimme wurde schrill.

»Jawoll.«

»Ich weiß nicht, ob ich das richtig verstanden habe. Mein Vater schickte die Schecks an Travis Hammond, und der überwies sie auf das Konto, das eine Dorothy Stranahan bei der Bank von Belton unterhält. Jeden Monat – wie viele Jahre lang?«

Sharb schneuzte sich in etwas, das wie das zerknüllte graue Taschentuch von letzter Woche aussah. »Die Zahlungen datieren noch weiter zurück als die Auszüge, die Sie mir gezeigt haben – dreißig Jahre und ein paar Monate.« Er legte den Kopf in den Nacken und sprühte sich etwas aus einem runden Plastikfläschchen in die Nasenlöcher. »Verdammte Allergien. Ich bin gerade ein paar Minuten hier, und schon kann ich nicht mehr atmen. Der Staub, die Milben.«

Katherine litt ebenfalls an Atemnot, allerdings vor Überraschung. »Und Mrs. Stranahan ist eine ältere Frau, die an den Rollstuhl gefesselt ist und alleine lebt.«

»Lebte«, sagte er, immer noch mit nach hinten hängendem Kopf. »Sie starb am neunundzwanzigsten August im Alter von zweiundsechzig Jahren. Schlaganfall.«

Katherines Mund wurde kreisrund. »Oh. Vor fast zwei Monaten. Deswegen hat er für September und Oktober keinen Scheck ausgeschrieben. Sie war tot.«

»Wahrscheinlich. Die Bank informierte Mr. Hammond über ihren Tod, weil er zeichnungsberechtigt für das Konto war. Er hat es Ihrem Vater vermutlich mitgeteilt. Hammond war ihr Nachlaßverwalter, obwohl es da nicht viel zu verwalten gab. Sie lebte in einem billigen Mietshaus, von den Zahlungen Ihres Vaters und einer kleinen Behindertenrente. Hat nichts hinterlassen außer einem Sohn, der erwachsen ist und vor ein paar Jahren von zu Hause fortgegangen ist.«

»Ein Sohn?« fragte Katherine. »Mein Vater unterstützt diese Frau – ob mein Vater wohl...«

»Ja«, unterbrach Sharb. »An so etwas denkt man sofort. Vielleicht war er der Vater des Jungen und hat Unterhalt für ihn gezahlt. Ihre Nachbarn meinten, sie hätte nie viel geredet, diese Dorothy Stranahan; aber sie sagten, sie habe in Austin gewohnt, bevor sie vor dreißig Jahren nach Belton gezogen sei. Sie hätte Ihren Vater also damals kennen können. Aber warum zahlte er weiter, selbst als der Junge schon lange selbständig war?«

»Weil sie behindert war?« dachte Katherine laut.

Sharb hob den Kopf und atmete tief durch, wobei in seiner Nase ein feuchtes, schnüffelndes Geräusch entstand. »Vielleicht. Ich habe bei den Nachbarn in Belton ein Bild von Lester Renfro herumgezeigt, aber sie hatten ihn nie gesehen. Sie meinten, sie hätte nie Besuch gehabt außer der Wohlfahrt, die ihr dreimal in der Woche geholfen hat, und dem Pfarrer der Bethel-Baptistenkirche. Aber jetzt kommt etwas, das gegen die Liebesaffäre-Kind-Theorie spricht. Ihr Arzt in Belton hat ausgesagt, daß sie während der ganzen dreißig Jahre oder so, die sie dort wohnte, unter MS litt. Er glaubt, daß sie schon mindestens zehn Jahre vorher erkrankt war. Der Sohn ist laut Schulregister in Belton neununddreißig. Das schließt die Vermutung nicht aus, aber man kann sich nur schwer vorstellen, daß ein Mann eine wilde Affäre mit einer Frau hat – nun, mit einer Frau, die behindert ist. Es paßt nicht zusammen. Allerdings meinte der Arzt, daß Sex möglich gewesen sei, und es hat sie ja nicht daran gehindert, ein Kind zu bekommen, also...« Er warf die Hände in die Luft.

Jetzt lief Katherines Phantasie Amok. Dieses Rätsel zu lösen war plötzlich von enormer Bedeutung für sie. »Haben Sie herausgefunden, wo sie damals in Austin lebte oder so etwas?«

»Nein. Wir sind dabei, haben aber noch nichts. Wenn sie tatsächlich vor dreißig Jahren in Austin lebte, hatte sie kein Telefon und war nicht im Wählerverzeichnis eingetragen.«

Katherine stützte sich auf das Geländer, das ein leeres Freigehege vor dem Reptilienhaus einfaßte, und sah zu dem Mosaik hinauf, das in die hellbraunen Backsteine eingelegt war. Auf einem Hintergrund aus goldenen Fliesen waren Flugsaurier, Krokodile, Kobras, Salamander und Frösche in grellen Farben friedlich vereint. Neben dem Mosaik stand in erhabenen Lettern auf einer großen Eisenplakette: GESCHENK AN DIE EINWOHNER VON AUSTIN VON DER A.-C.-DRISCOLL-STIFTUNG, 1960. Sharb sah ebenfalls mit gerümpfter Nase nach oben – ob die Plakette ihm mißfiel, das Mosaik oder der Staub und die Milben, wußte Katherine nicht genau.

»Haben Sie den Sohn schon ausfindig gemacht?« fragte sie.

»Nein. Niemand in Belton weiß irgend etwas über ihn. Nach der Schule ging er zur Armee, meinen die Leute dort, zur Zeit des Vietnamkriegs. Er hat später nie wieder dort gewohnt. Wir versuchen ihn aufzuspüren, aber in der Armee wird sein Name nirgendwo geführt.«

»Wie heißt er denn?« fragte Katherine und war gespannt, ob sie mehr Verwandtschaft hatte, als sie geahnt hatte.

»Donald Stranahan, junior. Donald der Ältere war schon von der Bildfläche verschwunden, als Dorothy in Belton eintraf. Den Nachbarn hat sie gesagt, er sei tot; ansonsten rückte sie nicht mit der Sprache heraus. Da haben wir die Bescherung.«

»Ja«, stimmte Katherine zu. »Da haben wir die Bescherung.« Sie warf einen Blick auf die Uhr. »O Gott, ich komme zu spät. Ich muß zurück zur Arbeit.«

»Ich werde Sie begleiten«, sagte er und folgte ihr durch die Tür. Er lächelte sein seltenes Lächeln und zeigte seine kleinen, zusammengedrängten Zähne. »Ich werde Ihnen zu einer Ausrede verhelfen.«

Sie durchschritten die zweigeschossige Eingangshalle, in der Kinder in marineblauen Schuluniformen kreischten und sich gegenseitig die Hände hinten in den Ausschnitt steckten. »Wie gefällt es Ihnen hier?« fragte er.

»Der Zoo gefällt mir sehr gut. Aber die Schlangen machen mich ein bißchen nervös«, gab sie zu und zeigte achselzuckend auf ein Terrarium voller junger gelbgrüner Baumboas, die von kleinen Sitzstangen herunterhingen.

»Verdammt noch mal, ich kann's Ihnen nicht verdenken«,

sagte er. »So viel könnte man mir gar nicht bezahlen, daß ich hier arbeiten würde. Ich hasse Schlangen. Sie verursachen mir Brechreiz.«

»Allerdings«, meinte Katherine und führte ihn durch die Personaltür zu dem Gang, der hinter den Schaukästen verlief.

Alonzo Stokes, Wayne Zapalac und Iris Renaldo waren dort um die offene Tür eines Schaukastens geschart. Eine große Plastikmülltonne stand offen neben der Tür. Völlig in ihre Arbeit versunken, schauten sie noch nicht einmal hoch zu Katherine und Sharb. Wayne und Iris steckten beide einen langen Schlangenstab durch die offene Tür.

Wayne sagte sehr ruhig: »Gut, Iris, drück den Kerl nach unten. Ja, jetzt hab' ich ihn.« Schnell zog er seinen Stab heraus. Über dem Haken hing eine dickleibige, staubfarbene Schlange, die ungefähr einen Meter dreißig lang war; sie wand sich verzweifelt und klapperte wütend mit ihrem Schwanz. Wayne warf sie in den Mülleimer; es gab einen dumpfen Aufprall. Alonzo knallte den Deckel zu, woraufhin die drei einander anlächelten. Im Eimer hallte der Lärm von der Schlange, die sich gegen die Seiten warf und rasselte.

»Mein Gott«, sagte Sharb. »Denen macht das auch noch Spaß. Warum tun sie das?«

»Um den Kasten zu säubern«, erklärte Katherine. »Normalerweise kann man saubermachen, wenn das Tier drin ist; allerdings nicht bei den giftigen Arten.«

Alonzo Stokes erblickte sie und rief herüber: »Katherine, Sie kommen zu spät. Sie müssen das Rausholen auch üben! Kommen Sie her.« Das hatte Katherine erwartet; es war der nächste Schritt in ihrer Ausbildung. Sie seufzte und ging hinüber, aber Sharb blieb wie angewurzelt auf seinem Platz stehen.

»Tag, Lieutenant Sharb.« Alonzo wischte sich die Hände an seiner Hose ab und streckte die Rechte aus, so daß Sharb mehrere Schritte nach vorn machen mußte, um sie zu ergreifen. »Ich bin froh zu sehen, daß Sie der Sache immer noch nachgehen. Haben Sie irgendwelche Neuigkeiten für uns?«

Sharb nahm die Hand und ließ sie ganz schnell wieder los. »Miss Driscoll wurde in polizeilichen Angelegenheiten aufgehalten«, sagte er steif. »Sonst wäre sie pünktlich wieder hier gewesen.«

Katherine genoß es, verteidigt zu werden. Sie schaute zwischen Sharb und Alonzo Stokes hin und her. Alonzo war über einen Kopf größer als Sharb und wog wahrscheinlich das gleiche. Wie die beiden sich so gegenüberstanden, erinnerten sie sie an irgendeinen billigen Gruselfilm – Aspman trifft Frankenstein.

»Und«, wiederholte Alonzo, »welche Neuigkeiten haben Sie für uns?«

»Eigentlich keine«, murmelte Sharb, den Blick starr auf Wayne gerichtet, der seinen Haken wieder in den Schaukasten gestreckt hatte. »Wir ermitteln noch. Aber das sind doch Klapperschlangen, oder?«

»Ja. Westliche Diamantklapperschlangen, Lieutenant Sharb, eine unserer einheimischen Arten.« Er begann, den Mülleimer in Richtung des Polizisten zu schieben. »Möchten Sie sich das Tier einmal aus der Nähe anschauen?«

»Ach, nein.« Sharb streckte ihm protestierend eine Hand entgegen und bewegte sich rückwärts in Richtung Tür.

Alonzo schob den Eimer zurück auf seinen Platz und folgte ihm. »Lieutenant Sharb, warten Sie einen Moment. Ich wollte Sie schon lange ein paar Dinge fragen.« Er senkte die Stimme. »Können Sie nicht die Herkunft des Pfeils bestimmen, der in dem Hirsch gefunden wurde, auf dem Travis Hammond... äh, feststeckte? Das habe ich mich gefragt, seit ich in der Zeitung davon gelesen habe. Habe früher selbst ein bißchen Bogenschießen gemacht und dachte mir, vielleicht können Sie feststellen, wo der Pfeil gekauft wurde.«

Wayne hob eine weitere zappelnde Schlange durch die Tür und sagte: »Katherine, Deckel, bitte.«

Katherine machte einen großen Umweg, so daß sie nicht unmittelbar an der sich windenden Schlange vorbeigehen mußte. Dann beugte sie sich vor und hob den Deckel auf, während sie mit einem Ohr bei der Konversation zwischen Sharb und Stokes blieb.

»Nein, Mr. Stokes. Das haben wir aufgegeben. Wir wissen

nur, daß es ein alter Pfeil ist, acht bis zehn Jahre alt, von der Sequoia Company hergestellt, aber es ist unmöglich, seine ganze Geschichte zurückzuverfolgen. Noch mehr Tips?«

»Nein, Sir. Aber...«

»Aber was?«

»Also, Sie sind sich aber ziemlich sicher, daß derselbe Verbrecher beide Morde begangen hat?« fragte Alonzo.

»Absolut. Ich weiß es.«

»Haben Sie denn ein mögliches Motiv?«

»Noch nicht. Und Sie?«

Alonzo benetzte seine dünnen Lippen. »Nein. Aber da sie beide mit dem Zoo in Verbindung standen, habe ich mich gefragt, ob da vielleicht ein Tierschutzfanatiker unterwegs ist, der es schrecklich findet, Tiere einzusperren oder so etwas.« Er versuchte sein übliches sardonisches Lächeln aufzusetzen, aber es blieb auf halbem Weg stecken und gerann zur Grimasse.

»Tja, es ist denkbar, daß es sich um einen Verrückten mit einem allgemeinen Haßgefühl handelt«, sagte Sharb, »aber ich glaube, daß es persönlicher ist, Mr. Stokes. Ich glaube, daß der Mörder einen persönlichen Groll gegen die Opfer hegte und meinte, sie hätten ihm irgendein Unrecht angetan.«

Alonzos Stimme war zu einem Flüstern zusammengeschrumpft. Katherine mußte sich anstrengen, um ihn zu verstehen. »Wie kommen Sie darauf?«

Sharb lehnte sich an die Personaltür und warf einen Blick hinüber zum Mülleimer, als wolle er sichergehen, daß der Deckel immer noch drauf war. »Wegen der Briefe, die sie beide bekamen. Die Drohung läßt auf einen kaltblütigen Rächer schließen, der tut, was er tun muß.«

»Und was stand in diesen Briefen, wenn ich fragen darf?« insistierte Alonzo.

»Sie dürfen. Darin stand, daß das Ende nahe sei, daß es nun heiße: Auge um Auge.« Als er das Wort »Auge« sagte, blickte er direkt in die farblosen Augen Alonzo Stokes'.

Alonzo schluckte, so daß sein hervorstehender Adamsapfel in dem hageren Hals nach oben hüpfte. Katherine war erstaunt, eine Gemütsregung an ihm zu registrieren, die gewaltig nach

Angst aussah. Vielleicht machte er sich Sorgen, daß seine Schlangen als nächstes dran glauben müßten.

»Also sind Sie seiner Festnahme noch nicht näher als letzte Woche?« fragte Alonzo, der zu seinem gemächlichen, gedehnten Tonfall zurückgefunden hatte.

»Das würde ich nicht sagen, aber darüber kann ich nicht sprechen«, sagte Sharb und zog die Schultern hoch, um etwas größer zu erscheinen. Seine Augen weiteten sich, als Wayne und Iris die nächste Schlange durch die Klappe bugsierten.

»Gut, mach auf«, sagte Wayne zu Katherine. Sie hob den Deckel und hielt ihn wie einen Schild vor sich, während sie die Schlange zu den beiden anderen warfen.

Die drei Schlangen in der Tonne hörten sich an wie ein Schwarm wütender Bienen. Aus Sharbs Gesicht war jede Farbe gewichen. Sein schwarzes Haar und die ewigen Bartstoppeln sahen im Kontrast zu seiner käsigen Haut sehr dunkel aus. Er legte eine Hand auf den Türknauf, als wolle er flüchten.

Alonzo war mit zwei langen Schritten bei der Mülltonne und versetzte ihr einen kleinen Tritt. »Ruhe da drin«, sagte er. »Ihr jagt dem Stolz von Austin Angst ein.« Der Lärm in dem Eimer schwoll zu einem wütenden Summen an.

Dann klatschte Alonzo einmal in die Hände. »Gut, Katherine. Diese letzte hier ist klein, fast noch ein Baby. Zeigen Sie uns mal, wie Sie die aufgabeln. Iris wird Ihnen helfen.«

Wayne wirbelte herum und fixierte Alonzo mit einem langen, harten Blick, aber Alonzo starrte einfach zurück, bis Wayne widerwillig seinen Stab an Katherine abtrat. Er klopfte ihr aufmunternd auf die Schulter, als sie sich zu der offenen Kastentür drehte.

Sie beugte sich mit dem Stab in das Terrarium, um sich einen Überblick zu verschaffen. Der kleine Raßler lag in der vordersten Ecke an das Glas gepreßt. Sie faßte den Stab ganz am Ende an und stocherte damit in Richtung Schlange.

»Er ist schwierig zu handhaben, wenn man ihn so weit hinten anfaßt«, sagte Alonzo.

Katherine merkte, daß er recht hatte.

»Sehen Sie, wie Iris ihren Stab hält.«

Katherine schaute hin. Mit ihrer rechten Hand umfaßte Iris das über einen Meter lange Gerät ungefähr in der Mitte. Katherine tastete sich an ihrem Stab nach vorn und merkte, daß er so tatsächlich leichter zu manövrieren war. Als sie sich der Schlange damit näherte, wackelte der Haken am Ende trotz alledem heftig. Wayne stellte sich hinter sie und langte über sie hinweg, so daß er seine Hand auf ihre legen und ihr helfen konnte, den Stab der Schlange zu nähern. »Gut«, sagte er mit ruhiger, besänftigender Stimme, »jetzt werden wir ihn unter das Tier schieben, unter die Mitte, ja, genauso. Er ist nicht scharf genug, um ihr weh zu tun, keine Angst, jetzt haben wir sie, hoppla!« Die Schlange machte einen plötzlichen Satz nach vorn und versuchte, in den Haken von Iris zu beißen. Katherine wollte ihren Stab zurückziehen, aber Wayne hielt ihre Hand ganz fest, so daß sie es nicht konnte. »Ganz ruhig. Wir kriegen sie. Sobald du das Gefühl dafür hast, geht es ziemlich glatt.«

»Zugegeben«, sagte Alonzo, »diese hier ist ein bißchen bissig, von Anfang an. Bei der muß man schnell und entschlossen sein.«

Katherines Knie fühlten sich an wie Gummi, aber Wayne kam noch einen Schritt näher an sie heran, um sie zu unterstützen. Er drückte seine Brust gegen ihren Rücken, hielt seine Hand fest über ihrer und führte den Stab. »Diesmal kriegen wir sie«, sagte er leichthin. Er führte den Stab unter die Schlange und hob sie mit einer schnellen Bewegung hoch. Iris drückte ihren Haken von oben auf die Schlange, um sie festzuhalten, während sie sie zur Tür heraus hoben. Alonzo rannte herbei und hob den Dekkel, so daß sie die kleine Schlange zu den anderen werfen konnten. Ihr Schwanz klapperte unheimlich.

Alonzo setzte den Deckel wieder fest auf den Eimer. »Gut«, sagte er. Dann sah er Wayne an. »Sie brauchen sie nicht wie ein Kleinkind zu behandeln, Wayne. Daß sie aus einer hochmögenden Familie kommt, heißt noch lange nicht, daß sie hier nicht auch ihren Teil beitragen könnte.«

Wayne wirbelte herum und baute sich vor Alonzo auf, sein Gesicht war vor Wut rot gefleckt. »Ich behandele sie nicht wie ein Kleinkind, und ich weiß nichts über ihre Familie. Sie ist noch keine zwei Wochen hier, und Sie verlangen schon solche gefährliche Sachen von ihr. Bei mir haben Sie mehr als einen Monat gewartet, ehe sie mich so etwas haben machen lassen.«

Katherine merkte, wie sie knallrot und heiß im Gesicht wurde. Sie wußte nicht, ob es die Peinlichkeit war, daß ihretwegen gestritten wurde, oder das volle Ausmaß der Angst, das sich bemerkbar machte.

»Tja, ich erwarte große Dinge von ihr«, sagte Alonzo gedehnt. »Sie kommt aus einer echten Zoofamilie. Ihre Großmutter konnte mit einer Schlange umgehen wie kaum einer.« Er schwieg, und ein abwesender Blick trat in seine farblosen Augen. »Und ihr Daddy genauso«, sagte er. »Sie muß es lernen.«

Sharb und Iris beobachteten den Streit schweigend.

»Danke, Wayne«, sagte Katherine mit gesenktem Blick. »Ich glaube, ich habe jetzt das Gefühl dafür.«

»Gut«, sagte Alonzo. »Iris, zeigen Sie Katherine, wie der hintere Raum bei den Buschmeistern gesäubert wird. Das wird von jetzt an ihre Aufgabe sein. Das Weibchen fängt gerade an, sich zu häuten, der Raum muß also möglichst sofort fertig sein. Wenn sie sich gehäutet hat, können wir sie am Freitag reinsetzen und hoffen, daß etwas passiert. Wayne, sorgen Sie dafür, daß das Klapperschlangenterrarium makellos aussieht, und wechseln Sie die Seidenpflanzen aus. Sie sehen reichlich abgenagt aus.«

Er drehte sich zu Sharb um und fragte: »Können wir Ihnen mit irgend etwas behilflich sein, bevor Sie gehen, Lieutenant?«

Sharb, der immer noch bleich und unwohl aussah, beugte sich vor und kratzte heftig seinen Knöchel. »Nein«, sagte er. »Ich bin schon weg.«

Als er die Tür öffnete, schaute er über die Schulter zurück zu Katherine. »Viel Glück, Miss Driscoll.«

»Sie müssen aufpassen, daß das Lysol gründlich abgewaschen wird«, wies Iris Renaldo Katherine an. »Wir wollen ja nicht, daß irgendwelche Gerüche den Pheromonen, die das Weibchen absondert, in die Quere kommen. Mr. Stokes meint, es soll keine konkurrierenden Geruchsstoffe geben.«

Seit zehn Minuten schrubbten sie schweigend an den düster olivgrünen Wänden herum. Katherine hatte im Hocken gearbeitet und stand auf, um sich zu strecken, zuckte aber zusammen, als sie um ein Haar mit dem Kopf gegen die niedrige Decke gestoßen wäre. Verdammt. Noch etwas, an das sie sich nie gewöhnen würde.

Der kleine Paarungsraum war heiß und stickig. Das einzige Fenster war ein nicht zu öffnender, dreizehn mal fünfundzwanzig Zentimeter großer Beobachtungsschlitz oben in einer der Wände. Iris hatte einen Eimer in die Tür gestellt, damit sie etwas Luft bekämen, aber Katherine konnte keinerlei Luftzug feststellen.

Gern hätte sie einen Augenblick Pause gemacht und ihren Arm ausgeschüttelt, um das Blut zurück in die Hand fließen zu lassen, aber Iris, die offenbar nie aufhörte zu arbeiten, sollte sie nicht für faul halten. Eine richtige Arbeitsmaschine, dachte Katherine, und warf einen Blick auf die stämmige, untersetzte Figur in den Jeans, die über den breiten Hüften abgewetzt waren. Ihr kräftiger brauner Arm beschrieb mit dem Schwamm große Kreise, wobei die Muskeln deutlich hervortraten.

»Für seine Buschmeister will Mr. Stokes alles ganz perfekt haben«, sagte Iris plötzlich.

»Ja, den Eindruck habe ich auch«, antwortete Katherine. »Zu schade, daß er solche Gefühle nicht auch für die Menschen aufbringt, die hier arbeiten.«

»Na ja, er zeigt das nicht«, sagte Iris, »aber die Leute hier bedeuten ihm schon was. Ich glaube, er kann Sie gut leiden. Und von ihm kann man mehr über Kriecher lernen, als von irgend jemandem sonst in der Sparte. Das hier, unsere Sammlung, ist eine der fünf besten Reptiliensammlungen in der ganzen Welt. Wußten Sie das?«

Katherine gab keine Antwort. Es war ihr wirklich völlig egal.

Iris sprach weiter. Da sie in den vergangenen zwei Wochen nicht mehr als zehn Worte mit Katherine gewechselt hatte, war es erstaunlich, sie reden zu hören. »Das ist eine Spitzeneinrichtung hier, obwohl sie schon fast dreißig Jahre alt ist, und wir bekommen praktisch jede Spezies, um die wir die Zoologische Gesellschaft bitten. Aber um eine hervorragende Sammlung aufzubauen, braucht man mehr als Geld. Da braucht man jemanden, der so engagiert ist wie Mr. Stokes.«

Daß er engagiert war, konnte Katherine nicht abstreiten. »Werden so neue Tierarten angeschafft? Man fragt einfach die Zoologische Gesellschaft?«

»Meistens schon. Es funktioniert so, daß wir anfragen, und die Gesellschaft entscheidet; und dann spuckt die Driscoll-Stiftung das Geld aus. Manche Tiere bekommen wir auch durch Tausch oder als Geschenke von anderen Zoos. Außerdem haben wir Leihgaben zu Zuchtzwecken. So wie diese Kobra-Eier, die wir gerade ausbrüten; die sind aus Detroit ausgeliehen.«

»Wie kommt es, daß diese Abteilung alles bekommt, was sie will, wenn das Geld im Zoo insgesamt so knapp ist?« fragte Katherine; darüber hatte sie nachgegrübelt, seit sie von der Notwendigkeit zu sparen gehört, gleichzeitig aber gesehen hatte, wie Reihe um Reihe von Terrarien und Aquarien mit neuen Arten aus aller Welt gefüllt wurde.

»Keine Ahnung. Wahrscheinlich ist Mr. Stokes schon so lange hier, daß er weiß, wie man richtig bittet. Außerdem sind die Reptilien die Hauptattraktion. Die Leute kommen ihretwegen.«

»Wirklich?« fragte Katherine mit hochgezogenen Augenbrauen. »Mehr als wegen der anderen Tiere?«

»Allerdings. Tatsache«, sagte Iris. »Im Planungsbüro führen sie diese Statistiken, die Schlangen und die Raubkatzen sind die Hauptattraktionen.«

»Ich wußte gar nicht, daß die Leute Schlangen so gern mögen«, sagte Katherine.

»Ach, sie mögen sie auch nicht. Aber sie schauen sie sich trotzdem an. Sie wissen schon, die Mädels kichern und reden darüber, wie schleimig und gefährlich sie sind und wie gräßlich es wäre, wenn sie ausbrechen würden; und die Kerle klopfen ans Glas und tun so, als wären sie die tollsten Macker.«

Es gefiel Katherine überhaupt nicht, mit diesen Frauen in eine Schublade gesteckt zu werden, aber sie konnte nicht leugnen, daß da etwas dran war. »Ich wünschte ja, ich könnte sie besser leiden«, gab Katherine zu. »Ich habe mein Leben lang mit Hunden gearbeitet, aber es scheint, als könnte ich für Schlangen keine positiven Gefühle entwickeln, nicht mal größeres Interesse. Wie kommt es, daß Sie sich mit ihnen so – wohl fühlen?«

»Na ja, ich hatte Schlangen, seit ich neun war.« Iris unterbrach das Putzen zum erstenmal und drehte sich zu Katherine um. Ihre schwarzen Augen, die Katherine für apathisch und abweisend gehalten hatte, begannen beim Sprechen zu glänzen. »Damals fing ich meine erste Indigoschlange. Chico. Ein süßer Kerl, ganz zahm, wirklich einfach zu halten. Zuerst war meine Mom dagegen, aber als sie sah, wie unproblematisch er war, meinte sie, er sei besser als ein stinkender, verflohter Hund, der nur den Vorgarten umwühlt, oder eine Katze, die sämtliche Möbel zerkratzt. Als ich an der High-School war, hatte ich irgendwann elf Schlangen und zwei Eidechsen und gewann den Jugend-forscht-Preis der Stadt mit meinem Projekt über das Häuten. Das war deshalb so eine Sensation, weil Chico gerade dabei war, sich zu häuten, als die Jury vorbeikam.«

Sie tauchte ihren Schwamm in den Eimer mit klarem Wasser und fuhr damit über die Stelle, die sie gerade gesäubert hatte. »Vielleicht wäre es gut, wenn Sie sich eine als Haustier zulegen würden. Eine Milchschlange oder eine Indigo ist für den Anfang geeignet. Sie fressen gut. Man will ja nicht mit einem mäkeligen Kostverächter festsitzen. Aber Sie mögen lieber Hunde, was?«

»Ja. Seit zwanzig Jahren züchte und trainiere ich Retriever. Aber es kommt mir so natürlich und instinktgemäß vor, Hunde zu lieben. Man sieht einen Welpen, man will ihn streicheln, und bald lernt er, einen zu verstehen, und man kann mit ihm zusammen an seiner Ausbildung arbeiten. Ich kann mir nicht vorstellen, wie das bei Schlangen gehen soll; ich meine, ich würde ja gern verstehen, was das Reizvolle an ihnen ist.«

»Ich will versuchen, es zu erklären«, sagte Iris und hielt wieder mit ihrer Arbeit inne. Ihr kurzes, fettiges schwarzes Haar glänzte im Neonlicht des kleinen Raums. Sie erhob sich und schob einen Daumen unter den breiten braunen Gürtel mit einem Schlangenkopf aus Messing als Schnalle; beim Nachdenken legte sie den Kopf in den Nacken.

»Als ich Chico das erstemal sah, wollte ich ihn die ganze Zeit nur beobachten. Er war so sauber und glatt. Kennen Sie Indigoschlangen? Sie haben solche glänzenden, dunkelblauen Schuppen; und dann diese elegante Art, sich zu bewegen, als ob sie sich überhaupt nicht anzustrengen bräuchten, wissen Sie? Ich mochte sogar seine Art zu fressen. Viele Leute finden es widerlich, wie Schlangen fressen, aber für mich ist es irgendwie rein.«

An dieser Stelle lachte sie, um den fast mystischen Ausdruck auf ihrem dunklen Gesicht abzuschütteln, und wandte sich wieder mit Eifer dem Schrubben zu. »Kein Kauen oder Schlabbern, sie schlucken einfach das ganze Ding runter und verwerten jeden Teil davon. Wenn man eine Schlange füttert, kapiert man, wie genügsam sie ist. Mit Chico war es im Grunde so ähnlich wie bei Ihnen mit einem Welpen. Er liebte es, sich neben mir zusammenzurollen. Die Körpertemperatur von Schlangen hängt nämlich immer von ihrer Umgebung ab, weswegen sie gern neben etwas Warmem liegen.«

»Haben Sie ihn noch?« fragte Katherine, überrascht, wie gesprächig und hellwach Iris plötzlich war.

»Nein. Er ist tot. Ich habe jetzt keine eigenen Schlangen mehr. Manchmal kümmere ich mich um Tiere von hier, die besondere Pflege brauchen. Die nehme ich mit nach Hause, in mein Wohnzimmer.«

Katherine hörte auf zu putzen. *Schlangen zu Hause. Im Wohnzimmer. O Gott.* Jetzt erinnerte sie sich. *Die Glaskästen im Wohnzimmer. Mein Vater brachte sie aus dem Zoo mit. Meine Mutter und ich hatten Angst, ihnen nahe zu kommen. Wir haßten sie. »Die können einen umbringen«, sagte meine Mutter. Und sie hatte recht.*

Katherine schüttelte sich.

»Alles in Ordnung?« fragte Iris.

»Doch, doch. Mir fiel nur gerade ein, daß mein Vater in unserem Wohnzimmer Schlangen hielt, als ich klein war.«

Sie schrubbten eine Zeitlang schweigend weiter.

Schließlich sagte Iris mit unsicherer Stimme, als wage sie sich auf gefährliches Gebiet vor: »Ist schon merkwürdig, daß Sie einen Vater haben, der Wärter war, genauso wie ich, und gleichzeitig diese reiche Großmutter, die das Geld für diese Gebäude hier und die meisten Tiere darin gespendet hat. Ich meine, das sind so ... na ja, Sie wissen schon, zwei Welten eben.« Sie sah Katherine an, um ihre Reaktion abschätzen zu können.

Katherine nickte.

»Es geht mich ja nichts an«, fuhr Iris fort, »also sagen Sie mir ruhig, daß ich mich da raushalten soll, wenn Sie das stört, aber wie kommt es, daß Sie so einen Job machen müssen, wenn Ihre Großmutter soviel Kohle hat? Das ist ja kein Pöstchen für feine Damen, wie es diese Cousine von Ihnen vorn im Büro hat, sondern echte Arbeit, bei der man sich die Hände dreckig macht.«

Katherine lächelte Iris an und merkte, wie sie zu ihrem Erstaunen anfing, sie zu mögen. »Ich kenne meine Großmutter noch nicht einmal«, gestand sie. »Ich arbeite hier wegen des Geldes, wie alle anderen auch. Mein Geschäft in Boerne, eine Hundeschule und -pension, liegt am Boden, und ich habe einen Haufen Schulden, also muß ich Geld ranschaffen.«

Iris nickte kräftig. »Ja, das kenne ich gut. Sachen auf Raten kaufen, das reißt einen rein. Da kauft man einen Fernseher oder einen Videorecorder und meint, das bezahlt man doch locker ab, und dann kann man eine Rate nicht zahlen, und sie nehmen es einem wieder weg. Das ganze Geld, das man reingesteckt hat, ist auch futsch. Und dann funktioniert das Scheißding noch nicht mal richtig.«

Katherine dachte an den Stapel unbezahlter Rechnungen auf ihrem Schreibtisch zu Hause. »Wohl wahr«, sagte sie.

Iris lachte und drehte sich zu Katherine um, die überrascht war, zwei große Grübchen in Iris' Wangen zu entdecken.

So arbeiteten sie eine Zeitlang in einträchtigem Schweigen, zwei Frauen, die die Fallstricke der Verschuldung aus eigener Erfahrung kannten.

Schließlich sagte Iris: »Aber ich frage mich, warum man Ihnen nicht eine der anderen offenen Stellen gegeben hat, wo Sie die Schlangen doch so wenig leiden können.«

Katherine hörte auf zu schrubben. »Welche anderen Stellen?«

»Ach, Yolanda drüben bei den Vögeln meinte, daß sie jemanden bräuchten. Und ich habe gehört, daß auch bei den Huftieren jemand fehlt.«

»Ach, so ist das? Seit wann gibt es diese offenen Stellen denn schon?«

»Seit ein paar Wochen, mindestens.«

»Hmmmm«, machte Katherine und sah Sam McElroy vor sich, wie er den Ordner auf seinem Tisch durchblätterte und ihr mitteilte, daß es keinen freien Posten außer dem bei den Reptilien gäbe. Sie erinnerte sich an die Überraschung auf seinem Gesicht, als sie sich auf den Job gestürzt hatte. Nun fragte sie sich, warum er sie nicht hier haben wollte.

»Natürlich werden sie jetzt auch jemanden bei den Katzen brauchen, Ersatz für Ihren Vater«, sagte Iris. »Nicht daß er wirklich zu ersetzen wäre«, fügte sie schnell hinzu, »aber sie werden jemanden einstellen oder befördern müssen. Danny ist sehr gewissenhaft, und er ist eifrig. Er hat bei Ihrem Vater darum gebettelt, übernommen zu werden, aber er hat einfach nicht genug Erfahrung, um auf Dauer der Chef dort zu sein.« Sie schüttelte traurig den Kopf. »Er konnte so gut mit den Raubkatzen umgehen, Ihr Dad, und er hat sie geliebt. Auf seine Art war er so gut wie Mr. Stokes.«

Katherine verdaute das eine Weile. Sie hatten sich in entgegengesetzter Richtung durch den kleinen Raum gearbeitet, jetzt trafen sie sich und erledigten gemeinsam den letzten Teil der Wand, Katherine schrubbte oben, Iris unten.

»Jetzt noch den Boden, und wir sind fertig«, sagte Iris. »Fangen wir hinten in den Ecken an.« Sie ließ sich auf die Knie fallen und begann, den rauhen Zementboden mit einer der beiden Bürsten, die sie mitgebracht hatte, zu bearbeiten. Katherine war aufs neue erstaunt, was für eine effiziente Arbeitsmaschine Iris war. Als Katherine schließlich die andere Bürste in der Hand hielt und auf dem Boden kniete, hatte Iris schon einen Großteil ihrer Ecke fertig und wusch mit dem Schwamm nach.

»Ich habe meinen Vater nicht gekannt«, sagte Katherine. »Erzählen Sie mir etwas von ihm.«

»Richtig gut habe ich ihn auch nicht gekannt, aber ich habe ihn bewundert. Er war sehr nett zu mir, als ich als Schulmädchen hier bei Mr. Stokes aushalf. Deswegen nenne ich ihn wahrscheinlich immer noch Mr. Stokes und habe auch immer Mr. Renfro zu Ihrem Dad gesagt. Weil ich noch so jung war, als ich hier anfing. Und auch als ich älter wurde, habe ich mir nie etwas anderes angewöhnen können.«

»Was haben Sie an meinem Vater so bewundert?« fragte Katherine nach.

»Nun, wahrscheinlich am meisten, daß er so starke Überzeugungen hatte. Wenn er meinte, irgend etwas wäre richtig für die Tiere, dann konnte ihn nichts davon abbringen. Dann konnte er richtig wütend werden. Ich erinnere mich, daß Vic einmal diesen alten Löwen einschläfern wollte, Simbaru. Er war überzeugt, daß es menschlicher wäre, na ja, weil Simbaru blind war auf einem Auge, diese schmerzhafte Wucherung am Hintern hatte und schon keine Zähne mehr und so; er verpestete die Luft in der Löwenabteilung. Aber Ihr Vater war dagegen – er glaubte, daß der Löwe noch ein paar gute Jahre vor sich hätte. Er tat wirklich alles, um den alten Löwen zu retten. Was mich wirklich beeindruckte, war, daß er so für seine Tiere eintrat.«

»Was ist aus dem Löwen geworden?« fragte Katherine.

»Ach, schließlich haben sie ihn nicht eingeschläfert, aber sie haben ihn weggeschafft, also hat vermutlich Vic recht behalten. Danach war Ihr Dad so wütend, daß er zu verhindern suchte, daß Vic den Posten als Obertierarzt bekam, aber Vic bekam ihn trotzdem. Es gefällt mir eben, wenn jemand ... wenn jemand allen die Meinung sagt und nicht klein beigibt. Das, und daß er so nett zu mir war, als ich hier anfing. So was merkt man sich. Deshalb möchte ich auch Ihnen helfen, wenn ich sehe, wie schwer es für Sie ist.«

In Katherines Kehle bildete sich ein Kloß bei der Vorstellung von Freundlichkeit, die empfangen und weitergegeben wurde; aber der Versuch, darauf einzugehen, hätte ihr nur wieder die Tränen in die Augen getrieben, also blieb sie beim Thema. »Seine Dickköpfigkeit hat ihm aber wohl auch einige Feindschaft eingebracht?«

Iris, auf Händen und Knien, sah herüber und schüttelte heftig den Kopf. »Ja, schon, aber wegen solcher Dinge wird niemand umgebracht, falls Sie das meinen. Jedenfalls keine Anglos«, fügte sie tonlos hinzu.

Als sie an der offenen Tür angelangt waren, stießen ihre Füße gegeneinander. Rückwärts kriechend putzten sie sich nach draußen, Iris zuerst. Sie standen auf, um ihr Werk zu begutachten.

»Sieht gut aus«, sagte Katherine, betrachtete ihre verschrumpelten Hände und schwor sich, vor dem nächstenmal ein paar ordentliche Gummihandschuhe zu kaufen. »Wie oft muß man das wiederholen?«

»So gründlich jedesmal, bevor ein neues Paar hineingesetzt wird«, sagte Iris.

»Wird es Alonzo Stokes' Ansprüchen genügen, was glauben Sie?«

Iris schaute sich um. Dann sog sie schnüffelnd die Luft ein und rümpfte die Nase. »Riecht zu doll nach Lysol. Wir lassen die Tür auf zum Auslüften, und wenn es morgen immer noch riecht, stellen wir einen Ventilator hinein.« Sie lächelte Katherine an, wobei sie wieder ihre Grübchen zeigte. »Dann geht es vielleicht bei der Inspektion durch.«

Sie sah auf ihre große Digitaluhr. »Feierabend. Dienstags gehen Wayne, Harold, Irv und ich immer nach der Arbeit ein Bier trinken. Kommen Sie doch mit!«

»Würd' ich liebend gern tun«, sagte Katherine und freute sich, daß sie eingeladen wurde, »aber ich habe mir versprochen, daß heute der Tag ist, an dem ich meine Großmutter besuchen werde, egal, ob sie mich sehen will oder nicht. Wenn ich es jetzt verschiebe, dauert es vielleicht wieder dreißig Jahre, bis ich noch mal den Mumm dazu aufbringe.«

Iris lachte, nahm den Eimer auf und setzte sich in Richtung Versorgungsraum in Bewegung. »Das kenne ich. Na ja, vielleicht nächste Woche. Sie sollten unsere Leute besser kennenlernen. Ist echt ein Spitzenteam hier.«

»Ja, sieht ganz so aus. Warum gibt es hier eigentlich keinen obersten Wärter?« fragte Katherine, warf Schwamm und Bürste in den anderen Eimer und hob ihn hoch. »Die anderen Abteilungen scheinen alle einen zu haben.«

»Ja, stimmt«, antwortete Iris und ging voran, »aber bei uns ist es anders. Mr. Stokes ist Kustos *und* oberster Wärter. Er muß seine Hände überall im Spiel haben. Ich vermute, er vertraut einfach niemandem außer sich selbst.«

Iris trat an den Spülstein, hievte den Eimer hoch und kippte das Schmutzwasser aus. »Ich bin schon länger hier – neun Jahre, und manchmal habe ich gehofft, na ja, eben, daß er vielleicht mich ernennen würde, aber...« Sie zuckte resigniert mit den Schultern. »Auf jeden Fall viel Glück mit Ihrer Großmutter«, sagte sie. »Vielleicht gefallen Sie ihr ja, dann vererbt Sie Ihnen ihre Millionen, und Sie werden die Chefin von uns allen.«

Katherine lachte und leerte ihren Eimer in den Ausguß. »Und vielleicht wird Alonzo Stokes beschließen, daß wir beim Schrubben so gute Arbeit geleistet haben, daß er sich zur Ruhe setzt und Sie zur Chefwärterin macht.«

Iris errötete unter ihrer dunklen Haut und lächelte schließlich, wobei sie wieder ihre Grübchen zeigte.

14

Katherine sah noch einmal in den Spiegel, der innen an der Schranktür befestigt war. Eigentlich konnte sie nichts weiter tun – sie hatte ihr glattes, kastanienbraunes Haar gebürstet, bis es glänzte und ordentlich aussah. Sie hatte ihr Gesicht gewaschen und einen Hauch Farbe auf Wangen und Lippen aufgetragen. Sie starrte ihr Gesicht an. Was würde ihre Großmutter von diesem Gesicht halten, wenn sie es nach einunddreißig Jahren zum erstenmal wiedersah? Würden die grauen Augen und die gerade Nase sie an Leanne erinnern, ihre einzige Tochter? Oder würde sie eine sechsunddreißig Jahre alte Frau sehen, die ihr in keiner Weise bekannt vorkam, eine völlig Fremde?

Obwohl sie Kleider zum Wechseln mitgebracht hatte, beschloß Katherine, ihre Zoouniform anzubehalten. Das dunkelgrüne Baumwollhemd mit dem Zooemblem auf dem linken Ärmel und dem Aufnäher an der rechten Brust, auf dem »Katherine, Reptilienwärterin« stand, gefiel ihr. Die bequemen grünen Hosen mit den großen Taschen mochte sie auch. Sie dachte, daß es ihrer Großmutter vielleicht helfen würde, sie in der Uniform zu sehen; zu sehen, daß sie teilhatte am Familienunternehmen.

Sie warf sich ihren großen Leinenbeutel über die Schulter, schloß die Schranktür und trat durch die Hintertür des Reptilienhauses hinaus in die kühle Luft des späten Nachmittags. Auf dem Weg zum Parkplatz klopfte ihr Herz freudig erregt. Unzählige Male hatte sie sich diesen Tag vorgestellt, sich alle möglichen Szenarien vom Rausschmiß bis zur liebevollen Umarmung ausgemalt. Aber das spielte keine Rolle. Sie würde zum Haus ihrer Großmutter fahren, und diesmal würde sie nicht zusammengekauert in ihrem Auto sitzen bleiben und das Haus betrachten, sondern zu ihr hingehen, klingeln und sich vorstellen. Spann die Sehnen; ruf das Blut herbei.

Während sie den Mopac bis zur Ausfahrt Windsor hochfuhr, bewunderte Katherine die einsetzende Herbstfärbung der Blätter. Diese Veränderung mußte stattgefunden haben, seit sie in Austin war; auf der Fahrt von Boerne hierher vor zwei Wochen war es ihr nicht aufgefallen, und seitdem war sie zu beschäftigt gewesen, um es zu bemerken. Das Rot der Färberbäume am Straßenrand hob sich leuchtend von dem rostroten und gelben Hintergrund ab.

Die Wiese hinter ihrem Haus war jetzt wohl von herabgefallenen Blättern bedeckt, das Gras wurde langsam braun. Wenn sie zu Hause wäre, hätte sie jetzt schon genug Holz gehackt und neben ihrer Gartentür aufgestapelt, um das Feuer in ihrem großen, gemauerten Kamin einen ganzen Winter lang zu füttern. An diese vertraute Landschaft zu denken verursachte ihr einen Schmerz mitten in ihrem Körper, irgendwo unterhalb ihres Herzens. Noch sieben Tage, und das alles würde jemand anderem gehören. Und Ra auch. Es war immer noch unerträglich, sich das vorzustellen; aber sie sah keinen Ausweg.

Als sie in den Woodlawn Boulevard einbog, verringerte sie das Tempo, um sich Zeit für ein paar tiefe Atemzüge zu gönnen. Dann parkte sie das Auto aus alter Gewohnheit auf der anderen Straßenseite, gegenüber der Villa. Nein, sagte sie sich, diesmal nicht, nicht mehr. Sie ließ den Motor wieder an und bog in die geschwungene Auffahrt ein, die sie bis direkt vor die Haustür brachte.

Bevor sie ausstieg, schaute sie in den Rückspiegel und strich sich die Haare hinter die Ohren. Dann glitt sie aus dem Wagen und knallte die Tür zu. Jetzt war es zu spät zum Umkehren. Sie fühlte sich dramatisch und albern zugleich, wie eine Dickens-

Figur – die Waise, die zur Matriarchin zurückfindet. Sogar diese Riesenvilla hätte von Dickens erdacht sein können.

Sie ging zu der massiven, mit Schnitzereien verzierten Eichenholztür, die auf Hochglanz lackiert war, drückte den Klingelknopf und hörte das Echo des Glockenspiels im Haus. Aber als Antwort erklangen keine Schritte; keinerlei Geräusch drang aus dem Haus. Sie klingelte noch einmal, lange, auffordernd. Wieder hörte sie, wie das Glockenspiel durch das Haus hallte. Diesmal vernahm sie ein paar Sekunden später das entfernte Schmatzen weicher Gummisohlen, die eine Treppe herunterkamen. Das Geräusch wurde lauter, aber nur langsam, als durchquere die Person einen großen Raum.

Katherine verschränkte die Arme vor der Brust, um sich zu schützen. Eine Frauenstimme, gequält und verärgert, rief durch die Tür: »Wer ist da?«

»Hier ist Katherine Driscoll. Ich möchte Anne Driscoll sprechen.«

Schweigen. Dann war das Geräusch einer rasselnden Kette und eines sich im Schloß drehenden Schlüssels zu hören. Die Tür ging auf, und eine kleine Frau in Krankenschwesterkleidung trat nach draußen. Katherine erhaschte nur einen kurzen Blick auf blitzende dunkle Holzfußböden und eine gewundene Treppe, bevor die Frau die Tür hinter sich zuzog, wobei sie den Knopf festhielt, damit sie nicht ins Schloß fiel.

Katherine sah auf sie herunter. Sie war um die Fünfzig, kompakt und ordentlich, die schwarzgefärbten Haare in einem strengen Pagenschnitt. Ihre schmalen Lippen waren mit leuchtendrotem Lippenstift nachgezogen. »Und«, sagte sie mit einem winzigen Verziehen der Lippen, »was möchten Sie?«

»Ich bin Katherine Driscoll. Ich möchte meine Großmutter sehen. Wer sind Sie?«

Die Frau nickte einmal, als erkenne sie den Namen. »Sehr erfreut, Miss Driscoll. Ich bin Janice Beechum, die Pflegerin von Mrs. Driscoll. Es tut mir leid, aber im Moment wird es unmöglich sein, mit ihr zu sprechen. Sie kann keine Besucher empfangen. Es tut mir leid.«

»Gut, wann kann ich sie sehen?« fragte Katherine.

»Ich habe keine Ahnung, Miss. Da müßte ich meinen Chef fragen.«

»Sie meinen Mrs. Driscoll?«

»Äh, nein. Sie ist genaugenommen wahrscheinlich meine Vorgesetzte. Nein, ich meine die Person, die mich eingestellt hat und die für das Wohlergehen von Mrs. Driscoll verantwortlich ist – Mr. Cooper Driscoll.«

Katherine steckte beide Hände in die Hosentaschen. Sie verspürte plötzlich das dringende Bedürfnis, die kleine Frau umzustoßen, ins Haus zu laufen, die Tür hinter sich zuzuknallen und ihre Großmutter zu suchen. Sie atmete durch, um sich daran zu erinnern, daß sie erwachsen war. Vielleicht war sie zu einem ungünstigen Zeitpunkt gekommen. »Nun gut. Würden Sie Mr. Driscoll jetzt anrufen und ihn fragen, wann ich wiederkommen kann?«

»Ja, ich werde ihn fragen«, sagte Janice Beechum durch nahezu geschlossene Lippen.

»Gut. Soll ich hier warten, oder kann ich hereinkommen?«

»Oh, ich würde Ihnen nicht raten, hier zu warten. Es kann eine Weile dauern, bis ich einen vielbeschäftigten Mann wie Mr. Driscoll erreiche. Warum rufen Sie nicht in ein paar Tagen wieder an?«

»In ein paar Tagen! Ich will doch nur kurz hereinkommen und meine Großmutter begrüßen.«

»Es tut mir leid, daß Sie sich aufregen, Miss Driscoll, aber meine Aufgabe ist es, zu tun, was für meine Patientin das beste ist.« Ihre Stimme nahm einen geschäftsmäßigen Tonfall an. »Sie ist eine schwerkranke Frau. Wir wollen sie nicht unnötig aufregen, habe ich recht?«

»Nein, wir wollen sie nicht aufregen, aber wir wollen sie sehen.«

Janice Beechum drehte sich zur Tür. »Gut, ich werde sehen, was sich machen läßt, Miss Driscoll. Ich muß jetzt zurück zur Patientin.« Sie öffnete die Tür gerade weit genug, um hineinschlüpfen zu können.

Katherine tat etwas, das sie sich selbst nicht zugetraut hätte: Noch ehe die Schwester die Tür schließen konnte, stellte sie den

Fuß in den Spalt. »Wenn Sie mir nur einen günstigeren Zeitpunkt nennen würden, an dem ich wiederkommen kann«, sagte sie.

Janice Beechum sah mit aufgerissenen Augen durch den schmalen Spalt, als hätte sie Angst, daß Katherine sich hineindrängen würde. »Bitte machen Sie es mir nicht unnötig schwer, Miss Driscoll. Ich tue nur meine Arbeit. Sie müssen mit Mr. Driscoll sprechen.« Sie stierte auf Katherines Fuß in der Tür, als wäre er eine tote Ratte.

Langsam zog Katherine den Fuß zurück.

Ohne ein weiteres Wort schloß die Schwester die Tür, drehte den Schlüssel um und legte die Kette vor.

Katherine spürte, wie ihr Gesicht vor Scham über die Zurückweisung schlagartig rot anlief. Wieder war sie abgewiesen worden wie eine arme Verwandte, die es nicht wert war, ins Haus gebeten zu werden. Wieder? fragte sie sich. Warum habe ich das Gefühl, daß ich hier schon einmal abgewiesen worden bin, wenn es doch gar nicht der Fall ist? Und wessen sollte ich mich schämen? Damals, als ihre Mutter und sie Austin verließen, war es so gewesen: als hätten sie etwas derart Schreckliches getan, daß sie für immer verstoßen werden mußten. Sie hatten so getan, als läge es daran, daß sie weggezogen waren, aber in Wahrheit waren sie verstoßen worden, und Katherine hatte das trotz Leannes beharrlichen Leugnens stets gespürt.

Schwer atmend stand sie auf der Treppe und starrte die Eingangstür und den polierten Messingklopfer an, in den »A. C. Driscoll« eingraviert war. Anne Cooper Driscoll – der Name war allgegenwärtig, bei der Stiftung, am Reptilienhaus, an dieser Tür, auf Plaketten überall im Zoo; aber die Person selbst war schwer auszumachen.

Langsam ging Katherine zu ihrem Auto zurück – in der Hoffnung, daß über ihr ein Fenster aufgehen und eine alte, brüchige Stimme sie zurückrufen werde. Doch es herrschte völlige Stille, als sie am Auto angelangte.

Als sie auf dem Mopac in Richtung Süden zum Haus ihres Vaters fuhr, hatte sie das Gefühl, absolut in der Defensive zu sein, die Sehnen erschlafft und das Blut zu ängstlich für die

Aufgabe. Ihre Begeisterung, ihre Entschlossenheit, endlich aktiv zu werden, waren zu Niedergeschlagenheit zerronnen.

Sie drehte das Radio an, um wenigstens ein bißchen von der Leere auszufüllen. Sobald die Musik aus den Lautsprechern dröhnte, stellte sie es wieder ab.

Verdammt noch mal. Wollte sie beim ersten Mißerfolg den Schwanz einziehen und aufgeben? Oder wollte sie das Ganze wie eine Sache auf Leben und Tod betrachten und die Art des Tigers nachahmen? Sie begann über den nächsten Schritt nachzudenken. Auf jeden Fall mußte sie Cooper Driscoll anrufen und dieser Sache auf den Grund gehen. Sie hatte das gute Recht, ihre Großmutter zu sehen. Sie würde darauf beharren. Nichts würde sie zurückhalten. Wenn sie aus Anne Driscolls eigenem Mund hörte, daß sie nichts mit ihr zu tun haben wollte, dann würde sie aufgeben, aber keinen Augenblick früher!

Ihr Entschluß verfestigte sich.

Schon bevor Katherine die Autotür öffnete, hatte Belle drinnen im Haus wie gewöhnlich angefangen zu bellen. Als sie die Haustür aufschloß, murmelte Katherine dem Hund beruhigend zu, worauf der Krach sich legte.

Als sie in die Diele trat, wartete Belle schon mit einem Gummiknochen im Maul auf sie, wie sie es jeden Tag tat. Der Hund drückte ein Ende des Knochens gegen Katherines Hand und versuchte, sie zum Zweikampf herauszufordern. Das hatte am ersten Tag, als sie von der Arbeit nach Hause kam, begonnen, eindeutig Überbleibsel eines Rituals zwischen ihrem Vater und Belle. Bei der Vorstellung, wie der sechzigjährige Mann mit seinem alten Labrador spielte, mußte sie unweigerlich lächeln, und für gewöhnlich nahm sie die Einladung zu einem Kämpfchen an, aber heute wollte sie nicht. »Jetzt nicht, Belle«, sagte sie. »Ich muß einen Anruf erledigen, solange ich noch fest entschlossen bin.«

Sie bückte sich, um die Post aufzuheben, die durch den Briefschlitz gefallen war, und nahm sie mit in die Küche. Ohne sie anzusehen, warf sie die Post auf den Küchentisch und öffnete die Hintertür, um Ra hereinzulassen. Sie handhabte es jetzt so, Belle während des Tages zum Dösen im Haus zu lassen, während Ra im eingezäunten Garten blieb; er war daran gewöhnt, draußen zu sein.

Ra preschte herein, tanzte zuerst in Kreisen um sie herum und beschnüffelte dann Belles beide Enden; das übliche Begrüßungsritual. Sie warf jedem Hund einen Hundekuchen zu und öffnete den Kühlschrank, wo sie eine Flasche Rheinwein stehen hatte. Sie schraubte den Deckel ab und schenkte sich ein großes Glas auf Eis ein – als Belohnung dafür, daß sie wieder einen Tag in der Schlangengrube durchgestanden hatte. Und als Stärkung, damit sie sich gegen ihren Onkel durchsetzen konnte.

Sie trank ein paar Schlucke und setzte sich an den Tisch, um zu telefonieren.

»Katherine, wie geht es dir?« fragte Cooper. Dann senkte er seine Stimme zu einem Tonfall salbungsvoller Teilnahme. »Irgend etwas Neues von den Ermittlungen.«

»Nicht daß ich wüßte«, sagte sie. »Äh, Coop. Heute bin ich nach der Arbeit bei meiner Großmutter vorbeigefahren, und Janice Beechum sagte mir, ich solle dich nach einem passenden Zeitpunkt für einen Besuch fragen.«

Schweigen auf der anderen Seite. Schließlich antwortete er: »Tja, Katherine, du hättest mir Bescheid sagen sollen, daß du bei ihr vorbeischauen wolltest; dann hättest du die Zeit gespart. Machen wir es doch so. Das nächstemal, wenn der Arzt kommt, werde ich ihn fragen, ob sie kräftig genug ist für ... äh, jemand neuen. Sie ist sehr schwach und steht die meiste Zeit unter Beruhigungsmitteln. Ich schreibe es mir gleich auf, ich werde ihn fragen.«

Katherine zwang ihre zusammengebissenen Zähne auseinander, so daß sie antworten konnte. »Wann kommt er?«

»Laß mich sehen – Donnerstag oder Freitag, glaube ich. Ich sage dir Bescheid, sowie ich mit ihm gesprochen habe.«

»Aber wenn sie unter Beruhigungsmitteln steht, würde sie noch nicht einmal merken, daß ich da bin. Ich möchte sie nur kurz sehen. Ich würde nicht lange bleiben.«

»Gut, ich werde das dem Arzt mitteilen. Im Grunde ist er derjenige, der die Entscheidungen über deine Großmutter trifft. Mach dir mal keine Sorgen. Ich werde mich darum kümmern.

Wie nett von dir, daß du vorbeigefahren bist, um die alte Dame zu besuchen. Wann besuchst du uns mal wieder, Katherine? Du hast das versprochene Essen nie bekommen.«

Katherine konnte das Rinderfilet, das ihr entgangen war, immer noch riechen. »Ja, danke. Ich wollte dich noch etwas fragen.« Sie atmete tief durch. »Ich habe angefangen, mich für die Driscoll-Stiftung zu interessieren, und da wollte ich wissen, ob du mir die Einzelheiten erklären könntest? Ich würde mir gern ein paar Unterlagen anschauen und ...«

»Na endlich. Seit Jahren warte ich darauf, daß irgend jemand in dieser Familie sich dafür interessiert. Ich lebe ja auch nicht ewig. Ich habe immer wieder versucht, Sophie dafür zu interessieren, aber sie hat mir nie zugehört. Natürlich, das will ich gern tun. Werde dir vermutlich auf den Wecker fallen.« Er lachte mit einem jovialen Bellen. »Wird dir noch leid tun, daß du je danach gefragt hast. Äh, welche Unterlagen würdest du denn gern sehen?«

»Na ja, ich habe mir Gedanken gemacht über Neuerwerbungen und ...«

»Klar. Ich werde dir alles erzählen, was du jemals darüber wissen wolltest, und wahrscheinlich noch mehr. Die Unterlagen sind natürlich vertraulich, aber diese Detailebene wird dich sowieso nicht interessieren. Gut ... Miss Katherine, was kann ich sonst für dich tun?«

Er versuchte sie abzuwimmeln. Sie kannte diesen Tonfall.

Als sie den Hörer auflegte, nahm sie einen kräftigen Schluck Wein. Er wollte absolut nicht, daß sie Anne Driscoll besuchte. Warum nicht? Und warum wollte er ihr die Unterlagen der Stiftung nicht zeigen? Hatte er etwas zu verbergen? Sie vermutete es. Und sie würde herausfinden, was dieses Etwas war.

Widerwillig begann sie, die Post durchzusehen. In der letzten Zeit waren es nichts als schlechte Neuigkeiten gewesen. Zwei Rechnungen an ihren Vater waren dabei, die sie an den Partner von Travis Hammond, John Crowley, weiterleiten würde; er hatte Lesters Erbsache übernommen. Der dicke Umschlag von Joe, vor dem sie sich schon gefürchtet hatte – er hatte ihr gestern am Telefon davon erzählt. Es war die Post, die er ihr nachschickte: jede Menge Rechnungen, die sie nicht bezahlen konnte, ein weiterer Brief von der Bank, eine Nachricht von Hester Kielmeyer und eine Aufforderung von George Bob Rainey, zur Unterzeichnung einiger Papiere in die Bank zu kommen. In den zwei Wochen war sie nicht ein einziges Mal zu Hause in Boerne gewesen, trotz der Beschwörungen George Bobs und der Bitten Joes; jeden Tag fiel ihr eine neue Entschuldigung ein, warum sie nicht hinfahren konnte. Sie wußte nicht genau, warum sie nicht wollte; aber es hing mit dem Versuch zusammen, sich von ihrem Zuhause zu lösen.

Unten in dem Stapel lag ein kleiner, blauer Umschlag, in dunkler, verschmierter Bleistiftschrift an sie adressiert, unter der Anschrift ihres Vaters.

Sie bohrte ihren Zeigefinger unter die Klappe, riß den Umschlag auf, zog ein kleines Blatt dünnen, hellblauen Papiers heraus und faltete es auseinander. Sobald sie die dicken, mit Bleistift geschriebenen Großbuchstaben sah, erkannte sie mit Schaudern, was für ein Brief das war. Dort stand: »Katherine, bring das Haus Deines Vaters in Ordnung. Die Gerechtigkeit ist nahe. Auge um Auge, Zahn um Zahn. Der Rächer.«

Sie ließ den Zettel auf den Tisch fallen, stand auf und ging zur Tür, ganz langsam, ganz ruhig, und schloß ab, obwohl sie wußte, daß niemand sich dem Haus nähern konnte, ohne daß Belle Krach schlug. Ihre Brust war zusammengeschnürt, ihre Finger waren kalt und kribbelten. Sie rieb die Hände gegeneinander, um die Durchblutung anzuregen, während sie zurück zur Küche ging. Ra starrte sie aufmerksam an, zitternd, mit aufgestellten Ohren und fragendem Blick. Ihm konnte sie nichts vormachen.

Ohne den Brief noch einmal zu berühren und ohne sich hinzusetzen, las sie ihn noch einmal durch.

Dann beugte sie sich hinüber zu dem Wandtelefon und wählte die Nummer des Polizeihauptquartiers, sie wußte sie auswendig. Es dauerte einige Minuten, bis sie ihn gefunden hatten, aber schließlich meldete er sich mit einem gekrächzten »Sharb«.

»Hier ist Katherine Driscoll. Ich habe eben in meiner Post einen Drohbrief gefunden, so einen, wie auch mein Vater und Mr. Hammond bekommen haben.«

»Lesen Sie vor.«

Sie las langsam und spürte die Boshaftigkeit in der Schrift, in jedem dicken Bleistiftstrich.

»Ist er mit Bleistift auf dünnem blauen Papier geschrieben?« fragte er.

»Ja.«

»Ich komme vorbei und hole ihn ab. Legen Sie ihn hin, und berühren Sie ihn nicht mehr. Wir werden nach Fingerabdrücken suchen. Geht es Ihnen gut?« fragte er.

»Natürlich«, sagte sie.

»Ich werde in ein paar Minuten dasein. Dann können wir darüber sprechen.«

Katherine legte auf und ließ ihre Hand auf Ras Kopf fallen. Er leckte die Hand und drückte sich gegen ihr Bein. Sie streichelte die seidigen Ohren und beugte sich über ihn, um ihn auf die Schnauze zu küssen. »Keine Angst, du Baby«, sagte sie. Sie stand immer noch, hob das Weinglas an die Lippen und dachte über Auge um Auge, Zahn um Zahn nach. Es ging darum, Gleiches mit Gleichem zu vergelten, Rache – biblisch, primitiv und unerbittlich. Aber Rache wofür? Was hatte sie diesem Rächer, wer immer er sein mochte, getan? Was hatte ihr Vater getan? Und Travis Hammond, was hatte er getan?

Acht Minuten später fuhr Sharb in einem Streifenwagen mit Blaulicht vor. Als sie das flackernde Licht durch die Küchengardine sah, merkte sie zum erstenmal, wie ihr Panik aus der Brust in die Kehle stieg. Sie nahm noch einen Schluck Wein, um die Angst herunterzuspülen.

Belle brach bei der Ankunft des Polizeiautos in wildes Gekläffe aus. Katherine sperrte sie in den Garten aus, bevor sie zur Vordertür ging, um Lieutenant Sharb und einen jungen uniformierten Beamten einzulassen.

»Das ist Streifenbeamter Rogers. Zeigen Sie mal her.«

Sie führte die beiden in die Küche und deutete auf den Brief, der auf dem Tisch lag. Als Sharb Ra unter dem Tisch sitzen und mit seinem fiedrigen Schwanz über den Boden wedeln sah, blieb er wie angewurzelt stehen und hielt die Luft an.

»Ist schon in Ordnung, Lieutenant Sharb«, sagte Katherine, »er tut nichts. Und den anderen habe ich ausgesperrt.«

»Gut«, sagte er. Er betrachtete den Zettel, ohne ihn zu berühren, zog eine verschließbare Plastiktüte aus der Tasche und schubste den Brief mit seinem Stift hinein. Dann förderte er eine weitere Tüte zutage und schubste den Umschlag hinein.

»Ich mache Ihnen ungern angst, Miss Driscoll, aber dieser Brief ist mit dem, den wir in der Tasche Ihres Vaters gefunden haben, identisch – abgesehen von zwei Worten: ›Katherine‹ statt ›Lester‹ und ›das Haus Deines Vaters‹ statt ›Dein Haus‹. Ich bin kein Handschriftenexperte, aber den anderen Brief habe ich mir zur Genüge angesehen, und ich würde sagen, daß es sich um dieselbe Handschrift, denselben Stift, dasselbe Papier handelt... denselben Mörder. Und die kleine Susan Hammond sagt, daß der Brief an ihren Großvater genauso aussah.«

Er setzte sich an den Tisch. »Setzen Sie sich. Trinken Sie Ihren Wein«, sagte er. »Lassen Sie uns nachdenken.«

Rogers blieb an der Küchentür stehen und sah höflich ins Leere.

Katherine blieb stehen und schüttete ihren Wein in die Spüle.

Sharb schien das nicht zu bemerken. »Was haben Travis Hammond, Lester Renfro und – seit heute – Katherine Driscoll gemeinsam?« fragte er. »Mal sehen... Travis war Lesters Anwalt. Beide waren eng mit dem Zoo verbunden, und sie wußten beide um das Geheimnis der Zahlungen an Dorothy Stranahan. Aber wie sieht es mit Ihnen aus? Wo passen Sie hinein?« Er sah Katherine fragend an.

Sie sprach langsam und versuchte, dabei zu denken. »Ich habe jetzt auch mit dem Zoo zu tun. Ich bin die Tochter meines Vaters. Und ich weiß über die Zahlungen Bescheid; aber der einzige Mensch, dem ich davon erzählt habe, sind Sie, Lieutenant. Ich habe das Gefühl, daß es dem Ruf meines Vaters nicht zuträglich wäre, darüber zu sprechen, deswegen habe ich sonst niemandem davon berichtet. Ich habe eben die ganze Zeit gegrübelt, ob dieser Rächer jemand ist, den ich kenne, und was ich ihm getan haben könnte.«

»Irgendwelche Vermutungen?«

»Glauben Sie, daß es einer von den Zooangestellten sein könnte?«

»Das glaube ich allerdings«, sagte er. »Ich habe von Anfang an vermutet, daß Lesters Tod von einem Eingeweihten arrangiert worden ist, jemandem mit Schlüsseln und Kenntnis des Tagesablaufs.«

Katherine nickte. Sie dachte genauso.

»Haben Sie irgendwelche Kandidaten?« fragte er.

Katherine dachte eine Weile nach, im Geiste ging sie die Leute durch, die sie im Zoo kannte: Sam McElroy, Alonzo Stokes, Iris Renaldo, Wayne Zapalac, Danny Gillespie, Hans Dieterlen, Vic Jamail. »Nein«, sagte sie.

»Es gab ja eine ganze Reihe von Leuten, die mit Ihrem Vater nicht so gut klarkamen. Er war ziemlich jähzornig.«

»Ja, ich weiß. An wen denken Sie im besonderen?«

»Zum einen an Sam McElroy.« Er wartete auf ihre Reaktion. »Setzen Sie sich«, sagte er, »mein Hals wird steif.«

Katherine ließ sich auf einen der Holzstühle fallen.

Sharb fuhr fort. »Mehrere Leute haben gehört, wie er Lester mit Rausschmiß drohte, falls er seine Nase weiterhin in fremde Angelegenheiten stecken und die vertraulichen Aufzeichnungen im Büro noch einmal anfassen sollte. Wissen Sie darüber irgend etwas?«

»Nein«, sagte sie und dachte sehr schnell, um zu trennen, was sie sagen durfte und was nicht, »aber ich hatte den Eindruck, daß Sam mich absolut nicht einstellen wollte, und ich wußte nicht, warum.« Sie berichtete ihm von Sams Widerwillen und Iris' Aussage, daß es neben dem Posten bei den Reptilien noch eine Reihe andere gegeben habe. »Ich glaube, er versuchte mich loszuwerden.«

»Hm«, sagte Sharb. »Möchte bloß wissen, in was für vertrauliche Unterlagen Ihr Vater seine Nase gesteckt hat.«

Katherine beschloß, ein paar ihrer Kandidaten hinzuzufügen. »Iris Renaldo sagte mir, daß Vic Jamail, der Obertierarzt, einen Streit mit meinem Vater hatte, wegen der Einschläferung eines alten Löwen, und daß mein Vater danach seine Karriere zu behindern suchte.«

Sharb sah in sein Notizbuch und schrieb ein paar Worte hinein. »Davon habe ich auch gehört. Ihr Vater wurde mir als ehrwürdiger und gewissenhafter Mann beschrieben, der enorme Wutausbrüche haben konnte, wenn ihm etwas gegen den Strich ging. Aber keine dieser Querelen sieht auch nur entfernt nach einem Mordmotiv aus. Ich muß Ihnen sagen, daß ich völlig überfragt bin.«

Ein langes Schweigen entstand, in dem nur Belles Kläffen im Garten und Ras Hecheln unter dem Tisch zu hören waren. Sharb betrachtete eine Seite seines Notizbuches, während Katherine aus dem Fenster starrte.

»Nun gut«, sagte Sharb und klappte sein Notizbuch zu, »wir müssen uns überlegen, wie wir Sie davor schützen, von diesem Rächer, der bisher offensichtlich noch kein Ziel verfehlt hat, umgelegt zu werden. Ich möchte nicht noch so einen Tiervorfall bearbeiten – Sie, von einer Boa Constrictor verschluckt oder von einem Krokodil zerfetzt. Deswegen müssen Sie als erstes im Zoo aufhören, und zwar sofort.«

Katherines erster Gedanke war, daß diese Forderung ihr einen ehrenhaften Ausweg aus der Schlangengrube eröffnete. Ihr zweiter Gedanke war, daß sie kein Drückeberger war. Sie hatte diese Arbeit aus guten Gründen aufgenommen, und sie würde sie zu Ende führen. »Nein«, sagte sie. »Ich glaube nicht, daß das notwendig ist. Ich bin fast nie allein bei der Arbeit. Und ich werde sehr vorsichtig sein.«

Er wartete, bis sie ihm das Gesicht zuwandte und fing ihren Blick mit seinen schwarzen Knopfaugen auf. »Miss Driscoll«, er klopfte auf die Tasche, in die er den Brief gesteckt hatte, »ich nehme das ernst. Und das sollten auch Sie tun. Ich meine, Sie sollten sich aus der Gefahrenzone begeben, bis wir diesen Verrückten haben.«

»Lieutenant Sharb, wenn ich in mein Haus in Boerne zurückkehre, bin ich allein mitten in der Landschaft. Wenn ich den ganzen Tag in diesem Haus herumsitze und darauf warte, daß Sie ihn fangen, werde ich binnen kurzem ein nervliches Wrack sein, und pleite außerdem. Ich muß arbeiten.«

Sharb seufzte. »Denken Sie doch noch einmal nach.«

»Nein«, sagte Katherine.

»Wie wäre es, wenn Sie zu Ihrer Cousine ziehen, der anderen Miss Driscoll, damit Sie hier nicht allein sind?«

Katherine stellte sich vor, mit ihrem Onkel unter einem Dach zu wohnen. »O nein. Ich habe hier einen hervorragenden Wachhund. Es geht schon.«

»Wenn Sie darauf bestehen, hier zu bleiben, kann ich so oft wie möglich einen Streifenwagen vorbeifahren lassen, damit die ein Auge auf Sie haben – hier, und im Zoo auch. Für mehr haben wir leider nicht ausreichend Personal. Ich wünschte, es wäre anders. Tun Sie mir aber bitte einen Gefallen. Fragen Sie wenigstens Ihre Cousine, ob sie hierherkommen und bei Ihnen bleiben kann. Rufen Sie jetzt bei ihr an.«

Katherine öffnete den Mund, um zu protestieren. Sie konnte doch nicht jemanden bitten, sich mit ihr in Gefahr zu begeben ... aber – sie zögerte. Es mochte eine gute Gelegenheit sein. Wenn Sophie hier übernachtete, konnte sie sie über die Stiftung und die Familiengeschichte ausquetschen. Wenn sie mit ihrer Cousine zusammen war, reichte die Zeit grundsätzlich nicht, um über alles zu reden, was es zu besprechen gab. Außerdem wäre es schön, sie da zu haben. Wenn sie ja sagte.

»Ich ruf' sie an«, sagte Katherine. »Und ich werde ihr von dem Brief erzählen. Vielleicht will sie das Risiko nicht eingehen.«

»Mir sieht sie nach einem abenteuerlustigen Mädchen aus. Machen Sie schon, rufen Sie an«, drängte Sharb.

»Das ist wie eine Pyjamaparty«, sagte Sophie, legte ihre Stickarbeit hin und zündete sich eine Zigarette an, die zehnte seit Mitternacht. Sie ließ sich auf der schmalen Liege auf den Bauch plumpsen. »Himmel, hätte ich gern was zu trinken. Du hast nicht zufällig ... nein. Habt ihr in Boerne Pyjamapartys veranstaltet, als du klein warst?«

Katherine wußte nicht, wie sie darauf antworten sollte, ohne sich als das arme kleine Mädchen ohne Spielkameraden darzustellen. »Nein«, sagte sie, »ich hatte zu Hause ständig irgendwas zu tun. Meine Mutter und ich waren irgendwie eine Einheit, deswegen hatte ich in der Schule nicht so viele Freundinnen.«

»Meine Mutter und ich hatten nie sehr viel gemeinsam«, sagte Sophie, machte einen tiefen Zug und inhalierte den Rauch einige Sekunden lang. »Aber deine Mutter hätte ich gern kennengelernt. Als sie jung war.« Sie atmete den Rauch aus und senkte die Stimme. »Wahrscheinlich, weil sie ein böses Mädchen war, so wie ich in den letzten Jahren.«

Katherine versuchte, ihre Stimme nicht zu ernst klingen zu lassen. »Warum warst du böse, und warum war meine Mutter böse?«

Sophie legte die Zigarette im Aschenbecher ab und ließ ihr Gesicht in das Kissen sinken, so daß ihre Stimme erstickt klang. »Mit sechzehn wurde ich schwanger und hatte eine Abtreibung; mit siebzehn habe ich schon ziemlich viel getrunken, Haschisch geraucht, Schule geschwänzt; ich habe kaum die High-School geschafft. Ich vermute, mein Vater hat die Austin High bestochen, damit sie mir ein Zeugnis ausstellten. Ich hing in Bars rum, habe Cowboys abgeschleppt, alles, was dazugehört. Aber darüber bin ich hinweg, nur das Trinken macht mir noch zu schaffen.«

Katherine drehte sich auf dem Sessel und ließ ihre Beine über die Lehne hängen. »Meine Mutter ist nie über die Cowboys hinweggekommen. Weißt du irgend etwas darüber?«

»Na ja, nichts Genaues, niemand spricht darüber. Aber jedesmal, wenn ich mir etwas wirklich Schlimmes geleistet habe – so schlimm, daß mein Vater es mitkriegen mußte –, sagte er, als wäre es das Schrecklichste überhaupt: ›Genau wie meine Schwester, wirfst dein Leben einfach weg. Wenn du so weitermachst, wirst du auch noch aus der Familie ausgeschlossen.‹«

»Aber was hat sie denn gemacht, daß sie aus der Familie verstoßen wurde?« fragte Katherine. »Das war eines der Geheimnisse, über die sie nicht sprechen wollte.«

Sophie schwieg, das Gesicht im Kissen vergraben.

»Ich habe oft gedacht, daß ich wahrscheinlich nicht geplant war«, sagte Katherine, um Sophie bei der Stange zu halten.

Sophie sah auf, die blassen Augen voller Interesse, die Wangen gerötet. »Ja. Ich glaube, sie wurde mit siebzehn schwanger, denn Dad meinte, daß ich sie sogar in diesem Punkt übertroffen hätte.

Großmutter konnte das einfach nicht akzeptieren. Die Familienehre« – Sophie legte die Hand aufs Herz und verdrehte die Augen gen Himmel – »geht ihr über alles.«

»Und sonst?«

»Tja, ich glaube, sie hatte Liebesaffären, auch als sie schon verheiratet war«, sagte Sophie und beobachtete Katherine genau, um ihre Reaktion einschätzen zu können. »Aber das war bei mir genauso. Ist ja nichts so Schreckliches.«

»Wie kommst du darauf, daß sie so etwas getan hat?«

»Nun ja, einmal, als ich verheiratet war und in Dallas wohnte, habe ich wirklich Mist gebaut; ich hatte einen Autounfall mit diesem verheirateten Typen, und Dad mußte erscheinen und mich mit einer Kaution aus dem Gefängnis holen; und die Frau von dem Mann war da und schrie mich an. Da sagte Dad, daß ich in Leannes Fußstapfen treten würde und daß noch ein Unglück geschehen würde – wie bei ihr.«

Katherine wußte sofort, daß das stimmte: Ihre Mutter hatte gefährlich gelebt, und etwas sehr Schlimmes war geschehen. Sie fühlte ein Prickeln hinten unter ihrer Schädeldecke, wie eine Erinnerung, die noch vergeblich versuchte, sich zu kristallisieren, auf die Beine zu kommen und nach vorn in ihr Bewußtsein zu kriechen. *Geflüsterte Geheimnisse mitten in der Nacht. Dann Geschrei und Beschuldigungen. Wegen etwas, das meine Mutter getan hat. Wir werden vertrieben von etwas Schrecklichem, das sie getan hat. Es ist in der Nacht passiert, in der wir weggehen. Ja. Ich schäme mich, als würden wir aus dem Garten Eden vertrieben, wie Adam und Eva in meinem Bilderbuch. Gebückt unter der Schande, fortgeschickt von einem zornigen Engel mit einem Schwert.*

Katherine blickte abrupt auf und sah Sophie vor dem Sessel knien und ihr Knie tätscheln. »Tut mir leid, Katherine, ich bin so ein Trampel. Das hätte ich nicht sagen sollen. Entschuldigung.«

»O nein«, sagte Katherine ernst. »Ich habe dich danach gefragt. Ich muß es wissen. Ich versuche mich nur zu erinnern, was damals war; aber es ist so lange her, und ich habe es wohl aus meinem Kopf verbannt. Sophie, weißt du, was in der Nacht geschah, in der meine Mutter und ich Austin verließen? Ich weiß nur noch, daß es etwas sehr Schlimmes gewesen sein muß.«

»Ich war ja erst ein Baby«, sagte Sophie.

»Ich weiß, aber hast du denn nie etwas darüber gehört?«

Sophie lehnte sich zurück gegen die Liege und nahm ihre Stickerei wieder auf. Sie machte ein paar Stiche, ohne Katherine anzusehen. Schließlich sagte sie: »Was ich von Mutter und Daddy gehört habe, ist, daß Leannes Benehmen einfach zu extrem wurde, und Großmutter es nicht länger ertragen konnte. Sie hatte Angst vor Skandalen, war besorgt um unseren guten Ruf, all dieser Quatsch. Sie schickte sie fort und wollte sie nie wiedersehen.« Sie blickte auf, um zu sehen, wie Katherine es aufnahm. »Ist das zu schlimm für dich?«

»Nein. Ich will alles hören.« Sie lächelte ihre Cousine an. »Jetzt erzähl mir von meinem Vater. Alles.«

»Ist nicht viel«, sagte Sophie und streckte sich in ihrem grünen Seidenpyjama auf dem Fußboden aus. »Ich mochte ihn. Er war so nett zu mir, als ich im Zoo anfing, verhielt sich wie ein Onkel, obwohl er keiner mehr war. Und er war dieser große, starke, gutaussehende Mann.« Sie lächelte Katherine an. »Ich mag das einfach. Einigen Leuten gegenüber war er etwas hochnäsig, aber er schien besonders jungen Frauen gern zu helfen. Nicht, daß er hinter ihnen her war, er war einfach nur hilfsbereit. Ich habe es mir damit erklärt, daß er dich vielleicht all die Jahre vermißt hat.«

»Was noch? Sag mir alles, was du weißt.«

Sophie dachte nach. »Das ist eigentlich alles. Meine Eltern hatten nie etwas mit ihm zu tun, ich habe ihn also nur im Zoo gesehen.« Sie versuchte, ihre Haare mit der Hand zu glätten, aber die drahtigen Locken sprangen sofort wieder in ihre ursprüngliche Lage. »Oh! Eine Sache gab's da aber: Mutter und Daddy hatten nichts mit ihm zu tun, Großmutter aber sehr wohl.«

Katherine setzte sich auf. »Wirklich?«

»Ja. Ich weiß, daß er sie vor einigen Wochen besuchte, weil ich mitgehört habe, wie Dad deswegen am Telefon einen regelrechten Koller bekam. Er sagte zu dieser Schreckschraube, die bei ihr arbeitet, wenn sie Lester Renfro noch einmal hereinlasse, werde er sie feuern. Er sagte, sie müsse ihn fragen, bevor sie irgend jemanden zu Großmutter lasse.«

Katherine meinte: »Das hat sie sich allerdings zu Herzen genommen. Ich weiß das, weil ich Großmutter heute nach der Arbeit besuchen wollte, und die Frau ließ mich nicht rein; erklärte, sie müsse erst deinen Vater fragen. Aber warum?«

Sophie zuckte die Achseln und gähnte. »Wahrscheinlich, weil sie so schwach ist. Obwohl, mein Gott, bei Daddy weiß man nie. Vielleicht hat er Angst, daß sie dir Geld oder ihr Haus oder sonst irgendwas vererben könnte, wenn sie dich zu Gesicht bekommt. Er wartet sehnsüchtig darauf zu erben, bevor er sich bankrott erklären muß. Aber wenn du sie sehen willst, solltest du die Gelegenheit dazu bekommen.« Sie gähnte, ohne die Hand vor den Mund zu halten, und schaute auf die Uhr, während sie ihre Zigarette ausdrückte. »Drei Uhr morgens. Gott, bin ich fertig.« Sie hievte sich auf die Liege und ließ den Kopf auf das Kissen fallen. »Mußt du nicht in drei Stunden aufstehen? Laß uns schlafen. Oder hast du Angst?«

Katherine erhob sich aus dem Sessel, nicht gewillt, das Gespräch abzubrechen, aber kaum noch in der Lage, die Augen offenzuhalten. Sie stand auf und streckte sich. »Ja, ein bißchen Angst habe ich. Aber ich bin so müde, daß es egal ist. Danke, daß du gekommen bist, Sophie. Tut echt gut.«

Sophie ließ den Kopf auf dem Kissen liegen und wedelte ihre Hand mit den violetten Fingernägeln durch die Luft. »Ach, übrigens«, sagte sie zu dem Kissen, »die Einladung kam genau im richtigen Moment. Es ist ein scheußlicher Gedanke, daß mich eine Morddrohung aus dem Haus gebracht hat, aber ich war dort am Ersticken, und ich kann mir noch keine eigene Wohnung leisten. Ich bleibe so lange hier, wie du mich haben willst.« Sie ließ die Hand fallen und tätschelte den Kopf von Belle, die neben der Liege schlief.

Katherine knipste das Licht aus.

Sophie quiekte überrascht auf. »Oh, laß es heut nacht an, ja?«

Katherine schaltete es wieder an. »Schlaf gut.«

Ra stand auf und folgte ihr, Belle blieb auf ihrem Platz. Katherine schaute zurück und sah, daß Sophie das Halsband des Hundes umklammert hielt.

15

Drei Stunden später riß der Wecker Katherine aus dem Schlaf; sie war sofort wach. *Verdammt.* Erster November. Nur noch sechs Tage bis zur Versteigerung.

Am Küchenfenster stehend, trank sie einen starken Kaffee. Da sah sie ein Polizeiauto langsam am Haus vorbeifahren. Sharb hielt sein Versprechen. Sie wunderte sich, daß sie selbst keine Angst hatte. Vielleicht hatten die zwei Wochen ständiger Anspannung in der Schlangengrube sie immun gemacht. Aber das war unlogisch. Warum sollte ihre Furcht vor einem eingesperrten Reptil ihre Furcht vor einer Morddrohung übersteigen? Sie dachte auf der Fahrt zum Zoo darüber nach. Viele Leute fürchteten sich vor Schlangen, aber ihre Angst schien tiefer zu sitzen und irgendwie persönlicher zu sein. Vielleicht hatte das mit den Schlangen in den Glaskästen in ihrem früheren Wohnzimmer zu tun. Und bevor sie ihre Ängste hatte verarbeiten können, hatten sie und ihre Mutter das Haus verlassen.

Als sie den Versorgungsbereich betrat, standen Danny Gillespie, Wayne Zapalac und Vic Jamail gegen die Arbeitsplatte gelehnt; sie umringten einen fetten, rostroten Blutpython. Danny drückte den breiten Rumpf auf die Edelstahlfläche, während Wayne den Kopf hochhielt, indem er ihn direkt unter den schwarz-goldenen Augen umklammerte. Vic hantierte mit mehreren Metallstäben und einer Injektionsnadel, die alle in dem offenstehenden Maul der Schlange steckten. Der Blutpython war eine harmlose, träge Schlange, also trat Katherine näher heran, um zu sehen, was sie taten.

Danny schaute hoch zu ihr. »Verdauungsprobleme«, sagte er. »Amöben, meint Vic.«

Langsam zog Vic eine langstielige Kürette aus dem Rachen der Schlange ur. strich ihren Inhalt auf ein Stück Folie. Dann drückte er den Kolben der Spritze herunter. Die Schlange wand sich heftig, aber Danny hielt ihren zuckenden Körper seelenruhig fest; seinen kräftigen Armen sah man dieAnstrengung an, alle Muskeln spannten sich.

»Warum benutzen Sie keine Schlangenröhre?« fragte Katherine.

»Zuviel Aufwand für so ein nettes Kerlchen wie dieses hier«, sagte Vic beim Herausziehen von zwanzig Zentimeter Injektionsnadel. »Sie haben scheinbar noch nicht versucht, eine Schlange in so ein Gerät hineinzukomplimentieren. Es ist, als versuche man, eine schlappe Nudel in einen Strohhalm zu stopfen.« Danny und Wayne lachten und nickten zu diesem Vergleich.

Vic legte die Nadel ab und griff nach seiner Kaffeetasse, die auf dem Rand des Waschbeckens stand. Er nahm einen kräftigen Schluck, wobei er Katherine über den Rand der Tasse hinweg betrachtete.

Wayne hielt immer noch den Kopf des Python, während Danny sich ihre Windungen um den Arm schlang und dann mit der anderen Hand direkt hinter den Augen den Kopf packte, um Wayne das Tier abzunehmen.

»Die gehört in Quarantäne F«, sagte Wayne und deutete auf einen der weißen Fiberglaskästen an der Wand. Er schaute zu Katherine auf und sagte: »Wie geht's dir, Katherine? Du siehst aus, als hättest du eine lange Nacht hinter dir.«

»Tatsächlich?« fragte sie, überrascht, daß er ihr das ansah. Sie hatte geglaubt, ziemlich normal auszusehen. »Was machen Sie hier, Danny? Wie geht's Brum?« fragte sie, während er die Tür öffnete und die große Schlange in den Kasten warf.

Danny drehte sich um und strich sich das schütter werdende blonde Haar mit einer zierlichen Handbewegung aus der Stirn. »Dem geht's gut. Ich übernehme heute Ihren Posten. Sam hat beschlossen, daß die Katzen kein Rund-um-die-Uhr-Babysitting mehr brauchen; Salvador füttert sie, und ich bin hier.«

Da bemerkte sie, daß der Klemmblock mit ihrem Tagesplan und ihren Notizen auf dem Tisch lag. »Meinen Posten übernehmen? Warum?« fragte sie.

»Keine Ahnung.« Er zeigte auf Vic. »Vic hat mir nur gesagt, daß ich mich hier melden und heute Ihre Aufgaben übernehmen soll.« Er griff nach ihrem Klemmblock. »Aber Sie müssen mir noch Ihre Notizen erklären. Was ist das mit den Buschmeistern? Werden die heute verlegt?«

»Vermutlich morgen, jedenfalls wenn das Weibchen mit der Häutung fertig ist. Es geht um das große Weibchen im Schaukasten und das Männchen im Quarantänekasten – die sollen zusammen in den Paarungsraum. Blind date.«

Wayne nahm eine Zeitung von der Arbeitsfläche und schaute hinein. »Langer, dunkler südamerikanischer Mann«, er tat, als lese er vor, »einer der sanftesten seiner Art, zwei Penisse, sucht coole Sie, die auf Mäuse und langen Mittagsschlaf steht. Zweck: Paarungsritual, Fernziel: Kopulation und eventuell ein Viperngelege.«

Katherine lachte und war überrascht zu sehen, daß Dannys zarte Pfirsichhaut rot anzulaufen begann. Grinsend sah er auf den Boden.

»Gut, wenn Danny meine Arbeit übernimmt, was soll ich dann tun?« fragte Katherine in Vics Richtung.

»Ich brauche den Rat einer Hundeexpertin«, sagte Vic. »Ich habe gehört, daß Sie Erfahrung haben. Schon mal einen Wolf ausgebildet?«

Sie sah ihn erstaunt an. »Einmal probiert. Ein Mischling, halb Wolf, halb Husky. Dieser Rancher hatte sich in den Kopf gesetzt, ihn als Haustier zu halten.« Sie schüttelte den Kopf bei der Erinnerung an die Enttäuschung des Mannes, als der Wolfshund den ältlichen Pudel seiner Frau getötet und verspeist hatte. Aber sie *hatte* ihm Fuß und Sitz beigebracht.

»Das können Sie mir auf dem Weg zu den Wolfswäldern erzählen«, sagte Vic und sammelte seine Instrumente in einen abgewetzten Rucksack. »Mein Jeep steht vor der Tür. Sobald Sie soweit sind. Meinen Assistenten hat die Grippe erwischt; deswegen habe ich gehofft, daß Sie den Tag über für ihn einspringen könnten, wenn wir mit den Wölfen fertig sind.« Er blieb in der Tür stehen und wartete auf sie.

Katherine war verwirrt und hatte Angst. Jeder dieser Männer

konnte der Rächer sein, und nun wurde sie gezwungen, allein mit einem Mann fortzugehen, den sie nicht kannte. Um Zeit zu gewinnen, nahm sie ihren Klemmblock auf und sah sich die Bemerkungen für den Tag an. Danny blickte ihr über die Schulter. »Na ja, ich muß erst noch nach den Gabunottern sehen. Bei dem jungen Männchen soll eine Fäkalienprobe genommen werden. Er hat Gewicht verloren, sagt Alonzo, also haben wir ihn isoliert, um heute einen Abstrich zu machen.«

»Das mache ich schon«, sagte Danny. »Ich habe schon hier gearbeitet, und es ist angenehmer, bei Reptilien eine Fäkalienprobe zu nehmen als bei einem Tiger, das können Sie mir glauben.« Er nahm ihr den Block aus der Hand.

»Vergessen Sie nicht, den Buschmeisterraum zu lüften«, sagte sie. »Vielleicht mit einem Ventilator. Ich glaube, da hängt noch etwas Lysolgeruch drin.« Sie war überrascht, in ihrer Stimme die ersten Anzeichen von Verantwortungsgefühl für ihre Pflichten zu hören. Sie würde selbst in der Hölle noch ihren Verpflichtungen nachkommen.

Danny nickte. »Jawohl, die Buschmeister. Kein Problem. Hey«, sagte er und drehte sich zu Vic um, »mit diesen Typen bin ich wohl besser vorsichtig, oder? War das nicht ein Buschmeister bei dem tödlichen Schlangenbiß damals vor vielen Jahren?« Seine Augen glänzten aufgeregt hinter den dicken Brillengläsern.

»Ja, ich glaube schon«, antwortete Vic. »Das war lange vor meiner Zeit.« Er sah auf die Uhr.

»Alonzo war damals schon hier«, sagte Danny. »Ich habe ihn darauf angesprochen, aber es scheint ein wunder Punkt zu sein. Er will kein Wort darüber verlieren.«

»Ja, das weiß ich«, sagte Vic. »Ich habe ihn auch einmal danach gefragt. Er wird gar nicht gern daran erinnert. Dies hier war immer seine große Leidenschaft, und er fühlt sich für alles verantwortlich, was hier passiert.«

»Ich weiß nicht, warum er sich verantwortlich fühlen sollte«, sagte Danny. »Jedermann weiß, daß Unfälle vorkommen, wenn man mit diesen Giftschlangen zu tun hat. Und unsere Unfallstatistik sieht doch hervorragend aus.«

Vic sah erneut auf die Uhr. »Das ist wahr, so ist das nun einmal mit den Schlangen. Ein Todesfall und zwei Bisse, die keinerlei Folgen hatten, in fünfundsechzig Jahren, das ist wirklich verdammt gut.«

»Nicht, wenn man zufällig der eine Todesfall ist«, meinte Katherine und machte sich an einigen Karteikarten auf dem Geckokasten zu schaffen.

Vic stand in der Tür und sah ihr zu. »Und, kommen Sie jetzt, Katherine?«

Sie schaute ihn an und warf noch einen Blick in die Runde. Was sollte es, sie würde das Risiko eingehen. Sie folgte Vic durch die Tür.

Wayne lachte und rief ihnen nach: »Paßt gut auf mit den Wölfen!«

Der offene Jeep war auf dem Bürgersteig vor dem Vordereingang des Reptilienhauses geparkt. Wie alle Zoofahrzeuge war er tannengrün und trug das Emblem auf der Tür. Katherine atmete die frische Morgenluft ein und fühlte sich wie ein Schulmädchen beim Blaumachen. Der Grube war sie entkommen, ihrem säuerlichen Gestank und der überheizten Luft, der ständigen Überwachung durch Alonzo Stokes und ihrer eigenen, nicht endenwollenden Furcht.

Vic sprang über die Tür auf den Fahrersitz und öffnete ihr die Beifahrertür. Sie stieg ein, ohne ihn anzusehen – ein arroganter Machotyp, sie kannte die Sorte. Bei ihrer Arbeit hatte sie ständig mit ihnen zu tun – Jäger oder Stammtischbrüder, die ihr Jagdhunde zum Abrichten brachten und überhaupt nicht aufhören konnten, ihrer Verwunderung darüber Ausdruck zu verleihen, daß eine Frau so etwas konnte. Aber er bot ihr ein bißchen Freiheit – und die Chance, etwas über die jüngsten Tierankäufe aus ihm herauszuholen, wenn sie es richtig anging. Und ein Gutes hatte die Sache: Er bot ihr Wölfe. Sie liebte Wölfe.

Vic ließ den Motor aufheulen und lächelte sie an, wobei er alle seine glänzenden, weißen Zähne zeigte. Sie sah weg, ohne zurückzulächeln. Er fuhr auf dem Bürgersteig in den hinteren Teil des Zoos, weg vom Eingangstor. Als sie am Dickhäuterkomplex vorbeisausten, sah sie, wie die Morgensonne alles in rosiges Gold tauchte; die beiden Nashörner, Teddy und Ursula, waren von erdfarbenem Lehm in massive Goldstatuen verwandelt; sie reckten ihre gehörnten Schnauzen über den Holzzaun, der die Gehege voneinander trennte. Die Giraffen beim afrikanischen Pavillon ragten wie funkelnde, filigrane goldene Türme auf. Die Beregnungsanlage hatte gerade die Eichen- und Berglorbeerblätter benetzt, so daß sie in der Sonne glitzerten. Es war wie im Paradies. Sie fühlte sich wie eine Frau, die im Morgengrauen der Zeit aus ihrer Höhle kriecht.

Sie fuhren eine Zeitlang schweigend dahin, dann sagte Vic: »Im Morgenlicht sieht es aus wie der Garten Eden, stimmt's?«

Katherine wandte den Kopf und sah ihn zum erstenmal an. »Genau das habe ich eben gedacht.«

»Dachte ich mir«, sagte er.

Sie betrachtete einen Augenblick lang sein Profil. Zur Abwechslung war er frisch rasiert, die dunkle Haut schien noch ein wenig gereizt. Sein dichtes, schwarzes Haar war im Nacken länger und kräuselte sich leicht über den Ohren. Seine Nase war herrisch gebogen wie ein Krummschwert, und seine behaarte Hand auf dem Lenkrad war riesig, die Haut an den Fingerkuppen aufgesprungen und schwielig. Sie sah weg, damit er nicht merkte, wie sie ihn anstarrte.

»Erzählen Sie mir von dem Wolfshund, den Sie abgerichtet haben«, sagte er.

»Ich sagte: versuchte abzurichten.«

»Gut. Aber erzählen Sie mir nicht, daß man sie nicht abrichten kann.«

»Doch, doch, mit einiger ausdauernder Konditionierung schon – bis zu einem gewissen Grad. Es kommt darauf an, was man von ihnen will. Man kann sie sicherlich konditionieren, bestimmte Dinge auszuführen, aber sie apportieren überhaupt nicht, und sie werden auch nie Haustiere oder Blindenhunde abgeben.«

»Was ich will, ist wesentlich bescheidener. Wir wollen nur, daß sie auf ein bestimmtes Signal hin in ihren Käfig kommen.«

»Warum?«

»Nun ja, von den ganzen Tieren hier hat man die Wölfe am meisten sich selbst überlassen. Sie bleiben bei jedem Wetter draußen und kommen kaum in ihren Verschlag. Die Wärter werfen ihnen nur einmal am Tag ein paar Knochen und etwas Fleisch hin, und das ist schon so ziemlich alles. Aber jetzt stehen wir vor einem Problem. Nächste Woche kommen die Bulldozer und die Landschaftsgestalter, um im Wolfsgehege zu arbeiten; das Ganze wird ungefähr zwei Wochen dauern. Wir wollen die Wölfe für die Stunden, in denen die Arbeiter da sind, in den Käfig bekommen, sie während der restlichen Zeit freilassen; aber sie gehen nicht in den Käfig. Der Wärter hat es geschafft, einen oder zwei hineinzubekommen, aber nicht alle sechs auf einmal.«

»Haben Sie versucht, sie drinnen zu füttern, so daß sie reinkommen müssen?« fragte sie.

»Jerry meint, er habe es versucht, aber es klappt nicht.« Ohne das Tempo zu drosseln, holperte er über die Gleise des Kleinzuges, der den Zoo umrundete, und fuhr an den Zaun heran, der die Wolfswälder einschloß – ein langer, schmaler Streifen, der den äußersten westlichen Teil des Zoogeländes einnahm. Das Gelände war mit einigen buschigen Kiefern sparsam bepflanzt, einige große Felsbrocken lagen herum.

Zu sechst lagen sie im Schatten im hinteren Teil des Geheges, langbeinig und mit buschigem Fell, jeweils fast genau drei Meter voneinander entfernt. Hunde würden auf einem ungeordneten Haufen zusammenliegen, aber Wölfe brauchten den Abstand. Vier von ihnen waren ganz grau, einer war grau und zimtfarben gescheckt, einer war naturweiß. Jedesmal, wenn Katherine einen Wolf sah, fiel ihr auf, daß Wölfe in ihrem Körperbau von Hunden praktisch nicht zu unterscheiden waren. Aber wie unterschiedlich waren die Temperamente von *Canis lupus* und *Canis familiaris*!

Vic deutete auf eine kleine Hütte mit flachem Dach am südlichen Ende des Freigeheges. »Das ist die Hütte. Sie gefällt ihnen nicht, aber die Arbeiter haben erklärt, daß sie nichts anrühren, solange die Wölfe draußen sind. Da können wir ihnen zehnmal sagen, daß es nicht gefährlich ist.«

»Ich kann es ihnen nicht verdenken«, sagte Katherine. »Wölfe haben keinen guten Ruf.«

»Ja, das stimmt«, pflichtete Vic ihr bei. Er hob seinen Rucksack vom Rücksitz des Jeeps und ging den Zaun entlang. Er führte sie zum hinteren Teil, nahe der Hütte, wo ein großer, hohler Kunstfelsen das Tor verdeckte. Er ließ den Rucksack auf den Boden fallen und zog einen zerknitterten Overall hervor. Den zog er über seine Zoouniform. »Sie springen gern«, erklärte er. »Schlammige Pfoten.« Er lächelte auf Katherine herunter, als er den Reißverschluß zuzog. »Und sie könnten sich an meiner Gürtelschnalle verletzen. Wenn wir das erste Problem gelöst haben, könnten Sie ihnen vielleicht beibringen, nicht zu springen.«

»Kein Problem«, sagte sie.

Er zog einen klirrenden Schlüsselbund aus der Tasche und schloß das Tor auf. Statt einzutreten, verbeugte er sich und machte eine Handbewegung in Richtung der Hütte. Katherine trat ein, die ruhig liegenden Wölfe im Blick, deren aufgestellte Ohren in ihre Richtung gedreht waren. Vic folgte ihr, schloß das Tor und wollte gerade abschließen, als er einen Mann auf sie zutrotten sah. »Da kommt Jerry«, sagte er. »Wo wir schon hier sind, werden wir ein bißchen heulen. Die Gemeinschaft pflegen. Dabei kann ich mir das Rudel gleich einmal ansehen. Ich komme nicht häufig genug her, und Sterling, das ist das Alphaweibchen, hatte einen Tumor, den wir vor einigen Monaten entfernen mußten. Ich will mir die Stelle mal ansehen.«

Ein untersetzter rothaariger Mann öffnete das Tor. »Morgen, Victor.« Er nickte Katherine zu. »Ist das die Ausbilderin?«

Vic schloß ab. »Ja. Katherine Driscoll, Jerry Waters.«

Dann rannte er auf die Wölfe zu, die ihm mit glühenden Augen entgegensahen. Er steuerte direkt auf einen der Grauen zu, beugte sich über ihn, vergrub die Hände in dem dichten Fell und rollte ihn auf den Rücken. Jerry machte dasselbe mit dem Weißen. Zu Katherines Erstaunen kraulten beide Männer den Wölfen die Bäuche und fingen an zu heulen, wobei sie den Kopf in den Nacken legten und, erfolglos, versuchten, das tiefe, traurige Heulen eines Wolfes nachzuahmen. Die Wölfe wanden sich auf dem Rücken, jaulten und kläfften verspielt, und gerieten offensichtlich in Ekstase, während das Geheul der Männer ebenfalls an Lautstärke gewann.

Katherine sah voller Interesse zu. Es war unmöglich, nicht zu lächeln.

Vic wandte sich jetzt einem anderen Wolf zu, der ihn angesprungen und um Aufmerksamkeit gebettelt hatte. Er drehte ihn auf den Rücken, stieß ein pathetisches Jaulen aus und sah zu Katherine herüber. »Es ist wichtig, sie sofort auf den Rücken zu drehen.«

Katherine wußte, was er meinte. Wölfe hatten Respekt vor Größe. Sie lebten in einer stark strukturierten Hierarchie, und wenn man oben in der Hackordnung stehen wollte, mußte man sofort klarstellen, daß man übergeordnet war.

»Aber wozu das Heulen?« fragte sie.

»Ach, dieser Verhaltensforscher, der die Wölfe aufgezogen hat, Ernst Klinghammer, meint, daß jeder, der mit Wölfen zu tun hat, ab und an ein bißchen mit ihnen heulen sollte.« Er bellte zur Bekräftigung und wandte sich dem nächsten Wolf zu. Als er seinen Bauch kraulte, sagte er zu Jerry: »Warum hat dieses Weibchen keine ISIS-Nummer?«

»Weil wir sie erst nach den anderen bekommen haben. Wissen Sie noch? Wir waren schon fertig mit dem Tätowieren.«

Katherine lehnte sich vor und fragte: »Was ist eine ISIS-Nummer?«

»Sehen Sie«, sagte Jerry und deutete auf die Stelle, an der das Hinterbein des Wolfs auf das Becken traf. »Wir markieren alle unsere Tiere mit Nummern. Internationales Spezies-Inventar-System, um die Vermehrung kontrollieren zu können. Alle Zoos machen das.«

Als die Männer mit jedem der sechs Wölfe gespielt hatten und Vic die verheilte Narbe an dem operierten Weibchen begutachtet hatte, klopften sie sich ab und gingen auf die Hütte zu. Drei der Wölfe sprangen um ihre Füße herum, bis sie in die Nähe des Gebäudes kamen, und ließen sich dann zurückfallen.

Innen befanden sich acht große Käfige und eine kleine Küchenecke mit Spüle und Kühlschrank zur Zubereitung des Futters.

Vic drehte sich zu Katherine um. »Hier herein sollen sie kommen, alle auf einmal. Haben Sie sich etwas ausgedacht?«

»Habe ich«, sagte Katherine. »Jerry, wie füttern Sie sie?«

»Jeden Tag um die Mittagszeit werfe ich ihnen einfach rohes Fleisch hin, ungefähr drei Pfund pro Tier. Ich verteile es so gut wie möglich über das Gehege, damit die Leittiere den anderen nicht alles wegnehmen. Letzte Woche habe ich versucht, das Futter in den Käfigen auszulegen, aber sie haben es nicht angerührt, Totalstreik. Alle bis auf einen weigerten sich hereinzukommen.«

»Wieviel Zeit haben Sie noch?«

»Die Arbeiter sollen am Dreizehnten anfangen, also noch zwölf Tage.«

Sie nickte. »Es kann klappen, wenn Sie behutsam vorgehen, einen kleinen Schritt nach dem anderen. Heute könnten Sie das Futter in die Nähe der Hütte legen, ein bißchen näher als die Stelle, an der sie eben umgekehrt sind. Verteilen Sie es so, daß alle herankommen. Morgen wieder ein bißchen näher, und übermorgen direkt vor der Tür. Am Tag darauf könnten Sie das Fleisch an der Tür ablegen und dann nach innen schleifen, ein Stück weit in Richtung der einzelnen Zwinger, so daß es eine unwiderstehliche Fährte hinterläßt. Ich würde mir auch eine Hundepfeife besorgen und jeden Tag ein paar Triller pfeifen, bevor ich das Futter verteile. Dann werden sie anfangen, das Geräusch mit dem Kommen von Fressen zu verbinden, und sie werden sich dorthin begeben, wo sie seine Ankunft vermuten. Man kann auch versuchen, sie so zu konditionieren, daß sie sofort nach dem Pfeifensignal kommen, indem man das Futter entfernt, wenn sie nicht innerhalb von fünf Minuten da sind. Das nächstemal erinnern sie sich dann vielleicht daran, daß sie nicht trödeln dürfen.«

Jerry nickte.

Katherine dachte eine Minute nach. »Das Problem ist der Zeitdruck. Wenn wir mehrere Wochen hätten, würde es auf jeden Fall klappen, aber zwölf Tage sind eine kurze Spanne – bei Wölfen. Vielleicht geht es schneller, wenn sie hungriger sind als sonst. Sie könnten die Rationen heute und morgen verringern, um ihr Interesse zu vergrößern.« Sie deutete auf den Wassertrog in der Mitte des Geheges. »Den könnten Sie auch leeren und das Wasser morgen nach drinnen bringen, so daß sie sich mehr an die Käfige gewöhnen können.«

Jerry nickte ihr zu. »Klingt vernünftig. Was meinen Sie, Vic?«

»Versuchen Sie es.«

»Bei Wölfen ist stetige, schrittweise Konditionierung das Wichtigste. Wenn das älteste Männchen und das Alphaweibchen mitmachen, werden die übrigen es natürlich auch tun«, fügte Katherine hinzu.

»Stimmt. Also, wir werden es versuchen. Vielleicht könnten Sie in ein paar Tagen noch mal kommen und nachsehen, wie es läuft«, sagte Jerry. »Ich habe gehört, daß Sie bei Alonzo Stokes und den Reptilien sind.«

Katherine nickte. Sie war gerade so glücklich, daß sie nicht darüber sprechen wollte. »Ihre Wölfe sind hübsche Kerle. Ich bin gespannt, wie sie darauf reagieren werden.«

Sie gingen zum Tor. Jerry ließ sie heraus und schloß hinter ihnen ab. »Vic, wann sehen Sie sich den lahmen Muntjak an?«

Vic sah auf die Uhr. »Jetzt nicht, vielleicht heute nachmittag. Wir haben ziemlich viel zu tun heute.«

»Na gut. Er ist sehr scheu, also bringen Sie auf jeden Fall Ihr Betäubungsgewehr mit.« Jerry sah auf die Uhr und sagte: »Ich muß mich beeilen. Eine Gruppe kommt.« Er lief fort in Richtung Savannenabteilung.

Als sie schweigend zum Jeep gingen, blickte Katherine noch einmal sehnsüchtig zurück zu den Wölfen, die wieder auf ihren Plätzen lagen.

Wieder sprang Vic in den Jeep, ohne die Tür zu öffnen, aber diesmal war Katherine zu schnell für ihn. Bevor er sich herüberbeugen und die Tür öffnen konnte, streckte sie ein Bein über die Tür, stützte sich mit dem Fuß auf dem Sitz ab und hievte sich ins Auto – sehr zufrieden, weil ihr das so problemlos gelang.

Vic ließ den Motor an und fuhr den Weg zurück, den sie gekommen waren.

Sie schwiegen, und Katherine zermarterte sich das Hirn, wie sie das Thema Tierkäufe ganz unauffällig ins Gespräch bringen könnte. Hier saß sie, allein mit dem Obertierarzt, der mehr als jeder andere über das Thema wußte, und verspielte ihre große Chance. Sie mußte weitermachen mit ihren Nachforschungen. Vielleicht sollte sie einfach direkt fragen. Bevor sie sich eine Taktik überlegt hatte, hielten sie schon vor der Dickhäuterabteilung, wo die Elefanten, Nashörner, Nilpferde und Tapire untergebracht waren.

»Schon mal die Paarung von Rhinos gesehen?« fragte Vic, während er den Motor abstellte.

Katherine warf ihm einen schnellen Blick zu, um zu sehen, ob er es ernst meinte. »Nein«, sagte sie.

»Ich auch nicht. Haben überhaupt noch nicht viele Menschen gesehen. Heute werden wir vielleicht unter den Auserwählten sein. Ich habe gehört, daß es toll sein soll.«

Katherine sah über die Straße zum Reptilienhaus hinüber und spürte Angst in sich aufsteigen. »Ist Alonzo denn damit einverstanden, daß ich den ganzen Tag fort bin?«

»Natürlich. Ich habe es mit ihm abgesprochen.« Er wartete auf ihre Reaktion. »Sind Sie denn damit einverstanden, Katherine?« Zum erstenmal hatte sie den Eindruck, einen Hauch von Unsicherheit in seiner sonst so selbstsicheren Stimme wahrzunehmen.

Sie warf einen letzten Blick auf das grelle Mosaik in dem riesigen, beigen Reptilienhaus. »Klar. Das ist in Ordnung.«

»So können Sie den Zoo mal kennenlernen. War auch gar nicht so einfach zu arrangieren. Alonzo war nicht gerade begeistert von der Idee, Sie durch Danny zu ersetzen.« Er sprang aus dem Jeep. »Er meint, Danny gehe zu rauh mit den Schlangen um und daß Sie, wenn Sie einmal über Ihren – anfänglichen Widerwillen hinwegkommen, eine kompetente Wärterin abgeben werden. Das ist für seine Verhältnisse ein großes Lob.«

Katherine stieg aus und ging neben ihm her, wobei sie größere Schritte machen mußte als gewöhnlich, um mit seinen schnellen, langbeinigen Bewegungen Schritt halten zu können.

Drei Männer standen in einer Gruppe am Eingang des eingezäunten Geheges. Katherine erkannte Hans Dieterlen, den säuerlichen obersten Tierpfleger, der bei allem, was im Zoo geschah, dabeizusein schien. Er war mitten in einer Unterhaltung mit zwei alten Männern; das mußten die legendären Traeger-Brüder sein, die seit dreißig Jahren das Dickhäuterhaus leiteten. Katherine hatte gehört, daß sie seit Jahren versuchten, sich zur Ruhe zu setzen, es aber nicht konnten, weil außer ihnen niemand mit den fünf Elefanten, die sie aufgezogen hatten, zurechtkam.

Sie mußten auf Vic gewartet haben, denn die Gruppe begab sich in das mit einem Palisadenzaun eingefaßte Areal, sobald er kam; dort lagen Strohballen und etliche Steigen Äpfel für die Fütterung bereit.

Vic stellte ihnen Katherine als Ersatz für seinen fehlenden Assistenten vor. Die beiden Männer waren tatsächlich Manuel und Luis Traeger, Katherine hatte sie bisher nur von weitem gesehen. Von nahem sahen sie ganz und gar so zäh und dickköpfig aus, wie sie den Gerüchten zufolge waren.

»Können wir sicher sein, daß sie fruchtbar ist?« meinte Hans Dieterlen und sah Vic fragend an.

»Luis sagt, daß sie nervös ist und seit zwei Tagen nicht gefressen hat. Das sind gewöhnlich die Anzeichen. Die Wärter merken das meistens.« Vic sah fragend zu Luis, ob er zustimmte.

Luis kratzte eine hervorstehende Narbe, die wie ein Wurm von seinem Ohrläppchen den Hals hinunter verlief und in seinem Hemdkragen verschwand.

»Na ja«, sagte er mit einer schleppenden, polternden Stimme, »heute morgen hat sie etwas Urin an den Trennzaun gespritzt, und Teddy hat interessiert geguckt.« Er zog die Lippen von den Zähnen zurück und kräuselte seine lange Nase, um zu demonstrieren, wie Teddy ausgesehen hatte. »Er hat auf jeden Fall Interesse. Und ihr Verhalten ist merkwürdig. Ich glaube, wir haben hier eine sehr gute Chance auf eine Paarung.«

Sein Bruder lehnte an einem Stapel Heuballen, einen Strohhalm zwischen den Zähnen, und nickte zustimmend. »Jawoll. Sie ist heiß.«

Die Brüder sahen einander an und grinsten.

Vic sagte mit einer leisen Stimme, die seine Aufregung kaum verbarg: »Dann laßt uns die Tür zum Brautgemach öffnen. Was meinen Sie, Hans?«

»Gut«, sagte Hans zu Manuel und Luis. »Wenn Sie soweit sind, öffnen Sie das Tor. Wir wollen sie nicht beunruhigen, also werden wir anderen nach vorn gehen und uns ruhig verhalten.«

Die beiden Brüder verschwanden durch die Tür, während Hans, Vic und Katherine nach vorn in die Besucherzone vor dem Freigehege gingen. Der Zoo hatte noch nicht geöffnet, aber am Geländer hatten sich schon an die zwanzig Zoomitarbeiter versammelt und sahen Teddy an. Der stand an dem Zaun, der ihn von dem einzigen Weibchen seiner Spezies trennte, das er jemals gesehen hatte. Es hatte sich offenbar herumgesprochen.

Die meisten in der Gruppe waren Wärter und Handwerker, dazu einige Leute aus der Verwaltung. Iris Renaldo kam gerade vom Reptilienhaus herüber. Sam McElroy sprach mit seiner Assistentin Kim Kelly, die wie gewöhnlich Safarikleidung trug – heute einen langen Khakirock und Lederstiefel. Sobald er ihn erblickte, winkte Sam Vic heran, der sich zu ihnen gesellte; Katherine blieb neben Hans stehen.

Luis Traeger war schon im Gehege und bewegte sich auf Teddy zu. Er ging an ihm vorbei und schlug ihm aufs Hinterteil, wobei sich eine Staubwolke erhob. Die Haut des Nashorns sah so stark nach einer Rüstung aus, daß Katherine erwartet hatte, sie rasseln zu hören, aber es klang eher wie ein Schlag in einen Sandsack. Dann ging Luis zu der Öffnung in dem Trennzaun. Er zog den riesigen Riegel zurück, zog die Kette heraus, die das hölzerne Tor an seiner Stelle hielt, und klappte es auf. Er sperrte es mit einem großen Stein auf und begab sich zu der Gruppe am Geländer, ohne Teddy aus den Augen zu lassen, der auf seinen kurzen, stämmigen Beinen langsam und unaufhaltsam auf die Öffnung zusteuerte.

Alle schauten mit angehaltenem Atem zu, wie Teddy sich schwerfällig durch das Tor bewegte und seinen abgewetzten Stummel von einem Horn auf Ursula richtete.

Hans stand mit hinter dem Rücken verschränkten Händen da, das Gesicht voller Ungeduld. »Ich hoffe, diese Dinosaurier tun, wofür sie bestimmt sind«, sagte er in seinem starken deutschen Akzent. »Das Weibchen hierher zu holen, war ein Riesenaufwand.«

»Ach? Warum?« fragte Katherine.

»Den Papierkrieg, der damit verbunden war, können Sie sich nicht vorstellen. Sie ist zur Paarung vom Frankfurter Zoo ausgeliehen, und um sie herüberzubringen, waren mehrere Dutzend Erlaubnisbescheinigungen und Einwilligungen nötig, abgesehen von zwei Jahren Wartezeit und einem mittleren Vermögen.« Er deutete auf Teddy. »Alles für diesen Augenblick. Ich hoffe nur, er ist nicht schwul.«

Luis' Augen leuchteten unter den buschigen, weißen Augenbrauen, und seine nervösen Finger spielten mit dem Schlüsselbund, der von seinem Gürtel hing. Sein Bruder stand am Eingang zum Dickhäutergebäude, die Mistgabel in der Hand. Sie alle schauten mit einer Spannung zu, die Katherine ansteckend fand.

»Wo kommt das Geld für den Transport und so weiter her?« fragte sie Hans.

»Von der Zoologischen Gesellschaft«, sagte er, ohne sie anzusehen.

»Nicht von der Driscoll-Stiftung?« fragte sie.

»Nein. Die bezahlt nur den Kaufpreis.«

»Hans, kommt es manchmal vor, daß Ranches mit Wildtieren hier in der Gegend zum gleichen Zeitpunkt Tiere kaufen wie der Zoo, zum Beispiel aus derselben Lieferung?«

Er blickte weiterhin starr auf Teddy. »Woher soll ich wissen, was die machen, diese Leute?«

»Sie kaufen keine Tiere vom Zoo?« fragte sie.

Er warf ihr einen kalten Blick zu. »Mit Sicherheit nicht. Das verstößt gegen AAZPA-Vorschriften.«

Teddy schnüffelte. Ursula schüttelte den Kopf, wobei die haarigen Quasten oben auf ihren lächerlichen Eselsohren zitterten, und trottete auf ihn zu. Sie blieb stehen, legte ihren massiven Kopf gegen seinen und rieb ihn vorsichtig daran; dann wartete sie darauf, daß er den nächsten Schritt unternahm. Teddy ließ sich das einen Moment lang gefallen, dann trottete er weg, zum anderen Ende des Geheges, wo noch etwas Heu lag. Er senkte den Kopf, nahm es ins Maul und kaute gemächlich.

»Dieser vorsintflutliche Tölpel«, stieß Hans Dieterlen hervor, murmelte einige heisere Worte auf deutsch hinterher. »Der weiß ja noch nicht mal, was Anmache ist!«

»Ruhig Blut, Hans. Er ist Anfänger«, sagte Luis. »Er hat das noch nie erlebt, er muß erst herausfinden, wie es funktioniert.«

So leicht war Ursula nicht zum Aufgeben zu bewegen. Sie folgte Teddy in einem energischen Trott; diesmal war sie schon mutiger. Sie senkte den Kopf gegen seinen Bauch und rieb ihr Horn an der gesamten Länge seines Körpers. Als sie an seinen Lenden angelangt war, begann sie seinen Bauch zu lecken und arbeitete sich vor zu seinem Penis, der wie ein unbrauchbares fünftes Bein heruntergehangen hatte. Teddy gab ein Quieken von sich. Alle Augen waren auf den Penis geheftet, der augenblicklich zu wachsen begann und immer größer wurde, bis er eine Länge von fast einem Meter erreicht hatte und nach vorn zu Teddys Horn zeigte.

Iris Renaldo machte ein paar Schritte auf Katherine zu, bis sie dicht neben ihr stand, und flüsterte ihr ins Ohr: »Wow. Ein Glück, daß ich zum Gucken gekommen bin. Ist das nicht Wahnsinn?«

»Absolut«, sagte Katherine mit Nachdruck. Die Erektion wuchs immer weiter. Katherine verstand plötzlich, woher der asiatische Glaube kam, daß Rhinozeroshörner ein Aphrodisiakum seien.

Ursula, die plötzlich Angst zu bekommen schien vor dem, was sie da verursacht hatte, galoppierte zum Rand des trockenen Grabens zwischen ihr und den Zuschauern und ließ sich hineinrutschen.

»Oh, nein«, sagte Luis. »Dort unten wird er sich nicht über sie hermachen können, und ob sie alleine dort wieder herauskommt, ist fraglich. Los, holen wir sie da raus.« Er sprang über das Geländer und kletterte hinunter in den Graben, Hans und Vic direkt hinter ihm. Sie näherten sich der Nashornfrau und versuchten sie mit Schlägen auf die Flanken umzudrehen, aber sie ließ sich nicht bewegen. Sie stand dort wie angewurzelt. Als sie das Klopfen weicher Hufe hörten, sahen sie nach oben und erblickten drei Tonnen Nashorn, die auf sie zukamen. Teddy war im Anmarsch. Als er in den Graben schlitterte, kraxelten die drei Männer auf der anderen Seite heraus und machten sich gerade noch rechtzeitig aus dem Staub.

Ursula lehnte sich auffordernd gegen die Grabenwand, und Teddy nahm das Angebot an. Er bestieg sie und warf sich gegen sie, aber die Zuschauer konnten mit verdrehten Hälsen sehen, daß er viel zu tief zielte. Er ließ sich wieder herunterfallen und sah verdattert in die Gegend.

»Meine Güte«, sagte Sam McElroy, »da möchte man ja selbst hinuntergehen und den Dengel für ihn reinschieben.«

»Er schafft das schon«, meinte Luis. »Er braucht nur ein bißchen Übung.«

Und tatsächlich, Teddy bestieg sie von neuem und rammte seinen Körper gegen ihren. Es gab ein klatschendes Geräusch, und dann einen Unisonoseufzer von den Rhinos, als Teddy die richtige Stelle gefunden hatte. Es dauerte nur ein paar Sekunden, hinein und heraus, dann gab er ein Gebrüll von sich und ließ seinen Schwanz mit der Pompomquaste wie eine Fahne nach oben schnellen. Ansonsten bewegte Teddy sich nicht; er blieb so stehen und legte seinen Kopf auf Ursulas Rumpf.

»Es ist noch lange nicht vorbei«, sagte Luis Traeger. »Rhinos können mehrere Stunden lang alle fünfzig Sekunden ejakulieren.« Wie auf ein Stichwort hin begann Teddy wieder zu stoßen und brüllte erneut, begleitet von Ursula. So ging es die nächste halbe Stunde und versprach, noch endlos so weiterzugehen. Mittlerweile war der Zoo geöffnet, und Besucher fanden sich zum Zuschauen ein. Einige Mütter mit kleinen Kindern im Schlepptau warfen einen Blick auf die Szene und zerrten ihre Kinder fort.

»Schade eigentlich«, sagte Vic zu Katherine. »Das ist guter Aufklärungsunterricht. Kommen Sie. Reißen Sie sich los. Wir haben noch viel zu tun.«

Als Katherine sich zum Gehen wandte, flüsterte ihr Iris ins Ohr: »Uiuiui! Ich weiß ja nicht, wie's Ihnen geht, aber ich könnte jetzt eine kalte Dusche gebrauchen.«

»Und jetzt?« fragte Katherine, deren Haare im Wind flogen, als sie die holperige Straße zum australischen Pavillon im neuen Teil des Zoos entlangrumpelten.

»Ein Vogel – die Pflegerin meint, er müßte bald Eier legen«, sagte er und trat aufs Gaspedal. »Ein Kasuar.« Mit quietschenden Bremsen kamen sie neben dem Pavillon zum Stehen. Mehrere riesige, straußenähnliche Vögel stapften mit ihren großen Füßen im Staub herum. Aufgeschreckt und unbeholfen, mit hocherhobenen Köpfen auf langen, kreppapierartigen Hälsen, verfolgten sie die Ankunft des Jeeps. Wenn sie mit ihren langen Wimpern klapperten, sahen sie aus wie hochherrschaftliche Matronen, die man bei einer Teegesellschaft aufstörte.

»Da ist sie.« Vic deutete auf einen einsamen Vogel in der Ecke des Verschlags; er stampfte mit den Füßen auf und schüttelte den reich gefiederten Schwanz, schüttelte, als befände er sich in den Händen einer höheren Gewalt. Eine junge Wärterin kam auf sie zugerannt, wobei sie ihre Kappe festhielt. »Gott sei Dank, daß Sie kommen«, sagte sie atemlos. »Matilda quält sich schon den ganzen Morgen.«

»Wie viele hat sie schon gelegt?« fragte Vic.

»Neun. Und jetzt steckt das letzte wahrscheinlich fest.«

»Gut, Lisa, das dauert schon viel zu lange. Wir wollen sehen, ob wir ihr helfen können.« Er holte seinen Rucksack hinten aus dem Jeep und lief zum Tor.

»Großer Gott«, stöhnte Lisa, zog ein paar dicke Lederhandschuhe an und drückte den Schirm ihrer Baseballkappe nach unten. »Großer Gott.«

»Wir werden so vorgehen«, sagte Vic zu den beiden Frauen. »Es wird nicht sehr schwer sein, sie zu fangen, aber ihr zwei werdet sie festhalten müssen, während ich versuche, das Ei herauszuholen.«

Lisa stöhnte wieder und sah Katherine an. »Tragen Sie irgendwelchen Schmuck?« fragte sie.

Katherine schüttelte verständnislos den Kopf.

»Na gut. Das hier wird das Unerfreulichste, das man sich nur vorstellen kann.«

Vic öffnete den Reißverschluß seines Beutels und warf ihn über die Schulter. »Seien Sie vorsichtig. Diese Vögel können treten wie ein Maultier.«

»Besonders der hier«, sagte Lisa beim Aufschließen des Geheges. »Sie ist der böse Geist der Vogelwelt. Wir müssen sie sofort schnappen, bevor sie richtig zutreten kann.«

Die Kasuare rannten mit wenigen Schritten zum anderen Ende des Geheges, bis auf Matilda, die, vor Pein zuckend, stehen blieb, wo sie war.

Vic versuchte sich Matildas Ecke von hinten zu nähern; Lisa kam von vorn und Katherine von der Seite. Vic trat als erster auf Matilda zu und ergriff ihre muskulösen Oberschenkel, während Lisa ihre Arme um den Ansatz des langen, nackten Halses warf; Katherine griff sich den Rest – den dicken, gefiederten Rumpf. Sie mußte sich über den Vogel beugen und ihre Arme ausstrekken, soweit sie konnte, so daß sie mit der Wange auf dem kleinen Stummelflügel lag. Überraschenderweise war der Körper unter dem weichen Gefieder steinhart und zitterte.

Der Vogel zappelte, trat und boxte mit seinen Riesenfüßen und wirbelte Staubwolken auf, die Katherine einatmen mußte. Außerdem war ein widerliches, braunes, klebriges Zeug auf den Federn, das ihr Gesicht und Haare verschmierte. Sie beneidete Lisa um ihre Baseballkappe, die die Haare schützte.

»Gut«, sagte Vic, kniete sich unter das hintere Ende des Vogels und schaute hinein. »Ah, ich sehe es, nur ein kleiner Popel, aber da sitzt es. So ... könnt ihr sie nicht ein bißchen ruhiger halten, so daß ich meine Hand da hineinbekomme, ohne daß sie mir abgerissen wird? Katherine, fester.«

Katherine verstärkte den Druck und gab einen kleinen überraschten Quieker von sich, als Matilda ihren langen Hals beugte, mit dem schwarzen Schnabel Katherines Hemdkragen zu fassen bekam und anfing, daran zu zerren. »Sie versucht, mein Hemd zu zerreißen«, beschwerte sich Katherine.

»Gut«, meinte Vic und sah hoch in ihr Gesicht, das nur wenige Handbreit von seinem entfernt war. »Dann ist wenigstens das Ende eine Zeitlang beschäftigt.« Er goß etwas Flüssigkeit auf seine linke Hand und rieb sie kräftig, dann träufelte er ein farbloses Öl darauf und steckte sie in die Kloake des Vogels. Katherine hatte allmählich das Gefühl, daß sie keine Luft mehr bekam bei dem ständigen Gezerre an ihrem Hemd. Es flog noch mehr Staub auf, und ihre Augen fingen an zu jucken und zu tränen; ihre

Zunge fühlte sich wie Schmirgelpapier an. Als sie das Gefühl hatte, jeden Moment erwürgt zu werden, hörte sie ein Krachen. Der Kragen begann sich von ihrem Hemd zu lösen.,

Vic lächelte zu ihr hoch. »Ah, ich kriege es gleich zu fassen. Haltet sie gut fest – noch ein bißchen fester, wenn es geht.«

Der Schnabel machte einen letzten Angriff und riß einen Großteil von Katherines Kragen auf einen Ruck ab.

Lisa rief zu ihr herunter: »Tut mir leid. Ich kann sie am Hals nicht fester halten, weil ich sonst vielleicht die Luftröhre beschädige. Die ist bei diesen Vögeln sehr empfindlich.«

Matilda senkte den Kopf erneut und schnappte nach dem verbleibenden Rest von Katherines Kragen. Diesmal erwischte sie dabei auch eine von Katherines Haarsträhnen.

»Aua«, schrie Katherine. »Jetzt hat sie meine Haare.« Sie sah Vic hilfesuchend an.

»Weitermachen«, sagte er. »Es sitzt wirklich sehr fest da drin, aber es hat gerade ein bißchen nachgegeben. Kein Wunder, daß sie solche Probleme damit hat. Kusch jetzt, kusch«, sagte er, zog seine Hand aus der Öffnung und klopfte dem Vogel damit auf den Schwanz. Er goß noch etwas Öl auf die Hand. »Reines Pflanzenöl«, sagte er zu Katherine, »besser als Geburtshilfegel.« Er steckte seine Hand wieder hinein, während Katherine spürte, wie ihr Haar ruckartig nach oben gezogen wurde, so heftig, daß ihr Kopf nach hinten kippte und ihr die Tränen in die Augen traten.

»Aua!« Sie schrie so laut, daß der Vogel Haare und Kragen losließ.

»Nicht schreien«, sagte Vic. »Das macht sie nervös.«

Dann weiteten sich seine schwarzen Augen, und sein ganzes Gesicht bekam einen absolut konzentrierten Ausdruck. »Es kommt«, flüsterte er Katherine zu. »Ich fühle, wie es kommt.« Katherine konnte den Blick nicht von seinem Gesicht wenden, es strahlte vor Freude; seine ohnehin kräftige Hautfarbe wurde intensiver, die Augen wurden schwärzer, die Lippen dunkler, die Wangen röteten sich. Er sah ihr direkt in die Augen, als warte er auf eine Antwort.

Langsam zog er seine Hand aus dem Inneren des Vogels

zurück, wobei er beruhigend »Kusch, kusch« flüsterte, und als sie mit einem Schmatzen zum Vorschein kam, lag das Ei darin. Auf dem Handteller streckte er es Katherine entgegen, damit sie es sehen konnte: ein glänzendes, flaschengrünes Ei, birnenförmig und riesig wie eine Honigmelone. Für Katherine sah es aus wie ein Stück Mond, leuchtend und magisch, weich gerundet durch Jahrhunderte ehrfürchtiger Berührungen.

Sie keuchte. »Sehen die immer so aus?«

Vic nickte und sagte: »Jetzt kommt das Schwierigste – sie loslassen, ohne getreten zu werden.« Er bewegte sich mit dem Ei langsam rückwärts, bis er außer Reichweite der langen Beine war. »Jetzt«, sagte er. »Lauft!«

Lisa und Katherine lockerten ihre Umklammerung und duckten sich, als Matilda sich mit einem kräftigen Tritt befreite. Sie rannten zum Tor, wo Vic mit dem Ei wartete. Er überreichte es Katherine und sagte: »Wir werden es zum Ausbrüten zu den anderen in die Brutabteilung bringen.«

Ehrfürchtig nahm sie es mit beiden Händen entgegen.

16

Katherine war entzückt davon, wie die Kerze ihr Glas Beaujolais von hinten erleuchtete und es rubinrot glühen ließ. Während sie aufmerksam lauschte, drehte sie das Glas an seinem Stiel und nahm gelegentlich einen Schluck.

Vic erzählte von seiner einsamen Kindheit, er war allein bei seiner Mutter in einer texanischen Kleinstadt aufgewachsen. »Die Tiere haben mir wahrscheinlich alles Fehlende ersetzt«, sagte er. »Meine Mutter hat sie alle geduldet, obwohl das sicher nicht einfach für sie war.«

»Ich glaube, ohne die Hunde hätte ich meine Kindheit nicht überstanden«, sagte Katherine, selbst überrascht von diesem Geständnis. Das hatte sie noch nie ausgesprochen. »Wohnt deine Mutter noch in Emory?«

»Nein, sie ist vor ein paar Jahren gestorben«, sagte Vic.

Sie fielen in ein behagliches Schweigen. Nach einem anstrengenden Tag an der frischen Luft, drei Stunden angeregter Unterhaltung bei einem üppigen Abendessen und zwei Flaschen Wein fühlte sich Katherine so entspannt und glücklich wie seit Wochen nicht mehr. Sie nahm einen kräftigen Schluck und sagte: »Das ist ein gutes Restaurant. Das Essen war wirklich köstlich.«

»Kleiner Ersatz für das Mittagessen, für das wir den ganzen Tag keine Zeit gefunden haben.« Er schaute auf ihren leeren Teller. »Wollen wir die Schokoladenversuchung probieren? Das ist die Spezialität des Hauses.«

»Bestell einfach eine, und ich helfe ein bißchen mit«, sagte Katherine und dachte, daß sie jetzt wirklich keinen Wein mehr trinken sollte. Das warme Kribbeln in ihrem Nacken signalisierte, daß sie schon zuviel hatte.

»Wie kommt es bloß, daß Frauen Desserts gern essen, aber nie bestellen wollen?« fragte er und bewegte seine langen Beine unter dem Tisch, wobei er sein Knie gegen ihren Oberschenkel drückte. Katherine sah plötzlich Ursula vor sich, wie sie ihr Horn an Teddys Bauch rieb, und errötete.

»War das nicht unglaublich heute mit den Rhinos?« fragte er. »Ich habe Teddy immer als Teil der Erde angesehen – als einen Berg, lehmfarben, uralt und stoisch. Heute war es, als würde sich die Erde erheben und erneuern. Als sein Schwanz zum erstenmal nach oben schoß, hätte ich am liebsten Beifall geklatscht. Ich wußte nicht, daß das passieren würde.«

Katherine lachte. »Das hat mir auch gefallen. Es wäre phantastisch, wenn ein Nashornbaby dabei herauskommen würde.«

»Wir wären einer der wenigen Zoos, bei denen es geklappt hätte.« Er sah sie eine Weile über den Rand seines Weinglases an, wobei sich die Rundung des Glases in seinen Augen spiegelte. Katherine mußte Sophie im stillen recht geben: Er konnte wirklich etwas aus sich machen. Der blaue Anzug, das weiße Hemd und die rote Paisleykrawatte im Kontrast zu seiner dunklen Haut und der geschwungenen Nase gaben ihm das Aussehen von etwas Wildem, das für einen Moment gezähmt war: ein Berberkrieger, der übers Wochenende aus der Wüste in die Stadt gekommen war. Sie schüttelte den Kopf, um das Bild zu verscheuchen. Lächerlich. Es mußte der Wein sein. Das hier war einfach ein überarbeiteter Tierarzt beim Abendessen.

»Wirst du denn hier sein, um die Geburt des Kalbs zu sehen, wenn Ursula wirklich schwanger wird?« fragte er.

Sie zögerte und dachte darüber nach. »Wie lange dauert die Schwangerschaft bei den Rhinos?«

»Siebzehn bis achtzehn Monate.«

»Ich weiß es nicht, Vic. Ich wünschte, ich wüßte es. Im Moment hängt alles in der Luft. Irgendwann wird das Haus meines Vaters von der Bank verkauft werden, so daß ich etwas zum Wohnen finden muß. Der Zoo gefällt mir, gefällt mir sehr, aber ich glaube nicht, daß ich mich je an Schlangen gewöhnen werde.« Sie hatte das Bedürfnis, ihm das genauer zu erklären. »Es ist fast so, als wäre ich mit einer Abneigung geboren worden, die so tief und automatisch ist, daß ich keine Kontrolle darüber habe – über diesen Instinkt, meine Röcke zu schürzen und wegzurennen, sobald ich eine Schlange sehe. Mein Körper produziert den ganzen Tag über Unmengen von Adrenalin, damit ich schnell fliehen kann, aber ich muß dableiben. Und ich fühle mich wie eins von den dummen Hühnern, über die Iris Renaldo sich lustig macht. Ich finde es gräßlich, aber es ändert sich nicht.«

Vic nickte und rezitierte mit leiser Stimme:

»Viele aus dem Volk der Natur
Kenn ich, und sie kennen mich;
Ich fühl für sie Bewegtheit
Von Herzen kommt sie her;

Traf aber nie den Gefährten
Mit andern und allein,
Ohne beklemmt'res Atmen,
Und Kälte bis ans Mark.«

»Kälte bis ans Mark«, sagte Katherine. »Genau das ist es. Ein Schaudern so tief drinnen, als säße es in den Knochen. Was ist das?«

»Emily Dickinson«, sagte er. »Selbst heute spüre ich es noch, wenn ich ohne Vorwarnung eine Schlange sehe – das beklemmte Atmen und die Eiseskälte in den Knochen. Wenn ich darauf vorbereitet bin, ist es kein Problem.«

Katherine seufzte. »Was ich meine, geht sogar noch darüber hinaus. Es ist, als hätte ich eine uralte Stammeserinnerung an eine Katastrophe. Ich kann das Gefühl nicht loswerden. Vielleicht hängt es zusammen mit...« Sie brach ab, unsicher, ob sie es ihm erzählen wollte. Sie entschied, daß sie wollte. »Mir ist gerade kürzlich wieder eingefallen, daß mein Vater Schlangen zu Hause hielt, als ich ganz klein war, im Wohnzimmer. Meine Mutter und ich hatten panische Angst vor ihnen.«

Er nickte nachdenklich. »Möchtest du vielleicht...« Er zögerte einen Augenblick und setzte noch einmal an. »Möchtest du vielleicht eine andere Arbeit haben, zum Beispiel bei einem guten Hundetrainer hier in der Stadt?«

Katherine sah schnell auf seine gesenkten Augen, dann zur Seite. »Warum fragst du?«

»Nun ja, Sam hat mich neulich gefragt, ob ich einen Trainer kenne, der jemanden braucht. Er wollte, daß ich es dir als bessere Alternative vorschlage.«

»Ich glaube, er will mich vor allem loswerden«, sagte Katherine und sah ihn an.

Seine Reaktion überraschte sie. »Glaube ich auch«, sagte er. »Ich habe mich nur gefragt, warum.«

»Ich auch.« Sie sahen einander über die Weingläser hinweg an. Sie schätzte, daß er noch mehr getrunken hatte als sie, aber ihm war nichts anzumerken.

Sie beschloß, ihren Verdacht auszusprechen. »War es eine Idee von Sam, daß du mich heute mitnehmen und mir die Sache mit dem Trainerjob schmackhaft machen solltest?«

Er sah sie gekränkt mit großen, schwarzen Augen an. »Nein. Das war einzig und allein meine Idee. Natürlich habe ich ihn um Erlaubnis gefragt.«

Katherine nickte und wußte nicht, ob sie ihm glauben sollte.

»Und, willst du?«

»Warum? Hast du schon eine Stelle für mich gefunden?«

»Ja. Josh Burton vom Circle-C-Zwinger würde dich sofort

einstellen. Er meint, du seist die beste Retrieverausbilderin, die er je gesehen hat. Und er sagt, dein Hund sei derart gut, daß er gar kein richtiger Hund mehr sei.«

Katherine merkte, wie sich eine Flut von Wohlgefühl in ihrem Körper ausbreitete. Es schien Jahre her zu sein, daß jemand sie gelobt hatte. »Das ist lieb«, sagte sie. »Da möchte ich am liebsten schnurren.«

»Und ... was soll ich ihm sagen?«

»Sag ihm danke schön, aber ich will im Zoo bleiben. Ich will lernen, der Stolz von Alonzo Stokes zu sein, und wenn es mich umbringt.« Sie nahm einen großen Schluck Wein und mied seinen verwirrten Blick.

Nachdem sie der Schokoladenversuchung erlegen waren und jeder ein weiteres Glas Wein geleert hatte, holte Katherine tief Luft und stellte die Frage, die ihr schon den ganzen Abend im Kopf herumging: »Vic, ist es möglich, daß eine Ranch in Kerrville ein Bongo und mehrere Mähnenschafe besitzt?«

Er riß die Augen so weit auf, daß seine Stirn sich in Falten legte. »Mähnenschafe, klar. Viele Wildtierranches haben große Herden von ihnen, aber kein Bongo. Sie stehen als bedrohte Tierart unter Artenschutz, selbst Zoos kommen da nur schwer ran. Wir hatten Glück, daß wir unser junges Männchen bekommen haben.«

»Der in der Quarantäneabteilung?«

»Ja. Er ist der einzige in ganz Texas. Houston, Dallas, San Antonio – keiner hat einen.«

»Wie haben wir das geschafft?«

»Durch einen Tierhändler mit Kontakten im Kongo, im Grunde in ganz Afrika. Und die Driscoll-Stiftung war so großzügig, die zwanzigtausend Dollar dafür auszuspucken. Warum, Katherine?«

»Ich habe ein Foto gesehen, datiert auf den zweiten Oktober, auf dem ein Bongo bei einer Ranch in Kerrville ausgeladen wird.«

»Zweiter Oktober ... da haben wir unser Exemplar auch bekommen«, sagte Vic. »Bist du sicher, daß es ein Bongo war?«

»Ziemlich sicher.«

»Kann ich das Foto sehen?«

Katherine trank ihren restlichen Wein aus und schob das Glas von sich. Sie hatte ihr Limit erreicht. Das erinnerte sie daran, daß sie die Toilette suchen wollte. Sie stand auf, ohne seine Frage zu beantworten. »Ich bin gleich wieder da«, sagte sie.

Im Waschraum spritzte sie sich kaltes Wasser ins Gesicht, um ihren Kopf klar zu bekommen. Sie mußte eine Entscheidung treffen. Jetzt. Wenn sie das Geheimnis der Dokumente, die ihr Vater hinterlassen hatte, lüften wollte, mußte sie direkte Fragen stellen und ein gewisses Risiko eingehen. Sie war stark versucht, Vic die Fotos zu zeigen und seine Ansicht über die richtige Vorgehensweise zu hören. Aber was war, wenn er in das Ganze, was immer es sein mochte, verwickelt war?

Sie trocknete sich das Gesicht mit Papierhandtüchern ab. Sie brauchte Hilfe, soviel war sicher. Aber konnte sie ihm trauen? Sie sah die weißen Zähne und seine dunkle Haut vor sich. Himmel, er sah aus wie ein windiger Kamelhändler. Warum gerade ihm vertrauen? Aber wem sonst? Sam McElroy? Auf keinen Fall. Alonzo? Sicher nicht. Hans Dieterlen? Nein. Ihrem Onkel? Ausgeschlossen.

Sie fühlte das brennende Verlangen, mit jemandem zu sprechen. Aber gerade Vic? Warum dieses Risiko eingehen? Sie dachte daran, wie er sein Knie an ihr Bein gepreßt hatte, wie sich seine Haare über den Ohren kräuselten. Vielleicht waren ja der Wein und ihre Hormone schuld, aber sie mußte es versuchen. Und selbst wenn Vic mit der Sache zu tun haben sollte, hätte sie wenigstens einen Schritt unternommen, den Stein ins Rollen zu bringen.

Sie blieb an dem öffentlichen Telefon im Gang stehen und rief Sophie bei deren Eltern an. Sie hatten sich darauf geeinigt, zur gleichen Zeit nach Hause zu kommen, damit keine von ihnen allein in dem Bungalow zu sein brauchte. Sophie erklärte sich einverstanden, Katherine um Viertel nach zehn vor dem Haus zu treffen, so daß sie zusammen hineingehen könnten.

Als sie zurück an den Tisch kam, hatte Vic gerade bezahlt und erhob sich von seinem Platz. »Schwere Frage, was?« sagte er.

»Welche?«
»Ob ich das Foto sehen kann.«
»Ach das. Sehr schwer«, sagte sie.
»Wollen wir gehen?«

Als er mit seinem alten Volvo-Kombi in die geschotterte Auffahrt eingebogen war, ließ er den Motor laufen und drehte sich zu ihr um.

Bevor er zu dem, was er sagen wollte, anheben konnte, fragte Katherine schnell: »Kannst du einen Moment mit hereinkommen, Vic? Ich muß dir etwas zeigen.«

Er nickte begeistert.

Gerade als sie an die Eingangstür kamen, rollte Sophie mit ihrem BMW in die Auffahrt neben Vics Auto und sprang heraus. »Haben wir ja perfekt abgepaßt«, sagte sie. »Hallo, Vic.« Sie mußte brüllen, um das Kläffen von Belle zu übertönen.

Vic sah verwirrt aus. »Sophie«, sagte er.

»Sophie wohnt bei mir«, erklärte Katherine, während sie die Tür aufschloß und den Hund beruhigte. »Ganz ruhig, Belle. Gutes Mädchen.«

Beim Eintreten entdeckte Vic Ra, der schwanzwedelnd auf sie zukam. »Das muß der zweifache Champion Amun-Ra sein«, sagte er.

»Amun-Ra des strahlenden Sonnenaufgangs«, sagte Katherine und kraulte dem Hund die Brust.

Vic blieb auf dem Weg durch das Arbeitszimmer stehen, um die Wände voller Fotos zu betrachten. Er bemerkte sofort die Farbaufnahmen von Katherine und trat näher, um sie genau anzuschauen. »Sehr schön hat dein Vater das gemacht«, sagte er. »Sehr schön.«

Zu dritt setzten sie sich in die Küche und unterhielten sich ein paar Minuten, bis Sophie sagte: »Zeit für mich, ins Bett zu gehen.« Sie sah Katherine an. »War spät gestern nacht. Ich hab' keine Ahnung, wie du das durchhältst.« Sie ging hinaus in Richtung Bibliothek, Belle war ihr auf den Fersen. Sie hörten das Klappen der Tür.

»Ich hole das Foto. Bin gleich wieder da«, sagte Katherine und stand auf. Sie blieb in der Tür stehen, schaute zu ihm zurück und war versucht, ihn um Verschwiegenheit zu bitten; dann entschied sie jedoch, daß das melodramatisch klingen würde – und außerdem sinnlos wäre. Entweder war er vertrauenswürdig, oder er war es nicht. Sie setzte darauf, daß er es war.

Sie ging, ohne etwas zu sagen.

Sie zog den Umschlag unter der Matratze hervor und brachte ihn in die Küche, den benebelten Kopf voll widerstreitender Gefühle. Fraglos trugen der Wein und der Mangel an Schlaf in den letzten vierundzwanzig Stunden zu diesem Akt der Indiskretion bei. Aber sie würde es wagen.

Sie legte ihm das Blatt hin, auf das sie die vier Fotos, die mit dem Datum 2.10.89 und »RTY Ranch, Kerrville« beschriftet waren, kopiert hatte. »Dies hier sind nur Kopien, aber man kann sie ganz gut erkennen.« Sie deutete auf eines der Fotos. »Das ist ein Bongo, stimmt's?«

»Aber ja«, sagte er. »Sogar in schwarzweiß sind die Längsstreifen auf dem Rumpf, die Zeichnung der Beine und die geschwungene Rückenlinie unverkennbar. Es ist ein Bongo, und zwar nicht unseres.« Mit dem Zeigefinger zählte er die Streifen. »Dies hier hat zwölf Streifen, unseres vierzehn.«

Katherine drehte das Blatt um. »Das stand hinten auf den Bildern«, sagte sie.

»Zweiter Oktober 1989«, las er, »RTY Ranch; Kerrville. Da war ich schon mal. Vor ungefähr fünf Jahren. Das war die erste große Wildtierranch. Ihren Gewinn machen sie, indem sie Jägern Unsummen dafür abknöpfen, daß sie exotische Tiere schießen und zu Hause an die Wand nageln können. Ich habe gehört, daß man dort sogar Großwild schießen kann, wenn man das nötige Kleingeld hat. Dieses Unternehmen wird von einem Typen geleitet – Robert Yost –, dessen Familie die Ranch schon seit Generationen besitzt. Alter texanischer Geldadel. Aber für ihn waren magere Zeiten angebrochen – bis er auf die Idee mit dem exotischen Wild kam.«

Er drehte das Blatt wieder um und sah sich die anderen Fotos an. »Das hier ist natürlich ein Aoudad, ein Mähnenschaf. Und sieh dir das an, Katherine.« Seine Stimme wurde lauter vor

Aufregung. »Hier sind zwei große Kudus. Das ist ja unglaublich! Und ein Oryx.«

Er sah sie an. »Dein Vater hat die gemacht, oder? Was hat er dazu gesagt?«

»Nichts. Er hat sie für mich versteckt. Ich habe sie erst nach seinem Tod gefunden. Es waren noch mehr.« Sie legte das nächste Blatt vor ihn auf den Tisch.

Er starrte es an. »Ein Buschbockpaar! Nicht einmal wir im Zoo haben Buschböcke. Ich fass' es nicht! Eine Säbelantilope und ein Addax!« Er drehte das Blatt um und las: »Zehnter August 1989, PLS. Lampasas.« Er schaute ins Weite und versuchte sich an etwas zu erinnern. »Zehnter August. Wir haben am zehnten August eine Lieferung bekommen, glaube ich. Das waren die beiden Weißschwanzgnus für unsere Herde.«

»Ich weiß«, sagte Katherine. Sie reichte ihm die Seite mit der Auflistung der Zooankäufe für den Monat August. Sie hatte das Datum und die beiden Eintragungen markiert. Sie beobachtete seine Reaktion genau. Seine Stirn war gerunzelt, und er sah durch und durch perplex aus, als er die Eintragungen und dann wieder die Fotos studierte.

»Es gibt noch mehr«, sagte sie und zeigte ihm alles.

Ungefähr fünf Minuten saß er schweigend da, betrachtete sie, verglich die Daten auf den Fotos mit den Neuerwerbungslisten. Katherine lief abwechselnd auf und ab und sah ihm über die Schulter. Als er schließlich den Kopf hob, war sein Mund zu einem Strich zusammengekniffen, und seine Augen blickten ins Leere, als versuche er etwas anzuvisieren, könne es aber nicht recht in den Blick bekommen.

»Und, was meinst du?« fragte Katherine und wedelte mit der Hand über die Dokumente auf dem Tisch. Sie setzte sich hin, um besser zuhören zu können.

Vic schüttelte den Kopf und rieb seine gefurchte Stirn. »Wenn diese Fotografien korrekt beschriftet sind, dann hat jedesmal, wenn die Driscoll-Stiftung in den letzten sechs Monaten neue Tiere für den Zoo gekauft hat, am selben Tag eine von vier texanischen Ranches eine Tierlieferung erhalten. Bei manchen der Tieren verstößt das gegen bundesstaatliche und internationale Vorschriften. Und keins von ihnen hat etwas auf Wildranches zu suchen, wo sie abgeschossen werden.«

Katherine war ungeduldig. »Das weiß ich ja, aber was heißt das?«

Er atmete tief durch. »Ich kann es kaum glauben, aber es scheint möglich, daß hier... eine krumme Sache läuft und Leute im Zoo daran beteiligt sind. Vermutlich auch dein Onkel, immerhin ist er Vorstand der Stiftung.« Vic sah ihr in die Augen. »Was hast du vor?«

Sie zuckte die Schultern. »Mein Vater hat mir geschrieben, daß ich etwas für ihn tun solle, etwas, das nur ich tun könne. Und er hat mir das hier hinterlassen. Ich will herausfinden, was da vor sich gegangen ist, und ich will das tun, von dem er wollte, daß ich es tue, was immer es auch sein mag.« Sie lehnte sich zurück. »Ich wünschte bloß, ich wüßte, was es ist.«

Vic schwieg einen langen Augenblick. Dann klopfte er mit dem Knöchel auf die Bilder. »Mir macht das angst. Wenn dein Vater diese Informationen gesammelt hat, könnte das der Grund sein, warum er ermordet wurde.«

Katherine nickte. »Wenn im Zoo etwas Illegales vor sich ginge – kannst du dir zusammenreimen, wie es funktionieren könnte?«

Er sah ins Leere. »Versuche ich ja, aber es ist so schwer zu glauben, daß ich es mir kaum vorstellen kann. Ich weiß nur, daß es bei dem Exotengeschäft um einen Haufen Geld geht.«

Sie nickte wieder. »Vic, was könnte ich als nächstes tun, um mehr herauszubekommen?«

Nachdenklich starrte er aus dem schwarzen Fenster. »Eigentlich möchte ich es dir lieber nicht sagen, weil ich befürchte, daß du es tust und dich in Schwierigkeiten bringst.«

»Das laß mal meine Sorge sein. Wenn du mir helfen willst, dann gib mir einen Tip.«

»Kommst du an die Unterlagen und Zahlen der Driscoll-Stiftung heran?« fragte er.

»Nein. Ich dachte, du?«

»Nein. Cooper Driscoll bewahrt sie auf. Könntest du ihn irgendwie dazu bringen, sie dir zu zeigen?«

»Nein, habe ich schon versucht.«

»Laß mich nachdenken«, sagte er. »Wir könnten eine dieser Ranches anrufen, so tun, als wären wir Jäger, und sagen, daß wir ein Bongo oder ein Kudu oder Oryx schießen wollen; aber ich glaube nicht, daß sie sich so leicht aushorchen lassen, sie würden nur Verdacht schöpfen. Nein, das geht nicht. Aber ...« Er sprach nicht weiter.

Sie beugte sich vor. »Was?«

»Mir fällt nur eine Sache ein.« Er schob die erste Seite der Aufzeichnungen hinüber zu Katherine und deutete auf die Spalte mit der Bezeichnung »Herk.«. »Die letzten drei Sendungen stammen von unserem größten Lieferanten, Max Friedlander. Die Initialen MFWTH bedeuten Max Friedlander, Wildtierhändler. Du könntest ihn fragen, welche Tiere am zweiten Oktober, am zehnten August und am siebzehnten April geliefert worden sind.«

Katherine trommelte nervös auf die Tischplatte. »Wo finde ich ihn?«

»Er wohnt in New York oder New Jersey. Ich könnte dir seine Nummer in den Akten raussuchen, aber ich weiß nicht, ob er über seine geschäftlichen Angelegenheiten mit dir sprechen würde. Der Zoo ist ein wichtiger Kunde. Vielleicht solltest du besser die Finger davon lassen, Katherine. Was hast du denn davon?«

»Mein Vater wollte, daß ich etwas unternehme, und das werde ich auch tun.«

Er bedeckte ihre Hand mit seiner und hielt ihre Finger fest. »Na gut, aber versprichst du, daß du mich auf dem laufenden hältst? Ich will nicht, daß du das alles auf eigene Faust unternimmst.«

Katherine dachte nach. »Ja, gut, wenn du dich weiterhin als nützlich erweist.«

Er lachte. Sie legte warnend einen Finger an die Lippen, er sollte leise sein. »Sophie weiß nichts davon. Es ist eine heikle Sache.«

»Ja, das sehe ich ein.« Seine Hand umschloß ihre.

Sie schaute weg und unterdrückte ein Gähnen.

»Wird wohl Zeit, daß ich gehe?« fragte er.

S.. nickte. »Danke für das Essen... und den ganzen Tag. Kannst du mir morgen früh die Nummer besorgen?«

Er stand auf. »Na gut. Gegen mein besseres Wissen.«

Sie stand zu schnell auf und wurde von einem heftigen Schwindelgefühl erfaßt. Vic legte ihr einen Arm um die Schultern. »Alles in Ordnung?«

»Nur müde... und betrunken. Der Wein war hervorragend.«

Er ließ seine Hand von ihrer Schulter zu ihrem Nacken gleiten, unter die Haare. »Das stimmt.« Er beugte sich herunter und küßte sie sanft auf die Lippen, gerade lange genug, daß sie den Beaujolais, die Schokoladenversuchung und die Ahnung von etwas Unbekanntem schmecken konnte.

Auch als er die Hand von ihrem Nacken fortgezogen hatte, spürte sie noch ihren Abdruck und ihre Wärme.

Der Rächer faßte in den Halsausschnitt seines Hemdes und hielt einen Augenblick lang den Talisman umschlossen. Er biß die Zähne zusammen und versuchte, seinen Atem zu regulieren, aber die Wut wollte sich nicht unterdrücken lassen; sie stieg höher und höher in seiner Kehle und spuckte Galle und Magensäure in seinen Mund.

Er hatte alles perfekt geplant, wie bei den anderen auch. Aber, Scheiße, dieses gottverdammte Weibsstück war so unzuverlässig! Alles muß sie verderben, dachte er. Meint, alle sollten springen, nur weil sie das so will. Auch wenn es allen Leuten ihre Pläne versaut.

Er betrachtete die Buschmeister durch die Scheibe des Schaukastens. Das große Weibchen lag hinten in der Ecke neben dem Baumstamm. Ihre alte Haut, die wie milchiges Zellophan aussah, hing an der rauhen Borke fest, und sie arbeitete sich heraus. Aber es ging unendlich langsam. Wie eine Frau ohne Arme, die versuchte, sich aus einer enganliegenden Strumpfhose herauszuwinden, indem sie sich an einem Stück Baum rieb. Die perlengleichen Schuppen auf ihrer frisch gehäuteten voraeren Hälfte glitzerten im Neonlicht; sie bildeten ein dunkles Muster – tiefschwarze Dreiecke, die gelb nachgezeichnet waren, unverwechselbar und wunderschön. Das Muster und die Farben der noch nicht gehäuteten unteren Hälfte waren trübe und verwaschen.

Im Augenblick wirkte die Schlange teilnahmslos, aber bald würde sie die alte Haut los sein. Dann würde ihre Aggressivität wieder erwachen, und zwar um so heftiger, als er sie ausgiebig quälen würde. Mehr als zwei Meter war sie lang, und wenn er mit ihr fertig war, würde jeder Zentimeter davon Angriffslust sein.

Das Amulett zu berühren half ihm, ruhiger zu werden. Er machte alles richtig. Diese Verzögerung war belanglos. Er hatte so lange gewartet. Ein Tag mehr machte keinen Unterschied.

Er lächelte. Im Grunde war der Aufschub gar nicht so schlimm: So hatte er mehr Zeit, sich auf ihre Bestrafung zu freuen. Er hatte herausgefunden, daß die Planung und die Vorfreude eigentlich das Schönste an der Sache waren. Wenn es erst mal vorbei war, trat eine gewisse Leere ein, das Gefühl, in einen tiefen Brunnen zu fallen.

Bis er mit der Vorbereitung des nächsten Aktes begann.

Merkwürdig. Vielleicht hatte seine Mutter recht gehabt. »Söhnchen«, hatte sie stets gesagt, »sich regen bringt Segen.«

Er war regsam gewesen in der letzten Zeit, und es gab Momente, in denen er sich beinahe glücklich fühlte.

17

Es war verrückt, völliger Wahnsinn.

Als das Flugzeug über LaGuardia kreiste, schlug Katherine die Augen auf und fühlte, wie sich eine heiße Welle der Panik von ihren Wangen abwärts ausbreitete. Schlimmer noch, es war Wahnsinn auf der Basis von geborgtem Geld und geborgter Zeit. Das Geld – 384 Dollar für ein Hin- und Rückflugticket, Touristenklasse – hatte sie sich von Vic geliehen, und die Zeit – seinen freien Tag im Gegenzug dafür, daß sie am Samstag für ihn arbeiten würde – von Danny Gillespie. Beide waren großzügig gewesen und willens, ihr zu helfen; aber sie wußten nicht, was sie wußte – daß dies wahrscheinlich ein hoffnungsloses Unterfangen war.

Als sie Max Friedlander gestern in seinem Büro in Manhasset anrief, hatte er es rundheraus abgelehnt, mit ihr über seine geschäftlichen Angelegenheiten zu sprechen. Harsch hatte er ihr in seinem schroffen holländischen Akzent mitgeteilt, daß seine Geschäfte vertraulich abgewickelt wurden. Als sie versuchte, ihm von den besonderen Umständen zu erzählen, hatte er sie mitten im Satz unterbrochen und gesagt, daß er auf keinen Fall mit ihr darüber sprechen werde. Dann hatte er aufgelegt.

Was hatte sie also getan? Sie hatte einen Flug gebucht, sich von Vic Geld geliehen, den Tausch mit Danny arrangiert, Sam und Alonzo angelogen und ihnen erzählt, daß ihre beste Freundin in New York gestorben sei. Dann hatte sie Sharb davon überzeugt, daß sie in New York sicherer sei als in Austin, hatte sich von Sophie eine Jacke geborgt und schließlich den Sechsuhrflug erwischt, erschöpft vom vielen Organisieren. Auch jetzt hatte sie noch keine Ahnung, wie sie diesen unfreundlichen Holländer dazu bringen würde, mit ihr zu sprechen. Vielleicht genügte ja dieser Akt der Verzweiflung – daß sie von so weither gekommen war –, um ihn überzeugen zu können.

Sie hatte sich vorgenommen, den Flug für das Aushecken einer Strategie zu nutzen, aber die frühe Stunde und das Vibrieren der Motoren schwächten ihre guten Vorsätze. Sie lehnte den Kopf zurück, ließ die Augenlider zufallen und versank in Träume. Sie spielte noch einmal ihr Abendessen vorgestern mit Vic durch und stellte sich den Abend mit einem anderen Ausgang vor. Statt in der Küche über Bildern zu brüten, brachte sie ihn ins Schlafzimmer und entkleidete ihn langsam, Stück für Stück, stundenlang. Bevor sie sein Hemd aufknöpfte, schob sie die Hände darunter und spürte die Haut auf seinem Rücken.

Fast ein Jahr war es her, daß sie ihre Verlobung mit John Rhenquist aufgelöst hatte, und in all dieser Zeit hatte sie für keinen Mann irgendeine Gefühlsregung empfunden. Sie hatte, mit einiger Erleichterung, angenommen, daß ihre Fähigkeit zur Leidenschaft durch Nichtgebrauch allmählich eingegangen sei. Aber nun meldete die Lust sich zurück, gesund und munter und zu einem höchst unpassenden Zeitpunkt. Na ja, sie hatte sich für den Abend mit Vic verabredet, dann würde sie – falls sie planmäßig zurückkehrte – testen können, ob ihre Lust verkümmert war oder nicht.

Als der Jet auf den Boden rumpelte und auf das Flughafengebäude zurollte, riß sie sich von ihren Phantasien los und begann darüber nachzudenken, wie sie Max Friedlander dazu bringen konnte, mit ihr zu reden. Vic hatte ihn als einen rüden, alten Holländer beschrieben, der schon seit dem Ende des Zweiten Weltkrieges, seit seiner Immigration in die USA, mit Tieren handelte. Er war einer der drei großen Tierhändler im Lande und wurde generell als der beste angesehen. Vic hatte ihn mehrere Male getroffen und den Eindruck gehabt, daß er ein ehrenwerter Mann sei – und höchstwahrscheinlich nicht in irgendwelche illegalen Aktivitäten verwickelt.

Als sie in dem Mietauto nach Manhasset fuhr, sah sie das sterbende Laub des frühen Novembers an sich vorbeiziehen. Es erinnerte sie an das, woran sie lieber nicht dachte: Bis zum siebten November waren es nur noch vier Tage. Es gab nicht mehr die allerkleinste Chance, daß sie ihr Haus vor der Zwangsversteigerung würde retten können. Sie mußte sich dieser Tatsache stellen.

Als sie Max Friedlanders Büro in Manhasset endlich gefunden hatte, parkte sie das Auto drei Straßenecken entfernt, lief durch den kalten Wind und merkte plötzlich, wie spärlich bekleidet sie war. Es schien, als sei sie nie auf das Wetter vorbereitet, wenn sie in den Norden kam. Es waren wohl um die null Grad, und sie zitterte in ihrer leichten Seidenhose, der Bluse und der dünnen Jacke, die sie von Sophie geliehen hatte, darüber.

Sie stand auf dem schmutzigen Bürgersteig und starrte ein heruntergekommenes, dunkelrotes Backsteingebäude an. Auf einem Schild stand LENNY'S EISENWAREN, und durch die schmierige Schaufensterscheibe waren ein paar verstaubte Werkzeuge und Küchenutensilien zu sehen. Aber die Adresse stimmte. Den Tränen nahe, schaute Katherine hinauf zum ersten Stock; dort sah sie »Max Friedlander, Wildtierhandel« in Schwarz und Gold auf das Fenster gemalt.

Sie stieß einen tiefen Seufzer aus, der sich vor ihr in eine Dampfwolke verwandelte. Links neben dem Eisenwarenladen befand sich eine Tür mit abblätternder schwarzer Farbe, die der einzige Zugang zum Obergeschoß zu sein schien. Sie öffnete die Tür und stieg die dunkle Holztreppe empor, immer noch dabei, ihre Lügengeschichte zu perfektionieren. Die Tür oben trug ein kleines Messingschild mit seinem Namen, aber sie wußte nicht, ob sie klopfen oder einfach eintreten sollte. Nach kurzem Zögern klopfte sie und wartete, während sie auf die Uhr sah. Es war elf Uhr fünfunddreißig.

Bitte sei da.

Nichts rührte sich, also klopfte sie noch einmal, und die Tür wurde aufgerissen. Ein untersetzter älterer Mann mit einem langen Schopf fliegender, weißer Haare und einem ordentlich gestutzten weißen Bart stand da und guckte verärgert. »Ich habe ›Herein‹ gerufen, aber Sie bleiben draußen stehen.« Er funkelte sie an. »Und? Jetzt bin ich hier, sagen Sie, was Sie wollen.«

»Mr. Friedlander?« fragte Katherine.

»Jaja. Wer wohl sonst? Der Name steht an der Tür.« Er zeigte auf das Schild.

Er gab ihr das Gefühl, eine ungezogene Zehnjährige zu sein. »Ich bin Katherine Driscoll. Ich habe gestern mit Ihnen gesprochen, aber ich...«

»Sie haben mich gestern angerufen. Aus Austin, nicht wahr?«

»Ja. Aber es ist so dringend, daß ich heute das Flugzeug hierher genommen habe, damit ich persönlich mit Ihnen sprechen kann.«

Er verschränkte die Hände hinter dem Rücken und ließ sich auf seinen Absätzen nach hinten kippen, so als bringe ihre Aufdringlichkeit ihn aus dem Gleichgewicht. »Dachten Sie vielleicht, ich mache Spaß? Meinen Sie im Ernst, ich würde mit jedem x-Beliebigen, der hier anruft, über meine Privatangelegenheiten reden?«

»Aber ich bin nicht irgend jemand.« Katherine straffte ihre Schultern und richtete sich auf.

»Ach?« sagte er, warf den Kopf zurück und streckte seine Wampe heraus. »Und mit wem habe ich die Ehre?«

Das war wahrscheinlich ihre einzige Chance, und die würde sie nutzen. »Ich bin die Enkelin von Anne Driscoll, der Gründerin jener Stiftung, die Tiere im Wert von Millionen von Dollar bei Ihnen eingekauft hat. Ich bin die Tochter von Lester Renfro, der vor achtzehn Tagen von einem Tiger getötet wurde, von einem Tiger, dessen Erzeuger der Austiner Zoo von Ihnen gekauft hat. Ich bin Reptilienwärterin im Zoo... aber eigentlich bin ich Hundetrainerin«, schloß sie lahm.

Er stand in der Tür, den Kopf immer noch in den Nacken gelegt, die Lippen gespitzt, als erwarte er einen Kuß. Er stand lange schweigend da und sah sie an. Endlich sprach er. »Ihre Großmutter kenne ich gut, und von Ihrem Vater habe ich in der Zeitung gelesen. Mein Beileid.« Er trat zur Seite, um sie hereinzulassen, und machte eine elegante Verbeugung aus der Taille.

Katherine trat ein und fühlte sich wie eine Bettlerin, die sich plötzlich in eine Prinzessin verwandelt hat.

»Mein Büro ist geradedurch rechts«, sagte er und blieb stehen, um den Anrufbeantworter, der auf einem Metalltisch neben der Tür stand, einzuschalten.

Sie durchquerte einen ultramodernen Empfangsbereich voller Computer, Telex- und Faxgeräte und Telefone und kam schließlich in einen dunklen, verräucherten, mit Büchern vollgestopften Raum, in dem ein riesiger Mahagonitisch und ein altes viktorianisches Zweiersofa standen. Durch diese Tür zu treten war, wie ein Jahrhundert zurückzugehen, in eine langsamere, gemütlichere Zeit.

»Bitte«, sagte er und deutete auf das Sofa.

Sie setzte sich und fühlte wieder die Panik aufsteigen. Wie sollte sie die Sache angehen?

Während er an seinen Schreibtisch trat und einen Aschenbecher mit einer brennenden Zigarre darin hochhob, fixierte er sie genau. Unter Schmerzen ließ er sich neben sie auf das Sofa plumpsen, stellte den Aschenbecher auf sein Knie und steckte sich die halbgerauchte Zigarre in den Mund. »Erzählen Sie«, sagte er.

Die Lügen und Ausflüchte, die sie ausgebrütet hatte, lösten sich in Luft auf. Sie zog die Kopien der Fotos und Zoodokumente aus ihrer Tasche und breitete sie auf dem Tischchen vor ihnen aus. Dann begann sie zu sprechen: der Brief von ihrem

Vater, sein Tod; wie sie den Umschlag mit den Fotografien gefunden und einen Job im Zoo angenommen hatte, um Nachforschungen anstellen zu können; schließlich Vics Vorschlag, daß sie mit ihm, Friedlander, sprechen solle. Sie endete mit einem erleichterten Seufzer und lehnte sich im Sofa zurück, seit Wochen zum erstenmal mit dem Gefühl wirklicher Entspannung.

Mittlerweile hatte er seine Zigarre bis auf einen Stummel aufgeraucht. Er drückte sie aus, nahm die Papiere und trug sie zu seinem Schreibtisch. Er setzte sich, schaltete eine Leselampe ein und holte ein Vergrößerungsglas aus einer Schublade. Die nächsten zwanzig Minuten verbrachte er schweigend über die Dokumente gebeugt; zwischendurch studierte er immer wieder Eintragungen in seinem eigenen Geschäftsbuch. Einmal stand er auf, um einen Ordner aus dem Aktenschrank zu holen. Es waren die längsten zwanzig Minuten, die Katherine je erlebt hatte. Sie versuchte sich abzulenken, indem sie seine Bücher anschaute, eine enorme Sammlung zu exotischen Tieren, wobei die afrikanische Abteilung allein bereits eine ganze Wand einnahm.

Schließlich blickte er auf und sagte: »Sie müssen Durst haben nach Ihrer Reise. Ich habe einen Sherry da, einen sehr alten. Würden Sie ein Gläschen mit mir trinken?«

»Ja, gern«, sagte Katherine.

Mühsam drückte er sich aus seinem Schreibtischstuhl hoch. Als er sich bückte, um die Anrichte hinter seinem Tisch zu öffnen, sagte er: »Damals, als wir alle noch jung waren, war Anne Driscoll eine der lebendigsten und charmantesten Frauen, die ich kannte. Gleich nach dem Krieg, bevor Sie überhaupt auf die Welt kamen, waren wir mit einer Gruppe von Zooleuten auf Safari in Kenia und Tansania, damals Tanganika. Sie kannte keine Angst. Wie ein Mann. Ich war immer ein bißchen in sie verliebt.«

Er stand da, die Flasche in der einen Hand, zwei Gläser in der anderen. »Und natürlich haben wir später Geschäfte miteinander gemacht, die für mich lukrativ waren, sehr lukrativ sogar. Ihre Gesellschaft war mein erster großer Kunde.« Er stellte die Gläser aus schwerem, geschliffenem Kristall auf den Tisch, entkorkte die Flasche und schenkte ein. Vorsichtig, so daß er keinen Tropfen der bernsteinfarbenen Flüssigkeit verschüttete, schlurfte er mit den Gläsern zum Sofa. Katherine beugte sich vor, um ihres in Empfang zu nehmen.

Er setzte sich, hob sein Glas und sah Katherine an. »Darauf, daß wir denen, die wir einmal geliebt haben, nicht weh tun.«

Er stieß mit ihr an und nahm einen großen Schluck.

Katherine hatte Sherry nie gemocht – zu schwer und zu süß –, aber dieser war gut. Sein Geschmack paßte perfekt zu der Einrichtung. Beide nippten sie schweigend an ihrem Sherry.

»In den letzten beiden Jahren«, sagte er, »habe ich mit Cooper Driscoll zu tun gehabt, wie Sie wissen, Ihrem Onkel. Nicht mehr mit Anne. Ihm fühle ich mich nicht verpflichtet.«

Katherine nickte.

»Seitdem habe ich nicht mehr mit ihr gesprochen. Cooper sagte mir, daß sie ... im Sterben liegt.«

»Ich weiß es nicht«, sagte Katherine. »Er läßt mich nicht zu ihr, aber ich bekomme das gleiche zu hören.«

»Ich bin ratlos, völlig ratlos. Es kommt bei mir nicht häufig vor, daß ich ratlos bin, aber in diesem Fall ...« Er zuckte die Schultern und leerte sein Glas.

»Mr. Friedlander, das letzte, was ich möchte, ist, jemandem in meiner Familie zu schaden, erst recht nicht meiner Großmutter in ihrem schlechten Zustand. Wenn Sie mir die Informationen geben, die ich brauche, verspreche ich, verantwortungsbewußt damit umzugehen. Ich werde nichts tun, was zum Nachteil von Anne Driscoll sein wird. Darauf können Sie sich verlassen.«

Er seufzte, stand auf, um die Flasche vom Tisch zu holen, und schenkte nach. »Sie arbeiten im Zoo von Austin, bei den Reptilien?« fragte er.

»Ja.«

Er schüttelte den Kopf. »Ich importiere keine Reptilien. Haben mich noch nie angezogen, Vögel auch nicht. Ich verkaufe Säugetiere, ausschließlich Säugetiere.« Er zeigte auf eines der Fotos an dem einzigen Stückchen Wand, das nicht mit Büchern bedeckt war. Dort hingen drei Fotografien: ein großes Orang-Utan-Männchen mit aufgeblasenen Backen, ein Okapi und ein Gorillababy. »Dies sind einige meiner besten Fänge. Cheops, den Orang-Utan, habe ich wild in Borneo gefangen. Er ist letzten

Herbst nach zwanzig Jahren im Zoo von Detroit gestorben. Jetzt ist alles Computer und ISIS und Bürokratie. Neunzig Prozent meiner Zeit verbringe ich mit Papierkram und dem Einhalten von Bestimmungen über den Import von exotischen Tierarten. Ich sollte mich zur Ruhe setzen. Das denke ich um so mehr, wenn ich so etwas höre.« Er zog eine neue Zigarre aus der Hemdentasche und zeigte damit auf die Papiere auf seinem Tisch. »Ich sollte damit zur Polizei gehen. Das wissen Sie auch.«

Katherine entschied sich, ihn weder zu bremsen noch anzutreiben. Sie hatte das sichere Gefühl, daß sie das nicht vorwärtsbringen würde.

»Erzählen Sie mir«, sagte er, »warum Sie Hundetrainerin sind.«

Katherine streckte den Arm aus und stellte ihr leeres Glas auf seinen Schreibtisch. »Ich vermute, daß es damit zusammenhängt, daß ich gern mit einer anderen Spezies spreche. Das ist ein Privileg. Wie eine der wenigen zu sein, die auf dem Mond herumlaufen oder ein fremdes Land besuchen können, das andere Leute nicht kennen. Mir war einfach immer schon klar, daß die Arbeit mit Tieren das ist, wofür ich bestimmt bin.«

Er lehnte sich zurück und schloß die Augen. »›Sie sind nicht Geschwister, sie sind nicht Untergebene; sie sind fremde Völker, mit uns im Netz von Leben und Zeit verstrickt, Gefangene wie wir der Pracht und der Mühe dieser Welt‹«, zitierte er.

»Henry Beston«, antwortete Katherine, stolz, ein Zitat zu erkennen, das sie immer sehr gemocht hatte.

Er öffnete die Augen und lächelte sie an. »Wenn ich Ihnen sage, was Sie wissen wollen, versprechen Sie mir dann, daß Sie nicht zulassen werden, daß Ihrer Großmutter Kummer daraus entsteht? Ihr Sohn hat damit zu tun, und Söhne sind wichtig, auch mißratene. Wichtiger als Enkeltöchter.«

Katherine hob die rechte Hand und sagte: »Ich verspreche es.«

»Und wollen Sie mir auch versprechen, daß das ein Ende findet, was da in Austin geschieht?«

»Oh, ja.«

Er nickte. »Dann erzähle ich es Ihnen, und ich kann alles belegen.« Er lächelte sie an und fügte hinzu: »In dreifacher

Ausführung. Am zweiten Oktober habe ich per Luftfracht sieben Tiere nach Dallas befördert, die für den Zoo in Austin bestimmt waren: zwei Bongos aus San Diego, beides ausgewachsene Männchen; drei Mähnenschafe; zwei große Kudus, und eine Elenantilope. Sie wurden von der Anne-Cooper-Driscoll-Stiftung bezahlt, die Hälfte im voraus, die andere Hälfte bei unversehrter Lieferung. So geschah es auch. Die Schecks waren vom Direktor der Stiftung, Cooper Driscoll, unterzeichnet.« Er klopfte mit der Zigarre, die er in der Hand gehalten hatte, auf den Tisch. »Aus den Unterlagen des Zoos, die Sie mitgebracht haben, ersehe ich, daß nur ein Bongo und zwei Mähnenschafe tatsächlich im Zoo eingetroffen sind.«

Obwohl sie so etwas erwartet hatte, war Katherine schockiert; so schockiert, daß sie sich auf ihre Atmung konzentrieren mußte, um sie zu regulieren. Sie brauchte lange, aber allmählich sah sie das vollständige Bild vor sich.

Er steckte die Zigarre in den Mund, zündete sie aber nicht an. »Das gleiche bei der Lieferung von August. Nur die beiden Weißschwanzgnus sind im Zoo angekommen, aber ich habe außerdem zwei Buschböcke, einen Nyala und eine Säbelantilope geliefert. Auch die Tiere, die ich am siebzehnten April schickte, sind Ihren Unterlagen zufolge nicht vom Zoo gekauft worden.«

»Wer war in Dallas für diese Tiere verantwortlich? Wissen Sie das?«

»Ja. Weil ich die Versandunterlagen immer zurückbekomme. Die Papiere sind alle von Hans Dieterlen, Ihrem obersten Tierpfleger, unterzeichnet.«

Katherine versuchte es sich zusammenzureimen: Die Tiere kommen mit Luftfracht an. Hans Dieterlen unterschreibt die Frachtbriefe. Er lenkt ein oder zwei Tiere in den Lastwagen des Zoos, und die anderen kommen auf Lastwagen mit einem anderen Bestimmungsort. Cooper Driscoll und Hans Dieterlen waren nichts anderes als Banditen oder Viehdiebe. Und auf Viehdiebstahl stand in Texas traditionellerweise Tod durch Erhängen.

»Wie steht es mit Sam McElroy?« fragte sie. »Glauben Sie, daß er darin verwickelt ist?«

Der alte Mann zuckte die Achseln und sagte: »Es ist schwer, sich vorzustellen, daß er nichts davon weiß.«

Sie saßen eine Minute lang schweigend da.

»Und, Miss Katherine Driscoll, was werden Sie jetzt unternehmen?« fragte er.

»Gibt es eine Möglichkeit zu beweisen, daß die Tiere, falls wir sie überhaupt finden, dieselben sind, die Sie geliefert haben; dieselben, die mit dem Geld der Stiftung finanziert wurden?«

Er lächelte sie an und wiegte den Kopf, als wäre sie ein klügeres Kind, als er erwartet hatte. »Sicher. Einige, die ich von anderen Zoos gekauft habe, hatten schon eine ISIS-Nummer eintätowiert.«

Katherines Herz machte einen kleinen Satz. »Innen am linken Oberschenkel?« fragte sie. Sie erinnerte sich, wie Vic ihr erzählt hatte, daß die meisten Tiere, auf jeden Fall aber Exemplare bedrohter Arten eine Internationale Spezies-Inventar-System-Nummer eintätowiert bekamen.

»Ja. Die Bongos waren beide tätowiert und ...«, er stand mühsam auf, griff nach seinem großen Buch und der Lupe auf dem Schreibtisch, öffnete das Buch und fand die Eintragung, »... die Elenantilope genauso, und im August das Weißschwanzgnu und die Säbelantilope.«

»Könnten Sie mir diese Nummern aufschreiben?« fragte Katherine.

»Ja.« Er schleppte sich an seinen Schreibtisch und notierte sorgfältig Tier, Lieferdatum und ISIS-Nummer. Er gab ihr das Papier und sah auf die Uhr. »Es ist fast eins. Darf ich Sie zum Lunch ins beste Restaurant von Manhasset einladen?«

»Liebend gern, aber ich muß sobald wie möglich zurück. Könnten wir das auf ein andermal verschieben?« Sie wandte sich zur Tür.

Als er sie hinausließ, sagte er: »Darf ich Ihnen einen Rat geben?«

Katherine nickte.

»Es ist so: Die Oktoberlieferung war einhundertfünftausend Dollar wert. Die Augustlieferung vierundsiebzigtausend Dollar. Und das nur mit Ermäßigung für den Zoo. Wildranches in Texas bezahlen mehr für diese seltenen Antilopen. Ich weiß aus vierundsiebzig Jahren Lebenserfahrung, daß Gefahr im Verzug ist, wenn solche Mengen von Geld im Spiel sind und es bereits zwei Morde gegeben hat. Ich glaube, ich werde in Urlaub fahren, bis es vorbei ist. Sie sollten vielleicht das gleiche tun.« Er streckte ihr die Hand hin.

Sie nahm seine Hand zwischen ihre beiden und hielt sie fest. Seine Fingerspitzen waren kalt. »Danke, aber das kann ich noch nicht«, sagte sie.

Wie versprochen rief Katherine um Viertel nach sechs vom Flughafen in Austin aus bei Sophie an und teilte ihr mit, daß sie sich nicht vor dem Haus zu treffen bräuchten; wenn sie nach Hause käme, würde Vic schon da sein. Da sie aber nicht auf Gepäck zu warten brauchte, war sie schon eine Viertelstunde später zu Hause. Gut. So hatte sie noch Zeit, sich die Haare zu waschen und sich umzuziehen, bevor Vic um sieben kam.

Sie wußte nicht, ob es die Vorfreude auf das Zusammensein mit Vic war oder das Gewicht der Informationen, das auf ihr lastete, aber sie fühlte sich beinahe ein wenig fiebrig, als sie zur Tür ging.

Sie hatte den Schlüssel schon ins Schloß gesteckt, doch plötzlich hinderte sie das Gefühl, daß etwas nicht stimmte, daran, ihn umzudrehen. Was war es? Sie blieb stehen und lauschte. Sie konnte den Verkehr von der drei Häuserblocks entfernten Autobahn hören – und den Wind in den Baumkronen. Noch nie zuvor war es still gewesen, wenn sie sich der Tür genähert hatte. Immer, jedesmal, hatte Belles Gekläffe das Aufschließen der Tür begleitet.

Sie riß den Schlüssel aus dem Schloß und trat einen Schritt zurück.

Da war eindeutig irgend etwas nicht in Ordnung.

Sie drehte sich um und rannte die Stufen hinunter, zurück zu ihrem Auto. Als sie die Tür öffnete, um einzusteigen, sah sie ein blau-weißes Polizeiauto vorbeifahren. Mit einem Schrei stürzte sie aus der Auffahrt auf die Straße und schwenkte die Arme, um es anzuhalten.

Das Auto kam mit quietschenden Reifen zum Stehen, und der Streifenbeamte Rogers sprang heraus. »Miss Driscoll? Ich habe nur mal eine Runde gedreht.«

Katherine packte ihn am Arm. »Ich bin gerade nach Hause gekommen, und der Hund bellt nicht. Sie bellt immer, wenn sich jemand dem Haus nähert. Immer. Da stimmt was nicht.«

»Einen Moment«, sagte er. »Ich will das nur eben weiterleiten.« Er nahm sein Funkgerät vom Gürtel und sprach leise hinein. Dann berührte er den Knauf seines Revolvers. »Sie bleiben hier, und ich sehe mir das mal an.«

Katherine gab ihm mit zittriger Hand ihren Schlüssel. »Ich komme mit«, sagte sie. Sie blieb auf der Treppe dicht hinter ihm und hielt den Atem an, während er den Schlüssel ins Schloß steckte und in die falsche Richtung drehte. »Nein«, sie hatte kaum genug Luft, um die Worte herauszubekommen, »andere Richtung.«

Er drehte den Schlüssel richtig herum, und das Schloß klickte. Die Tür sprang auf. Er steckte zuerst den Kopf hinein, dann machte er das Außenlicht an. Er sah ein paar lange Sekunden nach drinnen. Dann trat er zurück und zog den Revolver.

»Sie bleiben hier stehen«, befahl er. »Kommen Sie nicht herein.«

Er betrat das Haus und ließ die Tür offen.

Katherine fühlte, wie ihr Organismus seine Arbeit einstellte. Das Herz hörte auf, Blut zu pumpen; die Lungen speicherten die Luft, ihr Körper war von Kopf bis Fuß angespannt. Sie wartete.

Als er nach einer Minute nicht zurück war, streckte sie den Kopf durch die Tür und schaute hinein.

Ihre Kehle schnürte sich zusammen.

Auf dem Boden des Flurs lag ein schwarzer Klumpen.

Belle.

Blut hatte den Steinfußboden schwarz gefärbt und um den Kopf des Hundes einen Tümpel gebildet. Der Geruch sagte ihr, daß der Hund seit Stunden tot war.

Der Anblick löste eine Erinnerung aus. *Meine Mutter zerrt mich aus der Tür, aber ich reiße mich los. Ich renne zurück ins*

Haus. Um Pascha tschüs zu sagen. Aber er liegt auf dem Schlafzimmerboden. Sogar mit fünf verstehe ich, daß er tot ist.

Sie riß ihren Kopf zurück und versuchte, nach dem Polizisten zu schreien, aber ihre Kehle war immer noch zugeschnürt.

Ra.

Wo war er?

Sie hatte ihn am frühen Morgen hinten im Garten zurückgelassen.

18

Alle vier schwiegen seit mehreren Minuten, sie lauschten dem Geklapper, das die Polizei beim Zusammenpacken ihrer Ausrüstung verursachte.

Cooper Driscoll stand hinter seiner Tochter und machte ein grimmiges Gesicht, so daß sein Mund zu einem bleistiftdünnen Strich zusammengepreßt war. Seine Hände waren in die Hüften gestemmt und hielten sein Jackett nach hinten, so daß sein massiver Torso zu sehen war. Als er auf Sophie herunterschaute, die weinend am Küchentisch saß, wurde sein Mund noch schmaler und verschwand in seinem Gesicht.

Katherine saß gegenüber von Sophie und betrachtete das Muster von roten Flecken auf der hellen Haut ihrer Cousine. Sie weigerte sich, Cooper in die Augen zu sehen. Sobald sie das tat, würde er in ihren Augen den Verdacht lesen können, der mittlerweile fast Gewißheit war. Sie warf einen Blick hinüber zur Tür; dort stand Vic, mit dem Rücken zu ihnen, und sah Sharbs Leuten zu, die soeben ihre Spurensuche im Flur beendeten.

Wann würden sie alle endlich verschwinden? Sie würde es nicht mehr lange aushalten können, hier herumzusitzen. Sie mußte unbedingt mit Vic allein sprechen, ihm erzählen, was sie heute von Max Friedlander erfahren hatte, und ihn in den Plan einweihen, mit dem sie alles zum Abschluß bringen wollte.

Seit dem Augenblick, in dem sie Belle mit durchschnittener Kehle hatte daliegen sehen, fühlte sie sich verhärtet, wie von einem Panzer umgeben. Kühl hatte sie das durchwühlte Haus in

Augenschein genommen. Es war völlig verwüstet – Schubladen umgedreht, Schränke ausgeleert, Bettdecken aufgeschlitzt und auseinandergenommen, Bilder und Spiegel heruntergerissen und zerbrochen, Möbel zertrümmert, Bücher überall verteilt. Die Wrackteile der Kücheneinrichtung lagen um sie verstreut – Berge von Nahrungsmitteln aus Kühlschrank und Gefrierfach, zerbrochenes Geschirr, Dosen, Besteck, Pfannen und darauf verteilt eine Schicht Müll, die schon anfing zu riechen. Sie hatte kaum einen Blick darauf geworfen.

Aber unter dem Tisch drückte sie Ras großen Kopf gegen ihr Bein und streichelte den seidigen Flaum seines Ohrs. Ihn unversehrt hinten im Garten zu finden hatte sie in einer langen, verzweifelten Umarmung vor Erleichterung auf die Knie sinken lassen, aber selbst da waren ihre Augen trocken geblieben.

Wenn das alles veranstaltet worden war, um ihr Angst einzujagen, dann hatte es funktioniert. Sie hatte Angst. Aber sie würde es verdammt noch mal nicht zeigen oder dem Gefühl nachgeben.

Sophie brach das Schweigen. »Wie kann man einem unschuldigen Tier so etwas antun? Warum tun Menschen so etwas?« Sie zeigte auf die verwüstete Küche. »Ich brauche unbedingt was zu trinken«, sagte sie leise. »Hast du etwas da, Katherine?«

Katherine hatte den Weißwein und die eine Flasche alten Whisky, die ihr Vater im Regal stehen hatte, weggeworfen, als Sophie zum Übernachten zu ihr kam – um die Versuchung auszuschließen. »Nein. Nichts«, antwortete sie.

»Aber, aber, Schatz«, sagte Cooper zu seiner Tochter, »nun sei doch froh, daß ihr nicht hier wart, Katherine und du. Euch zwei Mädchen hier allein zu lassen, während dieser Verrückte unterwegs ist, war wirklich ein Fehler von mir.« Er fixierte Katherine, bis sie ihn schließlich anschaute. »Du kannst nicht sagen, daß du nicht gewarnt gewesen wärest.«

Vic drehte sich mit einem verwirrten Gesichtsausdruck um und öffnete gerade den Mund, um etwas zu sagen, als Lieutenant Sharb im Türrahmen erschien. Ärger und Anspannung standen ihm ins Gesicht geschrieben. Vic trat zur Seite, um ihn durchzulassen. »Fast fertig«, sagte Sharb und wandte sich an Katherine. »Sie wissen, daß Sie heute nacht nicht hier bleiben können. Sie auch nicht«, sagte er zu Sophie. »Die Hintertür ist zersplittert, sie muß ersetzt werden, und dieser Saustall hier ist zu deprimierend.«

Cooper Driscoll verließ seinen Platz hinter Sophie und umrundete den Tisch in Richtung Katherine, wobei er über einen Haufen zerbrochenen Geschirrs stieg und die hohen Absätze seiner Cowboystiefel den Linoleumboden mit solcher Wucht trafen, daß er erbebte. Cooper legte eine schwere Hand auf Katherines Rücken. »Meine Nichte kommt mit zu uns, sobald Sie mit ihr fertig sind, Lieutenant«, sagte er. »Sie braucht eindeutig Ruhe.«

Mit einem Anfall von Panik war Katherine wieder bei der Sache. Daran, daß sie jetzt einen Platz zum Schlafen brauchte, hatte sie noch nicht gedacht, aber sie konnte auf keinen Fall bei den Driscolls bleiben. Das wäre ein Schritt vom Regen in die Traufe gewesen.

Sophie hob den Kopf. »Bitte, komm mit, Katherine.«

»Danke schön«, sagte Katherine und richtete ihre Worte an Sophie, »aber ich habe schon mit Vic verabredet, daß ich bei ihm bleiben werde.« Sie warf einen Blick auf Vics Gesicht, um seine Reaktion auf diese Lüge zu sehen. Er nickte ruhig.

Cooper reckte das Kinn vor und sah aus tiefliegenden dunkelblauen Augen auf Katherine herunter. »Das ... gehört sich doch irgendwie nicht, oder? Katherine, ich muß darauf bestehen. Lucy erwartet dich. Ich habe sie schon angerufen und gebeten, das Gästezimmer zurechtzumachen. Du kannst den Hund mitnehmen, kein Problem.«

Katherine sah ihn immer noch nicht an. »Sag Lucy vielen Dank, aber ich habe Vics Angebot schon angenommen«, sagte sie. »Für heute nacht geht das.«

Cooper wurde lauter. »Aber, Katherine, das ...«

Sharb unterbrach ihn. »Miss Driscoll, haben Sie über meine Frage nachgedacht? Dieses Haus ist vollständig verwüstet, das Innerste nach außen gedreht. Was haben Sie, daß jemand sich solche Mühe gibt, es zu finden?«

Katherine strengte sich an, ihre Stimme im Zaum zu halten. »Ich sagte Ihnen, daß ich es nicht weiß.«

Cooper, dessen finsterer Gesichtsausdruck sich schmerzlich verzerrt hatte, wandte sich zu Sharb um. »Lieutenant Sharb, darüber haben Sie bereits gesprochen, und Katherine sagt, daß sie es nicht weiß. Das wird jetzt genügen. Es ist ziemlich eindeutig, daß dieser ... Rächer, der ihr den Drohbrief geschickt hat, seiner Drohung Nachdruck verleihen wollte.«

»Was?« fragte Vic und machte einen Schritt nach vorn. »Was für ein Drohbrief?«

Katherine stöhnte innerlich. Sie hatte Vic noch nichts von dem Brief erzählt.

Cooper antwortete, bevor sie Worte finden konnte. »Am Dienstag hat meine Nichte einen dieser Drohbriefe bekommen, wie sie ihr Vater und Travis Hammond auch in der Post hatten. Und deswegen sollte sie ...«

Sharb unterbrach ihn erneut. »Es sieht allerdings nach einer Drohung aus, Mr. Driscoll – daß der Hund auf diese Weise umgebracht und das Haus mehr als nötig verwüstet wurde. Es sieht mir aber nicht nach dem Stil des Rächers aus. Er hat seine Warnung bereits abgegeben.« Er schüttelte den Kopf. »Das ist alles zu unappetitlich, nicht seine Handschrift. Könnte ich Sie eine Minute allein sprechen, Katherine?«

Es war das erstemal, daß er ihren Vornamen gebrauchte. Katherine stand hastig vom Tisch auf und klopfte an ihr Bein, daß Ra bei Fuß bleiben sollte. Sie folgte Sharb durch den Flur, wo sie einen Bogen um den Kreideumriß eines Hundekörpers machten.

Sharb schwieg einige Minuten lang, lehnte sich gegen die Armlehne des Sofas und schaute auf seine kleinen, abgestoßenen Schuhe. Katherine kannte seine Methode mittlerweile und schwieg ebenfalls. Sie entlud ihre Nervosität, indem sie sich hinkniete und Ras Ohren heftiger streichelte, als er es mochte. Er lief fort und legte sich unter das Fenster.

Schließlich konnte Katherine das Schweigen nicht länger ertragen. »Lieutenant Sharb, haben Sie etwas Neues über Dorothy Stranahan herausgefunden?«

»Nein«, sagte Sharb. »Wir stehen völlig auf dem Schlauch. Kein Donald, keine Dorothy Stranahan hatte in den späten Fünfzigern in Austin Grundbesitz oder ein Telefon oder war ins

Wählerverzeichnis eingetragen. Beim Sohn auch nichts. Wenn Donald Stranahan junior bei der Armee war, dann unter einem anderen Namen.«

Plötzlich sah Sharb hoch, seine winzigen schwarzen Augen waren stechend wie die eines Raubvogels. »Was in Gottes Namen geht hier vor sich, Katherine?«

Katherine wollte sich umdrehen und weglaufen. Sie haßte es, ihn anzulügen; in den letzten zwei Wochen hatte sie einige Bewunderung für seine Hartnäckigkeit entwickelt. Aber sie konnte es ihm nicht sagen. Es war eine Familienangelegenheit, nicht ihr Geheimnis, das sie ausplaudern durfte, wann es ihr gefiel. Bevor sie es irgend jemandem erzählen konnte, mußte sie mit Anne Driscoll darüber sprechen, und bevor sie das tat, wollte sie einen unwiderlegbaren Beweis in der Hand haben.

»Ich weiß nicht, was hier vor sich geht«, sagte sie. »Jemand hat das Haus meines Vaters durchwühlt und seinen Hund umgebracht, und ich weiß nicht warum.«

»Ach, verdammt noch mal! Sie wissen genau, warum die den Scheißhund umgebracht haben. Der machte zuviel Lärm, also haben sie ihn kaltgemacht.«

»Wahrscheinlich.«

»Außerdem war das eine willkommene Gelegenheit, Ihnen klarzumachen, wie ernst die Lage ist. Katherine, wenn es irgend etwas gibt, das Sie mir noch nicht gesagt haben, sagen Sie es mir bitte jetzt!«

Sie seufzte und blickte auf den fadenscheinigen Teppich. Lügen war anstrengend. Als sie endlich wieder aufschaute, sagte sie: »Wie heißen Sie mit Vornamen?«

»Bernard«, sagte er mit einem Achselzucken.

»Gut, Bernard. Ich weiß es nicht. Wenn ich etwas weiß, werde ich es Ihnen mitteilen. Wir brauchen alle ein bißchen Schlaf. Darf ich gehen?«

Er stieß den Atem durch die Nase aus und schüttelte den Kopf. »Warum wollen Sie nicht bei Ihrem Onkel übernachten?« fragte er. »Es war ziemlich offensichtlich, daß Sie nicht dorthin wollen.«

Katherine fuhr hoch. Ihn anzulügen machte sie wütend. »Wo

ich übernachte, geht Sie nun wirklich nichts an, habe ich recht, Lieutenant?«

Er zuckte zusammen, als hätte sie ihn geschlagen. Dann straffte er seine Schultern. »Es geht mich allerdings etwas an. Sie stehen im Zentrum dieses Falles. Sie haben eine Warnung von einem Mörder bekommen, der schon zweimal getötet hat. Ihr Haus ist auf den Kopf gestellt worden, Ihr Hund abgeschlachtet. Leider Gottes geht mich das alles etwas an.« Er atmete schwer. Dann winkte er ab. »Gehen Sie. Für heute abend sind wir fertig. Sergeant Lomas kommt, um die Hintertür zuzunageln. Ich werde auf ihn warten. An Ihrer Stelle würde ich mich gleich morgen früh darum kümmern.«

Ra und einen Koffer mit ihren beiden Zoouniformen und einigen persönlichen Gegenständen, die sie aus dem Chaos im Haus gerettet hatte, auf dem Rücksitz, folgte Katherine Vics Auto zu einer holperigen Straße in Westlake. Er bog in eine sich windende Auffahrt ein, die durch ein großes, baumbestandenes Grundstück zu einem versteckten Häuschen aus Stein und Glas führte.

Vic holte ihr Gepäck aus dem Auto und schloß die Haustür auf. Er machte das Licht an und ließ sie ein. Katherine und Ra betraten ein Wohnzimmer, in dem einzig und allein ein Ledersofa stand. »Irgendwie reicht die Zeit nie zum Möbelkaufen«, entschuldigte er sich, während er ihren Koffer an der Tür abstellte. »Seit acht Jahren sage ich mir jetzt, daß ich es an meinem nächsten freien Tag machen werde, aber dann passiert etwas, und ich komme wieder nicht dazu.«

Katherine zuckte die Schultern.

Als er sich umdrehte, um die Tür abzuschließen, sagte Vic: »Ich bin froh, daß du bei mir bleibst und nicht bei den Driscolls.« Immer noch mit dem Rücken zu ihr sagte er: »Warum hast du mir nichts von dem Drohbrief erzählt, Katherine? Sharb wußte davon. Sophie auch. Sogar dieses Arschloch Cooper Driscoll wußte es. Warum verheimlichst du es dann vor mir?«

»Cooper wußte davon, weil ich Sophie gebeten hatte, bei mir zu übernachten. Ich habe einfach nicht daran gedacht, es dir zu sagen, Vic. Ich war so beschäftigt mit den Fotos, und da schien der Brief nicht mehr als ein weiterer Punkt zu sein. Ich habe es nicht verheimlicht.«

Er drehte sich zu ihr um. »Nur ein weiterer Punkt, Scheiße! Dein Vater wird umgebracht. Keiner weiß warum. Dann wird sein Anwalt umgebracht. Du erbst diese Fotos. Du fängst an herumzufragen, und dann bekommst du einen Brief, wie sie einen gekriegt haben, mit einer Morddrohung. Und das Haus, in dem du wohnst, wird durchwühlt. Die haben heute ganz sicher nach den Fotos gesucht.«

Katherine nickte. »Das glaube ich auch.«

»Aber du hattest die Kopien mit in New York?«

Sie nickte wieder.

»Was ist mit den Originalen?«

»Die sind in einem Banksafe«, antwortete sie.

»Sie haben also nichts gefunden?«

Katherine schüttelte den Kopf. »Nicht daß ich wüßte.«

»Gut.« Er ließ sich ins Sofa plumpsen und klopfte auf den Platz neben sich. »Wer könnte von den Fotos gewußt haben?«

Sie setzte sich hin, um darüber nachzudenken. »Wenn ich das wüßte. Du und Max Friedlander seid die einzigen, denen ich davon erzählt habe. Aber am Mittwoch habe ich Hans Dieterlen ein paar ziemlich direkte Fragen über Wildranches gestellt.« Sie stützte den Kopf in die Hände. »Das war ein schlimmer Fehler. Er steckt ganz sicher zusammen mit Cooper in dieser Sache drin. Aber ich weiß nicht, wie sie von den Fotos hätten erfahren sollen.«

Vic rückte näher zu ihr heran. »Erzähl mir, was Max Friedlander gesagt hat. Ich habe vorhin im Haus die ganze Zeit gesehen, daß du Neuigkeiten hast.«

Katherine begann zu berichten. Sie erzählte ihm alles, was Max Friedlander ihr gesagt hatte. »Und die Frachtbriefe waren alle von Hans unterschrieben«, endete sie.

Vic schluckte und schlug sich mit der flachen Hand an die Stirn. »Ich bin so verdammt blind. Als du mir neulich abends die Fotos gezeigt hast, wollte ich einfach nicht glauben, was sie mir zu sagen schienen. Dabei ist es schon seit einem Jahr auffällig.

Jedes verdammte Mal, wenn eine Lieferung in Dallas ankommt, besteht Hans Dieterlen darauf, persönlich zum Abholen hinzufahren, statt einen der Tierpfleger zu schicken. Und er fragt mich schon lange nicht mehr, ob ich mitkommen will. Direkt unter meiner Nase haben sie das gemacht, und ich war so dumm. Ich habe gedacht, der Typ ist einfach ein Arbeitstier.«

Er schloß die Augen und preßte Daumen und Zeigefinger gegen seinen Nasenrücken. »Aber ich kann einfach nicht glauben, daß Sam daran beteiligt ist. Er muß es zumindest bewußt ignorieren.«

Seine Stimme wurde lauter und hallte in dem leeren Zimmer. »Und dieser verdammte, arrogante Cooper Driscoll, der große Menschenfreund, wie er heute abend dastand mit seinem Schmerbauch, der ihm über den Gürtel hängt, und Unschuld heuchelte. Gott. Wie gern würde ich diesen anmaßenden Schweinehund dafür ins Gefängnis gehen sehen.« Er senkte die Stimme. »Vielleicht auch für Mord, Katherine.«

»Daran habe ich auch schon gedacht«, sagte Katherine, lehnte sich weit im Sofa zurück und schloß die Augen. »Woran ich kaum noch zweifle, ist folgendes: Cooper kauft die Tiere mit dem Geld der Stiftung ein und gibt dem Händler gegenüber vor, sie seien für den Zoo; dann verkauft er sie weiter an die Wildranches und behält das Geld, oder teilt es mit Hans Dieterlen, vielleicht auch noch anderen. Mein Vater entdeckt das irgendwie, folgt ihnen, macht Fotos und Kopien von den Zoounterlagen.«

Vic lehnte sich zurück und streckte die Beine aus, wobei sein Fuß den ihren berührte. »Laß uns das weiterdenken. Cooper findet heraus, daß dein Vater Bescheid weiß, und arrangiert seine Ermordung, läßt es wahrscheinlich Hans tun. Aber es ist zu spät; dein Vater hat die Fotografien schon für dich versteckt.« Vic beugte sich zu ihr und nahm ihre Hände in seine. »Katherine, warum rufen wir nicht jetzt gleich Sharb an und erzählen es ihm? Das kann genau das Puzzlestück sein, das ihm fehlt.«

Sie schwieg.

»Warum nicht, Katherine?«

Sie öffnete die Augen und sah ihn an. »Ich kann es ihm noch

nicht sagen, und es gibt einige beunruhigende Details, die auch du noch nicht kennst.«

»Was für Details?«

»Das erzähle ich dir im Auto«, sagte sie und sprang auf. »Alles. Ich werde meine Seele vor dir ausbreiten.«

»Im Auto?«

»Ja. Auf dem Weg nach Kerrville.«

»Jetzt? Es ist fast neun.«

»Ja. Das ist gut, da ist es dunkel. Vic, ich kann an nichts anderes denken. Es ist dringend. Ich kann es nicht aushalten, nichts zu tun. Ich will meiner Großmutter das alles erzählen, aber ich brauche Beweise, um sie zu überzeugen. Laß uns sofort losfahren.« Sie griff nach seiner Hand und zog daran.

Er nickte, und ein kleines Lächeln entblößte seine glänzenden Zähne. Er sah aus wie ein Freibeuter oder ein Straßenräuber – der perfekte Begleiter für ihr Vorhaben. »Ich vermute, du möchtest, daß ich die Pistole zum Betäuben mitnehme«, sagte er, drückte ihre Hand und ließ sich von ihr hochziehen, bis er ganz dicht vor ihr stand.

Sie lächelte zurück. »Und deine Kamera. Wenn da nicht das Problem wäre, daß man ein Bongo dazu bringen muß, sich hinzulegen und die Beine zu spreizen, könnte ich es allein machen.«

Katherine fand, daß texanische Highways bei Nacht der dunkelste Ort der Welt waren, und der einsamste. Highway 16 war ein tintenschwarzes Band, das sich durch völlige Schwärze schlängelte und dessen weichen Kurven das Auto in gleichmäßigem Tempo folgte.

Vic wachte auf, als sie den Pedernales überquerten, fünfzehn Meilen vor Fredericksburg. Er war am Stadtrand von Austin eingenickt, nachdem sie ihm alles über die Zahlungen ihres Vaters an Dorothy Stranahan erzählt hatte, und hatte während der Fahrt durch Dripping Springs, Johnson City und Stonewall fest geschlafen.

Sein Kopf schoß plötzlich nach oben, und er fragte: »Wie hieß die Frau noch wieder? Der dein Vater das Geld überwies?«

»Dorothy Stranahan«, sagte Katherine.

»Stranahan.« Er schüttelte energisch den Kopf, wie ein Hund mit Ohrenschmerzen. »Kommt mir bekannt vor, aber ich kann es nicht einordnen.« Er streckte seine Beine und brachte den Sitz wieder in die Vertikale.

Katherine wandte den Blick für einen Moment von der Straße und sah ihn an. »Bekannt inwiefern?«

»Ach, irgendwie erinnert mich der Name an etwas.« Er schaute sich um und sagte: »Meine Güte, ist das dunkel. Wo sind wir?«

»Ungefähr zehn Meilen vor Kerrville. Weißt du was, du mußt das nicht tun. Du könntest jetzt die Dosierung abmessen und mir zeigen, wie man die Betäubungspistole benutzt. Ich bin eine gute Schützin. Du kannst im Auto warten.«

»Kommt nicht in Frage. Ein bißchen Bewegung wird mir guttun. Aber, Katherine, du weißt, daß das ein ziemlich sinnloses Unterfangen ist, oder? Ich will nicht, daß du dir zu große Hoffnungen machst. Das Bongo ist jetzt schon seit einem Monat da. Es ist gut möglich, daß es schon abgeschossen worden ist. Und – gegebenenfalls – ausgestopft an einer eleganten Wohnzimmerwand in River Oaks hängt. Und selbst wenn es noch da ist, kann es sein, daß wir es nicht finden. Ich war vor ungefähr zehn Jahren auf der Ranch, um die Mähnenschafe zu impfen. Es ist eine Riesenanlage. Nadel im Heuhaufen.«

»Ich weiß, Vic, aber ich denke mir: Wenn es noch da ist, würden sie es sicher nicht mit den anderen Antilopen zusammen lassen, oder?«

»Nein, dafür ist es zu wertvoll. Sie würden es irgendwo einsperren.«

»Und ich glaube auch nicht, daß sie riskieren würden, es im Freien zu lassen; was meinst du?«

Er dachte einen Moment nach. »Wahrscheinlich nicht.«

Ihre Stimme wurde mit wachsender Aufregung lebhafter. Sie waren nur noch wenige Meilen von ihrem Ziel entfernt. »Wir suchen also nach einem Unterstand, vielleicht einer Scheune. Vic, wenn wir das Bongo finden und ein Foto von seiner ISIS-Nummer machen, dann kann ich mit eindeutigen Beweisen zu meiner Großmutter gehen und ihr erzählen, daß einige der Tiere, die mit dem Geld der Stiftung gekauft werden, auf Wildranches enden. Ich weiß, daß du meinst, ich sollte damit zur Polizei gehen, aber ...«

Er unterbrach sie. »Nur um das noch mal festzuhalten, ja, das glaube ich allerdings. Ich finde, wir sollten jetzt sofort anhalten und Sharb anrufen.«

»Ich weiß. Aber ohne Anne Driscolls Einwilligung kann ich gar nichts unternehmen. Es ist ihre Stiftung. Ihr Geld. Ihr Sohn.« Sie warf ihm einen Blick zu. »Außerdem frage ich mich immer noch, warum mein Vater nicht zur Polizei gegangen ist.«

»Vielleicht ist er umgebracht worden, bevor er das tun konnte«, sagte Vic, »so wie wir, wenn wir zu lange warten.«

In dem schmiedeeisernen Bogen über den steinernen Pfosten stand RTY RANCH – in so verschnörkelten Buchstaben, daß sie mehr nach Arabisch als nach Englisch aussahen. Das schwere Tor war verschlossen. Das hatte Katherine erwartet. Was sie nicht erwartet hatte, war der etwa dreieinhalb Meter hohe Maschendrahtzaun mit einem Abschluß aus Stacheldraht, hinter dem Tor und um das gesamte Grundstück herum. Sie sah ihn an und seufzte.

»Er muß so hoch sein, um das Rotwild drinnen zu halten«, sagte Vic. »Muß ein Vermögen gekostet haben. Wenigstens ist er nicht elektrisch geladen.« Er beugte sich nach hinten und wuchtete den Rucksack, den er vor ihrer Abfahrt gepackt hatte, in seinen Schoß. »Fahr weiter. Wir müssen eine Schwachstelle finden.«

Während Katherine fuhr, holte er aus dem Rucksack eine lange Pistole, die wie ein Spielzeug aussah. Er zog einen Aluminiumpfeil mit gelbem Gefieder am Ende aus dem Beutel und schob eine Nadel mit einem kleinen Widerhaken darauf. Den Pfeil schob er in die Trommel des Revolvers, bis es klickte. »Das enthält eine Dosis M-99, die groß genug ist, um ein Bongo innerhalb weniger Sekunden zu Fall zu bringen«, sagte er, »eine größere Dosis, als ich gewöhnlich verwende, aber immer noch ungefährlich.« Er steckte die Pistole in seine Hosentasche. »Für den unwahrscheinlichen Fall, daß wir ein Bongo finden.«

Als sie an eine Stelle kamen, wo der Zaun einen Bogen machte, sagte Vic: »Kannst du auf Vierradantrieb umschalten, damit wir hier von der Straße abbiegen können?«

Katherine schaltete und bog nach links in einen ungepflasterten Weg ein, der parallel zum Zaun verlief. Sie rumpelten ungefähr eine Meile so weiter, bis er sagte: »Aaah. Sieh dir den alten Baum an. Das ist es, wonach wir suchen.« Jenseits des Zauns stand eine riesige Eiche, die mehrere knorrige Äste über den Stacheldraht streckte. »Könntest du wenden und das Auto so parken, daß wir direkt darunter stehen? So nah an den Zaun wie möglich.«

Katherine drehte und steuerte das Auto direkt unter den dicksten Ast, wo es fast den Zaun berührte.

»Ich werde dir jetzt die einzige sinnvolle Sache zeigen, die ich bei der Armee gelernt habe«, sagte Vic. Er öffnete geräuschlos die Tür und begann, seinen Rucksack auszupacken. Als erstes zog er eine schwarze Lederjacke heraus, die er Katherine zuwarf. »Um deine weiße Bluse zu verdecken.« Während sie noch dabei war, die Jacke anzuziehen, reichte er ihr eine Taschenlampe. »Nur für den Notfall.« Dann holte er ein sauber aufgewickeltes Seil hervor und legte es auf das Autodach. »Fertig?«

Katherine atmete tief durch, rutschte zur Beifahrertür heraus, zog den Reißverschluß der schweren Jacke zu und schob die Autoschlüssel unter die Fußmatte.

Vic warf sich den Rucksack über die Schulter und kletterte auf die Motorhaube und von dort aufs Dach. Er griff nach dem Seil und richtete sich auf, so daß seine Augen auf einer Höhe mit dem Stacheldraht waren. Er streckte die Arme aus und konnte den Ast mit beiden Händen umklammern. Stück für Stück vertraute er ihm sein Gewicht an. Dann streckte er ein Bein zum Zaun aus und fand eine Stelle, wo er sich mit der Spitze seines Turnschuhs abstützen konnte. Nun zog er sich hinauf, indem er auch den anderen Fuß in den Maschendraht stellte, den Zaun hinauf einen Fuß vor den anderen setzte und sich gleichzeitig an dem Ast hochhangelte. Als er weit genug oben war, machte er einen Klimmzug auf den Ast und schwenkte ein Bein darüber, vorsichtig, damit er nicht an den Stacheldraht kam.

Katherine, die inzwischen auf dem Autodach stand, sah hoch in die Finsternis. Die Gestalt im Baum, ganz in Schwarz gekleidet, dunkle Haut und Haare, war in der Nacht verschwunden, ließ aber plötzlich ein paar weiße Zähne aufblitzen.

Er knotete das eine Ende des Seils um den Ast, machte am anderen Ende eine Schlinge und warf es ihr zu. »Um deine Taille«, flüsterte er. »Dann mach es genauso wie ich. Ich helfe dir.«

Sie legte sich die Schlinge um die Taille und angelte nach dem Ast, den sie gerade so erreichen konnte. Sie klemmte einen Zeh in den Zaun und begann zu klettern. Vic zog die Schlinge fest und hielt einen Teil ihres Gewichts, während sie am Zaun nach oben kletterte und sich auf den Ast hievte. Sie mußte sich eingestehen, daß die fast drei Wochen in der Schlangengrube doch ihr Gutes gehabt hatten: Das viele Heben hatte eindeutig ihre Kraft im Oberkörper gestärkt.

An dem Baum nach unten zu klettern war wesentlich einfacher, weil er auf der anderen Seite des Zauns mehrere niedrige Äste hatte. Als sie auf dem Boden angekommen war, zitterten ihre Beine wie wild. Anstrengung. Furcht. Spannung. Sie wußte nicht, was es war.

Vic ließ die Schlinge am Ast hängen und führte sie in Richtung des Eingangstors. Die Mondsichel gab gerade so viel Licht, daß sie die größeren Hindernisse erkennen konnten – Baumstümpfe, Bäume und ab und zu ein Opuntienstrauch. Nachdem sie schweigend an die zehn Minuten gelaufen waren, blieb Vic stehen und faßte sie am Arm. Die Lichter eines Gebäudekomplexes schienen zwischen den Stämmen eines Pfirsichhains hindurch. Er kniete sich hin, und Katherine bückte sich dicht neben ihn. In einem großen, zweistöckigen Haus brannten mehrere Lampen. Ein riesiges Flutlicht erhellte die Fläche vor dem Haus. Im Hintergrund zeichneten sich eine Garage und einige andere kleine Anbauten undeutlich ab. Ungefähr vierhundert Meter weiter befand sich eine hufeisenförmige Anlage, offenbar eine Bungalowsiedlung.

Vic beugte sich zu ihr und flüsterte, wobei seine Lippen ihr Ohr streiften: »Wenn ich mich recht erinnere, befindet sich das meiste Vieh auf Koppeln und in einem Stall hinter den Bungalows. Laß uns nachschauen.«

Er stand auf und ging voran, wobei er einen Bogen um das erleuchtete Gebiet machte und sich der Anlage von hinten näherte.

In der Dunkelheit konnten sie gerade noch ein langes, niedriges Gebäude und eine eingezäunte Fläche davor erkennen. Katherine roch die Pferde, noch ehe sie sie auf der Koppel stehen sah. Als die Tiere von ihnen Witterung aufnahmen, begannen sie zu stampfen und zu schnauben. Vic machte einen weiten Bogen. »Ich glaube, hier hinten ist ein Stall«, flüsterte er. Nachdem sie einige Minuten einen ungepflasterten Weg entlanggelaufen waren, zeichnete sich ein großer Stall gegen den dunklen Himmel ab. »Hier hinein«, sagte Vic.

Sie schlichen sich leise heran. Die großen Doppeltüren waren verriegelt, aber nicht verschlossen. Vic hob den Riegel hoch und zog eine der Türen einen Spalt weit auf, so daß sie sich hineinquetschen konnten. Drinnen war es stockdunkel. Der warme, kräftige Geruch von Mist umgab sie. Vic schaltete seine Taschenlampe an und leuchtete den Raum aus. In den Boxen an den Seiten standen Kühe und ein paar Pferde. In einem größeren Areal sah Katherine eine Herde Schafe, die schläfrig dreinschauten. Nicht ein exotisches Tier weit und breit.

»Der erste Streich«, flüsterte Vic ihr ins Ohr.

Sie schlossen die Tür hinter sich und gingen wieder auf den Stall zu, an dem sie vorher vorbeigekommen waren. »Mir gefällt das nicht«, flüsterte Vic. »Die Pferde sind nervös, und es ist nahe am Haus. Aber diese Ställe könnten es sein.«

Sie liefen an einer Reihe einzelner Ställe vorbei, die aus rohen, verwitterten Planken errichtet waren. Pferdetüren ließen sich in der oberen Hälfte öffnen. Sie warfen einen Blick in jede Tür. Hinter den meisten stand jeweils ein Pferd. In einem meckerte eine Ziege, als sie vorbeigingen. Sie gingen den Weg bis ans Ende und umrundeten die Koppel. Einige Pferde bäumten sich, als sie näher kamen, auf und wieherten.

Sie blieben stehen, um zu lauschen. Nichts.

Dann gingen sie die Rückfront des langen Stalls entlang und

schauten in jede Box. Als sie sich dem Ende näherten, war aus der Richtung des Hauses ein entferntes Bellen zu hören.

»Oh, Scheiße«, sagte Vic. Er faßte Katherine am Arm und rannte zurück zu dem großen Stall.

Das Bellen wurde lauter.

Katherine sah sie nicht in der Dunkelheit, aber sie konnte sie hören. Trappelnde Pfoten. Hecheln. Kläffen. »Es sind zwei«, wisperte Katherine, »und sie sind groß – Dobermänner, glaube ich.«

Sie sah sich nach einem Baum um. Irgend etwas, auf das sie klettern könnten. Aber da war nichts. Und der große Stall war zu weit weg.

Vic rannte los. Katherine griff nach seinem Arm. »Nicht rennen, Vic. Das macht es nur schlimmer.«

Das Bellen war nur noch wenige Meter entfernt.

Sie drehten sich um und sahen die beiden schwarzen Umrisse auf sie zustürzen, kläffend und geifernd. Vic zog die Betäubungspistole aus der Tasche. »Ich kann nur einen kriegen; ich brauche ein paar Minuten zum Nachladen.«

Katherine zog den Reißverschluß ihrer Jacke auf, riß sie sich vom Leib und wickelte sie um ihren linken Arm, während sie das Gesicht den beiden Hunden zuwandte, die auf sie zustürmten.

Vic machte einen Schritt nach vorn. Als sich der erste Hund auf ihn stürzte, trat er zur Seite und schoß. Der Pfeil traf den Körper mit einem weichen Geräusch. Der Hund jaulte auf und schwankte. Als er sich umdrehen und erneut angreifen wollte, stolperte er und brach auf dem Boden zusammen. Ein riesiger Rottweiler mit einem dicken, metallbeschlagenen Halsband.

Der zweite Hund sprang Katherine an. Sie streckte ihren umwickelten Arm von ihrem Körper weg und sagte in ihrer Trainerstimme: »Aus, Sir.« Es funktionierte nicht. Mit einem Knurren schnappte der Hund nach dem gepolsterten Arm und biß hinein. Dann schleuderte er seinen Kopf vor Wut knurrend hin und her, als versuche er, ihren Arm aus dem Gelenk zu reißen. Katherine mußte ihre ganze Kraft aufbieten, um den Arm von sich weghalten zu können. Sie war schon manches Mal von Hunden angegriffen worden und hatte Narben, die davon zeugten, aber nie war so etwas in der Dunkelheit geschehen. Sie wußte, daß die Zähne das dicke Leder bald durchstoßen und sich in ihren Arm bohren würden. Sie warf einen verzweifelten Blick zu Vic. Er wühlte in seinem Rucksack und bemühte sich, die Betäubungspistole neu zu laden.

In der Ferne knallte eine Tür. Eine Männerstimme rief: »Diablo! Jeff! Kommt her, ihr Komiker.«

Der Hund zog, vor Wut knurrend und vor Anstrengung winselnd, mit seinem ganzen Gewicht an Katherines Arm. In dem Augenblick, als sie spürte, wie ein Eckzahn das Leder durchbohrte, wurde sie vom Gewicht des Hundes auf die Knie gezwungen.

Die Männerstimme rief wieder. »Wer ist da?« Eine weitere Tür knallte. Zwei andere Stimmen waren zu hören.

Dann hörte sie das leise Geräusch der Betäubungspistole. Der Hund ließ ihren Arm los. Welch wunderbare Erleichterung. Sie hatte das Gefühl, zu schweben und ewig rennen zu können, jetzt, da dieses Gewicht sie nicht mehr nach unten zog.

Vic schnappte seinen Rucksack, und sie rannten, weg von den näher kommenden Stimmen. Sie kamen an dem großen Stall vorbei und liefen auf den Wald zu. In Richtung Auto. Vic rannte, so schnell er konnte, der Rucksack hüpfte auf seinem Rücken auf und ab. Die Betäubungspistole hatte er immer noch in der Hand.

Katherine kam kaum mit. Ihre Lungen brannten vor Anstrengung, den Blick hatte sie fest auf den Boden geheftet.

Sie hörte den überraschten Schrei der Männer, die wohl die schlafenden Hunde gefunden hatten. Dann hörte sie nur noch Vics schweren Atem und ihr eigenes Keuchen. Nach wenigen Minuten fiel sie zurück. Vic sah sich um und verlangsamte sein Tempo zu einem Dauerlauf, damit sie aufholen konnte. Kurz darauf gingen sie beide im Schrittempo und lauschten, ob sie verfolgt wurden.

Nichts. Keine Stimmen hinter ihnen. Kein Bellen. Sie waren entkommen.

Jetzt mußten sie nur zurück über den Zaun kommen.

Aber es war schiefgegangen. Sie hätte wissen sollen, daß es

unmöglich war. Sie konnten von Glück reden, daß sie unverletzt davonkamen.

»Katherine«, flüsterte Vic, während er nach Luft rang, »laß uns so schnell wie möglich hier abhauen.«

Sie nickte, noch zu sehr außer Atem, um zu sprechen.

Sie liefen weiter in Richtung Zaun.

Plötzlich bemerkte Katherine einen dunklen Umriß weiter links.

Sie zeigte darauf. »Sieh mal.«

Es war ein kleines, einzelnes Gebäude.

Vic hielt seine schweißnasse Wange dicht neben ihre. »Willst du es dir ansehen? Es ist ein Risiko. Sie werden nach uns suchen.«

»Laß uns nur mal gucken«, keuchte Katherine.

Er schaute zurück. »Na gut. Ganz kurz.«

Als sie näher kamen, entpuppte sich der Umriß als kleiner Aluminiumschuppen mit einer Koppel dahinter.

Sie rüttelten an der Tür, aber sie war mit einem Riesenschloß hermetisch verschlossen. »Gehen wir«, sagte Vic und zog sie fort in die Richtung, aus der sie gekommen waren.

»Warte.« Sie umrundete das Gebäude. Die einzige Öffnung in der Aluminiumwand war ein kleines Fenster, etwa anderthalb Meter über dem Boden.

Katherine sah es sich von nahem an. Es war einen Spalt geöffnet. Sie steckte ihre Finger durch den Spalt und schob das Fenster nach oben. Es ließ sich problemlos öffnen.

Vic gab ihr den Rucksack. »Reich mir das nach, wenn ich drin bin.« Er zog sich am Fensterrahmen hoch und kletterte durch die Öffnung. Als er drinnen zu Boden plumpste, stieß er einen kleinen Schrei der Angst oder der Überraschung aus. Katherine reichte den Rucksack durchs Fenster, Vic nahm ihn ihr ab.

Dann stieg auch Katherine durch das Fenster ein. Es war stockfinster. Sie zögerte.

Vic schaltete seine Taschenlampe an. Der Strahl fiel auf ein großes, bernsteinfarbenes Auge, das das Licht reflektierte. Das Gesicht um das Auge herum war vernarbt und verstümmelt.

Auf der breiten, flachen Schnauze und unterhalb des weiten, geschlossenen Auges zeichneten sich Dutzende von schwarzen Narben in dem beigen Fell ab. Ein Ohr war zur Hälfte weggerissen. Die schwarze Mähne war zottelig und voller Sägespäne. Der alte Löwe sah Vic friedlich an und versuchte aufzustehen, aber der Käfig war so klein, daß er kriechen mußte. Er rieb seine Seite an dem Gitter und schnurrte, als Vic seine Hand gegen den Maschendraht drückte.

Vic spuckte ein Wort aus: »Schweine.«

Dann stand er auf und ließ den Lichtstrahl langsam durch den Raum gleiten. Säcke mit Futter und Sägespänen waren an der hinteren Wand aufgestapelt; ein Schubkarren, ein leerer Käfig und eine Reihe von Kisten nahmen die Mitte ein. In der Ecke neben der Tür befand sich ein großer metallener Verschlag. Darum stand eine bebende mahagonifarbene Antilope und sah sie aus sanften, dunklen Augen an. Zwölf weiße Streifen verliefen senkrecht über ihre Flanke.

»Heureka!« flüsterte Vic. »Machen wir es kurz.«

Katherine stockte vor Aufregung der Atem.

Das Geräusch der Betäubungspistole durchbrach die Stille, das Bongo fiel auf die Knie. So lag es ein paar Sekunden mit hängendem Kopf da, bis es auf die Seite plumpste.

»Das Zeug funktioniert wirklich hervorragend«, sagte Katherine und eilte herbei.

»Hilf mir, es umzudrehen«, sagte Vic. Er lehnte seine Taschenlampe gegen den Rucksack, und beide zogen, bis das Bongo auf dem Rücken lag und die Beine in die Luft streckte. Vic holte die Kamera aus der Tasche und stellte sich breitbeinig über das Tier. Katherine hielt es an den Hinterbeinen fest.

Dort, im Lendenbereich, wo das Hinterbein auf den Bauch traf, sahen sie die schwarze Tätowierung auf der unbehaarten, blauen Haut – ISIS-Nummer 11-3881. Katherine wußte sie auswendig. Es war eines der Bongos, die Max Friedlander geliefert hatte.

Grell flammte das Blitzlicht in der Dunkelheit auf. Vic machte fünf weitere Aufnahmen aus verschiedenen Blickwinkeln. Dann holte er eine Spritze aus seinem Rucksack und gab dem Bongo eine Injektion in den Rücken. Als sie den Verschlag verlassen hatten, bemühte sich das Tier schon wieder, auf die Füße zu kommen.

Vic blieb am Fenster stehen. Er nahm den alten Löwen ins Visier und machte fünf weitere Aufnahmen.

Während Katherine sich durch das Fenster kämpfte, hörte sie ihn flüstern: »Tut mir leid, alter Junge, wirklich.« Sie hielt inne und schaute zurück, nicht sicher, ob sie richtig gehört hatte. Vic schob sie nach draußen und warf ihr den Rucksack zu.

»Vic, du kennst diesen Löwen«, sagte sie.

Er ließ sich neben sie auf den Boden fallen. »Allerdings. Gehen wir.«

Katherine vorneweg, rannten sie zum Auto.

Sie hatten es geschafft. Hundert Punkte. Sie sah den Zaun im Hintergrund.

Dann hörte sie Stimmen. Seitlich von ihnen und hinter ihnen. Licht flackerte zwischen den Bäumen auf.

»Verdammt«, flüsterte Vic. »Sie sind schon da.«

Sie rannten, was sie konnten, kämpften sich durch das Gebüsch. Nur noch fünfzig Meter bis zum Zaun.

Eine Stimme hinter ihnen rief: »Halt! Oder ich schieße!«

Sie rannten weiter, schneller, als Katherine es je für möglich gehalten hätte.

Als sie den ersten Schuß hörte, steigerte sie ihr Tempo nochmals. Ihre Lungen brannten.

Als sie an den Zaun kamen, schrie sie vor Verzweiflung auf. Kein Baum. Kein Auto. Nur eine lange Strecke unnachgiebigen Maschendrahts. Dreieinhalb Meter hoch.

Sie hatten die richtige Stelle verfehlt.

Eine Gewehrsalve prasselte in die Süßhülsenbäume direkt hinter ihnen.

Vic griff nach ihrer Hand. »Komm. Hier entlang.« Er bog scharf nach rechts ab. Scheinbar ewig rannten sie an dem Zaun entlang.

Der nächste Schuß schlug in den Boden zwischen ihnen.

Sie duckten sich im Laufen. Katherines Lungen stachen fürchterlich.

Sie schaute hoch. Gott sei Dank, der Baum. Seine Zweige schienen sich ihnen geradezu entgegenzustrecken.

Vic umfaßte den Stamm und trat zur Seite. Er schob sie hinauf auf einen der unteren Äste und folgte ihr unmittelbar. Sie kletterte, als versenge ein Feuer ihr die Füße.

Zwei Schüsse schlugen in den Baumstamm ein. Die rauhe Borke zerkratzte ihre Hände und Arme. Sie griff nach dem obersten Ast in dem Moment, als die Männer aus den Büschen auf die Lichtung sprangen. Sie ließ sich auf das Autodach fallen.

Vorsichtig glitt sie an der Seite des Jeeps hinunter und kauerte sich hinter das Auto. Vic ließ sich keuchend und schweißüberströmt neben sie fallen, und schon prasselten Schüsse auf den Jeep.

Zwei Männer kletterten auf den Baum, zwei weitere näherten sich dem Zaun.

Katherine öffnete die Wagentür und angelte die Schlüssel unter der Fußmatte hervor. Vic war direkt hinter ihr. Sie kletterte auf den Fahrersitz und krümmte sich über das Lenkrad. Verzweifelt versuchte sie, an dem Schlüsselbund den Zündschlüssel zu finden.

Das Auto erbebte, als ein Mann sich auf das Dach fallen ließ.

Da war der Schlüssel. Sie brauchte drei Anläufe, um ihn ins Zündschloß zu bekommen.

Vic versuchte verzweifelt, die Tür zu schließen. Ein Arm hielt von oben her dagegen.

Katherine ließ den Motor an und gab Gas. Der nächste dumpfe Aufprall. Zwei Männer auf dem Dach!

»Fahr! Fahr!« schrie Vic.

Sie trat das Gaspedal durch und ging gleich darauf auf die Bremse. Der Ruck schleuderte einen der Männer seitlich vom Dach, der andere rollte auf die Motorhaube und versperrte ihr die Sicht. Vic zog seine Tür zu. »Noch mal!« rief er.

Sie wiederholte das Manöver, und der Mann flog von der Motorhaube. Er landete vor dem Jeep auf dem Boden. Sie machte einen Bogen um ihn.

»Schnell«, rief Vic.

Sie fuhr so schnell, wie es das Gelände erlaubte, quälte das

Auto durch Schlaglöcher, über kleine Büsche und Kakteen. Als sie die Straße erreicht hatten, beschleunigte sie auf 150 und raste dem Highway entgegen.

Das einzige Geräusch im Auto war ihr schweres Atmen, sie rangen beide nach Luft.

Dann gab Vic ein tiefes, grollendes Geräusch von sich, das zu einem befreiten Lachen wurde, als sie den Highway erreichten. Er versuchte zu sprechen, brachte aber kein Wort heraus. Schließlich rutschte er näher an sie heran und bekam sein Lachen so weit unter Kontrolle, daß er sagen konnte: »Das war unglaublich. Wir haben es wirklich geschafft. Ich habe, ehrlich gesagt, nicht mehr daran geglaubt.« Er legte den Arm um ihre Schultern. »Bei dir alles in Ordnung?«

»Ich glaube schon. Mein Adrenalinspiegel ist allerdings so hoch, daß ich es nicht genau weiß. Wie fühlst du dich?«

Er nahm ihre rechte Hand vom Steuerrad und drückte sie zwischen seine Beine. »Äußerst animalisch.«

Sie spürte, wie er unter ihrer Berührung hart wurde.

»Mmmm«, sagte er. »Wie schnell kannst du mit diesem Auto fahren?«

19

Katherine nahm sich Zeit, den Staub und den Schweiß aus ihrem Haar zu waschen. Dann ließ sie den heißen Wasserstrahl auf ihre Haut prasseln. Es war halb drei Uhr morgens, aber sie hatte sich nie wacher gefühlt.

Es war nicht nur die köstliche Mischung aus Aufregung und Erleichterung, die die Atmosphäre im Auto aufgeladen hatte.

Es war nicht nur die prickelnde Vorfreude bei dem Gedanken, daß Vic jetzt vermutlich in seinem Schlafzimmer auf sie wartete. Es war das Gefühl, auf der Suche zu sein.

Es erinnerte sie an die Märchen, in denen das jüngste Kind eine Aufgabe erfüllen mußte, eine schwierige Aufgabe, die nur von ihm gelöst werden konnte. Ihr Vater hatte sie auf diese Suche geschickt, und sie war der Lösung nahe; sie spürte es. Sie war den

Hinweisen gefolgt, die er ihr hinterlassen hatte; sie hatte entdeckt, was er vorgehabt hatte. Was jetzt noch ausstand, war, mit ihren Entdeckungen richtig zu verfahren. Das würde sie heute tun; sie würde endlich ihre Großmutter treffen, sie mit ihren Ergebnissen konfrontieren und ihr die Beweise vorlegen. Das mußte es sein, was ihr Vater von ihr gewollt hatte.

Tropfnaß stand sie mitten im Badezimmer. Während sie ihre Haare trockenrubbelte, fiel ihr ein, daß sie außer ihrer Zoouniform nichts Sauberes anzuziehen hatte. Sie schlang sich das Handtuch um die Hüften und spähte ins Schlafzimmer, wo sie den wartenden Vic vermutete. Der Raum war leer, so daß sie das Handtuch fallen ließ und nackt an den Schrank trat. Es hingen ein paar alte Hemden und Jacken darin. Dann fand sie ein langes weißes T-Shirt. Sie streifte es über und betrachtete sich in dem Spiegel an der Tür. Das Hemd reichte bis kurz über die Knie und schmiegte sich an jede Rundung ihres noch feuchten Körpers. Perfekt. Sie lächelte sich zu, schob sich die nassen Haare hinter die Ohren und gestattete einem kleinen Schauder, über ihren Körper zu laufen.

Sie trat auf den Flur, um nach Lebenszeichen zu horchen. Das Schließen einer Kühlschranktür am anderen Ende des Hauses weckte ihren Magen; sie folgte dem Geräusch und versuchte sich zu erinnern, wann sie zum letztenmal etwas gegessen hatte. Es mußte das gummiartige Truthahnsandwich auf dem Rückflug von New York gewesen sein.

Die Küche war schwach erleuchtet, nur die kleine Lampe über der Spüle brannte. Vic stand an der Arbeitsfläche und strich Erdnußbutter auf ein Stück Toast. Ra saß wartend neben seinen Füßen und sah hoffnungsvoll nach oben.

»Du Schnorrer«, sagte sie.

Beide drehten sich zu ihr um. Vic trug einen kurzen blauen Frotteebademantel, seine Haare waren klatschnaß. Er betrachtete Katherine einen Moment lang schweigend, das Gesicht im Schatten. Dann hielt er ihr den Toast hin. Der Duft von heißem Toast und schmelzender Erdnußbutter ließ ihr das Wasser im Munde zusammenlaufen. Sie trat ein paar Schritte vor, aber als sie danach greifen wollte, versteckte Vic das Brot hinter seinem

Rücken. Sie lächelte und umfaßte ihn mit einer Hand; sie wollte den Toast haben. Er schaute sie an, legte seinen linken Arm um ihren Rücken und zog sie langsam an sich, bis ihre Brüste das rauhe Frottee berührten. Der saubere Duft, der von seiner Haut und aus seinen Haaren aufstieg, vermischte sich mit dem schweren Erdnußbutterduft zu einem Geruch, der auf der Stelle jede Öffnung ihres Körpers mit feuchten Begierden füllte. Sie sah ihn an und sagte: »Erdnußbuttertoast muß eine Art menschliches Pheromon sein.«

Seine rechte Hand tauchte wieder auf; er schwenkte den Toast kurz unter ihrer Nase und hielt ihn ihr an die Lippen. Sie biß hinein, wobei Krümel auf ihrer beider Brust rieselten. Der Toast war dünn und knusprig, und in der Erdnußbutter waren ganze Nüsse, die zwischen ihren Zähnen zerkrachten. Vic nahm selbst einen großen Biß und hielt ihr den Rest hin. Noch nie hatte sie etwas so Köstliches gegessen.

»Wie schnell kannst du die Bilder entwickeln lassen?« fragte sie.

Er benutzte den hinteren Teil ihres Hemdes, um die Krümel von seiner Hand zu wischen, umfaßte sie mit beiden Armen und drückte sie langsam an sich. Deutlich spürte sie die Konturen seines Körpers. »Der Einstundenservice macht um zehn auf«, sagte er mit rauher Stimme. »Sie müßten also gegen Mittag fertig sein.«

Sie spürte die feste Muskulatur seiner Brust, die Höhlung seines flachen Bauchs und den härter werdenden Druck seiner Lenden. »Ich möchte sie meiner Großmutter so bald wie möglich zeigen«, sagte sie und merkte, daß ihre Atmung unregelmäßig wurde. »Kannst du sie mir gleich bringen, wenn du sie bekommst?« Gott, sie hatten noch nicht einmal angefangen, und sie bekam schon keine Luft mehr.

Sie erinnerte sich an ihre Phantasien von der Erforschung seines nackten Rückens und löste sich ein wenig von ihm, so daß sie ihre Hände in den Bademantel schieben und seinen Rücken anfassen konnte. Dabei ging der Bademantel auf. Jetzt trennte sie nichts mehr als ihr dünnes, feuchtes Hemd.

»Ja«, sagte er. »Oh, ja.«

Sie bewegte ihre Finger von seinem Kreuz zentimeterweise aufwärts und fühlte die glatte Haut, die sich über den harten Muskeln spannte. »Ich arbeite noch an einem Plan, wie ich bis zu ihr vordringen kann«, sagte sie und sah ihm ins Gesicht. Seine Augen waren geschlossen, die Lippen geöffnet. »Hast du irgendwelche Ideen?«

Er zog sie fester an sich. »Ich habe eine Menge Ideen.«

Sie ließ ihre Hände zu seinem Hals gleiten, dorthin, wo sich seine Haare kräuselten. Die Haare waren naß und kühl und fingen gerade an, sich zu kräuseln; die Haut war warm und glatt.

Er beugte sich über sie, fand die entsprechende Stelle auf ihrem Hals und küßte sie, verweilte dort und schmeckte die Haut. Dann hob er den Kopf und suchte ihre Lippen. Zuerst berührte er sie nur zart und leckte die Krümel und Spuren von Erdnußbutter ab. Dann nahm er ihren Mund in Besitz, umschloß ihn und erforschte ihn, machte ihn zum Mittelpunkt seiner Aufmerksamkeit. Jetzt mußte sie sich an ihm festhalten, weil sich ihr gesamter Körper verflüssigte wie Erdnußbutter auf heißem Toast.

Atemlos, als wär er gerade zwanzig Stockwerke hochgerannt, sagte er: »Laß uns in mein Zimmer gehen, ja?«

Als um sechs der Wecker klingelte, war sie schon wach; sie betrachtete Vics nackten Rücken und machte den aktuellen Countdown: noch drei Tage bis zur Zwangsversteigerung, bis sie Ra an den Meistbietenden abtreten mußte. Es war ihr erster Gedanke jeden Morgen, sogar heute, obwohl sie so viele andere Dinge im Kopf hatte.

Vic streckte einen Arm aus, um das Summen abzustellen, und drehte sich zu ihr um. »Woran denkst du?« fragte er.

»Daran, daß ich mir bis heute nacht nicht viel aus Sex gemacht habe«, antwortete sie.

Er lachte glücklich, legte einen Zeigefinger auf ihre Stirn und ließ ihn langsam die Mitte ihres Körpers hinuntergleiten. »Denk an Teddy«, sagte er. »Es kommt eben auf die richtige Kombination an.«

Sie warf einen Blick auf die Uhr und setzte sich auf.

Er streckte die Hand nach ihrer bloßen Schulter aus und sagte: »Warum so eilig?«

»Ich muß pünktlich sein. Ich habe Danny heilige Eide geschworen, daß ich heute für ihn arbeiten werde, weil er gestern für mich eingesprungen ist.«

Er zog sie zurück. »Ich kann anrufen und dich entschuldigen, Katherine. Du mußt nicht gehen.«

Sie setzte sich wieder auf. »Doch, muß ich. Gerade heute. Heute kommt dieser berühmte Herpetologe. Sie freuen sich alle darauf; ich bin die einzige, die bereit ist, die Stellung zu halten. Vor zwölf wirst du die Fotos sowieso nicht fertig haben. Dann werde ich eine lange Mittagspause machen und meine Großmutter besuchen. Heute ist der große Tag.«

Sie schwenkte die Beine aus dem Bett und schämte sich plötzlich ihrer Nacktheit. Als er das merkte, fand er das geborgte Hemd am Fußende des Bettes und gab es ihr. Sie errötete, als sie es über den Kopf zog und daran erinnert wurde, wie er es vor wenigen Stunden Zentimeter um Zentimeter hochgeschoben hatte. Er hatte unerträglich lange gebraucht, um es ihr auszuziehen.

Er sprang nackt aus dem Bett und verschwand im Badezimmer.

Sie duschte kurz und zog sich für die Arbeit an.

Als sie in die Küche kam, hatte Vic Ra schon einen alten Hamburger zu fressen gegeben und ihn hinausgelassen. »Wir müssen heute Hundefutter kaufen«, sagte er, ohne aufzuschauen. Er schenkte Orangensaft ein.

Sie blickte auf seinen dunklen Kopf und spürte, wie sich all ihre Eingeweide zusammenzogen. Das ging ihr alles zu schnell und zu weit. »Ich werde nach der Arbeit das Haus meines Vaters aufräumen müssen; und die Tür muß ich reparieren lassen«, sagte sie.

Er reichte ihr ein Glas Saft und sah ihr in die Augen. Auf seinem Kinn kündete eine kleine, blutige Stelle davon, daß er sich beim Rasieren geschnitten hatte. »Katherine, bitte geh da nicht allein hin. Bleib eine Weile hier, wenigstens bis das alles vorbei ist. Ich finde es schön, wenn du da bist.«

Der innere Widerstreit von Lust und Angst ließ ihre Kopfhaut prickeln. Sie war auch gern hier, aber andererseits mußte sie etwas

Abstand von ihm gewinnen. In Kerrville letzte Nacht war er unersetzlich gewesen. Zu unersetzlich. Sie hätte es ohne ihn niemals geschafft. Sie wurde schon abhängig von ihm. »Danke. Ich werde es mir überlegen«, sagte sie schließlich.

»Und bitte, Katherine, weih mich in deine Pläne ein. Ich möchte dir helfen, und ich will nicht, daß du irgendwo allein hingehst. Versuch bei der Arbeit immer mit jemand anderem zusammenzusein – Iris, wenn möglich. Sie ist ein kluger Kopf.«

Er leerte sein Glas mit einem großen Schluck und goß sich noch einmal ein.

»Worüber ich mir Sorgen mache, Vic: Was wird jetzt wohl aus ihnen?«

»Aus Simbaru und dem Bongo?«

Sie nickte, während sie ihren Saft trank.

Im Auto, auf dem Heimweg von Kerrville, hatte er ihr die Geschichte erzählt. Der alte einäugige Löwe in dem Schuppen war Simbaru; der Löwe, wegen dem er und ihr Vater sich vor etlichen Monaten gestritten hatten. Vic hatte entschieden, daß er so alt und krank sei, daß er eingeschläfert werden müsse, selbst wenn er sich von seiner Lungenentzündung erholen sollte; Lester hatte den Standpunkt vertreten, daß Simbaru noch einige gute Jahre vor sich habe. Schließlich hatte Hans Dieterlen einen Kompromiß gefunden: Sie würden den Löwen an einen Privatzoo in Westtexas abgeben, wo er versorgt wäre. Dieterlen hatte erklärt, er kenne den Zoo, er habe schon öfter Tiere dorthin verkauft und wisse, daß es ein einwandfreier Betrieb sei.

Statt dessen war Simbaru in einem winzigen Käfig gelandet und wartete auf einen Jäger, der Tausende von Dollar für das Privileg zahlen würde, einen Löwen schießen zu können.

»Ich habe auch an die beiden gedacht«, sagte Vic, wobei ein Muskel an seinem Kiefer zuckte. »Eigentlich bin ich verantwortlich für das Schicksal von Simbaru. Dein Vater hatte recht. Wenn du mit deiner Großmutter gesprochen hast, finde ich, sollten wir ihnen den Tierschutzbeauftragten auf einen Besuch vorbeischikken.«

Alonzo Stokes gefiel es gar nicht, daß Katherine einen Tag freigenommen hatte.

»Hatten Sie einen angenehmen Tag gestern, Miss Driscoll?« fragte er, ohne in ihre Richtung zu schauen, als sie den Versorgungsbereich betrat. Er lehnte an der Arbeitsfläche und säuberte mit einer Zahnbürste einen winzigen Schädel von getrocknetem Blut und Gewebe. Iris saß auf dem Tisch und bearbeitete einen noch kleineren Schädel. »Vielen Dank, daß Sie uns heute morgen mit Ihrer Gegenwart beglücken.« Er sah auf die Uhr. »Auch wenn Sie neun Minuten zu spät sind.« Nun starrte er sie an. Seine pockennarbige Haut spannte sich so straff über die hervorstehenden Backenknochen, daß die Form seines Schädels so deutlich zu erkennen war wie der Reptilienschädel in seiner Hand.

»Ich hatte dringende Familienangelegenheiten zu erledigen«, sagte sie.

»Tja, wir haben hier auch dringende Angelegenheiten zu erledigen, und wir sind im Rückstand. Nummer eins sind die Felsen im Krokodilteich. Auf ihnen wachsen Algen, die abgeschrubbt werden müssen. Das Zeug ist ziemlich hartnäckig, das heißt, es erfordert 'ne Menge Kraft. Harold schafft das nicht allein, also haben sich Wayne und Sie bereit erklärt, ihm zu helfen. Das Becken ist schon fast leer, Sie können also anfangen.« Er wusch die Zahnbürste kurz unter fließendem Wasser aus, dann vertiefte er sich wieder in seine delikate Arbeit. »Dabei können Sie von Glück sagen«, fügte er hinzu und verzog den Mund, »daß Wayne und Harold die Kaimane schon weggebracht haben.«

Sie wollte gerade gehen, da rief er sie zurück. »Nummer zwei, Katherine. Sie werden sich bestimmt freuen zu hören, daß das Buschmeisterweibchen endlich mit seiner Häutung fertig ist. Sie können es nachher zusammen mit dem Männchen aus der Quarantäne in den Paarungsraum setzen. Aber, verdammt noch mal, Katherine«, er hielt den Schädel unter das fließende Wasser, »an der Scheuerleiste auf der Westseite gucken einige lose Holzsplitter heraus. Große, spitze Dinger. Ist Ihnen das nicht aufgefallen? Die Schlangen könnten sich daran schneiden oder die scharfen Splitter herunterschlucken. Sie sollten die Dinger sehr sorgfältig abschleifen und den Holzstaub, der dabei entsteht, entfernen. Schaffen Sie das allein?«

»Alles, bis auf das Umsetzen der Tiere«, sagte Katherine. »Dabei müßte mir jemand helfen.«

»Kein Problem«, sagte Alonzo. »Bob Jacobs, Aushilfswärter drüben bei den Vögeln, hilft heute ausnahmsweise mal bei uns. Er hat Erfahrung mit Schlangen. Zu zweit sollten Sie in der Lage sein, damit fertig zu werden, aber seien Sie vorsichtig. So kurz nach der Häutung sind sie oft gereizt.« Er legte den tropfenden Schädel zum Trocknen auf ein Papierhandtuch und verließ den Raum.

Katherine blickte ihm nach und war bestürzt zu sehen, wie die Hose um seinen hageren Körper schlotterte. In den neunzehn Tagen, die sie ihn kannte, hatte er sichtbar an Gewicht verloren. Und die dunklen Ringe unter seinen Augen waren mittlerweile schwarz.

»Beachten Sie ihn einfach nicht«, sagte Iris. »Er ist nur nervös, weil sein großer Held hier ist – Cyrus Harrison-Jones –, und der große Mann wird nach seinem Vortrag hierherkommen, deswegen ist Mr. Stokes so aufgeregt. Heute soll alles mehr als perfekt sein.«

Katherine nickte, während sie einen Schwamm nahm und Iris half, die Schuppen und Fleischstückchen von der Edelstahlfläche zu wischen. Seit zwei Wochen wurde über nichts anderes gesprochen als den bevorstehenden Besuch des weltweit größten Experten auf dem Gebiet der Lacertilia. Der Autor des einschlägigen Werks über Wühlechsen sprach im Ambrose-Konferenzraum vor allen interessierten Mitarbeitern.

Katherine machte am Schrank mit den Arbeitsutensilien halt und nahm sich einen Eimer, eine harte Wurzelbürste und ein Paar hohe Gummistiefel. Sie ging hinüber zum Felsenbecken, in dem normalerweise sechs oder sieben Zwergkaimane den ganzen Tag umhertrieben, wobei nur ihre böse dreinschauenden Augen und die Spitzen ihrer Schnauzen aus dem Wasser ragten. Jetzt war das Becken fast leer, nur am Boden stand noch eine kleine Pfütze. Harold Winters, der Krokodilspezialist, und Wayne Zapalac standen in Gummistiefeln in dem Becken und sahen sich das Ganze an. Die Steine waren von einem giftgrünen Schleim überzogen, der nach verdorbenem Fisch roch. Sie wandte den Kopf ab, atmete tief durch und stieg in ihre Stiefel. Dann kletterte sie hinunter in das leere Becken.

»Willkommen in der Grube«, sagte Wayne. »Wir haben dich gestern vermißt. Ging alles gut mit der Beerdigung?«

Katherine sah ihn an. »Was? Ach, ja. Alles in Ordnung.« Sie bückte sich, um die Algen zu befühlen. Sie waren glitschig und unglaublich fest an den Steinen.

Harold, ein kleiner Mann, der stets ein rotes Halstuch um den Kopf geknotet trug, sagte: »Das wird echt eine Schweinearbeit. Wir versuchen alles, um das Zeug kleinzukriegen, aber es wächst einfach immer weiter. Legen wir los.« Er begann schweigend zu schrubben.

Harold sprach fast nie, und Wayne war heute für seine Verhältnisse ungewöhnlich schweigsam. Katherine war dankbar. So konnte sie nachdenken.

Jedesmal, wenn sie an die Begegnung mit Anne Driscoll dachte, überschlug sich ihre Phantasie. Wie sie unter der Bewachung von Janice Beechum in das Haus gelangen sollte, wußte sie noch nicht. Vielleicht würde sie brutale Gewalt anwenden müssen, sich einfach hineindrängen und die Treppe hochstürmen. Sie war sicher, daß sie, wenn sie erst mal zu ihr vorgedrungen war, Anne dazu bringen konnte, ihr zuzuhören. Sie würde ihr die Fotografien zeigen – die von ihrem Vater und die, die Vic letzte Nacht gemacht hatte. Ihre Großmutter würde natürlich schockiert sein. Es würde schwer für sie sein zu glauben, daß Cooper so etwas tat, aber am Ende würde sie überzeugt sein.

Katherine versuchte die Tagträume an dieser Stelle zu unterbrechen. Es war am besten, ohne jede Erwartung hinzugehen, damit ihre Enttäuschung nicht zu groß ausfallen konnte. Aber ihre Phantasien waren unwiderstehlich. Ihre Großmutter würde ihr danken, daß sie all das ans Tageslicht gebracht hatte. Sie würde ihre Hand halten, und dann würden sie stundenlang über Katherines Kindheit reden – über all die Dinge, an die sie sich nicht erinnerte. Es war verrückt, das wußte sie, aber ihr

Hunger danach, diesen weißen Fleck ihrer ersten fünf Lebensjahre auszufüllen, war gewachsen. Die kleinen Erinnerungsfetzen, die sie wiedergefunden hatte, seit sie in Austin war, hatten ihn nur genährt.

Sie mußte es sich eingestehen: Sie brauchte eine Vergangenheit.

Schließlich ließ sie es zu, daß ihre Gedanken bei der vergangenen Nacht mit Vic verweilten. Das Blut schoß ihr in den Kopf, und sie schaute auf, um zu sehen, ob jemand sie beobachtete. Wayne. Er hatte die Arbeit unterbrochen und sah sie verwundert an. »Was du wohl gerade denkst ...«, sagte er.

»Oh«, murmelte sie, »nichts Bestimmtes. Nur an die Rechnungen, die ich noch nicht bezahlt habe.«

»Du auch, was?« Er fing wieder an zu schrubben, kräftig, mit beiden Händen auf der Bürste, daß der Schleim nur so flog. »Es ist wirklich nicht einfach, von einem Wärtergehalt zu leben, stimmt's? Ich weiß nicht, wie ich es schaffen würde, wenn ich nicht eine Behindertenrente von den Marines bekäme.«

»Behinderten ...«, fragte sie und starrte seine muskulösen Arme und Hände an.

»Ja. Man kann es so nicht sehen, aber es ist da. Gottverdammtes Vietnam.«

Die drei brauchten mehr als zwei Stunden, um den Schleim von den Felsen zu kratzen, sie anschließend abzuspritzen und das restliche Wasser und die Rückstände aus dem Becken zu lassen. Als sie es neu zu füllen begannen, tauchte Alonzo auf, um die Steine zu begutachten und mit einem knappen Nicken seine Zufriedenheit zu zeigen.

Katherine streckte ihre verkrampften Beine und stieg aus dem Becken. Sie zog die Gummistiefel, in denen sich ihre Füße wie gekochte Kartoffeln angefühlt hatten, aus und sah auf die Uhr. Es war Viertel vor elf. Bald würde Vic die Fotos bekommen. Gott, hoffentlich waren sie etwas geworden. Er würde gegen zwölf kommen und arrangieren, daß sie zwei Stunden freinehmen konnte.

Sie nahm die Stiefel in die eine, den Eimer in die andere Hand und brachte sie zurück in den Versorgungsbereich. Sie wusch die

Bürste und den Schwamm in der Spüle aus und ließ sie zum Trocknen auf dem Abtropfbrett liegen.

Dann ging sie an den Schrank und sah die feinsäuberlich beschrifteten Plastikkästen durch, die auf den Borden gestapelt waren. Sie zog den Kasten mit der Aufschrift »Sandpapier« heraus und griff sich zwei neuen Bögen. Außerdem nahm sie eine kräftige Schere von einem Haken.

Am Paarungsraum angelangt, knipste sie das Deckenlicht an und schloß die Tür auf. Sie ließ ihren Blick über die Scheuerleiste des leeren Raums gleiten. Tatsächlich, dort, an der Westseite, standen drei böse aussehende Stacheln aus der Zedernholzleiste hervor. Mist. Wie hatten Iris und sie das übersehen können, als sie vor vier Tagen den Raum säuberten? Kein Wunder, daß Alonzo sauer war. Die Dinger sahen wirklich gefährlich aus.

Sie kniete sich auf den Boden und befühlte die riesigen, schartigen Splitter. Die großen Teile beseitigte sie mit der Schere, voller Eifer, diesen Beweis ihrer Nachlässigkeit zu entfernen. Dann begann sie mit dem Abschmirgeln der rauhen Oberfläche, wobei sie den Kopf nach oben streckte, damit sie den feinen Holzstaub nicht einatmete. Sie zuckte zusammen, als Iris den Kopf durch die offene Tür steckte und rief: »Wir gehen jetzt. Sie müssen kommen und auf den Laden hier aufpassen, bis Bob da ist.«

Katherine wandte sich zu ihr um. »Gut. Ich bin gleich draußen. Viel Spaß.«

»Danke, daß Sie hierbleiben. Ich schreib' für Sie mit.«

Katherine bemerkte, daß Iris einen winzigen Hauch von Lippenstift aufgetragen und ihre Haare auftoupiert hatte. Sie lächelte zu ihr hoch. »Ja. Alles, was Sie schon immer über Wühlechsen wissen wollten, aber nie zu fragen wagten.«

Sie wendete sich wieder der Scheuerleiste zu. Eine Stelle war immer noch rauh. Sie wollte sie noch ein bißchen glatter bekommen. Also strengte sie sich noch mehr an, schmirgelte wie wild und mußte husten, als ihr der Staub in die Nase drang. Jetzt war es fast glatt. Nur noch eine kleine rauhe Stelle war übrig.

Sie hörte Schritte an der offenen Tür und sagte: »*In Ordnung*, Iris. Ich komme ja.« Aber sie drehte sich nicht um, bis ein

Geräusch ertönte, das sich anhörte, als klatschten unmittelbar hinter ihr die schweren Windungen eines nassen Gartenschlauchs auf den Boden.

Auf den Knien wirbelte sie herum und sah noch die beiden schwarzglänzenden Knäuel, die sich bereits auseinanderwanden. Sie hatte gerade genug Zeit, die perlenartige Oberfläche der schwarzen Dreiecke zu erkennen.

Buschmeister.

Dann ging das Licht aus.

Die Tür wurde zugeknallt, und im Raum herrschte absolute Dunkelheit.

Das Klicken des Riegels, der von außen an der Tür zugeschoben wurde, drang wie eine stumpfe, kalte Speerspitze in ihr Herz. Von diesem frostigen Pol her breitete sich eine Eiseskälte durch ihren ganzen Körper aus und erfaßte sie bis ins Mark ihrer Knochen.

Kälte bis ans Mark. Gefroren. Tiefgekühlt. Aus den Knochen kroch es nach außen; ein Gletscher, der ihren Körper ausfüllte, der ihr das Blut in den Adern und die Flüssigkeit in den Augen gefrieren ließ, der ihr in die Haut schnitt und Zehen und Fingerspitzen taub werden ließ. Sie bewegte keinen Muskel, unfähig aufzustehen oder auch nur zu blinzeln. Sie war eine kniende Eisskulptur geworden.

Im Raum war es totenstill. Wie laut das Summen der Neonröhre gewesen war! Sie sehnte sich nach diesem Lärm. Und wenn es ein winziges Summen gewesen wäre, ein Vibrieren, ein Kitzeln im Ohr, das ihr hätte Gesellschaft leisten können, während sie wartete.

Sie war allein. Niemals in einem Leben des Alleinseins hatte sie sich so vollständig verlassen gefühlt.

Die Augen weit aufgerissen, bildete sie sich ein, sie könne sie sehen – das zwei Meter dreißig lange Weibchen, den schweren Körper, der sich langsam auseinanderrollte, die glänzenden, frisch gehäuteten Schuppen, den Kopf, der sich hob und die schwarze Zunge vorschnellen ließ, um Witterung aufzunehmen. Das Männchen, drei Meter lang, aber dünner, streckte sich auf dem Boden aus, um Erschütterungen zu erspüren. Hatten sie sie gesehen, bevor das Licht ausging? Falls nicht, würden sie – wenn sie festgefroren blieb – vielleicht nicht merken, daß sie da war. Vielleicht würden sie einfach an ihrem Platz liegenbleiben. Die Schlangen konnten in der Dunkelheit nicht mehr sehen als sie. Vielleicht würde alles gut.

Dann fühlte sie einen dumpfen Krampf der Verzweiflung.

Idiotin.

Diese Schlangen brauchen ihre Augen nicht. Es sind Grubenottern.

Sie hatte noch im Ohr, wie Wayne ihr die Öffnungen unter den Augen erklärte. Es waren Infrarot-Wärmerezeptoren, die die Gegenwart von warmem Blut registrierten. Ein Buschmeister konnte eine Maus in völliger Dunkelheit finden und akkurat treffen.

Sie hörte jetzt ein ganz leises Geräusch – den Hauch eines Schabens –, und sie wußte, was es war: Die Bauchschuppen einer großen Schlange, die sich vom Boden abstieß.

Sie sollte wenigstens aufstehen und ihr Gesicht außer Bißweite bringen. Aber die Muskeln ihrer Beine waren festgefroren, ihre Füße klebten am Boden. Es war ein Grauen, das sie sich nie hätte vorstellen können.

Und doch war etwas daran vertraut. Es war, als hätte sie dieses arktische Grauen schon einmal empfunden, vor sehr langer Zeit.

Ja, ich erinnere mich. Ich habe solche Angst, daß ich mich nicht rühren kann. Es fühlt sich genauso an wie jetzt – das Mark ist gefroren, das Blut kalt und dickflüssig.

Und da ist auch eine Schlange! In dem Haus, in dem ich mit meiner Mutter und meinem Vater wohne. Es muß ein Alptraum sein. Ja, ein Alptraum. Ich bin erst fünf Jahre alt und kann Träume noch nicht von der Realität unterscheiden.

Ich träume, daß ich von Lärm und Geschrei aufgeweckt werde. Es ist heiß. Sehr heiß. Mein Nachthemd ist durchgeschwitzt und klebt an mir. Ich habe Angst. Ich stehe auf, um meinen Daddy zu suchen. Ich mache die Tür zum dunklen Schlafzimmer auf und gehe hinein. Aus dem Flur fällt ein wenig Licht herein. Ich sehe, daß sie nicht da sind. Pascha kommt herein. Der große, warme Pascha. Ich fühle mich besser, als er bei mir ist. Ich liebe ihn. Er winselt und schnüffelt herum.

Ein Geräusch – dasselbe schwache Schaben – dringt unter dem Bett hervor. Ich bin neugierig. Ich bücke mich, um nachzuschauen. Ein dunkler Kopf, ein Monsterkopf mit einer vorschnellenden Zunge kommt unter dem Bett hervor. Dann erscheint nach und nach der ganze lange Körper, windet sich vorwärts. Ich bin festgefroren, hypnotisiert von der geschmeidigen Bewegung. Meine Füße kleben am Boden. Wenn ich mich bewege, werde ich die Haut von meinen Fußsohlen reißen.

Pascha knurrt. Er bellt und macht einen Satz nach vorn.

Die Schlange windet sich auf mich zu, näher und näher. Bis der züngelnde Kopf fast meinen nackten Fuß und mein mageres Schienbein berührt. Da bellt Pascha wieder. Er knurrt wütend und schnappt nach der Schlange. Blitzschnell beißt die Schlange zu. Der Hund jault vor Schmerz.

Ich schreie und schreie.

Jetzt hörte Katherine es wieder. Das schwache Schaben. Es begann, hörte auf, begann von neuem. Sie waren näher gekommen. Sie lauschte. Ja. Sie bewegten sich wieder. Auf sie zu. Alle beide.

Das Eis, das sie umschlossen und ihren Körper taub gemacht hatte, begann zu schmelzen. Sie war plötzlich ungeschützt.

Voller Panik versuchte sie, sich den Raum vorzustellen und nach einem Ausweg zu suchen. Sie sah den Raum genau vor sich: ein Rechteck mit einer niedrigen Decke und sonst nichts. Außer ihr. Und den zwei Schlangen. Und zwei Bögen gebrauchten Sandpapiers. Und der Schere. Wo war die Schere? Sie hatte sie zum Schmirgeln aus der Hand gelegt, aber wohin? Konnte sie es wagen, den Boden nach ihr abzutasten? Oder würde die Erschütterung die Schlangen anlocken? Was würde sie mit der Schere tun, wenn sie sie hatte, wo sie doch gar nichts sehen konnte? Wenn sie die Hand danach ausstreckte, konnte sie den Schlangen zu nahe kommen. Sie würden sich bedroht fühlen und... Ihr Herz klopfte so heftig, daß es ihren ganzen Körper schüttelte. Sie versuchte, das Zittern zu unterdrücken, um die Erschütterungen zu vermindern.

O Gott. Bitte. Laß jemanden kommen und die Tür aufschließen!

Vic. Er würde kommen. Aber nicht vor zwölf. In einer Stunde.

Bob! Ja, Bob... von den Vögeln. Er würde kommen. Aber er würde nicht hier nach ihr suchen. Und die anderen waren fort. Stundenlang.

So lange konnte sie nicht überleben. Die Panik wuchs, wurde übermächtig. Das stoßweise Schaben, das Reiben der Schuppen kam näher. Wenn sie sie nur beißen könnten, ohne sie zu berühren; dann wäre es nicht so schlimm. Das Eis war geschmolzen, und ihr Körper fühlte sich an wie ein großer Fleischklumpen, riechendes, heißes Blut, wie ein aufgetautes Steak, das die Schlangen mit seinen warmen Ausdünstungen anlockte. Sie würden sie finden. Sie konnten nicht fehlgehen.

Wieder das Geräusch – ein Rascheln wie von dünnem Papier, das sich in einer schwachen Brise bewegt. Nun schon fast an ihren Füßen.

Sie warf den Kopf zurück und erinnerte sich an das andere Mal, an den Alptraum, den sie so lange vergessen hatte. Sie hatte geschrien und geschrien.

Die Schlange richtet sich erneut auf, zu einem S zusammengekrümmt. Ich beobachte die vorschnellende Zunge. Die platte Nase. Den schwarzen Streifen, der vom Auge nach hinten verläuft. Das sich weiter öffnende Maul. Die Giftzähne.

Meine Schreie reißen an meiner Kehle, saugen meine Lungen aus, gellen in meinem Trommelfell. Ein dunkler Schatten füllt den Türrahmen hinter mir. Das Licht geht an. Mein Vater. Ja, er ist da. Er schreit vor Wut und Verzweiflung. Kate, o nein. Er wirft sich nach vorn, nimmt mich in seine Arme und hebt mich hoch. Er reißt mich aus dem Zimmer.

Alle kommen angerannt – die anderen. Was machen sie hier mitten in der Nacht? Ihre Gesichter sind weiße Masken, gezeichnet von Furcht und Zorn, als wäre die schlimmste Sache der Welt geschehen. Als gäbe es kein Zurück mehr.

Das war die Nacht gewesen, in der ihre Mutter sie nach draußen zum Auto gezerrt hatte. Die Nacht, in der sie für immer weggegangen waren.

Ihre Kehle war rauh und wund, sie hatte den Geschmack von Blut im Mund. Langsam spannte sie die Muskeln in ihren Oberschenkeln an und stand auf. Sie trat einen Schritt zurück, bis sie an die Wand stieß. Die Wand! Sie konnte daran hochklettern. Das war es! Sie würde die Wand hochklettern. Sie drehte sich um und versuchte, die Finger in den Putz zu graben, klammerte sich an der Wand fest, drückte die Wange dagegen und zog sich hoch, während sie mit den Füßen nach einem Halt suchte.

Als der Schmerz kam, endlich, war es in ihrem linken Fußgelenk.

Wie Stachel aus Feuer. Ein Brennen, so heftig, daß sie keuchte.

Es war eine stechende, brennende Qual – und eine Erleichterung. Jetzt könnte sie sich hinlegen, und es war vorbei. Sie sank langsam auf den Boden und rollte sich zusammen. Wie lange hatte sie nicht mehr ausgeschlafen. Sie überließ sich dem Traum.

Als das Licht anging, träumte sie von einer Stimme. Sie flüsterte ihr ins Ohr: »Nein, bitte nicht. Das darf nicht sein. Nicht schon wieder.« Sie träumte von starken Armen, die sie hochhoben. »Ich war diesmal dran. Ich habe die Warnung erhalten. Ich war bereit.« Eine Tür knallte, aber die Stimme redete immer weiter besänftigend auf sie ein: »Keine Angst. Alles wird wieder gut. Es ist meine Sünde, nicht deine. Die Stranahan-Sache, was wir getan haben. Oh, Kate. Keine Bange. Alles wird wieder gut. Keine Angst.«

Sie hörte das Schrillen der Alarmglocke und aufgeregte Rufe.

Dann erinnerte sie sich an etwas.

Jener alte Traum – war gar kein Traum. Es war alles wirklich geschehen.

20

Das Blut, das unablässig zwischen ihren Zähnen hervorquoll, schmeckte wie dickflüssiges, rostiges Salzwasser.

Katherine setzte sich im Bett auf, spuckte in die Plastikschale und spülte den Mund wieder aus, nach wie vor zutiefst erstaunt, daß diese beiden winzigen roten Löcher den ganzen Körper derart verwüsten konnten. Warum mußte eine Schlange, die nur Nagetiere zu töten brauchte, genug Gift in sich haben, um einen Menschen umzubringen? Die tödliche Macht der Natur schien weitaus größer zu sein als erforderlich.

Sie hielt die Schale unter ihr Kinn und versuchte sich zu entscheiden, ob sie wieder brechen mußte. Nein, entschied sie, ihr Magen war mittlerweile ganz sicher leer; und da sie vorhatte, nie wieder etwas zu essen, war wenigstens das vorbei.

Der Arzt hatte ihr versichert, all ihre Symptome – Übelkeit, Nierenschmerzen, extremes Anschwellen der Gliedmaßen, blutender Gaumen – seien typisch für eine hämotoxische Vergiftung. Es hätte ihr besser gefallen, wenn er eine klare Sprache gesprochen und Schlangenbiß gesagt hätte. Aber er schien zu wissen, was er tat.

Sie zog das Laken von ihrem linken Bein und zwang sich, es anzusehen. Gar nicht so schlimm. Es war immer noch aufgedunsen, aber, Gott sei Dank, nicht mehr mit jener formlosen Masse vergleichbar, zu der es am ersten Tag angeschwollen war. Die Farbe war auch schon erträglicher. Während der letzten achtundzwanzig Stunden, seit sie im Krankenhaus lag, war das Bein immer dunkler geworden. Der natürliche, leicht gebräunte Hautton hatte sich in ein gemeines Braunrot verwandelt, war mittlerweile aber wieder zu einem Gelbbraun verblaßt, das an alte blaue Flecken erinnerte.

Der Schmerz hatte ebenfalls nachgelassen. Aus dem heftigen Brennen um den Biß herum war ein feurig stechender Schmerz im gesamten Bein geworden. Jetzt spürte sie nur noch ein leises Pochen. Sie konnte sich im Bett bewegen und, auf eine Krücke gestützt, zur Toilette humpeln. Das Schlimmste lag hinter ihr, hoffte sie.

Katherine seufzte, als sie sich wieder in das Kissen sinken ließ.

»Meine Güte«, sagte Sophie und sah von ihrer Stickarbeit auf. »Wenn ich geahnt hätte, was es bedeutet, von einer Schlange gebissen zu werden, hätte ich mehr Angst davor gehabt. Und wenn man in Texas aufwächst wie ich, hat man sowieso schon einen Heidenrespekt vor Schlangen; ich habe mich immer geweigert, irgendwo hinzugehen, wo eine Schlange sein könnte. Wie schlau von mir.«

Katherine war froh, Sophies Stimme zu hören und zu wissen, daß sie dort am Fußende ihres Bettes saß. Ihr Leben lang hatte Katherine in Zeiten von Kummer oder Krankheit allein sein wollen. Sie hatte sich abgesondert, um die Sache, was immer es sein mochte, allein durchzustehen: Windpocken, die Abwesenheit ihrer Mutter, Liebeskummer, Geschäftssorgen – sie war mit allem allein fertig geworden.

Bis jetzt.

Etwas hatte sich während ihrer Gefangenschaft in dem dunklen Raum verändert. Sie wollte nicht mehr allein sein. Sie wollte Menschen um sich haben. Je näher, desto besser.

Während der ganzen Tortur im Erste-Hilfe-Raum gestern, bei den Tests, ob sie das Gegengift vertragen würde, hatte Sophie ihre eine Hand gehalten, und Alonzo Stokes, sehr scheu, die andere. Sie war selbst erstaunt gewesen, daß sie die beiden um sich haben wollte und daß es ihr half. Als wäre mit dem Gift die Fähigkeit in sie eingedrungen, den Trost, den andere Menschen ihr zu bieten vermochten, zu empfinden.

Und der Trost kam von vielen Seiten. Den ganzen gestrigen Nachmittag über hatte sie Menschen um sich gehabt, und mit jedem Besuch war ihr Mut gewachsen. Zuerst war Lieutenant Sharb erschienen; er hatte mit seinem glänzenden schwarzen Anzug und dem unrasierten Gesicht in dem kühlen weißen Krankenhauszimmer völlig fehl am Platz gewirkt. Vic war gekommen, hatte perfekte Fotos von der vorangegangenen Nacht mitgebracht und versprochen, gut auf Ra achtzugeben, bis sie aus dem Krankenhaus kam. Sam McElroy war gekommen und hatte zu ihrer Beruhigung gesagt, daß die Zooversicherung für alle entstehenden Kosten aufkommen würde. Danny Gillespie war gekommen, den Versuch eines Lächelns im Gesicht und einen riesigen Blumenstrauß im Arm, den er sich bestimmt nicht leisten konnte. Wayne war mit der Nachricht erschienen, daß die Buschmeister pausenlos kopulierten, seit eine von ihnen sie gebissen hatte; man werde, hatte er gesagt, sich an dieses Aphrodisiakum erinnern müssen, wenn es das nächstemal Probleme damit gebe, Schlangen zur Fortpflanzung zu bewegen. Iris war gekommen und hatte ihrer Hoffnung Ausdruck verliehen, daß Katherine sich nicht davon abhalten lassen werde, weiterhin bei den Reptilien zu arbeiten. Cooper und Lucy Driscoll hatten ihr einen enormen Korb mit Früchten mitgebracht.

Sie wandte den Kopf und sah aus dem Fenster. Der Himmel war von einem tiefen, reinen Blau; leuchtende Wolken segelten an dem Fensterausschnitt vorbei. Es war Sonntag nachmittag, und die Versteigerung war für Dienstag angesetzt. Wenn sie Glück hatte, würde sie gerade noch rechtzeitig aus dem Krankenhaus entlassen. Vielleicht mußte das Ganze auch ohne sie stattfinden, aber möglicherweise war das gar nicht so schlecht. Dann würde sie, wenn alles vorbei war, das Haus aufräumen und Ra abliefern. Und sie hätte eine gute Entschuldigung, um an dem Tag selbst nicht dabeisein zu müssen.

»Dem Himmel sei Dank für Alonzo Stokes' Perfektionismus«, sagte sie laut.

»Amen«, antwortete Sophie und legte eine Hand auf Katherines gesunden Fuß.

Alonzo hatte seine Geschichte wie eine Litanei unaufhörlich wiederholt – während sie auf den Krankenwagen warteten und dann auf dem Weg zum Brackenridge. Als er auf den Beginn des Vortrags gewartet habe, sei er plötzlich unruhig geworden, wegen der Splitter und des Umsetzens der Buschmeister. Er habe ein ungutes Gefühl gehabt, sagte er, und da der Vortrag zehn Minuten später angefangen habe, sei er zurückgelaufen, um nach dem Rechten zu sehen. Gott sei Dank. Als er die Klappe an dem Beobachtungsfenster geöffnet habe, habe er sie zusammengekrümmt auf dem Boden liegen sehen. Die Schlangen hätten kopulierend in der anderen Ecke gelegen. Gott sei Dank.

Sie war nur einmal gebissen worden, in den linken Knöchel. Das war schlimm; aber es hätte tödlich sein können, wenn sie öfter zugebissen hätten. Offensichtlich hatten sie nach einem Biß das Interesse an ihr verloren.

Gerettet durch die Macht der Sexualität.

Im Krankenwagen, als sie die Welt langsam wieder klar zu sehen begann, hatte sie in Alonzos Gesicht geschaut. Seine ungeheure Besorgtheit schien alles Fleisch von seinem mageren Schädel geschmolzen zu haben. Er hatte sich geweigert, ihre Hand loszulassen, und darauf bestanden mitzufahren, das Gegengift in der Brusttasche.

Als ihr wieder eingefallen war, was er geflüstert hatte, während er sie aus dem Paarungsraum trug, hatte sie den Arm nach ihm ausgestreckt und seinen Kopf zu ihrem herabgezogen, so daß niemand – weder der Sanitäter noch der Fahrer – sie hören konnte. »Alonzo, Sie haben vorhin etwas von Stranahan gesagt. Haben Sie Donald Stranahan gekannt? Was hat er damit zu tun?«

Er war leicht zurückgezuckt und hatte feierlich den Kopf geschüttelt.

»Alonzo, Sie haben gesagt, daß Sie gewarnt waren. Haben Sie einen Brief vom Rächer bekommen? Haben Sie? Ich auch. Was ist mit Stranahan geschehen? Sagen Sie es mir. Es ist wichtig.«

Wieder hatte er den Kopf geschüttelt; und zwar nicht eindeutig verneinend, sondern so, als wolle er weder jetzt noch irgendwann später daran denken. »Ich war aufgeregt«, hatte er gesagt. »Ich habe wirres Zeug geredet.« Er hatte ihre Hand zwischen seinen gedrückt. »Gott sei Dank bin ich zurückgekommen. Nur das zählt. Es wird alles wieder gut. Ehrenwort. Ich weiß das. Ich habe schon viele Schlangenbisse gesehen, dieser wird zwar schmerzhaft sein, aber Sie sind bald wieder wohlauf. Erst recht, wenn Sie das Gegengift bekommen.« Er hatte die Ampulle in seiner Brusttasche getätschelt.

Er weigerte sich also, ihr irgend etwas zu sagen. Wenn sie in sein verwüstetes Gesicht sah, war sie sicher, daß er die ganze Geschichte kannte. Aber er würde sie niemals erzählen. Vielleicht hatte er sich nach einunddreißig Jahren so sehr daran gewöhnt, sie geheimzuhalten, daß er nicht mehr in der Lage war, die Wahrheit zu sagen. Die Klappe, die im menschlichen Geist den freien Fluß der Wahrheit ermöglichte, war bei ihm zugerostet.

Sie würde die Geschichte ohne seine Hilfe rekonstruieren müssen.

Wenn sie sie rekonstruieren wollte.

Gegen ihren Willen hatte sich ein Teil der Geschichte in ihrem

Kopf zu drehen begonnen. Sie glaubte zu wissen, was vor einunddreißig Jahren geschehen war. Sie krümmte sich zusammen vor soviel Scheußlichkeit.

Als Sharb in ihrem Krankenzimmer eingetroffen war – sie war gerade erst aus der Notaufnahme nach oben gebracht worden –, hatte sie darum gebeten, ihn allein sprechen zu dürfen. Schnell hatte sie ihm berichtet, was Alonzo Stokes ihr ins Ohr gemurmelt hatte. Dann hatte sie ihm einige ihrer Vermutungen mitgeteilt. Sie vermute, daß Donald Stranahan im Zoo gearbeitet habe, im Reptilienhaus, in jener Zeit, als auch ihr Vater dort beschäftigt und Alonzo Stokes der neue Oberwärter gewesen sei. Sie habe das Gefühl, daß es sehr wichtig sei. Ob er das überprüfen könne? Sofort?

Das werde er todsicher tun, hatte er gesagt. Ob sie sich fit genug fühle, ein paar Fragen zu beantworten? Sharb hatte sein Notizbuch hervorgeholt und das Unvermeidliche gefragt: Hatte sie die Person gesehen, die die Schlangen hineingeworfen und die Tür abgeschlossen hatte? Wer hatte die entsprechenden Schlüssel? Wen hatte sie an dem Morgen gesehen? Hatte sie Vermutungen?

Keine ihrer Antworten hatte ihm weitergeholfen.

Schließlich war er gegangen und hatte einen Mann in Uniform vor der Tür postiert. Jetzt, da sie einen Tag Zeit zum Nachdenken gehabt hatte, war ihr klar, daß er ein Problem darstellte. Sie würde ihn loswerden müssen.

Die Schwester mit dem gelben Smiley-Button am Gürtel kam auf leisen Sohlen herein, legte Katherine wieder einmal die Blutdruckmanschette um und schaute ernst auf die steigende und fallende Nadel. Sie überprüfte den Infusionsbeutel mit dem Gegengift und kontrollierte den Schlauch. All die beruhigenden Rituale, die sich Stunde für Stunde wiederholten.

Katherine nahm alles mit einem wohligen Gefühl der Entspannung hin. Die Laken waren kühl und weich auf ihrer Haut, und es war beruhigend zu sehen, daß ihre Lebensgeister nicht kleinzukriegen waren.

Als die Krankenschwester den verbundenen Fuß auf seinem Kissen zurechtrückte, zuckte Katherine zusammen.

»Immer noch empfindlich?« fragte die Schwester. »Möchten Sie noch etwas gegen die Schmerzen?«

»Werde ich davon wieder müde?« fragte Katherine.

»Wahrscheinlich. Aber es kann Ihnen nicht schaden, noch ein bißchen zu schlafen.«

»Doch«, sagte Katherine. »Ich möchte eine Weile wach sein, und die Schmerzen sind im Moment nicht so schlimm.«

»Sie müssen sich ausruhen. Ist das beste bei Schlangenbissen, das verlangsamt die Vergiftung.«

Katherine sah auf den Infusionsbeutel. Er war fast leer. »Wenn der leer ist, bin ich dann fertig damit?« fragte sie.

Die Schwester studierte die Aufschrift auf dem Beutel. »Wahrscheinlich. Das ist die empfohlene Dosierung – fünf Ampullen Soro Anti-Laquetico. Aber der Doktor meint, daß wir Sie noch mindestens vierundzwanzig Stunden hierbehalten müssen – vielleicht auch ein paar Tage –, um die Wunde zu beobachten. Bei hämotoxischen Giften kann es zu Gewebeschädigungen kommen. Müssen Sie vielleicht gerade urinieren? Wir brauchen noch eine Probe fürs Labor.«

Katherine schüttelte den Kopf.

Die Schwester schob ihr die Kissen unter dem Kopf zurecht, nahm die Schale und sah ohne das kleinste Anzeichen von Widerwillen hinein. »Und, wollen Sie es sich noch einmal überlegen und wenigstens eine Kleinigkeit zum Abendbrot? Wenn es Ihrem Magen immer noch nicht gutgeht, können wir Ihnen Götterspeise und Kräcker bringen.«

»Nein, danke«, sagte Katherine, deren Magen sich allein bei dem Gedanken umdrehte.

Nachdem die Schwester gegangen war, merkte Katherine, wie der Schlaf sie von neuem überwältigte. Gegen ihren Willen. Sie war so müde. Es waren nicht nur die Schmerzmittel. Sie versuchte sich an das letztemal zu erinnern, als sie eine Nacht durchgeschlafen hatte. Seit sie vor fünf Tagen den Brief des Rächers bekommen hatte, hatte sie reichlich wenig geschlafen, in den letzten achtundvierzig Stunden noch weniger. Vor zwei Tagen war sie nach New York geflogen, um Max Friedlander zu besuchen. Das Haus ihres Vaters war verwüstet worden, und sie war mit Vic zu der Ranch in Kerrville gefahren. Und den Gewehrsalven entkommen. Und hatte mit Vic geschlafen. Und dann ... ihre Lider wurden schwer. So viel war in so kurzer Zeit geschehen. Die Augen fielen ihr zu. Kein Wunder, daß sie ... nur ein kleines Schläfchen.

Als sie aufwachte, war das Fenster, das mit blauem Himmel gefüllt gewesen war, ein schwarzes Viereck; Sharb stand neben ihrem Bett und starrte auf sie herunter. Er hatte gehofft, daß sie erwachte. Mit einem Ruck setzte sie sich auf. Der Stuhl von Sophie war leer.

»Ich habe Ihrer Cousine gesagt, sie soll schnell etwas essen gehen«, sagte Sharb. »Keine Bange. Sie ist gleich wieder da.«

Katherine ließ ihren Kopf in das Kissen sinken und schaute in die schwarzen Knopfaugen, die so nahe beieinander standen, daß sie sich fragte, ob er überhaupt ein seitliches Gesichtsfeld hatte.

»Sie hatten recht«, sagte er. »Donald Stranahan, der Ehemann der Frau, der Ihr Vater das Geld geschickt hat, arbeitete tatsächlich im Zoo von Austin. Zwei Jahre lang, bis zum 18. Juli 1958.« Die schwarzen Augen glitzerten in dem schwachen Licht. Katherine kannte ihn mittlerweile gut genug, um die Anzeichen von Aufregung zu erkennen. »Bis er von einer Schlange gebissen wurde. Von einem Buschmeister. Wie Sie. Aber Mr. Stranahan starb an dem Biß.«

Mit einem winzigen Lächeln auf den Lippen wartete Sharb auf ihre Reaktion.

Katherine nickte nur kurz. Sie war nicht sonderlich erstaunt. Das hatte sie erwartet, es paßte genau zu der Geschichte, die sich in ihrem Kopf abspulte. »Er war also der eine Todesfall im Austiner Zoo.«

»Jawoll. Es gab noch einige andere Schlangenbisse, aber dieser war der einzige mit tödlichem Ausgang. Damals hatten sie noch nicht so ein spezifisches Gegengift wie das, das man Ihnen in die Adern tröpfeln läßt. Aber es hätte sowieso nicht geholfen.«

»Warum nicht?« fragte Katherine.

»Er scheint betrunken gewesen zu sein, als er spätabends – der Zoo hatte schon lange geschlossen – mit den Schlangen herumspielte. Hatte vielleicht sogar eine Frau dabei und spielte sich vor ihr auf. Stokes sagt, er sei ein Cowboytyp gewesen – wild, ein Macho, Frauenheld und starker Trinker. Die Schlange hat ihn an der Wange erwischt, direkt neben der Nase.« Sharb rieb seine dicken Finger über die entsprechende Stelle in seinem Gesicht.

»Soviel habe ich aus Alonzo Stokes herausbekommen. Außerdem habe ich in dem alten gerichtsmedizinischen Bericht nachgeschaut. Stranahan starb sehr schnell. Er war betrunken, 1,2 Promille, und ich habe mir sagen lassen, daß Alkohol die Ausbreitung des Gifts beschleunigt. Trotzdem merkwürdig, daß er es nicht schaffte, den Alarmknopf zu drücken oder irgend etwas zu seiner Rettung zu unternehmen. Alonzo Stokes meinte«, an dieser Stelle versuchte Sharb, den gedehnten Tonfall von Alonzo nachzuahmen: »›Solche Sachen passieren halt, wenn man gedankenlose und betrunkene Leute in die Nähe von gefährlichen Reptilien läßt.‹« Er zog ein Taschentuch hervor und schneuzte sich. »Das macht einen doch stutzig, oder?«

Es machte sie nicht stutzig, es verschaffte ihr Gewißheit. Sein durchdringender Blick machte es ihr nicht leicht, ihre Seelenruhe zu bewahren. Je mehr sie versuchte, keine Gefühlsregungen zu zeigen, desto schwerer wurde es, ein Zucken unter ihren Augen zu verhindern.

»Und was meinen Sie?« fragte er. Ohne den Blick von ihr zu wenden, holte er Sophies Stuhl an das Kopfende des Betts und setzte sich.

Was sie dachte, würde sie ihm niemals sagen können. Die Beschreibung von Donald Stranahans Typ war ihr nur zu bekannt. Die Geschichte in ihrem Kopf drang in höchst sensible Bereiche vor.

Sie sah auf. Sharb wartete auf ihre Antwort.

»Mein Vater war ein Kollege, vielleicht ein guter Freund von ihm«, sagte sie. »Als Donald Stranahan starb, muß er sich irgendwie für die kranke Witwe und den kleinen Sohn verantwortlich gefühlt haben. Also unterstützte er sie nach dem Unfall. Das würde die Zahlungen erklären.« Sie beobachtete sein Gesicht. Würde er ihr das abkaufen?

Sharb schnaubte. »Ach ja? Polizisten kommen ständig um,

manche auch aufgrund der Fehler, die ein anderer Polizist macht. Deswegen gibt der doch noch lange nicht für den Rest seines Lebens sein Einkommen auf. Er spendet ein paar hundert Dollar an den Wohltätigkeitsfonds der Polizei, er geht zur Beerdigung, und damit hat sich's.«

Katherine zuckte die Achseln und sah die Decke an.

»Ich habe ja eine Theorie. Wollen Sie sie hören?« fragte Sharb. Ohne ihre Antwort abzuwarten, ergänzte er: »Donald Stranahan junior.«

Katherine fühlte, wie sich alles in ihr zusammenkrampfte.

»Es ist nämlich so. Alonzo Stokes ist zwar aalglatt wie diese Schlangen, die er so liebt, aber wir haben ihn schließlich so unter Druck gesetzt, daß er zugegeben hat, ebenfalls einen Brief vom Rächer bekommen zu haben. Vor mehr als einer Woche. Wir haben also Briefe an vier Leute: Ihren Vater, Travis Hammond, Stokes und Sie. Was haben Sie vier gemeinsam? Nun ja, Stokes und Ihr Vater arbeiteten im Reptilienhaus, das übrigens zu der Zeit, als Donald Stranahan dort starb, nicht mehr als ein Flügel des Vogelhauses war. Tja. So ein Zufall, was? Und Hammond – der leitete die Zahlungen Ihres Vaters an die Stranahan-Witwe weiter, er hatte also auch damit zu tun. Und dann Sie, Katherine. Nehmen wir einmal an, es ist eine Die-Sünde-der-Väter-Sache, und der junge Stranahan hält Sie für verantwortlich, weil Sie die Tochter Ihres Vaters sind.«

Er sah sie an und versuchte, ihr einen Gesichtsausdruck zu entlocken. »Können Sie mir soweit folgen?«

Sie nickte.

»Gut. Kommt es Ihnen nicht merkwürdig vor, daß von den vier Leuten, die eine Morddrohung erhalten haben, Sie als einzige der Polizei davon berichtet haben? Da fragt man sich doch: Warum haben die anderen das nicht gemeldet? Alonzo meint, daß er es nicht so ernst genommen habe. Das ist doch Quatsch, habe ich recht? Die einzige Antwort kann sein, daß sie alle etwas zu verbergen hatten. Ich weiß nicht, was, aber ich weiß, daß ich recht habe. Gut. Jetzt machen wir einen Sprung. Ich sagte Ihnen, daß es mich stutzig gemacht hat, daß keinerlei Spur von Donald Stranahan junior zu finden war. Die Nachbarn in

Belton erinnern sich daran, daß er direkt nach der High-School wegging und in die Armee eintrat, aber wir können dort keinerlei Vermerk über ihn finden. Und die führen verdammt genau Buch. Das ist also merkwürdig. Außerdem sind die Briefe des Rächers auffällig: dieses Auge-um-Auge-Zeug. Es geht um Vergeltung. Er gibt euch allen die Schuld am Tod seines Vaters. Und dann tötet er mit Tieren: ein Tiger für Ihren Vater, ein Hirsch für Travis Hammond, und Sie versucht er mit einer Schlange umzubringen.« Seine Stimme schwoll vor Erregung an. Er stand auf, stützte die Hände auf die Bettkante und beugte sich zu ihr herunter. »Und jetzt kommt, was mich endgültig überzeugt, Katherine: Er setzt dieselbe Schlangenart auf Sie an, die schon seinen Vater getötet hat.«

Er hielt ein paar Sekunden inne, um die Wirkung zu verstärken, dann fuhr er, mitgerissen von seiner Geschichte, fort: »Warum so lange warten mit der Rache? könnte man fragen. Nun ja, vielleicht mußte er den Tod seiner Mutter abwarten. Aber geplant hat er es schon vor langer Zeit, als er seinen Namen änderte und mit neuer Identität in die Armee eintrat. Als der Zeitpunkt gekommen ist, fängt er an, im Zoo zu arbeiten, so daß er problemlos an Ihren Vater und Alonzo herankommen kann. Das kann nur ein Eingeweihter gewesen sein. Nur jemand, der Schlüssel hat und den Tagesablauf kennt, konnte Ihnen das antun. Jemand, der weiß, wie man mit tödlichen Schlangen umgeht.« Sein Mund verzog sich vor Abscheu. »Ob ich mit Stranahan recht habe, weiß ich nicht, aber es ist mit Sicherheit ein Zoomitarbeiter, der diese Dinge tut.«

Er machte eine Pause, um Luft zu holen, und sah Katherine fragend an. Aber sie hatte die Augen geschlossen. »Sagen Sie doch etwas! Sie schlafen nicht. Bin ich auf dem Holzweg, oder ergibt das Sinn?«

Sie versuchte, die weißen Gesichter vor sich zu sehen, die sie in dem Traum umringten. »Machen Sie weiter«, sagte sie. »Ich denke darüber nach.«

»Na gut. Überwältigen Sie mich bloß nicht mit Ihrer Begeisterung. Donald Stranahan junior wäre heute neununddreißig. Ich habe gerade einen Mann nach Belton geschickt, um eine Beschreibung von ihm zu bekommen, ein Bild aus dem Schuljahrbuch, alles, was von vor einundzwanzig Jahren, als er den Ort verließ, zu finden ist. Natürlich, er war damals erst ein achtzehnjähriger Junge. Aber ein gutes Foto könnte diesen Fall lösen. Ich habe mir die Mitarbeiterdaten des Zoos angesehen. Unter den sechsundsiebzig Angestellten sind einundzwanzig Männer zwischen dreißig und fünfundvierzig. Aber lassen Sie uns das mal ernsthaft betrachten. Mit der Frage, wer von denen über Schlüssel und ausreichendes Wissen verfügt, engt sich das Ganze auf vier ein, habe ich recht, Katherine?«

Sie sagte immer noch nichts.

»Hier könnten Sie mir helfen«, insistierte er. »Sie hatten mehr Gelegenheit, sie zu beobachten als ich. Nun kommen Sie schon. Machen Sie die Augen auf, und arbeiten Sie mit!«

Katherine öffnete ihre Augen nicht.

»Stellen wir sie uns kurz vor«, sagte Sharb. »Vier Männer dieser Altersgruppe, die Schlüssel für das Reptilienhaus und entsprechendes Know-how haben und – hören Sie sich das an – die alle vier in Vietnam gedient haben. Ich habe mir von Anfang an gedacht, daß ein Typ, der sich der Rächer nennt, in Nam gewesen sein muß.« Er sprach die vier Namen ganz langsam aus: »Wayne Zapalac. Danny Gillespie. Harold Winters. Vic Jamail. Sie alle waren gestern gegen elf Uhr in der Nähe des Tatortes. Alle vier waren zu Beginn des Vortrags anwesend, bevor der Alarm die Veranstaltung auflöste. Jeder der vier hätte die Schlangen da hineinwerfen, Sie einschließen und rechtzeitig zum Vortrag erscheinen können. Er fing kurz nach elf an, und es war ein ständiges Kommen und Gehen.«

»War Danny dort?« fragte sie erstaunt und öffnete die Augen.

»Ja. Er hatte frei, kam aber zu dem Vortrag. Er sagt aus, er habe sein Wissen über Reptilien erweitern wollen, damit er mit ihnen arbeiten könne.«

»Eine Beschreibung wäre wirklich gut«, sagte Katherine schließlich. »Diese vier Männer sind in ihrer körperlichen Erscheinung sehr unterschiedlich.«

Sharb nickte. »Sie haben mit Ihnen zusammengearbeitet. Was halten Sie von ihnen?«

Vor ihrem inneren Auge stellte Katherine die vier Männer in einer Reihe auf. »Harold kenne ich kaum. Er spricht nicht viel. Danny ... na ja, er ist unsicher und so darauf bedacht, sich lieb Kind zu machen, daß man ihm einen Tritt versetzen möchte. Sie wissen, daß es sein Wunsch war, mit meinem Vater bei den Katzen zu arbeiten, und er hat auch versucht, ins Reptilienhaus versetzt zu werden, aber Alonzo will ihn nicht.«

»Er ist ein nervöser kleiner Schleimer«, sagte Sharb. »Und was mir von Anfang an nicht gefallen hat, ist die Vorstellung, wie er an jenem Morgen, nach Dieterlens Hilferuf, als erster am Tatort eintraf. Ein Kerl, der bei der Armee Scharfschütze war. Er hat ein Gewehr, und er sieht den armen Teufel da draußen in den Klauen von ...« Er brach ab und sah Katherine zum erstenmal an, seit er seine Rede begonnen hatte. »Oh, tut mir leid. Na, Sie wissen schon. Der erste Impuls hätte doch sein müssen zu schießen. Es sei denn, er wußte schon, daß der Mann tot war.«

»Ja«, sagte Katherine. »Darüber habe ich auch schon nachgedacht.«

»Wie steht es mit Wayne Zapalac?« fragte Sharb. »Schildern Sie mir erst mal Ihren Eindruck. Dann sage ich Ihnen, was ich weiß.«

»Wayne ... na ja, er ist interessant – sehr sensibel, ganz anders, als er aussieht, aber es ist schwer, ihn zu durchschauen.«

»Sensibel, ja?« schnaubte Sharb. »Er hat eine Vorstrafe wegen tätlichen Angriffs und Körperverletzung. Aus psychologischen Gründen von den Marines entlassen. In Vietnam Experte für lautloses Töten. Hochgradig verdächtig, denke ich. Wir überprüfen gerade seine Papiere, um rauszufinden, wo er wirklich herkommt. Dieser Typ könnte es sein.«

»Vielleicht«, sagte sie und sah auf den dunklen Fernsehschirm an der Wand. »Er wollte ursprünglich bei meinem Vater arbeiten, und als das nichts wurde, hat er sich für die Reptilien entschieden.«

Sharb rutschte auf seinem Stuhl nach vorn. »Wie steht es mit Vic Jamail?« Er sah sie durchdringend an. »Ist das schwierig für Sie?«

Katherine seufzte. Schwierig? Bei dem Gedanken, daß er etwas tun könnte, das ihr Leid zufügte, zog sich ihr Herz zusammen. Unter den vielen Dingen, die sie nicht glauben wollte, war dies am wenigsten vorstellbar. Sie dachte daran, wie schön es gewesen war, neben ihm zu liegen, mit den Händen seinen Rücken hinunter zu fahren. »Ich vertraue ihm.« Sie sah ihm in die Augen. »Ich weiß, daß er es nicht ist.«

Sharb streckte ihr beide Handflächen entgegen. »Jaja, aber er hat öffentlich Kontroversen mit Ihrem Vater ausgetragen, und er hat Zugang zu jedem Bereich des Zoos. Sie sollten sich einfach von ihm fernhalten, bis wir den Fall gelöst haben.«

Beide blickten auf, als Sophie mit einer dampfenden Tasse Kaffee hereinkam. Sharb erhob sich und schob den Stuhl quietschend auf seinen vorherigen Platz.

»Wann werden Sie die Beschreibung aus Belton bekommen?« fragte Katherine.

»Könnte eine Weile dauern. Es dauert seine Zeit, einundzwanzig Jahre alte Informationen zu ergattern. Mein Mann hat erst heute abend gegen sechs begonnen. Vor morgen wird er wohl nichts haben.«

Katherine gähnte.

»Ich sollte wohl gehen«, sagte er und streckte die Hände in die Taschen. »Wie geht es Ihnen? Ich habe ganz vergessen zu fragen.«

»Oh, mir geht's ...« Sie machte eine Pause, um festzustellen, wie sie sich eigentlich fühlte. »Ich fühle mich frei von Angst. Wenn man vor etwas schreckliche Angst hat, und dann steht man der Sache von Angesicht zu Angesicht gegenüber und das Schlimmste tritt ein, dann braucht man sich vor nichts mehr zu fürchten, verstehen Sie? Mir geht es gut.«

Er nickte so eifrig, daß sie wußte, daß er verstand.

»Gut, ich gebe Ihnen Bescheid, wenn ich etwas erfahre.« Er drehte sich um und wollte gehen.

»Lieutenant Sharb«, rief sie, »Bernard, Ihr Mann vor der Tür – bitte nehmen Sie ihn mit! Die Sicherheit hier ist mehr als ausreichend.«

»Und ich bleibe sowieso heute nacht hier, Lieutenant«, fügte Sophie hinzu.

Er pflanzte sich vor ihnen auf. »Man hat gestern versucht, Sie zu töten.«

»Bitte. Dann kann ich mich besser entspannen. Nehmen Sie ihn mit. Wir sind hier gut aufgehoben.«

Er zögerte.

»Ich fühle mich wie eine Gefangene. Das ist mir unerträglich. Bitte.«

Er sah Sophie an. »Außer dem Doktor und den Schwestern kommt hier niemand rein, stimmt's?«

»Stimmt«, sagte Sophie und blies in ihren Kaffee.

Katherine hob den Kopf. »Rufen Sie an, sobald Sie die Informationen aus Belton haben. Selbst wenn es mitten in der Nacht ist. Werden Sie das tun?«

Er nickte und ging.

»Welche Informationen?« fragte Sophie. »Ich habe mich sehr bemüht, dich nicht auszufragen, oder? Aber jetzt kannst du es mir doch erzählen.«

Katherine hielt fünf Finger hoch. »Laß mir noch ein paar Minuten Zeit, um etwas zu Ende zu denken, Sophie. Dann können wir reden.«

Sie schloß die Augen und konzentrierte sich auf die Lichtflekken innen auf ihren Lidern. Sharb war ziemlich gut. Er ging kreativ mit den Fakten um und rekonstruierte eine alte Geschichte daraus, wahrscheinlich ein altes Verbrechen. Doch er konnte nur einen Teil des Ganzen erkennen. Weil ihm die Erinnerungen fehlten.

Aber sie hatte die Erinnerungen.

Einige Gedichtzeilen, die sie in der achten Klasse hatte auswendig lernen müssen, drängten sich immer wieder in ihr Bewußtsein. Was war das? *Der alte Seemann.*

Einer geht seinen einsamen Weg
Trägt an Furcht und Grauen schwer,
Hat einmal zurückgeschaut und läuft
Und wendet den Kopf nie mehr,
Denn er weiß, daß ein schrecklich Feind
Geht dicht hinter ihm her.

Genauso fühlte sie sich. Sie wollte nicht zurückschauen und dem Feind, der dicht hinter ihr ging, ins Angesicht sehen.

Und warum sollte sie auch? Das Leben war auch so kompliziert genug.

Sie könnte Sharbs eingeschränkte Version übernehmen. Sie könnte ihre Erinnerungsbruchstücke vergessen und an eine Fassung glauben, die mit den bekannten Fakten übereinstimmte.

Es wäre soviel einfacher.

Für alle.

Jetzt mußte sie sich entscheiden. Wollte sie die Wahrheit herausfinden, gleichgültig, welchen Schaden sie damit anrichtete? Oder wollte sie den Schaden begrenzen? Zur Hölle, ständig bogen Menschen die Wahrheit so zurecht, daß es für sie bequemer wurde! Es war eine ganz natürliche Überlebensstrategie. Sie entschieden sich für verkürzte Versionen, mit denen sie besser leben konnten. Sie hatte jetzt die Wahl – die Erinnerungen, die zurückgekommen waren, zu ignorieren, zu vergraben, zu verleugnen. Hatte sie das nicht im Grunde ihr Leben lang getan? Schmerzliche Erinnerungen verdrängt?

Wenn Sharb aus den Puzzleteilen, die er hatte, ein stimmiges Bild zusammenbasteln konnte, konnte sie diese schmerzlichen, überflüssigen Teile einfach wegwerfen. Warum nicht? Wie die Schlange im Schlafzimmer ihrer Eltern, konnte sie auch all die anderen Erinnerungen zurück unter den dunklen Felsen verbannen, unter dem sie einunddreißig Jahre lang gelebt hatten.

Sie konnte bis morgen warten und sehen, was Sharb über den Rächer herausgefunden hatte. Das war das Vernünftigste. Wenn er es schaffte, den Rächer zu identifizieren und zu verhaften, konnte sie das Ganze auf sich beruhen lassen. Dann würde sie die anderen Dinge niemandem erzählen, ja, nicht einmal an sie denken müssen.

Alonzo Stokes wußte es, aber er würde nie sprechen, und wenn er für sein Schweigen sterben mußte. Selbst dann noch, wenn sie dafür sterben mußte.

Außerdem hatte sie nichts in der Hand außer Fetzen und Bruchstücke aus ihrer Erinnerung. Nichts Konkretes. Es war nicht ihre Aufgabe, das zu tun.

Sie ballte die Fäuste und spürte, wie sich ihr gesamter Körper verkrampfte. Das Problem war, daß sie die Unvollständigkeit, dieses Nichtwissen, nicht ertragen konnte. Es gab ihr das Gefühl, als hätte die Geschichte gekeimt und wäre in ihrem Körper wie eine Bohnensprosse gewachsen, die unablässig nach oben, ans Licht drängte. Sie verlangte die Vollendung.

Und wenn die Geschichte stimmte, dann wußte Anne Driscoll alles darüber.

Katherine konnte nicht länger warten. Sie mußte es wissen.

Jetzt.

Heute abend.

Sie öffnete die Augen und lächelte Sophie an, die ihre Stickerei in den Schoß hatte sinken lassen und mit gerunzelten Augenbrauen ins Leere starrte. Katherine rückte ein paar Zentimeter zur Seite und klopfte neben sich auf das Bett. »Sophie, jetzt können wir reden.«

Sophie stand auf und setzte sich ganz vorsichtig auf die Bettkante. »Und? Willst du mir alles erzählen oder eine Kurzfassung?«

Katherine lächelte. »Ich werde dir alles sagen, was ich weiß. Manches davon wird nicht leicht für dich sein. Und manches wird für mich nicht leicht sein.«

Sophie verschränkte die Arme vor der Brust. »Schieß los. Ich kann es verkraften, wenn du es kannst.«

Katherine begann mit Cooper Driscolls Mißbrauch der Stiftungsgelder. Schritt für Schritt legte sie Sophie die Beweise dar. »Aus den Fotos, die mein Vater hinterlassen hat«, faßte sie zusammen, »in Verbindung mit den Aufzeichnungen von Max Friedlander und den Fotos, die Vic vorgestern nacht in Kerrville gemacht hat, ist ziemlich eindeutig zu ersehen, daß dein Vater die Stiftung seit geraumer Zeit plündert.«

Sophie seufzte und ließ ihren Kopf nach vorn fallen. Sie fuhr sich mit den runden, weißen Händen durch die krausen Haare und massierte ihren Nacken. »Na ja, im Grunde überrascht es mich nicht. Es hat so schlecht für ihn ausgesehen.« Sie sah Katherine an, ohne den Kopf zu heben. »Vermutlich steckt er dann auch hinter dem Chaos im Haus deines Vaters, er hat dort nach den Bildern gesucht, oder?«

Katherine seufzte und nickte.

Sophie schloß die Augen. »Und Belle. Was wirst du unternehmen, Katherine?«

»Ich weiß es nicht. Bevor ich mich entscheide, muß ich Anne Driscoll fragen, was sie möchte.«

Sophie hob den Kopf. »Ja, das verstehe ich. Es ist ihr Geld. Sie muß also entscheiden. Aber ihr gehen der Name der Familie und der gute Ruf über alles. Ich glaube nicht, daß es ihr recht wäre, wenn du damit an die Öffentlichkeit gingst. Sie wäre wütend. Großer Gott, sie wäre schrecklich wütend.« Sie dachte eine Minute nach, dann sah sie auf. »Mein Vater mag ja ein rechter Widerling sein, ein geldgieriger Sack und ein Großmaul, aber ich glaube nicht, daß er jemanden umgebracht hat.«

»Nein, das glaube ich auch nicht. Ich bezweifle, daß sein Schwindel irgend etwas mit den Morden zu tun hat. Sharb glaubt, daß der Mörder der Sohn des Mannes sein könnte, der vor einunddreißig Jahren im Zoo starb; daß er sich rächen will.«

Sophies blaue Augen wurden rund vor Erstaunen. »Rächen wofür?«

Katherine berichtete ihr von den Zahlungen, die Lester Renfro über Travis Hammond an Dorothy Stranahan geleistet hatte Sie fuhr mit Alonzos Geständnissen vom Tag zuvor fort – und mit Sharbs Mitteilung, daß Donald Stranahan von einem Buschmeister getötet worden war.

Dann holte sie tief Luft und erzählte Sophie von dem Traum, der kein Traum war; wie sie sich gefühlt hatte, als sie mit den Buschmeistern eingeschlossen war. »Ich weiß nicht genau warum, Sophie, aber es ist so befreiend herauszufinden, daß meine schreckliche Angst vor Schlangen von den Ereignissen jener Nacht herrührt. Jetzt muß ich auch den Rest wissen.«

Sophies Augen waren feucht vor Mitgefühl, als Katherine geendet hatte, was dieser ebenfalls die Tränen in die Augen trieb. »Und jetzt«, sagte sie schließlich und trocknete ihre Augen an dem Krankenhausnachthemd, »wartet Sharb auf eine Beschreibung von Donald Stranahan junior, Informationen aus Belton.

Er ist sich sicher, daß es Vic, Wayne, Danny oder Harold Winters sein wird. Und darin stimme ich ihm zu. Ich glaube auch, daß hier eine alte Ungerechtigkeit beglichen werden soll.«

Sophie sah sie bestürzt an. »Oh, Katherine. Ich hoffe bloß, daß es nicht Vic ist.«

Das war eine Sache, über die Katherine noch nicht zu sprechen vermochte. »Wie spät ist es?« fragte sie.

Sophie warf einen Blick auf die Uhr. »Fast zehn.«

»Sophie, ich muß auf der Stelle mit Anne Driscoll sprechen. Heute abend noch. Ich habe so ein Gefühl der Dringlichkeit, als gäbe es vielleicht nie wieder die Gelegenheit, wenn ich es jetzt nicht tue. So, wie es mit meinem Vater war. Ich kann diese Unsicherheit nicht ertragen. Laß uns jetzt hinfahren.«

Sophies Mund stand offen. Sie klappte ihn zu. »Auf keinen Fall. Absolut ausgeschlossen.«

»Bitte hör mich doch erst an. Du warst dabei, als der Doktor gesagt hat, daß alles gut aussieht und daß die Behandlung abgeschlossen ist.«

»Jawohl, das war ich. Und ich habe ihn auch sagen hören, daß du die nächsten Tage im Krankenhaus bleiben mußt, im Bett, um die Heilung nicht zu gefährden.«

»Schon, aber wenn du mit dem Auto bis vor die Haustür fahren würdest, bräuchte ich kaum zu laufen. Hier im Schrank steht eine Krücke, wenn ich die nehme, brauche ich das Bein nicht so stark zu belasten. Und wenn ich deinen Trenchcoat überziehe, brauche ich mich noch nicht einmal anzuziehen.«

Sophie stand auf und kehrte zu ihrem Stuhl zurück. Sie nahm ihre Stickarbeit zur Hand. »Nein. Das ist keine gute Idee. Du kannst in ein paar Tagen zu ihr gehen.« Energisch setzte sie sich auf ihren Stuhl und vertiefte sich in das Leinen.

»Ich muß aber jetzt zu ihr. Bitte, Sophie. Eine halbe Stunde mit ihr allein würde schon reichen. Dann komme ich hierher zurück und bin eine brave Patientin. Ich werde schlafen und essen und mich gut erholen. Aber zuerst muß ich das hinter mich bringen. Bitte!«

Sophic stieß ihre Nadel in das Leinen und zog sie heftig zur anderen Seite heraus.

»Sophie«, bettelte Katherine, »wir sind wieder hier, noch ehe sie uns überhaupt vermissen. Komm schon, wir warten, bis es auf dem Flur ruhig ist, und dann gehen wir.«

»Ach, hier herauszukommen, ist kein Problem«, sagte Sophie, »aber wie willst du an Janice Beechum vorbeikommen?«

Katherine lächelte. Sophie hatte angebissen. Ihr Herz begann vor Aufregung wild zu klopfen. »Wir sind doch raffiniert. Wir können zusammen einen Plan aushecken. Du kennst sie, Sophie, und dir gegenüber wäre sie nicht mißtrauisch. Könntest du sie irgendwie ablenken? Sie unten beschäftigen – damit ich nach oben entwischen kann. Vielleicht könntest du dich kurz entschuldigen, ins Bad gehen und eine Tür für mich angelehnt lassen?«

Sophie rieb kurz ihr Kinn. »Tja, sie ist begeisterte Stickerin. Sie sitzt jeden Abend in der Küche und stickt. Vielleicht könnte ich sie bitten, mir einen Stich zu zeigen, oder so etwas, und du könntest dich nach oben in Großmutters Zimmer schleichen.« Sie warf ihre Stickarbeit auf den Boden und stand auf. »Katherine, das ist doch völlig absurd. Wir hören uns an wie Kinder im Sommerlager. Wir sind erwachsene Frauen. So etwas können wir nicht tun. Wenn sie dich sieht, wird sie Daddy anrufen, und der wird toben vor Wut.«

Katherine sah ihr in die Augen, ohne mit der Wimper zu zucken. »Das wäre ja schrecklich – Daddy wütend zu machen!«

Sophie starrte aufgebracht zurück, entspannte ihre Miene dann aber zu etwas, das beinahe wie ein Lächeln aussah. »Ganz schrecklich«, sagte sie. Sie ging zu dem kleinen Schrank neben der Tür zum Badezimmer und wühlte darin herum. Schließlich kramte sie eine stabile Aluminiumkrücke und ihren verknitterten Trenchcoat hervor.

Katherine unterdrückte beim Aufrichten ein Stöhnen, schwenkte aber tapfer die Beine aus dem Bett.

Sophie drehte sich um und warf ihr den Mantel zu. »Ich weiß, daß mir das leid tun wird«, sagte sie. »Verdammt, es tut mir jetzt schon leid.«

Der Rächer hatte seit Stunden zusammengesunken in seinem Auto gesessen und das Krankenhaus beobachtet. Sein Gesicht brannte immer noch vor Scham. »Was man tut, Söhnchen, das tut man richtig«, hatte seine Mutter immer gesagt. Er hätte das Gegengift aus dem Kühlschrank nehmen und wegwerfen sollen. Nein. Dann hätten sie welches aus Houston oder Dallas eingeflogen. Schlangen waren zu unzuverlässig, nicht aggressiv genug.

Schwerfällige Viecher.

Von jetzt an würde er eine zuverlässigere Methode anwenden. Er befühlte die .45er Automatic, die unter der Lederjacke in seinem Gürtel steckte. Genug gespielt. Die restlichen drei würde er auf diese Weise umlegen, die er am besten beherrschte – schnell, mit einer Kugel durchs Gehirn.

Wenigstens hatte er ihr mit den Buschmeistern einen schönen Schreck eingejagt und ein paar Alpträume. Wo sie doch sowieso Angst vor Schlangen hatte. Er lächelte, als er daran dachte. Sie würde von dem Schlangenbiß nicht sterben, wie er es geplant hatte, aber sie hatte wenigstens einen kleinen Vorgeschmack bekommen, wie es sich anfühlte.

Es war wichtig, daß sie wußte, wie es sich anfühlte. Ihre Familie war es, die seinen Daddy wie einen toten Köter behandelt hatte, den man einfach auf den Müll schmeißt. Er würde ihr zeigen, was für ein Fehler das war. Sie sollte es zugeben.

Ihn konnte man nicht kaufen wie seine Mutter. Niemals. Er war ein Mann, der seine Drohungen wahr machte. Kein kleines Wiesel, das sich verkroch, wenn es härter zur Sache ging.

Und ein kleiner Rückschlag würde ihn nicht stoppen. Niemals. Er war eine Naturgewalt. Wie Brum.

»Wenn man vom Pferd fällt, Söhnchen«, hatte seine Mutter immer gesagt, »springt man wieder auf, bevor man die Nerven verliert.« Tja, er wartete nicht, bis er die Nerven verlor. Er würde gleich wieder aufspringen.

Er sollte es sofort tun. Einfach in ihr Zimmer gehen und es tun. Wenn die Cousine noch da war, die mit umlegen. Sie gehörte zur Familie. Würde der fetten Kuh recht geschehen.

Er holte seinen Talisman unter dem Hemd hervor und streichelte den platten Kopf. Er mußte ruhiger werden. Er war ein guter Arbeiter. Ihm konnte nichts mißlingen. Aber er war nervös vom vielen Warten. Er mußte etwas tun, die Spannung loswerden.

Er wollte gerade die Tür aufstoßen, als er etwas sah, das ihn zurückzucken und sich wieder im Sitz zusammenkauern ließ.

Ab-so-lut unglaublich. Da war sie. Kam aus dem Haupteingang. Was, zum Teufel, sollte das? Sie trug einen langen Regenmantel und humpelte an einer Krücke. Wie konnte sie so schnell entlassen werden? Himmel, sie mußte zäher sein, als sie aussah. Sieht so etepetete und eingebildet aus, aber da steht sie. Und die Cousine holt sie ab. In einem BMW. Sieh dir das an. So, wie sie in das Auto einsteigt, muß sie Schmerzen haben.

Wohin, um Himmels willen, fahren die?

Als der BMW nach Westen in die fünfzehnte Straße einbog, ließ er den Motor an und folgte ihnen, hielt immer gerade so viel Abstand, daß sie es nicht merken würden. Der BMW fuhr auf dem Mopac nach Norden und bog an der Windsor ab. Als er rechts in den Woodlawn Boulevard einbog, spürte der Rächer Erregung in den Lenden. Gott, sie fahren zum Haus der alten Vettel. Ja, tatsächlich. Das ist zu schön, um wahr zu sein. Er würde zwei auf einmal erledigen können. Was für ein Glück!

Dann blieb nur noch einer.

Und seine Arbeit wäre erledigt.

Seine Aufgabe erfüllt.

21

Es war ein Segen, daß sie ihren Schuh nicht über den geschwollenen linken Fuß bekommen hatte. In Socken war sie auf den nackten Holzstufen viel leiser. Sie stützte sich auf dem Geländer ab und stieg langsam und unter Schmerzen die Treppe hinauf, eine Stufe nach der anderen, die Krücke unter den Arm geklemmt. Langsam, aber geräuschlos. Ein Ausrutscher, und Janice Beechum würde sie in der Küche hören, obwohl der Fernseher lief und Sophie ihren Teil der Abmachung durch lautes und stetiges Reden erfüllte.

Als sie noch nicht einmal halb oben war, begannen ihre Arme und Schultern schon vor Anstrengung zu zittern. Jedesmal, wenn sie das linke Knie beugte, schoß ihr ein stechender Schmerz durch das Bein bis in die Hüfte und die Eingeweide. Sie biß die Zähne zusammen und ging weiter. Heilfroh, daß es nur ein Stockwerk war.

So hatte sie sich ihren ersten Besuch bei ihrer Großmutter wahrlich nicht vorgestellt – sich bei Nacht in einem zerknitterten Trenchcoat und auf schmutzigen Socken zu ihr hineinzuschleichen. Aber sie würde Anne Driscoll kennenlernen, endlich.

Komme, was da wolle.

Oben am Treppenabsatz erleuchtete eine kleine Lampe auf einem Mahagonitisch den Flur. Katherine blieb stehen und lehnte sich keuchend und zitternd an die Wand. Als sie wieder bei Atem war, wandte sie sich nach rechts und humpelte, auf die Krücke gestützt, den Flur entlang. Erste Tür rechts, hatte Sophie ihr gesagt.

Die Tür stand offen.

Das große Schlafzimmer war dunkel bis auf den schwachen Schein eines einzigen Lämpchens und die wenigen Strahlen, die aus dem Flur auf den Dielenfußboden fielen. In der Mitte des Raums stand ein Krankenhausbett, wie Katherine gerade eines verlassen hatte. Auf einem beweglichen Nachttisch daneben standen ein Krug und ein paar Gläser, dazu unzählige Fläschchen und Ampullen.

Auf den ersten Blick dachte Katherine, das Bett sei leer. Aber als sie genauer hinschaute, sah sie, daß dort ein sehr zarter Körper lag, nur mit einem weißen Laken zugedeckt, so still, daß Katherine den Atem anhielt. Im Türrahmen stehend, schickte sie ihr erstes Gebet gen Himmel, seit sie mit neun den Kindergottesdienst verlassen hatte. Bitte, laß sie nicht tot sein. Wenn ich nicht mit ihr reden kann, werde ich es nie genau wissen. Und bitte, laß sie nicht bewußtlos sein. Mehr als alles in der Welt will ich mit ihr sprechen. Nur eine halbe Stunde wachen Verstandes. Um mehr bitte ich nicht. Es geht um meine Lebensgeschichte, und ich habe ein Recht darauf.

Sie betrat den Raum, ein Schrittchen nach dem anderen, um ja kein Geräusch zu machen, das unten gehört werden könnte. Das Zimmer war überheizt und roch stark nach Möbelpolitur. Auf die Krücke gestützt, ging sie langsam auf das Bett zu.

Als sie noch ungefähr zwei Meter entfernt war, sah sie ein schwaches Glitzern in einem offenen Auge, groß und klar. Sie bekam plötzlich Panik und blieb stehen. Was, wenn sie sich erschreckt und schreit? Was, wenn der Schock den nächsten Schlaganfall auslöst? In ihrem Drang, zu dieser alten Frau zu gelangen, hatte sie das nicht bedacht.

Katherine hob ihren Zeigefinger an die Lippen und flehte so um Ruhe und Gelassenheit.

Der Kopf auf dem Kissen drehte sich langsam in ihre Richtung, bis beide Augen im Schein des Nachtlämpchens zu sehen waren. In den Augen war keine Spur von Angst oder Panik zu erkennen; sie betrachteten sie, fixierten sie, nahmen sie tief in sich auf. Dann verengten sie sich leicht, als wären sie mit etwas unzufrieden.

Den Finger immer noch an den Lippen, machte Katherine einen Schritt vorwärts. Dann noch einen. Und noch einen. Bis sie direkt auf das sehr wache, spitze Gesicht einer alten Frau hinuntersah. Die linke Hälfte des Mundes hing leicht herunter. Das dünne weiße Haar war in einem Haarnetz straff nach hinten gekämmt, und die Haut war fleckig und voller Falten, aber Katherine erkannte die gerade, feine Nase und die großen, grauen Augen. Ganz ihre Mutter.

Die grauen Augen sahen sie immer noch forschend an.

Das Laken bewegte sich, und ein Arm, dünn und zitterig, kam darunter hervor und bewegte sich langsam nach oben. Ein langer Zeigefinger streckte sich aus und preßte sich in genauer Nachahmung von Katherines Geste gegen die Lippen.

Katherine schloß die Augen. *Gott sei Dank.* Dies war Anne Driscoll, und sie hatte ihren Verstand noch beisammen. Katherine lehnte ihre Krücke gegen das Bett und ließ sich auf die Bettkante sinken. Sie hatte so viel zu sagen, daß sie einen Moment lang gar nicht sprechen konnte.

»Ich bin Katherine Driscoll«, flüsterte sie schließlich.

»Ich weiß.« Die Stimme war dünn, aber erstaunlich fest –

dafür, daß sie aus einem so gebrechlichen Körper kam. »Ich habe ja Augen im Kopf. Du siehst aus wie deine Mutter. Warum kommst du erst jetzt? Jeden Abend spucke ich die Schlaftablette, die sie mir gibt, wieder aus und warte.« Sie sprach mit der rechten Seite ihres Mundes; die linke hing unbeweglich nach unten. »Hast du dich verletzt?« fragte sie.

»Ich bin gestern im Zoo von einer Giftschlange gebissen worden. Einem Buschmeister.«

Die grauen Augen schlossen sich für einige Sekunden und gingen wieder auf. »Wir müssen von hier verschwinden. Cooper hat Beechum angestellt, um zu verhindern, daß ich dich sehe oder die Veränderungen, die ich plane, umsetzen kann...« An dieser Stelle mußte sie innehalten und mühsam ein paarmal tief durchatmen. Um Geduld bittend hob sie eine Hand und ließ sie dann auf ihre Brust fallen. Das Reden strengte sie sichtlich an.

Katherine unterbrach das Schweigen. »Cooper hat Geld der Stiftung mißbraucht«, sagte sie und faßte in ihre Manteltasche, um die Fotos herauszuholen.

Anne Driscoll starrte sie an, als wäre sie schwer von Begriff. »Du meinst den Verkauf von Zootieren an die Wildranches?« Die Hand auf ihrer Brust hob sich leicht zu einer wegwerfenden Geste. »Ich weiß alles darüber.«

Katherine hielt den Atem an. Nichts hätte sie mehr überraschen können. »Du weißt es?«

»Natürlich. Dein Vater hat es mir erzählt und mir die Fotografien gezeigt – an dem Tag, an dem wir die Abmachung über dich getroffen haben.« Ihre Worte hörten sich knapp und geschäftsmäßig an, auch wenn die Stimme schwach war.

»Abmachung über mich?«

»Natürlich. Du bist doch wegen des Geldes gekommen, oder?«

In Katherines Kopf drehte sich alles. »Was für Geld?«

»Der Vorschuß von hunderttausend Dollar. Für die Leitung der Driscoll-Stiftung. Dein Vater muß dir doch von unserer Abmachung erzählt haben.«

»Mein Vater ist tot. Er starb vor drei Wochen im Zoo. Ermordet. *Bevor wir miteinander sprechen konnten.*«

Anne keuchte und versuchte sich aufzurichten, aber sie schien nicht genug Kraft dafür zu haben. Ihr Kopf fiel zurück auf das Kissen, als wäre er zu schwer, um ihn anzuheben.

»Erzähl mir von dieser Abmachung«, sagte Katherine.

»Er willigte ein, mit den Fotos keinen Skandal zu erregen, wenn ich mich bereit erklären würde, Cooper zu feuern und dich zur Direktorin der Stiftung zu machen. Und dir hunderttausend Dollar zu zahlen – als Gehalt für das erste Jahr. Er bestand darauf, daß du es als Vorschuß bekommen solltest. Dein Vater meinte, mich zu erpressen, aber mir gefiel der Gedanke.«

Sie hielt inne, um Luft zu schöpfen. »Ich habe auf seine Rückkehr gewartet. Die ganze Zeit habe ich dagelegen und mich gefragt, wo er bleibt. Er wollte dich herbringen, damit wir die Zukunft der Stiftung besprechen können. Ich hätte wissen müssen, daß ihm etwas zugestoßen ist. Er sagte, daß er in ein paar Tagen wieder da wäre, und er – war – ein Mann, auf dessen Wort man zählen konnte.« Sie rang nach Luft.

Katherine fühlte sich wie eine Comicfigur, über deren Kopf plötzlich eine Glühbirne aufleuchtet.

Natürlich. Ich war so dumm.

Es paßt alles zusammen.

Das Geld. In seinem Brief schrieb er, daß es sofort zur Verfügung stünde, nicht, daß er es hätte. Er hatte kein Geld zu verschenken, deshalb erpreßte er Anne. Und was ich im Gegenzug tun soll – was nur ich kann –, ist, Direktorin der Driscoll-Stiftung zu werden. Weil sie von einem Familienmitglied geleitet werden mußte.

Anne sprach weiter. »Mein Fehler war, Cooper von meinem Vorhaben zu erzählen, bevor ich es ausführte. Er hat Beechum hergeholt, und sie lassen niemanden mehr herein; sie geben mir keine Zeitung und lassen mich nicht telefonieren. Er glaubt, ich würde sterben. Die Medikamente, die sie mir verabreichen, sollen mich wohl in einem Dämmerzustand halten, bis ich sterbe.« Ihre Nasenflügel bebten. »Aber das funktioniert nicht. Wir werden hier rauskommen.« Sie hielt inne und betrachtete einige Sekunden lang Katherines Gesicht, wobei sie schwer atmete;

ihre schmale Brust hob und senkte sich unter dem Laken. »Cooper hat ihn nicht umgebracht, oder?«

»Ich glaube nicht. Ich glaube, es hat nichts mit Cooper und dem, was er mit der Stiftung angestellt hat, zu tun. Auch Travis Hammond ist ermordet worden, einen Tag nach meinem Vater.«

Anne zuckte zusammen, als hätte man sie geschlagen. »Auch Travis«, murmelte sie.

»Und gestern hat jemand im Zoo versucht, mich umzubringen, indem er mich mit den Buschmeistern einschloß. Wir haben Drohbriefe erhalten – mein Vater und Travis, Alonzo Stokes und ich.« Sie beugte sich noch weiter zu ihrer Großmutter herunter. »In den Briefen wird von Rache gesprochen – Auge um Auge. Ich glaube, es geht um das, was vor einunddreißig Jahren geschah, in jener Nacht, als meine Mutter und ich Austin verließen.«

Anne drehte den Kopf weg und starrte die Wand an. Sie faltete die Hände fest über ihrer Brust, als könne sie das Geheimnis so in ihrem Herzen verschließen.

Katherine bohrte weiter. Sie *würde* es jetzt ans Licht bringen. »Es ist wichtig für mich zu wissen, was damals geschah. Ich habe mein Leben lang mit diesem Geheimnis gelebt. Ich weiß, daß es schrecklich für dich sein muß, daran zu denken, aber bitte sprich mit mir darüber.«

Anne starrte weiterhin auf die Wand.

»Ich glaube, daß ich das meiste sowieso schon weiß«, sagte Katherine. »Über Donald Stranahan. Ich will nur, daß du es bestätigst. Und ein paar der Lücken füllst.«

Endlich wandte Anne ihr den Kopf wieder zu. »Katherine, es wird dir nichts nützen, dich damit zu beschäftigen. Mir scheint, daß wir alle schon genügend gestraft worden sind für diese alten Sünden. Da läßt man besser die Finger davon.«

»Nein. Es ist zu spät, um die Finger davon zu lassen.« Katherines Stimme war nahe am Umkippen; trotz ihrer Bemühungen, ruhig zu bleiben. »Alonzo Stokes schwebt in Lebensgefahr. Und ich auch. Verdammt noch mal, mein Vater ist dafür gestorben. Travis Hammond ist dafür gestorben. Mir selbst droht die Gefahr, dafür zu sterben, und ich will wissen warum.«

Anne sah ihr in die Augen. »Nicht jetzt. Vor allem müssen wir hier rauskommen. Ich will noch heute nacht in ein Krankenhaus und die Medikamente aus meinem Körper bekommen. Dann können wir reden. Ich muß wach sein dafür.« Ihre Stimme nahm den autoritären Tonfall einer Frau an, die es gewohnt war, Befehle zu erteilen. »Und ich möchte mit einem Anwalt sprechen. Auf der Stelle. Wenn Travis tot ist, wird es auch John Crowley tun. Ich werde sicherstellen, daß Cooper keinen Cent mehr aus mir herausholt und keinen Einfluß mehr auf meine Angelegenheiten hat. Das wird er noch jede Minute seines Lebens bereuen.«

Katherine war erstaunt über die Willenskraft in diesem zerbrechlichen Körper. Sie zweifelte nicht daran, daß Cooper alles bereuen würde.

»Ja, natürlich«, sagte sie. »Ich werde das Nötige gleich veranlassen. Aber zuerst will ich wissen, was geschehen ist. An einiges kann ich mich erinnern. Und manches habe ich mir zusammengereimt. Ich werde dir erzählen, wie ich den Hergang der Dinge sehe.« Sie versuchte, Anne in die Augen zu sehen, aber die alte Frau weigerte sich, sie anzuschauen.

»Meine Mutter hatte eine Affäre mit einem Kollegen meines Vaters, Donald Stranahan, stimmt's?«

Die rechte Hälfte von Annes Mund zitterte. Der andere Mundwinkel blieb unbeweglich nach unten gezogen. »Deine Mutter...«, begann sie. »Deine Mutter...«

»... konnte keinem Mann treu bleiben«, sprach Katherine den Satz für sie zu Ende. »Ich weiß. Ich habe achtzehn Jahre lang mit ihr gelebt. Und Donald Stranahan muß ein Typ gewesen sein, dem sie nicht widerstehen konnte – ein verantwortungsloser, alkoholseliger Cowboy. Ich vermute, daß mein Vater nach Hause kam und sie zusammen entdeckt hat. Und dann passierte etwas sehr Schlimmes.« Sie sah Anne fragend an, aber deren Gesicht blieb ausdruckslos.

»Ich glaube, daß Donald Stranahan in unserem Haus gebissen wurde, nicht im Zoo. Und ich glaube, daß du Alonzo Stokes dazu gebracht hast, das Ganze zu vertuschen. Als Gegenleistung bekam er den Posten als Kustos. Und ein neues Reptilienhaus.

Und unbegrenzte Mittel zum Aufbau seiner Sammlung. Richtig?«

Anne schüttelte den Kopf. »Katherine, es ist sinnlos, weiter daran zu rühren.«

Katherine konnte nicht aufhören. Der Wagen war in voller Fahrt, und sie saß darin. »Habe ich recht? Geschah es in unserem Haus?«

Anne sagte: »Das sind alles nur Spekulationen. Warum bohrst...« Sie brach plötzlich ab, die Augen vor Schreck geweitet.

Katherine war auch so, als hätte sie etwas gehört – ein Knarren auf dem Treppenabsatz.

Beide wandten sich zur offenen Tür um.

Eine dunkle Gestalt erschien im Türrahmen.

Und dann füllte ein heiseres Flüstern das Zimmer: »In Gottes Namen, erzähl's ihr schon, du alte Vettel. Erzähl ihr, was sie wissen will. Sie wird dafür sterben, also soll sie auch wissen, warum.«

Der Mann trug Jeans und eine offene schwarze Lederjacke über einem weißen Hemd. Etwas Dunkles hing um seinen Hals. Strähnen blonden Haars standen von seinem Kopf ab wie ein stachliger Heiligenschein, von hinten angestrahlt von der Lampe im Flur. Er schloß leise die Tür und trat in den Lichtkegel des Nachtlämpchens. Katherine erkannte das Glitzern von Brillengläsern und die zu schläfrigen Falten verquollenen dicken Lider. Dicht an seinen Körper gedrückt hielt er einen großen Revolver in der Hand.

»Danny«, sagte sie erstaunt. Es war, als hätte sich das unterwürfige Schoßhündchen plötzlich in eine knurrende Bulldogge verwandelt.

Er schüttelte heftig den Kopf, als wolle er etwas vertreiben. »Nein. Nicht dieser schwächliche Arschkriecher. Arschkriecher.« Er wiederholte das Wort langsam, als ließe er jede Silbe auf der Zunge zergehen. »Nenn mich bei meinem rechtmäßigen Namen. Donald. Donald Stranahan junior. Oder der Rächer. Du hast die Wahl.« Er richtete den Revolver auf Katherine. »Los. Du hast die Wahl.«

Katherine flüsterte es. »Donald.«

»Sehr schön«, flötete er. Er verzog den Mund und entblößte sein gesamtes Gebiß. Katherine hatte seine Zähne noch nie zuvor gesehen. Sie hatte angenommen, daß er sie verbarg, weil sie schlecht seien, aber jetzt sah sie, daß sie perfekt waren – schöne, regelmäßige, weiße Zähne.

Als hätte er plötzlich gemerkt, daß er etwas von sich preisgegeben hatte, kniff er schnell die Lippen zusammen und kam näher.

Katherine stützte sich auf die Krücke und versuchte aufzustehen. Aber mit zwei großen Schritten war er hinter ihr, stieß den Revolver brutal in ihren Nacken und drückte ihn nach oben, als wolle er ihr die Waffe in den Schädel rammen.

Er beugte sich weit herunter zu der Frau im Bett. »Sag es ihr, du altes Miststück, oder du kriegst ein paar Spritzer von ihrem Gehirn ab. Sag es ihr auf der Stelle«, zischte er.

Katherine biß die Zähne zusammen, um nicht vor Schmerz loszuschreien. Sie starrte auf ihre Großmutter hinunter. Das Gesicht zeigte keine Regung, noch nicht einmal einen Hauch von Furcht.

»Ich sagte, sag es ihr.« Seine Stimme wurde laut und schrill. »Sofort.«

Anne Driscoll öffnete die Lippen. Sie sprach ruhig, mit überdeutlicher Artikulation, als habe sie es mit einem Bediensteten zu tun, der kaum Englisch sprach. »Ich sehe ja ein, daß Sie mir die Schuld geben, Donald, aber warum sie? Lassen Sie sie los, und wir können darüber sprechen.«

Wutentbrannt bohrte er den Lauf noch tiefer in Katherines Hals. Es fühlte sich an, als würde ihr Kopf auf einen stumpfen Pfahl gespießt. »Du mieses Weibsstück. Glaubst du, diese Ich-habe-studiert-und-du-nicht-Stimme kann mich aufhalten? Sie war dabei«, zischte er, »und sie wird dafür bezahlen. Ihre Schlampe von einer Mutter starb, bevor ich sie kriegen konnte, also ist sie dran.«

Anne sprach weiter, in gemessenem, korrektem Ton. »Sie war ein Kind, sie hat im Bett gelegen und geschlafen, als es geschah. Nehmen Sie mich. Lassen Sie sie gehen. Sie erinnert sich ja nicht einmal daran.«

»Oh, sie erinnert sich sehr wohl. Niemand könnte diese Nacht vergessen. Sie hat sich das meiste ja schon richtig gedacht, stimmt's? Wenn du nicht willst, werde ich ihr helfen, ihre Gedächtnislücken zu schließen.«

Er drückte sein Gesicht gegen das von Katherine und bohrte die Waffe tiefer in ihren Schädel, so daß sie nicht ausweichen konnte. »Weißt du noch, kleine Katie? Das Wichtigste in jener Nacht? Ich war auch da. Acht Jahre alt, und ich habe alles gesehen. Wir waren oft bei euch zu Besuch. Mein Daddy hat mich mitgenommen, weil meine Mutter krank war. Ich sollte mit dir spielen, während er mit deiner Mutter ins Schlafzimmer ging. Aber an dem Abend war es anders, weil dein Vater nach Hause kam. Jawohl. Du siehst es richtig, Katherine Driscoll. Er hat sie erwischt.«

Seine Stimme wurde wieder schriller. »Oh, ich war allerdings dabei. Ich war im Wohnzimmer und beobachtete die Schlangen in den Glaskästen, wie ich es immer tat. Nachdem er ins Schlafzimmer geguckt hatte, machte dein Daddy ganz leise die Tür zu, kam und kniete sich neben mich und beobachtete auch die Schlangen. Dann machte mein Daddy die Schlafzimmertür auf. Ich weiß noch, wie er da stand, seinen Gürtel zumachte und lachte, als wäre alles ein Witz. Und weißt du, was er tat, dein Vater?« Jetzt kreischte er beinahe. »Er grapschte sich die dicke, schwarze Schlange und warf sie auf meinen Daddy. Mitten in sein Gesicht. Daddy mußte sie von sich wegschleudern und dabei ein Stück Fleisch aus seiner Wange reißen.«

Er atmete ein paarmal tief durch und senkte die Stimme. »So schnell hast du noch nie jemanden sterben sehen. Wahrscheinlich, weil er betrunken war und die Schlange ihn im Gesicht erwischt hat.«

Katherine wußte nicht, daß sie etwas erwidern würde. Es war, als würde die Erinnerung aus ihr sprechen. »Aber die Schlange lebte noch und war im Schlafzimmer. Ich wachte auf und sah sie dort.«

Der Rächer lächelte und zeigte seine perfekten Zähne. »Jaaa. Sie sperrten sie im Schlafzimmer ein, nachdem sie ihn gebissen hatte. Du hast sie gefunden. Sie hätte dich auch umgebracht, wenn da nicht dein großer Hund gewesen wäre. Der Hund hat sie sich geschnappt. Und dann hat es den Hund erwischt.«

Ja. Sie erinnerte sich. *Pascha war gebissen worden. Er jaulte und wich zurück. Die Schlange richtete sich von neuem auf zu dem tödlichen S. Und Pascha griff sie wieder an. Diesmal schnappte er zu und erwischte die Schlange. Er zermalmte sie zwischen seinen Kiefern. Die Schlange biß noch einmal zu, aber Pascha hielt sie fest. Selbst im Tod hielt er sie noch fest.*

Der Rächer nahm den Revolver aus ihrem Nacken und schob ihn langsam an ihrem Rückgrat herunter, wobei er schmerzhaft gegen jeden Wirbel stieß. Katherine schloß die Augen und wartete auf die Kugel, die ihre Wirbelsäule durchtrennen würde.

Aber er nahm den Revolver fort von ihr und drückte ihn gegen Annes Wange. »Dann betratest du die Bildfläche, alte Frau, als deine Tochter kreischend und heulend nach dir rief. Kamst gleich angerannt. Da war mein Daddy schon tot, und du hast Stokes bestochen, es zu vertuschen; als wären mein Daddy und ich irgendwelcher Dreck, den man einfach so unter den Teppich kehren kann. Als wäre nichts geschehen. Stimmt's? Hast du das nicht getan?«

Katherine zuckte zusammen, als sie sah, wie sich der Revolver in die empfindliche Haut ihrer Großmutter grub.

»Antworte, wenn ich dir eine Frage stelle«, schrie er. »Ist es nicht so? Wir waren so unwichtig im Vergleich zu euch Driscolls, daß du einfach so getan hast, als wäre es nicht passiert. Ist es nicht so?«

Katherine wünschte, Anne würde antworten. Sie wünschte, die Frauen unten in der Küche würden etwas hören und die Polizei rufen. Sie wünschte, sie wäre wieder im Krankenhaus, das Bein unter kühlen Laken hochgelegt.

»Ich habe meiner Mutter gesagt, was passiert war, aber sie tat so, als wäre er wirklich bei einem Unfall im Zoo umgekommen. Als Lester Renfro anfing, ihr Geld zu schicken, mehr Geld,als mein Daddy je nach Hause gebracht hatte, wollte sie keinen Ärger machen. Wir sind nach Belton gezogen. Sie wollte mich nicht tun lassen, was recht ist; also mußte ich all die Jahre warten, bis sie starb. Aber nun brauche ich nicht länger zu warten, habe ich recht?« Er drückte den Revolver so fest gegen Annes Wange, daß Katherine die Haut aufplatzen sah. »Habe ich recht?« wiederholte er.

Anne schwieg und sah ihm, ohne mit der Wimper zu zucken, in die Augen.

»Ich werde dir das Gehirn wegblasen. Aber vorher wirst du mir antworten.« Seine Stimme überschlug sich, jetzt schrie er. »Habe ich recht?«

Von unten rief eine zitternde Stimme: »Wer ist da oben? Alles in Ordnung, Mrs. Driscoll? Ich rufe jetzt die Polizei.«

Er richtete sich erschreckt auf und drehte den Kopf zur Tür.

Katherine griff nach der Krücke, die sie gegen das Bett gelehnt hatte, und umfaßte sie mit der rechten Hand.

Er drehte sich zurück, riß Katherine mit der linken Hand an den Haaren auf die Füße und wirbelte sie zu sich herum. Sein Gesicht hatte sich verdunkelt, und die Augen waren nur noch Schlitze unter den riesigen Lidern.

»Sag deiner Großmutter auf Wiedersehen, Katherine.« Er ließ ihre Haare los, beugte sich über das Bett und richtete den Revolver auf Annes Gesicht.

Ein Schrei gellte durch Katherines Kopf. *Genug, verdammt noch mal, genug. Spann die Sehnen.* Sie umklammerte die Krücke mit beiden Händen. *Ruf das Blut herbei.* Sie trat einen Schritt zurück, um ausholen zu können, und riß die Krücke mit ihrer ganzen Kraft nach oben gegen seinen ausgestreckten Arm. Die Wucht des Schlags tat ihr selbst an den Händen weh. Der Revolver flog in hohem Bogen auf den Holzfußboden und rutschte in eine der dunklen Ecken des Raumes, außer Sichtweite.

Er brüllte und faßte sich an den Arm.

Katherine warf sich auf das Bett und kletterte über ihre Großmutter hinweg. Sie ließ sich auf der anderen Seite herunterrollen und krachte in den Nachttisch. Auf dem Bauch robbte sie zu der Ecke, in der sie den Revolver vermutete. Jede Sekunde erwartete sie, daß er sie packen würde. Wo war er?

Sie warf einen Blick über die Schulter und schluckte. Anne Driscoll klammerte sich mit einer Hand an seine offene Jacke;

den anderen Arm hatte sie tatsächlich bis zur Armbeuge durch das Band um seinen Hals geschoben, an dem sie nun zog. Er versuchte sich zu befreien, aber sie hing an ihm fest.

Katherine drehte sich wieder um und tastete in der dunklen Ecke verzweifelt nach dem Revolver. Wo war das verdammte Ding? Sie wünschte, sie könnte ihn riechen wie Ra. Sie stellte sich vor, er wäre da, und schleuderte den Arm nach vorn, als weise sie ihm die Richtung zum Apportieren. Ihr Mittelfinger berührte glattes Metall und stieß es außer Reichweite gegen die Wand.

Sie blickte sich um. Er stand jetzt über das Bett gebeugt und drückte grunzend Annes Hals zusammen.

Katherine zog sich vorwärts. Ihre Hände stießen an die Wand. Sie tastete die Scheuerleiste entlang. Da war er! Sie nahm den Revolver in beide Hände und setzte sich auf, den Rücken gegen die Wand gelehnt. Er stand noch immer über Anne gebeugt und würgte sie.

Katherine schloß die Augen und stellte sich einen blauen Himmel mit einem Schwarm Wachteln vor. Der Revolver fühlte sich schwer und gut an. Langsam und ganz ruhig, wie sie es schon viele Male getan hatte, zielte sie und drückte ab.

Der Schuß ließ die Fensterscheiben erbeben, er gellte in ihren Ohren. Der Mann richtete sich auf, als wäre er von dem Knall aufgeschreckt worden. Dann, als das Echo verebbte, gab er ein winziges Geräusch von sich, einen Laut wie das ferne Gurren einer Taube, und brach zusammen.

Den Revolver immer noch im Anschlag, kam Katherine auf die Füße und näherte sich dem Bett. »Anne? Anne? Geht es dir gut?«

Anne Driscoll hustete. Dann krächzte sie zwei Worte. Katherine war sich nicht sicher, aber sie hörten sich an wie: »Ja. Danke.«

Anne hob eine Hand an ihren Hals. Dann tastete sie seitlich am Bett entlang, fand die Fernbedienung, die dort hing, und schaltete das Licht an.

Katherine hinkte um das Bett herum und blinzelte auf das Bündel am Boden herab. Dort lag schlicht und einfach Danny Gillespie, die Brille zerbrochen, die schweren Lider geschlossen, der Mund vor Überraschung geöffnet. An einer Kordel um seinen Hals hing ein Schlangenkopf, in dessen aufgerissenem Maul zwei scharfe Giftzähne blitzten. Ein roter Fleck breitete sich auf seinem Hemd aus.

»Mach wieder aus«, sagte Katherine. »Es tut mir in den Augen weh.«

Anne schaltete das Licht aus und hüllte den Raum wieder in Dunkelheit.

Katherine machte einen Schritt und stöhnte. In ihrem Körper gab es keinen Zentimeter, der nicht schmerzte. Ihre gesamte linke Seite brannte wie Feuer. Ihre Kopfhaut tat weh, da, wo er sie an den Haaren gezogen hatte. Sie entdeckte ihre Krücke auf dem Boden und humpelte damit zur Tür. Sie öffnete und rief: »Sophie!«

Eine ängstliche Stimme antwortete ihr vom Fuß der Treppe. »Oh, Katherine, Gott sei Dank. Was ist geschehen? Wir wußten nicht, was wir tun sollten. Die Polizei ist unterwegs. War das ein Schuß?«

»Ja. Uns geht es gut. Ich habe gerade...«

Hinter ihr sprach Anne mit einer schwachen, krächzenden Stimme. »Sag ihr, sie soll warten. Wir müssen miteinander reden.«

»Sophie, laß uns noch eine Minute Zeit, ja?« rief Katherine nach unten. Sie hinkte zum Bett und setzte sich auf die Kante. Anne rutschte ein wenig zur Seite, um Platz zu machen. Katherine bugsierte ihr Bein mit beiden Händen aufs Bett, dann streckte sie sich neben ihrer Großmutter aus. Beide lauschten dem fernen Geheul von Sirenen.

Anne drehte ihren Kopf, so daß ihr Mund nur noch wenige Zentimeter von Katherines Ohr entfernt war. Heiser flüsterte sie: »Wir haben es geschafft.«

»Ja«, sagte Katherine, »das haben wir.«

»Ich habe vor, mich an die Abmachung zu halten, die ich mit deinem Vater getroffen habe«, flüsterte Anne. »Sobald die Banken morgen öffnen, werde ich einen Scheck über hunderttausend Dollar ausstellen. Dein Gehalt für das erste Jahr. Kommt es noch rechtzeitig?«

Katherine wußte nicht mehr, welchen Tag sie hatten. Immer noch Sonntag? Die Versteigerung ist am Dienstag, überlegte sie. Dann nickte sie.

»Gut. Wirst du die Stiftung übernehmen? Glaubst du, daß du das könntest?«

Katherine nickte noch einmal und drehte ihr Gesicht zu Anne. »Ich weiß, daß ich das könnte.«

Anne sah ihr direkt in die Augen und nickte zurück. »Das glaube ich. Über das, was heute nacht hier geschehen ist«, flüsterte sie, »werden wir schweigen. Wir werden von nichts wissen. Sie haben keine Möglichkeit, es herauszufinden.«

Katherines Kopf drohte zu explodieren. »Aber es ist doch wahr, oder? Mein Vater hat Donald Stranahan wirklich getötet, und du hast es von Alonzo Stokes vertuschen lassen?«

Die Sirenen kamen näher.

Anne sagte nichts. Die Augen fielen ihr vor Erschöpfung zu.

»Es ist wahr«, sagte Katherine.

»Wahr?« sagte Anne mit der schwächsten Stimme und seufzte. »Wen interessiert das? Alles alte Geschichten.«

Katherine setzte sich auf. »Aber all diese Morde und diese Gewalt sind geschehen, weil ein Verbrechen vertuscht wurde. Solche Geheimnisse eitern wie Geschwüre! Ich mag sie nicht.« Ihre Stimme brach, und sie war den Tränen nahe. Sie fühlte sich wie ein hysterisches Kind. Die Sirenen waren jetzt direkt vor dem Haus. Sie konnten das Blaulicht durch die Vorhänge blinken sehen. Unten klingelte das Telefon. »Ich mag sie nicht«, wiederholte sie.

»Du regst dich zu sehr auf. Du bist verletzt«, sagte Anne. »Sag jetzt noch nichts. Warte, bis du dich besser fühlst.«

Katherine schwieg. Ihre Großmutter hatte recht. Es machte keinen Sinn, alte Geschichten wieder aufzuwärmen. Sie würden aus ihrem Vater einen Mörder, aus ihrer Mutter eine Hure und aus ihrer Großmutter und Alonzo Stokes Mordgehilfen machen.

Und es war klar, was ihr angeboten wurde.

Sie mußte nur schweigen, und sie würde das Geld haben, um ihre Schulden abzubezahlen. Sie konnte Haus und Geschäft und Ra behalten. Und sie würde die Stiftung leiten. Alles konnte sie haben. Anne hatte recht. Es war vorbei. Es machte keinen Sinn, in dieses Wespennest zu stechen.

Aber diese Geheimnisse waren zerstörerisch. Geheimnisse hatten den Rächer hervorgebracht. Geheimnisse hatten sie von ihrem Vater ferngehalten. Sie hatte die Nase voll von Geheimnissen. Sie wollte sie alle ans Licht bringen und ihnen damit ihre Macht nehmen.

Türen wurden zugeschlagen, und vor dem Fenster waren Polizeifunkgeräte zu hören.

»Sie sind da«, sagte Anne.

Katherine holte tief Luft. »Wenn ich Lieutenant Sharb alles erzähle, nimmst du dein Angebot dann zurück?«

Anne seufzte. »Das wirst du nicht tun. Es wäre völliger Unsinn.«

Männerstimmen drangen die Treppe herauf. Sharb rief: »Geht es Ihnen gut da oben, Miss Driscoll? Wir kommen hoch.«

Schwere Schritte dröhnten auf der Treppe.

Katherine schloß die Augen und versuchte sich auf das Spannen der Sehnen und das Herbeirufen des Blutes zu konzentrieren.

Der schwierigste Teil lag noch vor ihr.

22

Katherine hatte sich, den Rücken zum Fenster, im Bett zusammengerollt. Sie wollte den bedeckten Himmel nicht sehen. Sie wollte nicht ihre wenigen Habseligkeiten in die Einkaufstüte packen, die Sophie ihr gebracht hatte. Sie wollte niemanden sehen und mit niemandem sprechen, sich nicht einmal von den Schwestern verabschieden, die so nett zu ihr gewesen waren. Sie würde einfach die weiße Wand anstarren, bis der Arzt kam und sie entließ.

Sie hatte das lange, blaue mexikanische Kleid von Sophie und saubere, weiße Socken angezogen. Ihr Fuß war immer noch zu geschwollen für einen Schuh. Sie hatte geduscht und ihre Haare gewaschen und gehofft, daß sie sich dann besser fühlen würde, aber es hatte nichts geholfen.

Eine tiefe Hoffnungslosigkeit hatte sie erfaßt. Alles menschliche Bemühen schien so zwecklos.

Sie hatte ihre Wahl getroffen und Sharb alles berichtet, was sie über Donald Stranahan junior wußte und was sich in jener Sommernacht, als sie fünf Jahre alt war, ereignet hatte. Er war interessiert gewesen, sehr interessiert, hatte aber, nachdem er Alonzo und Anne verhört hatte, entschieden, daß nicht ausreichend Beweise vorlagen, um den Fall wieder zu eröffnen. Der Straftäter war ohnehin tot, alle anderen waren nur Komplizen.

Sie hatte die Wahrheit gesagt, die Geheimnisse ans Licht gebracht, und es hatte am Ende eigentlich keinen Unterschied gemacht. Der offizielle Polizeibericht für die Medien hatte einfach festgestellt, daß Donald Stranahan junior augenscheinlich aus dem Wunsch nach Vergeltung für den tödlichen Unfall seines Vaters im Zoo vor mehr als dreißig Jahren getötet habe.

Der Stranahan-Fall würde in einer Woche mit der Verhandlung des Todes von Donald Stranahan junior vor dem großen Schwurgericht abgeschlossen sein. Katherine würde aussagen müssen, aber das sei nur eine Formalität, hatte Sharb ihr versichert.

Der Fall war abgeschlossen, alles schön ordentlich gelöst.

Eigentlich müßte sie sich gut fühlen, das Richtige getan zu haben, aber Katherine fühlte sich nicht im mindesten gut.

Die Zukunft sah trostlos aus.

Was sollte sie jetzt tun? Sie würde sich irgendwo ein Zimmer nehmen müssen. Oder mit Sophie eine Wohnung teilen, falls Sophie es jemals schaffte, tatsächlich bei ihren Eltern auszuziehen, wie sie es angedroht hatte. Vic drängte darauf, daß sie bei ihm einzog, aber es war zu früh, überhaupt nur daran zu denken. Sie brauchte eine eigene Wohnung, eine Basis.

Morgen würde sie nach Boerne fahren müssen, um den Abtransport und die Lagerung ihrer Möbel zu arrangieren, bis sie wußte, wohin sie ziehen würde.

Und sie würde Ra bei seinem neuen Besitzer abliefern müssen. Sie wußte nicht, wer es war; bisher hatte sie noch niemand angerufen. Sie hatten den Anruf gestern gegen Mittag erwartet, direkt nach der Versteigerung, aber nichts war geschehen. George Bob wollte wahrscheinlich rücksichtsvoll sein und warten, bis sie aus dem Krankenhaus entlassen wurde. Sie würde ihn heute nachmittag anrufen und es hinter sich bringen.

Sie vermißte Ra, den sie seit vier Tagen nicht gesehen hatte. Aber vielleicht half ihr das, sich auf die endgültige Trennung vorzubereiten. Vielleicht sollte sie einfach Vic bitten, ihn bei seinem neuen Herrchen abzuliefern, und ihn gar nicht mehr sehen. Kein Abschied, keine Tränen.

Sie konnte nicht zurück in den Zoo gehen. Alonzo hatte weder angerufen noch vorbeigeschaut. Das konnte sie verstehen. Er mußte kochen vor Wut. Und selbst wenn er sie aufnehmen würde, war klar, daß Anne Driscoll ihr nicht gestatten würde, dort zu arbeiten oder sich sonst irgendwo im näheren Umkreis aufzuhalten. In den zweieinhalb Tagen, die sie beide nun schon im selben Krankenhaus lagen, hatte Anne sie weder angerufen noch eine Nachricht geschickt. Das war vielleicht der härteste Schlag.

Sie würde sich auf Jobsuche begeben müssen. Vielleicht hatte der Hundetrainer, der Freund von Vic, immer noch eine Stelle frei.

Sie seufzte und rollte sich noch enger zusammen.

Als das Telefon klingelte, hätte sie am liebsten nicht reagiert. Aber nach dem fünften Läuten streckte sie den Arm aus und hob den Hörer ab. »Hallo.« Der Klang ihrer eigenen Stimme widerte sie an. Es war eine Zombiestimme, gebrochen, tot.

»Kate?« Dieser muntere Tonfall gehörte zu einer Stimme aus der Heimat. »Hier spricht Hester Kielmeyer. Wie geht es dir, meine Liebe? Ich habe in der Zeitung von den schrecklichen Dingen gelesen, die du durchgemacht hast.«

»Mir geht es gut, Hester. Ich werde in ein paar Minuten aus dem Krankenhaus entlassen, ich kann also nicht lange sprechen«, sagte Katherine und versuchte, ihrer Stimme etwas Leben einzuhauchen.

»Ich will dich gar nicht lange aufhalten. Wir wollten dir nur gratulieren. Wir freuen uns so.«

»Häh?« fragte Katherine.

»Über dein Grundstück. Aber Judith und ich haben die ganze Zeit gewußt, daß es irgendwie gutgehen würde.«

»Was meinst du damit?« fragte Katherine.

»Na ja, daß du in der Lage warst, deinen Kredit abzuzahlen und dein Haus zu behalten. Ich weiß, was es für dich bedeutet, und uns bedeutet es auch viel. Du und Ra, ihr wart immer unsere besten Nachbarn.«

Katherine wußte, daß Hester nicht bösartig sein konnte, aber das war mehr, als sie ertragen konnte. »Hester, ich habe den Kredit nicht abgezahlt. Mein Besitz ist gestern zwangsversteigert worden.«

Eine lange Pause trat ein.

»Kate, ich habe doch gerade George Bob Rainey gesprochen. Er sagte, er sei in seinem Leben noch nicht so erstaunt gewesen wie gestern, als um zehn dieser Anwalt aus Austin auftauchte, im letzten Moment, um deine Sache zu regeln und alles in bar zu bezahlen.«

»Mein Anwalt aus Austin?« wiederholte Katherine.

»Sicher. John Crowley von Hammond und Crowley, sagte George Bob. Kate, geht's dir gut, mein Kind? Du armes Ding. Du klingst gar nicht wie du selbst.«

»Und er hat den gesamten Kredit abgelöst?« fragte Katherine mit brechender Stimme.

»Ja. Kate, können wir irgend etwas für dich tun?«

»Nein, danke«, sagte sie und schmeckte die Tränen auf ihren Lippen. »Wie geht es dir und Judith? Ihr fehlt mir.«

»Ach, das ist ja nett von dir, Kate, aber wenn man mit Morden und Otterbissen und solchen Dingen beschäftigt ist, kann ich mir kaum vorstellen, daß du viel Zeit hast, uns zu vermissen. Hör mal, Kindchen, hoffentlich hältst du uns nicht für Klugscheißer, die sich überall einmischen müssen, aber wir haben Joe in den letzten zwei Wochen seinen Lohn gezahlt. Wir dachten uns, daß du ihn sicher nicht verlieren willst. Er ist wirklich eine Perle, hat sich um alles so gut gekümmert und das Geschäft für dich geführt. Als ich drüben war, habe ich gesehen, daß er sogar Holz für dich gehackt und neben der Hintertür gestapelt hat, so wie du es sonst immer im Oktober tust. Die Nächte sind schon kühl genug für ein Feuer. Und, Kate, die Wildenten sind dieses Jahr überall. Der beste Herbst, den es je dafür gab.«

Katherine setzte sich auf. »Hester, ich werde dir alles zurückzahlen. Morgen. Wie geht es Higgins?«

»Meine Güte, ja. Die Haare sind nachgewachsen auf der rasierten Stelle, und wir üben immer noch Platz und Sitz mit ihm. Ich finde, wir sollten jetzt weitermachen mit Fuß und Bleib. Wann hättest du wohl Zeit, mit ihm zu arbeiten?«

Katherine weinte so heftig, daß sie kaum antworten konnte. »Bald. Sehr bald. Danke für alles, Hester.«

»Gut, ich weiß, daß du in Eile bist, mein Kind. Gib gut auf dich acht. Tschüs.«

Katherine legte auf, klingelte nach der Schwester und fragte nach der Zimmernummer von Anne Driscoll.

Gestützt auf ihre Krücke, ihren Glücksbringer, erhob sie sich vom Bett und machte sich langsam auf den Weg zum Fahrstuhl. Ihre Großmutter war nur ein Stockwerk über ihr.

Im Fahrstuhl trocknete sie ihr Gesicht an dem Kleid ab und schob sich die feuchten Haare hinter die Ohren.

Sie klopfte an die geschlossene Tür von Zimmer 511.

»Herein«, sagte eine autoritäre und kurz angebundene Stimme.

Anne saß, in einen gesteppten, pfirsichfarbenen Morgenrock gehüllt, im Bett. Ihre Haare waren zu einem weichen Dutt gekämmt, und an den Ohren funkelten winzige Diamantstecker. Sie hatte es geschafft, trotz blauer Flecken am Hals und der Wunde in der Wange ein wenig glamourös auszusehen.

Katherine öffnete den Mund. Die Worte wollten nicht herauskommen. Zuerst steckten sie in der Kehle fest, und dann drohten Tränen sie zu ersticken, aber schließlich brachte sie sie heraus: »Danke schön.« Dann sah sie in die stetigen, grauen Augen ihrer Großmutter und sagte es noch einmal: »Danke schön.«

Anne wischte mit der Hand durch die Luft. »Ach, das ist einfach ein Vorschuß auf dein Gehalt für dieses Jahr. Du wirst es verdienen. Aber es war sehr knapp gestern, stimmt's, John?« Sie warf einen Blick in die Richtung eines älteren Herren im dreiteiligen grauen Anzug, der in einem Stuhl neben dem Fenster saß und Papiere durchsah. Er blickte zu Katherine hoch und stand auf.

»Wir haben es gerade noch geschafft, Miss Driscoll. Die Bank hatte schon einen Käufer an der Hand. Einen Rancher aus der Gegend. Ich glaube, er war hauptsächlich wegen des Hundes enttäuscht. Mr. Rainey von der Bank von Boerne bittet Sie vorbeizukommen, wann immer es Ihnen paßt, um einige Dokumente zu unterzeichnen.«

Katherines Herz flatterte. Es war tatsächlich wahr. »Danke, Mr. Crowley.«

Er wollte gerade antworten, da mischte Anne sich ein. »Nun, ich bin froh, daß du hier bist, Katherine. Wir müssen an die Arbeit, was die Stiftung anbelangt. Dafür bist du doch schon gesund genug, oder?« Sie wartete die Antwort nicht ab. »Natürlich bist du das. Cooper hat alles in ziemlicher Unordnung hinterlassen, dir steht also einige Arbeit bevor. Hol dir einen Stuhl. Fangen wir damit an, ein paar Papiere zu unterschreiben. John, geben Sie ihr bitte den Stiftungsvertrag. Bei dem Stundensatz, den Sie mir abverlangen, könnten Sie sich ein bißchen schneller bewegen. Setz dich, Katherine. Wir müssen entscheiden, was mit Sam McElroy und Hans Dieterlen geschehen soll.«

Katherine blieb stehen. »Wie wäre es mit morgen, Anne? Jetzt werde ich gerade entlassen, und ich habe meinen Hund seit vier Tagen nicht gesehen. Außerdem muß ich nach Boerne fahren und mich um mein eigenes Geschäft kümmern, aber ich werde morgen zurück sein und mich an die Arbeit machen.« Katherine sah John Crowley an. »Welche Zeit würde Ihnen morgen passen, John?«

Er versuchte ein Lächeln zu unterdrücken, aber es bahnte sich seinen Weg, und strahlend entblößte er blendendweiße Zähne. »Wie wäre es nach dem Lunch, Miss Driscoll? Um zwei Uhr.« Er blickte zu Anne hinüber und hob die Augenbrauen. »Mrs. Driscoll?«

Anne starrte Katherine an, die Augen kalter Schiefer, die Lippen zu einem Strich zusammengepreßt. Es vergingen lange dreißig Sekunden, bevor sie sagte: »Vierzehn Uhr morgen paßt mir gut.«

Katherine humpelte zum Bett, beugte sich hinunter und küßte ihre Großmutter ausgiebig auf die Wange. Sie roch nach Talkumpuder und Mottenkugeln und Shalimar, alt und köstlich und sehr kompliziert.

»Ist Alonzo Stokes mir böse?« fragte Katherine.

»Nein. Er schämt sich, weil du alles weißt. Er meint, du müßtest ihn verachten. Er sagte, er hoffe, daß du zurückkommst und noch eine Weile im Reptilienhaus bleibst.«

»Oh, das werde ich«, sagte Katherine und ging zur Tür. »Ich muß meine Ausbildung abschließen.« Sie blieb im Türrahmen stehen. »Wir müssen Gesellschaft für das Bongo auftun, und in Kerrville ist noch ein alter Löwe, für den wir Platz schaffen müssen. Ich kann es kaum erwarten, es wird soviel Spaß machen. Wir werden gute Partnerinnen sein.« Sie lächelte ihre Großmutter an.

Anne Driscoll lächelte mit der noch funktionstüchtigen Hälfte ihres Mundes zurück. »Das haben wir bereits bewiesen.«

Katherine humpelte den Gang hinunter zum Aufzug. Sie konnte nicht aufhören zu grinsen. Heute abend würden Ra und sie nach Hause fahren. Vielleicht würde sie Sophie und Vic einladen mitzukommen. Wenn es kalt genug war, könnten sie etwas Holz im Kamin aufstapeln. Und dann würden sie um das Feuer sitzen und einander Geheimnisse erzählen.